ふりさけ見れば

【下】巻

安部龍太郎
Ryutaro Abe

日本経済新聞出版

目次

安北
(回紇)
(東突厥)
室韋
靺鞨
奚
契丹
霫
渤海
幽州
日本海
黄海
新羅
日本
黄河
長安
洛陽
唐
長江
成都
杭州
東シナ海
平城京(奈良)
南詔
太平洋
安南(ハノイ)
南シナ海
環王
(チャンパー)

[8世紀中葉（安史の乱前）の唐とその周辺]
アラル海
バルハシ湖
突騎施
タラス
安西（クチャ）
西州
康国（サマルカンド）
疏勒（カシュガル）
于闐（ホータン）
敦煌
アッバース朝（大食、イスラム帝国）
吐蕃
ラサ
驃国
インド洋
0
500km

【上巻目次】

装幀　間村俊一
題字　石飛博光

ふりさけ見れば　下

第七章　宿敵仲麻呂

美しく加工した石の階段が、谷間に沿って山の中腹へつづいている。八年前に金鐘寺（後の東大寺）の良弁上人が開いた観音寺の参道である。道の両側には近江国から移植した山桜の並木が満開で、花の隧道の観をていしていた。

下道（吉備）真備は従者の中臣音麻呂とともに観音寺へ向かっていた。ふもとから見れば目と鼻の先のように思えるが、七百段ちかい石段を登るのは容易ではない。

初めは何ともなかったが、百段、二百段と進むうちに太股やふくらはぎが痛み出し、三百段をすぎる頃には息が切れて胸が苦しくなった。

「下道さま、少しお休みになられたらいかがでございますか」

後ろを歩く音麻呂が、気遣って声をかけた。

「無用じゃ。若い頃には棒術できたえた体。まだまだ若い者にひけは取らぬ」

それを証明してやろうと、真備は平気なふりをして足を速めた。

何のこれしき。やすやすと登りきれるようでなければ、日本を変えることなどできるはずがない。己にそう言い聞かせたが、来年はもう知命、数え年五十歳である。

意に反して足は鉛のように重くなり、息が切れて喉がぜいぜいと音を立てはじめた。

「あっ」

背後で短い声が上がり、音麻呂がしゃがみ込んで沓を直し始めた。

「どうした」

「沓に小石が入りました。少しお待ち下さい」

「ゆっくり直せ。ついでにひと休みすることにしよう」

「どうぞ、水を」

音麻呂が用意の竹筒を差し出した。

死んだ文麻呂の弟を、真備は中臣名代に頼んで秘書官になってもらっている。兄のような気配りはできないが、明るくて気のいい男だった。

真備は石段に腰を下ろし、竹筒の水を飲んだ。

ふもとから吹き上げてくる風が、心地よく体の熱をさましてくれる。ちょうど花の隧道が途切れて、眼下に広がる恭仁宮（京都府木津川市加茂地区）をのぞむことができた。

天平十二年（七四〇）から始まった新都の造営は四年目を迎え、ようやく都らしい威容をととのえつつあった。

恭仁宮は観音寺のふもとに広がっていた。

かつて切り立った山が土砂崩れを起こし、木津川の流路を南に押しやったのだろう。ふもとから川までなだらかな傾斜がある土地に、南北二百五十丈（約七五〇メートル）、東西百八十七丈（約五六〇メートル）の大垣を結い、内裏や大極殿、朝堂院、朝集院などを整然と一列に配している。

大極殿は平城京から移築したもので、内裏の殿舎や東宮御所などもまだ充分ではなかったが、ようやく都らしい景観をととのえつつある。青みがかった瓦屋根と朱色の柱や梁、白漆喰を塗った壁の色が、新緑の中で鮮やかに輝いていた。

「あれが我らの都だ」

真備は深い感慨を込めてつぶやいた。

内裏の広さは平城京の三分の一しかないが、疱瘡（もがさ）（天然痘）の大流行によって多くの民を失った日本には、これくらいが似合いの規模だった。

「あれだけの痛手を受けながら、たった四年でよくぞこれだけの都を築いたものだ。我が国の底力はたいしたものだ」

「それは下道さまや橘諸兄（たちばなのもろえ）公のご尽力のゆえでございましょう。ひいてはお二人を起用された主上のご見識のたまものでございます」

「そう言ってくれるのは有り難いが、我らがどんな政策を立てたところで、民の力がなければこんなことはできぬ。わしはこれまで唐の進んだ文物にばかり目を奪われてきたが、日本の民の力はかの国を上回るかもしれぬ」

「何をどう上回るのでしょうか」

音麻呂は兄の文麻呂よりはるかに理屈っぽく、遠慮ということを知らなかった。

「唐の民はまず自分ありきだ。広大な国で王朝が次々に代わったせいかもしれぬが、国のため公(おおやけ)のために尽くすという思いが弱い。だが、これを見ろ。我が国の民は帝のおおせとあれば自ら鍬鋤(くわすき)を持って駆け付け、このように立派な都を造ってくれる」

「そのちがいは、どこから生まれたのでございましょうか」

「ひとつは山野河海、人を取り巻く自然のやさしさだろうな。豊かな実りに恵まれているために、奪い合わずとも暮らしていける。その余裕が人をおだやかにした」

「確かに唐や百済(くだら)から渡来した方々は、油断のない目をしておられるように感じます」

「異国で暮らせば、気を張り詰めるのは仕方がないことだ。お前だって唐に行けば、寝る前には部屋に鍵をかけるようになるだろうよ」

「すみません。気をつけます」

音麻呂が面目なさそうに首筋をなでた。

「もうひとつのちがいは、唐の皇帝は力の象徴だが、日本の帝はひたすら民の平安を願って身をつつしんでおられる。だから下々の民もそのご努力に感じ入り、帝のために何かをせずにはいられなくなるのだろう」

実は真備も恭仁宮を造営するようになり、帝と民とがそうした強い絆で結ばれているのを目の当たりにした。

こんな山奥の僻地(へきち)に都を造れる訳がないと言う者もいたが、いざ造営にかかってみると、どこからともなく人が集まり、見返りも求めずに黙々と働くのである。

やがてそれが帝の役に立ちたい一心からだと分かり、雷にでも打たれたような衝撃を受けた。それ以来、折にふれて唐と日本のちがいについて考えるようになったのだった。

「兄がこの景色を見たなら、どんなに喜んだことでしょう。家に帰るたびに、下道さまは常人を超える力を秘めておられると言っておりましたから」

「文麻呂が生きていたなら、わしの息子として腕をふるってくれただろう。惜しみても余りある男だ」

文麻呂が疱瘡の犠牲になって六年がたつ。次第に息が細くなっていく姿が、あの災いの記憶とともに真備の脳裡に深く刻み込まれていた。

「若くして亡くなりましたが、由利(ゆり)さんとの結婚を許してもらえて幸せだったと思います。心残りがあるとすれば、遣唐使として唐に渡れなかったことかな」

「息を引き取る間際にもそう言った。唐に行きたかったと」

「我らの父は兄を文章博士(もんじょうはかせ)に、私を音(おん)博士にしたかった。だから名前も文と音にしたのです」

再び石段を登ると、見上げる高さに寺の山門が見えてきた。左右に仁王像を安置した門から、長袍(ちょうほう)を着た官人の一団が出てきた。

先頭を歩くのは深い緋色の袍をまとった藤原仲麻呂(ふじわらのなかまろ)である。

疱瘡の犠牲になった左大臣武智麻呂(むちまろ)の次男で、二年前に従四位下の民部卿に任じられた。三十七歳の男盛りで、四兄弟を失った藤原家を立て直そうという使命感と野心に燃えている。

仲麻呂の後ろには、浅い緋色や深緑の官服をまとった六人が従っていた。

真備は正五位の浅緋の服、音麻呂は従七位の浅緑の服をまとっている。その色で身分の上下が分かるので、真備は石段の脇によけ、道を開けて仲麻呂らの通過を待った。

「東宮学士、御寺に何の用か」

仲麻呂が意志の強さをむき出しにした目を向けた。

「帝の使いで上人さまに会いに参ります」

「使いのおもむきは」

「昨日で金光明経の読誦が終わりましたので、御礼の意を伝えるようにとのお申し付けでございます」

真備は仲麻呂より二つ官位が下である。公務中に問われたことは、答えなければならない義務があった。

「金光明経ではあるまい。金光明最勝王経であろう」

「さようでございました。ご無礼をいたしました」

「東宮さまの学士としては失格と言わねばならぬな」

仲麻呂が決めつけると、供の官人どもが追従笑いをした。

「民部卿さまは何の御用でしょうか」

「山桜の美しさに誘われて散策に出たまでだ」

仲麻呂は深緋の袖をふって空気を払い、悠然と石段を下っていった。

「妙な方ですね。傍若無人の見本のようだ」

音麻呂が階下を見やり、悔しげに吐き捨てた。

「構うな。犬が吠えたとでも思っておけ」

「弱い犬ほどよく吠えると言いますから」

「愚かだが、弱くはない。頭が切れてまわりが見えるし、目的のためには手段を選ばぬ」

「そんなお方が下道さまの盟友である阿倍仲麻呂さまと同じ名前だというのは、皮肉な偶然でございますね」

「偶然ではない。理由があってのことだ」

藤原仲麻呂の母は阿倍御主人の孫娘の貞媛である。それゆえ秀才の誉高い阿倍仲麻呂にあやかり、息子が成人する時に同じ名前にしたのだった。

観音寺を訪ねると、庫裏の客間で良弁上人が待ち受けていた。

帝の信任厚い初老の僧で、今上（聖武天皇）が都を恭仁宮にお定めになった理由のひとつは、上人の法力によって困難を乗り切りたいと願ってのことだった。

「お陰さまで金光明経の四十九日の読誦を無事に終えることができました。これも上人さまのご指導あってのことでございます」

「拙僧はただ、諸国の国分寺に金光明経を安置されるのであれば、帝が導師となられて修法をおこなったほうが良いと申し上げたばかりです。それを実現なされたのは、帝のお力あってのことでございます」

「金光明経は護国経典の筆頭だと聞いております。これで痘瘡に汚れた国土を浄化し、鎮護国家の実を上げることができると存じます。これを上人さまに進上申し上げるように、帝からおおせつかりました」

真備は象嵌（ぞうがん）の細工をほどこした箱を差し出した。

中には玄昉（げんぼう）が唐から持ち帰った数珠が入っている。釈迦が悟りを開いたブッダガヤにある菩提樹の実で作ったもので、帝が肌身離さず愛用されていた品だった。

「このような貴重な品を、もったいのうございます。帝に深く感謝しているとお伝え下さい」

「上人さまがこの数珠を用いて修法をしていただくことで、帝はご自身の祈りが御仏に通じるとご叡慮（えいりょ）なされております。そのことが大仏建立にもつながるように念じておられるのでございます」

「そのことならご懸念にはおよびません。紫香楽（しがらき）離宮の近くに大仏建立の適地がありましたので、ただ今仏師たちにどの程度の大きさの仏像を建立できるか、図面を描かせているところでございます」

「それは楽しみです。早く図面が見たいものでございます」

「あと半月ほどお待ち下さい。ただし、ひとつだけお聞き届けいただきたいことがございます」

上人が節くれ立った人さし指を立てて念を押した。

「何でしょうか。その条件とは」

「恭仁宮を造営された時のように、民の力を集めることです。貧富や貴賤、老若男女にかかわりなく、民の助力を得て大仏を建立すれば、帝の願いが民の願いとなるでしょう」

「おおせの通りだと存じます。しかしどうしたら、そのようなことができるのでしょうか」

「行基上人に大仏建立の手助けをしていただくことです。上人は遊行菩薩と呼ばれ、下々の民から絶大な信頼を得ておられます。上人に呼びかけていただければ、多くの者たちが馳せ参じることでしょう」

「分かりました。奏上してお許しをいただくことにいたします」

真備は事もなげに答えたが、行基は僧尼令に背いて処罰されたことがあるので、朝廷内には批判する者たちも多いのだった。

「ところで参道で民部卿と行き合いました。参詣しておられると、ご存じでしたか」

「拙僧に会いに来られました。大仏建立の計画があるとお聞きになったようです」

「何か申し掛けられましたか」

「詳しいことを知らせてほしいとおおせでした。それから紫香楽だけではなく、難波にも大仏を造ってもらいたいと」

「それは……、どうしてでしょうか」

「恭仁宮への遷都に、誰もが賛成しているわけではない。そうおおせでした」

「申し訳ありません。世俗のことで上人さまを煩わせて、身が縮む思いでございます」

「朝廷内には、帝のご方針を仏前神後策だと批判している方々もおられるそうです。民部卿はそうした方々を説得し、帝の大願が成就するように尽力しているとおおせでした」

「承知いたしました。朝廷の足並みをそろえるように尽力いたしますので、今後ともよろしくお願い申し上げます」

　真備は良弁との対面を終え、本堂の十一面観音を拝してから寺を後にした。

　藤原仲麻呂がどうして難波にも大仏を造ってほしいと言いに来たのか、真意をはかりかねている。新たな提案をすることで、紫香楽に大仏を建立する計画をつぶそうとしているのか。それとも難波への遷都を画策しているのか……。

（いずれにしても、あやつ一人の企てではあるまい）

　真備は山桜の隧道を下りながら、めまぐるしく考えをめぐらした――。


　六年前、藤原四兄弟がそろって疱瘡の犠牲になった後も、藤原一門と橘諸兄や真備たちの争いはつづいていた。

　聖武天皇の信任を得て国家の再建をはかろうとする真備らに対して、藤原武智麻呂の嫡男豊成(とよなり)、次男仲麻呂、房前(ふささき)の三男真楯(またて)、四男清河(きよかわ)、宇合(うまかい)の嫡男広嗣(ひろつぐ)らは、結束して政治の主導権を奪い返そうとした。

　最初の対立は五年前、天平十年（七三八）に起こった。

　諸兄や真備に対する批判をくり返す広嗣を、帝は大宰少弐(だざいのしょうに)に任じて九州に左遷なされた。

　ところが広嗣は藤原一門の支援を得て勢力を拡大し、天平十二年には真備と玄昉の更迭を求める上表を帝に送りつけた。

　帝が仏教に傾倒して国を危うくしておられるのは、真備と玄昉が唐の真似をするように進言しているからだと決めつけ、二人を更迭しなければ挙兵も辞さないと申し入れたのである。

これは都の藤原一門と結託してのことで、真備と玄昉を更迭した後には、二人を起用した橘諸兄の責任を追及して辞任に追い込む計略だった。

帝は藤原一門の横暴に激怒され、広嗣が挙兵したならただちに鎮圧するように命じられたが、それでも豊成や仲麻呂らは引き下がろうとしなかった。

広嗣を九州で挙兵させれば、朝廷は討伐軍を出す。都の守りが手薄になった隙をついて、帝を自邸に軟禁して諸兄や真備らを処罰する勅命を出していただけばよい。

そうすれば長屋王（ながやおう）を自殺に追い込んだ時のように事はうまく運ぶと高をくくっていたが、真備はこの企てをいち早く察知した。

こんなこともあろうかと、藤原方に送り込んでいた中臣名代に広嗣と行動をともにするように頼み、内情を逐一伝えてもらったのである。

真備は大野東人（おおののあずまびと）を大将に任じて広嗣討伐に向かわせると同時に、藤原一門が帝を連れ去ろうとする直前に帝を守って平城京を脱出した。

天平十二年十月二十九日のことである。

そうして伊賀、伊勢、美濃、近江と蒙塵（もうじん）をつづけ、広嗣の乱を鎮圧したという知らせを受けて十二月に恭仁宮に入った。

真備らが恭仁宮を安全だと判断した理由はいくつかある。

ひとつはここには以前から岡田離宮があり、疱瘡が猖獗（しょうけつ）をきわめていた頃に帝が避難場所になされたこと。ひとつはあたり一帯が橘諸兄の所領で、諸兄の別邸もあるので敵の侵入を防ぐことができたこと。

そしてもうひとつは観音寺に良弁上人がいることである。

帝もこの地を愛でられ、十二月十五日には平城京から恭仁宮に遷都するとの勅を発せられた。

年が明けた天平十三年（七四一）一月には、藤原広嗣の乱の処分が行われ、藤原一門の関係者十六人が死罪、四十七人が流罪、五人が没官、百七十七人が杖罪に処された。

処罰がこれほど厳しかったのは、九州での広嗣の乱だけではなく、帝を虜にして政権を奪おうとした藤原一門の策謀に激怒されたからだった。

翌月の二月十四日には、帝はかねてからの計画通り諸国に国分寺と国分尼寺を建立する詔を発し、仏教を中心とした国家の再建に着手された。

これは仏教に深く帰依しておられたからばかりではない。国々に国分寺と国分尼寺を造ることで、庶民に仏教的生活様式を学ばせ、感染症の流行を防ぐためだった。

また寺には施薬院や療病院、敬田院、悲田院などの機能をもたせ、疱瘡の後遺症に苦しんでいる者たちの救済や、再び疱瘡が流行した時の対策に当たらせる意図もあった。

これに対しては仏前神後、仏教を優先して神道をないがしろにするものだという批判が藤原一門から起こったが、帝は橘諸兄や真備らの献策を容れて敢然と信念をつらぬかれた。

それを徹底するために計画されたのが大仏建立である。

良弁上人に相談して、近江の紫香楽が適地だと判断されると、さっそく恭仁宮から紫香楽までの道を開くことにされた。

　全長六十六里（約三六キロ）の道が開通したのは、天平十四年（七四二）二月のことだ。そして紫香楽に離宮を造り、たびたび行幸をして大仏建立の陣頭指揮をとられた。

　これに対して藤原一門は、難波離宮に遷都して帝を恭仁宮から引き離し、橘諸兄や真備たちをつぶそうとしていた。藤原仲麻呂がわざわざ良弁上人を訪ね、難波に大仏を建立してくれと頼んだのは、難波に遷都するための布石かもしれなかった――。


　真備は東宮御所の宿所にもどり、玄昉を呼んだ。

　玄昉は真備の尽力で朝廷の内道場（ないどうじょう）に出仕し、僧正に任じられている。藤原一門と戦う真備を、仏教界の有力者となって支えていた。

「お前は行基上人と会ったことはあるか」

　真備は単刀直入にたずねた。

「大安寺で三度ほど会ったことがあります。最初はほら、中臣名代さまが帰国され、天竺僧の菩提僊那（ぼだいせんな）らを大安寺に入れられた時のことです」

　玄昉はその時、行基らと共に接待役をつとめたのだった。

「どんなお方だ」

「学士さまは会ったことはないのですか」

「二年前に帝が上人を召された時、同席させていただいたことはある。だが話をすることはできなかったので、どんな人物か分からぬ」

「見ての通りの頑固者ですよ。骨と皮ばかりに痩せておられるので、いかにも苦行者めいて見えますが、あれは八十ちかい歳のせいです。見た目にだまされてはいけません」

「これまで貧民を救済するために布施屋(ふせや)を造ったり、溜池や橋を造って新田開発に寄与してこられたことは広く知られている。帝もそのことを高く評価され、御前に召して意見を拝聴されたのだ」

「それは時の勢いというものです。仏道に秀でているからではありません」

　玄昉は話にもならぬと言いたげに手をひらひらと振った。

「どういうことだ。時の勢いとは」

「疱瘡のために庶民の多くが死に、生活に困窮する者が巷にあふれました。その者たちが生きる糧(かて)を求めて行基上人の集団に駆け込み、一大勢力となったために、朝廷も無視できなくなったのでございます。もともとは僧尼令に違反した私度僧(しどそう)の集まりであり、御仏の教えとは相容れない者たちです」

「ところが観音寺の良弁上人は、大仏建立のために行基上人の力を借りたいと言っておられる。それを実現するために、帝に奏上してお許しを得たいとおおせなのだ」

「いかに帝が御仏に帰依しておられるとはいえ、そのようなことをお許しになるとは思えませんね」

　玄昉は唐で最新の仏教を学んできたという過剰なばかりの自信を持っている。そのため行基や良弁など、過去の人だと見なしているのだった。

「お前は知るまいが、帝は行基上人に国家再建の柱石になってほしいと望んでおられる。だから一も二もなくご同意なされようが、問題は皇后さまのご意向だ」

帝の正室である光明（こうみょう）皇后は藤原不比等（ふひと）の娘で、臣下の出で初めて皇后の座についた。甥である藤原豊成や仲麻呂らとの結びつきが強く、仏前神後（ぶつぜんじんご）の政策を推し進めておられる帝には批判的で、良弁や行基を重用されることにも反対していた。

帝が大仏建立のために行基の力を借りることになされば、玄昉のような理屈を並べて反対するおそれがある。

それによって藤原一門が結束し、大仏建立そのものを頓挫させかねなかった。

「そこで玄昉、お前に皇后さまを説得してもらいたい」

「とんでもない。そのような力は拙僧にはありません」

「皇后さまとのご縁はなくとも、宮子皇太夫人（みやここうたいふじん）さまの信任を得ているではないか。お二人は姉妹なのだから、皇太夫人さまにお願いして皇后さまを説得してもらってくれ」

「実はそのことでございますが、ご報告しなければならないことがあります」

玄昉がただでさえ下がっている目尻をさらに下げ、べそをかいたような表情をした。

「何だ。報告とは」

「元正太上天皇（げんしょうたいじょう）さまが、近いうちに難波離宮にもどるとおおせでございます」

「なぜ……、そんなことを」

「皇后さまが宮子さまに、太上天皇さまを説得してくれるように頼まれたようでございます」

「お前はそれを黙って見ていたのか。宮子さまは意のままにできると豪語していたではないか」

「それが当てがはずれたのでございます。申し訳ございません」

玄昉が床に土下座し、丸めた頭を両袖でおおった。

朝廷に隠然（いんぜん）たる影響力を持つ三人の女性、光明皇后と宮子皇太夫人、元正太上天皇の関係は複雑である。

光明皇后は藤原不比等の娘で、聖武天皇の后（きさき）。

同じく不比等の娘で光明皇后の姉にあたる宮子は、文武天皇の后となって聖武天皇を産んだ。

元正太上天皇は文武天皇の姉で、宮子の義姉であり、聖武天皇の伯母に当たる。

この入り組んだ関係を、系図で記せば次のようになる。

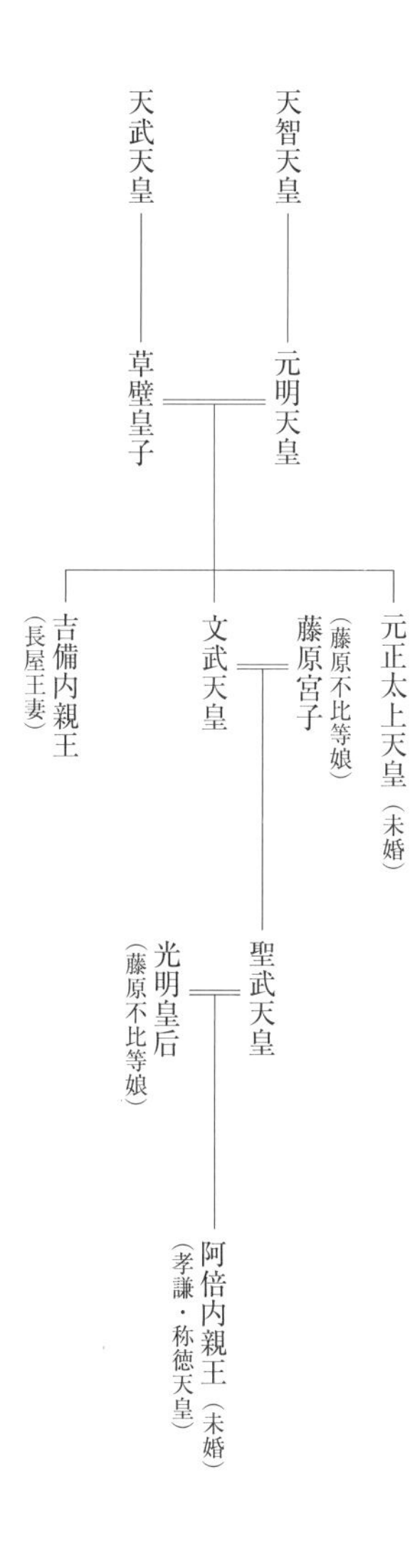

宮子は大宝元年（七〇一）に首皇子（おびと）（後の聖武天皇）を出産したものの、産後の病が高じて心的障害におちいり、その後誰にも会わずに自室に引きこもる生活をつづけていた。

この病気を玄昉が唐で学んだ密教の呪法によって快復させ、宮子は聖武天皇と三十六年ぶりに対面することができた。

この功によって玄昉は宮子の厚い信頼を得て、朝廷内の仏事を取り仕切るようになった。

そこで真備は玄昉を使って宮子を味方につけ、聖武天皇の政策を支援してもらっていたが、急に難波離宮に移るように太上天皇を説得したとは尋常ではない。

光明皇后に取り込まれ、聖武天皇を恭仁宮から引き離そうとしている藤原一門の計略に乗せられているにちがいなかった。

（やはり、仲麻呂の奴……）

良弁上人に大仏の建立を頼んだのは、難波への遷都の口実にするためだったのだ。真備はそう察し、仲麻呂に背後を取られたような焦燥を覚えた。

これを阻止するにはどうすればいいか。一晩考え抜いてから、娘の由利を呼んだ。

由利は文麻呂を失った後、阿倍内親王（後の孝謙（こうけん）天皇）に命婦（みょうぶ）として仕えていた。

「近頃、内親王さまのご様子はどうだ」

「健やかにお過ごしでございます。父上が献上された唐の琴を好まれ、周りも聞き惚れるほど上手になられました」

由利は二十七になる。一つ歳下の内親王に傾倒し、細やかに世話をしていた。

「それは心強い。舞いの方はどうじゃ」

「ひと通り心得ておられますが、あまりお好きではないようでございます」

「なぜ好まれぬ」

「宴(うたげ)などで披露するのは、俳優(わざおぎ)のようで嫌なのでございましょう。東宮（皇太子）さまにおなりですから、その必要もないと存じます」

聖武天皇と光明皇后の間に生まれた阿倍内親王は、天平十年（七三八）に立太子し、史上初めての女性東宮となった。

内親王には安積(あさか)親王という異母弟がいて、この方を東宮に立てるべきだと考える者も多かったが、光明皇后の子に皇位をつがせようとする藤原一門の執念はすさまじく、二十一歳の女性東宮が誕生した。

真備は二年前、帝に命じられて内親王の指南役である東宮学士になった。そこで内親王との関係を円滑にするために、由利を命婦として内親王に仕えさせたのだった。

「酒宴での舞いは見せ物じみているが、神前での舞いなら不都合はあるまい」

「そのようなお役目を、内親王さまにお願いするのですか」

「五月五日の端午の節句に、太上天皇さまの前で五節(ごせち)の舞いを披露していただきたい。五穀豊穣、天下泰平を祈るためのものだ」

「五節の舞いとは、天武天皇さまが吉野宮で会得されたものではありませんか」

由利はさすがに察しが早い。五節の舞いは天武天皇が吉野宮に行幸して琴を弾いておられた時、天女が現れて袖を五度振って舞ったのが起源と言われている。

つまり壬申の乱で天武天皇が勝ち、王権の継承者となったことを祝うものである。

真備は五節の舞いを内親王に披露してもらうことで、元正太上天皇の難波離宮行きを止める名分にしようと考えたのだった。

「それは帝もご了承なされているのでしょうか」

「まだ誰にも話してはおらぬ。内親王さまがお引き受け下さらなければ、話の進めようがないのでな」

「分かりました。東宮さまのご意向をうかがい、明日までにはお知らせいたします」

由利は約束通り、翌日には内親王の了解を得たと知らせてきた。

真備はさっそく朝堂院に行き、橘諸兄に会って計略を打ち明けた。

「藤原仲麻呂卿らは、太上天皇さまを難波にお移しするばかりか、難波に大仏を建立して遷都を実現しようとしております」

これを阻止するには、東宮に五節の舞いを披露してもらい、太上天皇の移徙を引き留めるしかない。真備はそう進言し、すでに東宮の了解は得ていると伝えた。

「わしも移徙のことは聞いた。急なことで驚いている」

「どうやら光明皇后さまが、宮子さまを身方にして太上天皇さまを説得するよう頼まれたようでございます」

「まことか」

「内道場の玄昉僧正が申しておりましたので、間違いはないと存じます」

「それはまずいな。あのお三方が気脈を通じて藤原の側に立たれたなら、帝も抗することがお出来にならぬかもしれぬ」

「それゆえ五節の舞いを披露していただき、太上天皇さまを当地に引き留めるのでございます」

「それも五月五日までのことであろう。その先はどうする」

「五節の舞いは天武天皇さまに由来するものでございます。帝にそのことを明言していただければ、太上天皇さまも天武天皇さまのお志をつぐべきだと、思いを新たにされるはずです」

それは光明皇后や宮子皇太夫人と元正太上天皇の間に、楔を打ち込むことにもなるはずだった。

「そちの考えは分かった。この件は帝のご了解を得るばかりか、太上天皇さまや宮子皇太夫人さまのご同意を得ておく必要がある。しばらく待ってくれ」

諸兄の根回しは思いのほか手間取ったが、三月十五日にはお三方の了解を得ることができた。真備はその報告をするために、阿倍内親王をたずねた。

内親王は面長の顔をして鼻筋が高く、知恵の輝きを感じさせる切れ長の目と、意志の強さがきわ立つ受け口をしている。

体付きも大柄で、側に控えている由利がひと回り小さく見えるほどだった。

「長らくご無沙汰をいたしました。お健やかなご様子で、およろこび申し上げます」

「来てくれなくても構いませんよ。ご多忙のようですし、由利がいてくれますから」

その言葉にはいささか刺(とげ)がふくまれていた。

「先日、唐ではどのような大仏が造られているかというお訊ねをいただきました。あらましのことはご説明いたしましたが、百聞は一見に如かずと申します。書物の中から絵図をさがし、写し取って参りました」

真備は三枚の絵図を差し出し、唐の地図を示してひとつひとつ説明した。

「こちらが炳霊寺(へいれいじ)という所の石仏群で、三枚の中では二番目に歴史が古いものでございます。場所はここ、蘭州(らんしゅう)から黄河をさかのぼった峡谷にあります。大地が黄河の流れに削られ、五十丈（約一五〇メートル）ほどの高さがある絶壁が仏僧らの修行の場になり、時の王朝の援助によって多くの石仏が刻まれました」

「まるで壁の中に埋め込まれたようなお姿ですね」

「法華経には、菩薩が地から涌(わ)き出してくるという一節があります。これは今まさに壁の中から現れようとする菩薩たちを表したものだと思います」

「こちらの御仏は、ずいぶん大きく、美しい顔立ちをしておられますね」

内親王が龍門山に刻まれた盧舎那仏像(るしゃなぶつぞう)を取り上げた。

「これは唐の高宗の皇后だった則天武后が発願し、自らの脂粉銭(しふんせん)（化粧料）二万貫を投じて建立したもので、奉先寺の大仏と呼ばれています。顔立ちが気高く美しいのは、高宗の皇后だった則天武后の顔を写して造ったからだと言われています」

「こちらの御仏はずいぶん素朴(そぼく)な姿をしておられますが、一番古い時代のものでしょうか」

「これは雲州の大仏で、今から三百年ちかく前に造られたと言われております。魏という国の都がまだ北方にあり、遊牧と農業によって国を建てていた頃に建立したものです。目も鼻も大きな西域風の顔立をしているのは、魏の国を建てた鮮卑(せんぴ)という種族の下に、多くの西域系の人々が従っていたからでしょう。唐の開祖である李淵(りえん)の父も、鮮卑族だったと聞いております」

「かの国では、どうしてこのように大きな御仏を造るようになったのですか」

内親王が三枚の絵図をじっくりと見比べ、納得しかねるようにつぶやいた。

「御仏に国家の鎮護を願うためでございます」

「信仰だけで国が守れるとは思えません。そんなことが出来るなら、これほど立派な御仏を造った国が亡びるはずがないではありませんか」

「それらの国々が亡んだのは、御仏を奉じながら教えに従わなかったからでございます。しかし大仏を造った時には皇帝が先頭に立ち、仏教の教えに従って慈悲をほどこし救いをもたらすと誓われたのです。それによって民の心をつかみ、国をひとつにすることができました」

「主上やあなた方が紫香楽に大仏を造ろうとしておられるのは、同じ考えからですか」

「そうです。疱瘡によって大きな痛手を受けた民の心をひとつにするには、他に方法がないのです」

「この国では古くから神道を奉じてきました。大きな費用をかけて大仏を造らなくても、禊(みそぎ)や祓(はら)いによって平安をもたらすことができるのではありませんか」

「疱瘡がはやる前なら、それが出来たかもしれません。しかし民の二割が死滅する厄災を受けた今では、神道に対する民の信頼はいちじるしく損なわれました。それゆえ御仏の力に頼るしかないのです」

主上が御仏に帰依されたことが、それをはっきりと示しているではないか。真備はそう強弁したくなったが、すんでのところで言葉を飲み込んだ。

「学士どの、今日は何か良き知らせを持って参られたのではありませんか」

由利が先行きを危ぶみ、それとなく話の向きを変えた。

「命婦どの、その通りです。この度は東宮さまに五節の舞いをお引き受けいただき、ありがとうございました」

「由利が言うので引き受けましたが、わたくしのつたない舞いで役目がはたせるのでしょうか」

「主上も太上天皇さまも大変お喜びになり、是非とも見たいとおおせでございます。近年まれにみる盛儀になると存じます」

「急にこのような催しをされるのは、何か思惑があってのことですね」

内親王の洞察力は群を抜いている。一を聞いて十を知るとはこのことで、隠し事をするなどもってのほかだった。

「おおせの通りでございます。ご承知の通り、治政の方針をめぐって朝廷内には抜きさしならぬ対立がございます。主上や我らは恭仁宮や紫香楽離宮で仏教の教えを中心とした政策をとろうとしています。しかしそれに反対する方々は、難波に遷都することで我々から主上を引き離そうとしておられるのです」

「反対しているのは、母君を中心とした藤原一門ですね」

「あえて申し上げるまでもないと存じます。太上天皇さまはその方々に説得され、難波離宮に移ると言い出されました。五節の舞いを行うのは、それを引き留めるためでございます」

「両派の争いの背景には、この国の政をどうするかというだけではなく、天智天皇系と天武天皇系の皇統をめぐる争いがあると聞きました」

「畏れ多いことですが、どなたからお聞きになりましたか」

「皇后さまです」

光明皇后がそこまで話したとすれば、本腰を入れて東宮を取り込みにかかっていると見なければならなかった。

「争いの原因については、お聞きになりましたか」

「そこまでは聞いておりませんが、わたくしが天武天皇さまゆかりの舞いを披露すれば、そちらの側に立つと表明するも同じでしょう。ですから引き受ける前に、壬申の乱から七十一年がたってもなぜ争いが終わらないのか知りたいのです」

「承知いたしました。ならば学士としてご進講申し上げます」

「東宮殿下。ご進講の場に命婦が陪席させていただいてよろしいのでしょうか」

席をはずした方がいいのではないかと、由利がうかがいを立てた。

「朝廷のあり方に関わる話です。問題を解決するために、やがて由利の力を借りる時がくるでしょう。ここにいて進講を受けなさい」

東宮はすでに即位した後のことまで見据えていた。

「それでは話をさせていただきます。第一点は壬申の乱はなぜ起こったのか。第二点はその対立がなぜ今日までつづいているのか。順を追って進講させていただきます」

真備は姿勢を正して朝家の対立の歴史を語り始めた。


壬申の乱（六七二）は天智天皇が崩御されたのをきっかけに、東宮の大友皇子（弘文天皇）と天智の弟大海人皇子との間で起こった戦いである。

この戦いに勝った大海人皇子は即位して天武天皇になられたが、争いの背景には白村江の戦いに敗れた日本をどう再建するかという問題があった。

戦いを主導した天智天皇と藤原鎌足は、敗戦の後も九州や瀬戸内海沿岸に山城を築き、都を近江に移して徹底抗戦する構えをとった。

しかしそれでは軍事費や兵員の負担が大きくなり、民の暮らしを困窮させる。

それに唐の優れた制度や文化、文明を受け容れなければ、東アジアの中で日本だけが発展から取り残される。

大海人皇子はそう考え、天智の崩御をきっかけにして大友皇子に叛旗をひるがえし、天智天皇派を一掃した。

ちょうどその頃、白村江の戦いで同盟していた唐と新羅が対立するようになり、両国とも互いを牽制するために日本との友好を求めてきた。

そこで天武天皇となった大海人皇子は、遣唐使の派遣を再開して日唐国交回復をめざしたり、唐にならった制度の改革に着手したのである。

「この目標をはたすために大宝二年（七〇二）に遣唐使が送られ、見事に日唐の国交を再開することに成功しました。その一方、朝廷は大宝律令の制定や平城京への遷都、『古事記』や『日本書紀』の編纂など、次々と改革を推し進めたのです」

「下道学士、ひとつたずねてもいいですか」

「どうぞ。何なりと」

「大宝律令も日本書紀も、唐に提示して審査を受けたと聞きました。それは事実ですか」

「事実です。朝廷の中には、それは屈辱的なことだと言う方もおられますが、事の本質を理解していない誤った批判だと思います」

「それなら本質は、どこにあるのでしょう」

「大唐国の力は、西域のかなたの大秦（東ローマ）から東海の日本にまで及んでいます。それゆえ多くの国々が唐と友好関係を結び、進んだ制度や文明を受け容れることで国の発展をはかろうとしています」

「存じています。それを冊封と呼ぶのでしょう」

「冊封とは唐の皇帝と周辺諸国の君主が、君臣関係を結ぶことを言います。君臣関係を結ぶには、定期的に使者を送って貢物をするだけでは足りません。唐の制度を学び、それを国の方針として実行することが求められます。そのことについては、以前にご進講申し上げました」

「覚えています。一つは律令制度の導入。一つは長安城にならった都の造営。一つは仏教の教えにもとづく政（まつりごと）。一つは王権の来歴を示す史書の編纂です」

「おおせの通りです。それを唐による支配の強制だと評する向きもありますが、それは皇帝という存在を理解しない一面的な解釈にすぎません」

「どういうことですか」

「かの国の皇帝は天子といい、天から地上を統治する権限を預かっていると考えています。それゆえ善政をしいて民を幸せにする責任があるのです。それは諸外国に対しても同様で、自国の優れた制度や文化を普及させて恩恵をほどこそうとしているのです」

「しかし唐と日本では事情がちがいます。かの国で良きものが、わが国でもそうだとは限りません」

「確かにおおせの通りですが、日本が唐と冊封関係を結んだのは、そうしなければならない事情があったからです」

「それは何でしょうか？」

「ひとつは白村江での敗戦、ひとつは唐の優れた制度や文化を取り入れる必要性です」

そうした歴史的ないきさつを抜きにして、唐に強制されたとばかり言いつのるのは、政治や外交を無視した独善的な態度である。

「東宮殿下にはそのことをご理解いただき、この国の発展のために身命を賭して働いてきた先人の努力を、無駄にしないようにしていただきたいと存じます」

「講義のおもむきは分かりました。深く考えたいこともあるので、今日はこれくらいにいたしましょう」

東宮も朝廷内の対立に心を痛めている。それは父である主上と母である光明皇后の対立でもあるので、何とか和解の道を見出そうと腐心（ふしん）しているのだった。

真備は自室にもどり、五節の舞いまでにどんな手を打つべきか考えを詰めることにした。

東宮の話を聞いて、光明皇后をはじめとする藤原一門の動きが思った以上に早いことに危機感を覚えている。

このまま手をこまねいていては、元正太上天皇の次には東宮まで取り込まれ、帝が身動きできない立場に追い込まれるおそれがあった。

（まずは帝に、五節の舞いの意義について詔（みことのり）を出していただくことだ）

それを元正太上天皇に奉上し、返詔をいただかなければならぬ。その贈答を皆の前で披露して、五節の舞いにどんな意義が込められているかを周知する……。

真備は戦う男である。勝つためにはどんな手順で何をすればいいか、次から次へと考えが浮かんできた。

「下道さま、玄昉僧正さまがお見えになりました」

取り次ぎをする中臣音麻呂の後ろに、紫衣（しえ）をまとった玄昉が突っ立っている。

手にはたけのこを入れた籠を持っていた。

「恭仁宮はうるわしの都です。近くの山でこんなにたくさんたけのこが採れました」

「お前が山に入って採ったのか」

「いいえ、土地の人から寄進していただいたのです」

「いい形だ。たけのこは顔を出す直前に食べるのが一番うまい」

「学士さまはお忙しいでしょうから、内道場の者に料理させましょうか」

唐にいた時、玄昉は何から何まで真備の世話になっている。そのため今でも頭が上がらないのだった。

「気持ちは有り難いが、これは八木の母親の墓前にそなえたい。玄昉どのの善意と真心を添えてな」

「そういえばご他界されて、もう四年もたちますね。葬儀で経を誦(ず)したのが昨日のことのように思われます」

「あの折には世話になった。おかげでわしの面目が立ったよ」

「いえいえ、当然のことをさせていただいたまでです」

玄昉は大いに謙遜してから、ご進講はいかがでしたかとたずねた。

「天智派と天武派の対立についてたずねられた。どちらが正しいのか、どちらの側に付くべきなのか、東宮さまも日々悩んでおられるようだ」

「それでも五節の舞いは引き受けて下さったのでしょう」

「由利の口添えのお陰だ。主上や太上天皇さまのご了解も得ることができた」

「それなら心配はありませんよ。主上や橘諸兄右大臣さまは我々の側に立っておられるのですから」

「大層な口ぶりだな。藤原広嗣の乱が起こった時、拙僧は政には関わっておりませぬと言って逃げ回っていたのは、どこのどなただ」

「あれは方便でございます。あの時拙僧がそう言わなければ、宮子さままで藤原方に身方されたことでしょう」

それを引き留めた拙僧の苦労も分かっていただきたいと、玄昉がもみ手をしながら言いつくろった。

「確かにそうかもしれぬ。ところで太上天皇さまのことだが、どうして急に難波離宮に移ると言い出されたのか分かったか」

「分かりましたとも。拙僧とて大唐国であまたの高僧の教えを受け、秘術の限りを学んできましたから」

「北里にもずいぶん通ったからな。そちらの腕前もなかなかのものだと評判だったぞ」

「脅しっこなしですよ。こちらは大唐国で学んだことを一枚看板にしているんですから」

玄昉は口止めするような仕種をしてから、太上天皇が急に態度を変えたのは、難波に遷都した後に重祚（再度皇位につくこと）してはどうかと藤原一門から申し入れがあったからだと言った。

「まさか……、奴らは主上に退位を迫るつもりなのか」

「そのようでございます」

「どんな理由でそんなことができる」

「主上のご健康がすぐれず、激務に耐えられないと言うつもりでしょう」

「もし皇位に復されたなら、太上天皇さまは何をされるつもりなのだ」

「ひとつは仏前神後策を改めることです。主上が仏教に帰依され、国分寺や国分尼寺を創建したり、大仏を建立しようとしておられることに、神道を奉じる方々は強く反発しておられますから」

「唐でも同じようなことがあった。道教と仏教のどちらを尊重すべきかという問題をめぐって、道前仏後と仏前道後の争いが起こったものだ」

「そこで考えたのですが、仏と神は同じものだという教えを広めたらいかがでございましょうか」

「できるのか。そんなことが」

「紀伊の国には熊野三山の信仰があり、スサノオ、イザナギ、イザナミの三神を祀っておりますが、これは阿弥陀如来、薬師如来、千手観音が姿を変えてわが国に現れたものだと下々の者は言い伝えております」

「そのことなら、聞いたことがある」

「その教えを都で大々的にはやらせ、国中に広めるのでございます。そうすれば仏前か神前かで争うことはなくなりましょう」

「事は信仰の問題だ。そう簡単にはいくまい」

「それなら大仏建立の後に、国を挙げて開眼供養をしたらいかがでしょうか」

「何か策でもあるのか」

「開眼供養の場に熊野の三神を参拝させ、神が仏に帰依して神仏一体になった姿を衆生に披露するのです」

「お前さんの口八丁はたいしたものだが、北里の芸妓を口説くのとは訳がちがう。そう簡単にはいくまいよ」

真備は笑って取り合わなかったが、玄昉のこの考えは後に別の形で実現することになった。

天平勝宝四年（七五二）に行われた東大寺盧舎那仏の開眼供養に、豊前宇佐の八幡神が参拝し、八幡大菩薩という称号が与えられて神仏混淆の実を示したのだった。

「口八丁とはひどい。他にもお知らせしたいことがありましたが、そんなに信用していただけないなら、もう何も申しません」

「怒るな、玄ちゃん。口八丁とは弁舌の達者という意味だ。内道場の僧正さまともなると、自尊心が高くて困ったものだ」

「そうでしょうか。拙僧には口先だけのお調子者だと言われたように聞こえましたが」

「口八丁手八丁とは、八挺の道具を自在にあやつる様子を評したものだ。大自在天も八つの道具を手にしているではないか」

「そのような意味でお使いになったのなら、水に流して申し上げましょう。元正太上天皇さまが重祚されたなら、大唐国との関係を見直そうとしておられるのです」

「見直すとは、何を、どのように」

「分かりませんか。学士さまほどの知恵者でも」

さっきの仕返しとばかりに、玄昉が意地の悪い言い方をした。

「見直しができるとすれば、外交くらいだと思うが」

「そう。遣唐使の廃止ですよ。これ以上唐に屈服するような政策を取るべきではないと考えておられるのです」

「なるほど。それで東宮さまは」

唐と日本では事情がちがうと言われたのかと、真備はようやく腑に落ちた。

「しかし唐から学ぶべきものはまだまだ多い。それに唐との冊封関係を断ったなら、日本は再び孤立するではないか」

「新羅や渤海（ぼっかい）との関係を強化すればそうはならないと、藤原仲麻呂卿が進言されたそうです」

「嘘だろう。疱瘡がはやる直前まで、藤原一門は新羅を攻めようとしてたんだぞ」

「あれは六年前、四卿が生きておられた頃のことです。ところが四人がそろって他界されたので、一門の方々は親唐派に対抗するために、新羅や渤海との関係を深めようとしておられます。藤原広嗣は我らを排除しようとして叛乱（はんらん）を起こしましたが、戦に敗れた後にどこに逃げようとしていたかご存じですか」

「新羅、ということか」

「ひとまず耽羅（たんら）（済州島）に船をつけ、機を見て新羅に渡ろうとしていたそうです」

ところが値嘉島（五島列島）で捕らえられ、弟の綱手とともに誅殺されたのだった。

「その話は宮子さまから聞いたのか」

「さようでございます」

「この間、宮子さまとは疎遠になったと言っていたが、関係を修復したのだな」

「皇太夫人さまの平安を願い、孔雀王呪経の密儀を三日三晩行いました。そうして再び信任を得たのです」

「それは結構。どうやら東宮さまは、光明皇后さまの影響を受け、藤原一門寄りの考えに傾いておられるようだ。それを阻止するには向こうの内情をつかまねばならぬ」

「お任せ下され。拙僧の力がいかほどのものか、やがてお分かりいただけましょう」

玄昉は紫衣の袖を払い、姿勢を正して威厳をつくろった。


五月五日は快晴だった。

前日までの雨がカラリと上がり、空は青く澄みわたっている。北に連なる山の木々は、雨に洗われて鮮やかな緑色をなしている。

大極殿の瓦は陽に輝き、朱色の柱や白い壁は清らかに美しい。恭仁宮の南を流れる木津川は、雨を集めて速さを増していた。

大極殿の背後には東西に並んだ二つの内裏地区がある。

西側には聖武天皇が、東側に東宮がお住まいになり、時には政をおこない、時には人を招いて酒宴に興じられる。

五節の舞いは西の内裏の主殿でおこなわれた。

後の紫宸殿に近い造りで、母屋の四方に庇をめぐらし、庇の下には廻り縁を配している。南庇の下の縁に毛氈（もうせん）を敷き、高覧の座としている。

中庭には三丈（約九メートル）四方ほどの舞台をしつらえ、左右に笙（しょう）や篳篥（ひちりき）、龍笛（りゅうてき）などの奏者が控えていた。

内裏の東西には回廊があって、五節の舞いに招かれた者たちが着座している。

真備は橘諸兄らと共に東側に、玄昉は宮子皇太夫人や光明皇后に従って西側に控えていた。

宮子は還暦を過ぎているが、髪は豊かで肌も若々しく、艶然たる容姿を保っている。

皇后は四十三歳。眉がこく鼻筋が太い、意志の強そうな顔立ちをしていた。

やがて東宮の阿倍内親王が由利の介添えを受けて舞台に上がった。

黄金の冠をつけ、朱色の長袍（ちょうほう）の上に萌葱（もえぎ）色の袖なしを重ねている。右手には銀の鈴、左手には檜扇（ひおおぎ）を持っていた。

次に主殿の奥からお出ましを告げる声が上がり、帝と太上天皇が席につかれた。帝は皇后と同い歳で、聡明で思慮深いおだやかな表情をしておられる。

元正太上天皇は六十四歳。母は元明、祖母は持統で、三代つづけて女性天皇になられた稀有の家系である。

帝の伯母にも当たるので、いまだに隠然たる影響力を保っていた。

舞いは笙と篳篥の演奏から始まった。

大地の気を集め天に通じると称される音色が高々と響きわたると、内親王が背筋の伸びた乱れのない姿勢で真っ直ぐに立った。

すると音声（おんじょう）の者が低く響く拍子の声を上げ、龍笛が加わってにぎやかさを増してゆく。その頃合いをはかって、内親王は天をあおぎ地を清めるしぐさをしながらゆっくりと袖を振る。

古来、乙女は袖を振って呪術的な力を発揮すると信じられているが、この舞いは天武天皇が吉野で天女と出会い、袖を五度振って舞うのを見たことに由来する。

内親王の舞いは天女さながらの美しく優雅なものだった。

ゆっくりとしていながら緊迫感がみなぎり、袖を振りながら四方を拝していく。そして気高くおだやかな表情のまま、主賓である太上天皇と帝の弥栄（いやさか）を願って五度目の袖を振った。

見る者すべてが舞いに魅了され、演奏が終わってからも身動きさえできなかった。

内裏は静まりかえり、裏山を吹き抜ける風が梢をゆらす音だけがあたりを包んでいた。

「東宮、見事である。入神（にゅうしん）の出来であった」

帝の言葉で呪縛が解けたように、皆が我に返って称賛の声をあげた。

真備の喜びと安堵はひとしおである。感激に手を打ち鳴らしながら、涙があふれるのを止めることができなかった。

つづいて帝と太上天皇との間で詔（みことのり）のやり取りが行われた。

まず橘諸兄が立ってうやうやしく詔書を開いた。

「天皇のお言葉を、私が取りついで申し上げます」

諸兄は僭越をお許しいただきたいと断り、おごそかに詔書を読み始めた。

「口に申すのも畏れ多い聖の天皇（天武天皇）が、天下をお治めになり平定なされてお思いになるには、上の者と下の者との間をととのえ和らげて、動揺なく安静ならしめるためには、礼と楽の二つを並べて保つことこそ大切であろう。そう考えて五節の舞いをお造りになったと今上（聖武天皇）はお聞きになり、天地と共に絶えることなくこの舞いが受け継がれていくように、東宮に習わせ、わが皇天皇（元正太上天皇）の御前で披露するように計らわれました。このことを謹んで奏上いたします」

これに対して太上天皇からの返詔があり、お付きの命婦が読み上げた。

「現御神として大八洲国をお治めになるわが子の天皇（聖武）が、口に申すのも恐れ多い帝（天武）がお始めになった五節の舞いを、国の宝として東宮に演じさせておられるので、天下に立てられ行われている国法は絶えることはないと、太上天皇はお喜びになっておられます。また今日行われた五節の舞いは、単に舞いの遊びではなく、天下の人々に君臣、親子の道理を教え導くためのものであるとお思いでございます。天下の人々がそれを忘れず失わないようにするために、手本となる一人、二人をお誉め下さるのが大切であります。そのようにおおせになったお言葉を、謹んで奏上いたします」

命婦はそれにつづいて太上天皇の歌を披露した。

「そらみつ　大和の国は　神からし　尊くあるらし　この舞い見れば」

大和の国が尊くあるのは、もともと神柄（かみから）であるらしい、今日の舞いを見てそう思ったことであった。そんな意味である。

この詔（みことのり）と歌によって、太上天皇は天武天皇の方針を尊重すると公の場で表明したのだから、事は真備の計略通りに運んだのだった。

真備の功績は帝も高く評価され、節会（せちえ）の後の除目（じもく）では位を二つ上げて従四位下に任じられた。役職も東宮学士から東宮大夫（とうぐうだいぶ）になり、阿倍内親王の指南を一手に任されたのだった。

真備は得意の絶頂である。

これで元正太上天皇を天武派に引きもどしたのだから、藤原仲麻呂らの奸計（かんけい）を完全に封じることができる。

そう確信したものだが、翌日に公表された人事の一覧を見て衝撃を受けた。

橘諸兄が従一位左大臣、鈴鹿王が従二位に任じられたのは喜ばしいことだが、藤原一門への処遇はそれ以上に手厚かった。

従三位の藤原豊成を中納言、従四位上の仲麻呂を参議に任じたばかりか、一門と親しい巨勢（こせの）奈弖麻呂（なでまろ）を中納言、紀麻路（きのまろ）を参議にしている。

これでは朝議に参画する七人のうち四人までが藤原方で占められ、朝政を意のままにされかねなかった。

（いったい、なぜ、こんな人事を……）

諸兄が認めたのか問い質そうと朝堂院をたずねたが、帝の宴に召されていて会うことはできなかった。

諸兄から呼び出しがあったのは三日後だった。

「先日の伝言は受け取った。そなたの懸念はもっともである」

諸兄はどんな批判をされても仕方がないと肚を据えていた。

「これでは藤原一門に朝議を牛耳られてしまいます。どうしてこんな人事を認めたのですか」

「帝の思し召しじゃ、太上天皇さまを五節の舞いにお招きしたところ、節会の後に人事を行うなら応じても良いという返答があった。そこで式部省に案を出させ、あのような人事になったのだ」

「式部卿は鈴鹿王がつとめておられますが、権限を握っているのは藤原一門です。これでは罠にはめられたようなものではありませんか」

「そなたも太上天皇さまの返詔を聞いたであろう。あの中で手本となる方々を誉めるようにと明言されたのは、除目をおこなう約束をはたすように念を押されたのだ。その要求を呑む以外に、五節の舞いにご臨席いただく術はなかった」

だから痛み分けにするしかなかったと諸兄は割り切っていたが、真備にはそれだけですむとは思えなかった。

その予感は最悪の形で的中した。

五月二十日になって、諸兄が民部省から墾田について新案が出されたと告げたのである。

「三世一身の法を改め、墾田を永年にわたって私有できるようにするものだ」

諸兄が渡した書状には次のように記されていた。

「墾田は養老七年（七二三）の格（律令の修正法令）によって、三代の間私有した後は、官に収め口分田に組み入れると定められていた。しかしこれでは農夫は怠けて投げやりになり、せっかく開墾した土地もまた荒れてしまうという弊害が生じている。そこで今後は自分で開墾した土地は個人の財産とし、三世一身の法を適用することなく、永年にわたって私有を認めることにする。ただし、私有する土地には、身分によって制限をもうけるように検討する」

後に墾田永年私財法と呼ばれる法令だった。

「左大臣さまは、これを認められるつもりですか」

真備の体が怒りに鳥肌立った。

これは公民に口分田を与えて租庸調を徴収している律令制度の、根幹をゆるがすものだった。

「仕方があるまい。疱瘡によって被害を受けた国々では、田主を失って荒れはてた口分田も多い。それを回復するには、財力のある者に開墾を任せるしかないのだ」

「財力のある者とは地方の豪族たちでしょう。そうなれば帝を中心にした律令国家を築く理想は崩れてしまいます。彼らはこの法令を利用して、土地も人も私有するようになります」

それによって利益を受けるのは地方の豪族と、豪族たちを束ねている藤原一門なのである。仲麻呂がこんな法案を出してきたのは、藤原氏の発言力を強めて帝の方針をくつがえすためにちがいなかった。

「そんなことは分かっている。だが疱瘡の被害によって税収は大きく落ち込んでいる。しかも恭仁宮の整備や大仏建立のためには多く経費が必要になる。地方の豪族たちの協力がなければ、国分寺や国分尼寺の造営もままならないのだ」

「帝も同じお考えでしょうか」

「やむを得ぬとおおせだ。事ここに至っては、致し方あるまい」

「朝議は……、この案を審議するのはいつでしょうか」

「六日後。今月の二十六日だ」

「それでは早過ぎます。律令制の是非に関わる大事ゆえ、時間をかけて審議するべきです」

「この案はすでに帝に奏上され、朝議にかけられることになった。今さら変えることはできぬ」

「帝が衆議をつくせとお命じになれば、今からでも朝議を延期することはできるはずです」

三世一身の法が出されて二十年しかたっていないのだから、三代の私有を認めた不備が明らかになっているわけではない。そう進言すれば、帝も延期に同意して下さるはずだった。

「問題は当面の費用の調達なのだ。地方の豪族たちに協力してもらうには、墾田の私有を認めるしかないのだ」

「銭さえ工面すればいいのですね」

「何か策があるのか」

「寺院建立の勧進をつのるのです。良弁上人や行基上人などに呼びかけてもらえば、国中の僧や尼僧が動くでしょう」

それで足りるとは真備も思っていない。いざとなれば筑前那の津（博多）の志賀海神社に行き、石皓然が紹介した日渡当麻の力を借りるつもりである。

　その者の伝で皓然と硫黄の密貿易を行い、大金を稼いで勧進に充当すれば何とかなるはずだった。

「それならそなたが奏上してみるが良い。わしの立場では、これ以上ご宸襟をわずらわすことはできぬ」

　諸兄は五節の舞い以来の折衝に疲れはて、踏み留まる気力を失っていた。

　真備は翌日内裏を訪ね、帝に面会を申し入れた。東宮の指南について相談があるという口実を構えたが、長々と待たされた後で帝は紫香楽離宮に行幸しておられると告げられた。

「太上天皇さまが大仏建立の地をご覧になりたいとおおせになり、急に同行なされたのです」

　申し訳なさそうに告げる侍従を見て、真備は完全に敗北したことを悟った。

　藤原仲麻呂は最初から、太上天皇を意のままに動かしていたのである。そして五節の舞いと引き換えに除目をおこなわせ、墾田永年私財法を決議できる状況を作り上げた。

　しかも真備が帝に直訴することまで見通し、紫香楽への行幸という策を用いて対面を阻止したのだった。

第八章　明日への忍従

天宝四載（七四五）十月十三日、玄宗皇帝は親族や重臣たちを従えて驪山の温泉宮（後の華清宮）に向かった。

毎年十月には温泉宮で保養するのが慣例だが、この年の行幸には特別の意味があった。二カ月前に楊太真（玉環）を貴妃に任じ、晴れて公の場で披露できるようになった。それを祝って、十日にわたる大宴会を催すことにしたのである。

長安の春明門を出た車列は、温泉宮までの六十里（約三二キロ）の道をゆっくりと進んでいく。中央には玄宗と楊貴妃が乗った鳳凰の飾りをつけた馬車が進み、その前後に重臣たちが付き従っていた。

すぐ前を東宮の李亨（旧名李璵）の車が先導し、後ろは中書令李林甫が固めている。三頭立ての大きな馬車には、儀王友に抜擢された阿倍仲麻呂が同乗していた。

儀王友とは玄宗の皇子である儀王の教育係だが、昇進に尽力した林甫が仲麻呂に命じたのは、親族の間で交わされる話を集めることだった。

皇帝と親族の集まりに出席できるようになるので、そこで何が話し合われたか、皇族と重臣の関係はどうかを知ることができる。それを細大もらさず報告せよというのである。

　これでは林甫の用間（スパイ）として送り込まれたも同然だが、仲麻呂は忠実に役目をはたし、着々と成果を上げていた。

「これからの予定を伝えておく」

　林甫が椅子の背もたれに体をあずけて告げた。

「温泉宮に着いたなら陛下は妃殿下とおくつろぎになり、旅の疲れをいやされる。近侍するのは高力士だけだ」

　これは玄宗の警固に関わる重大事で、知らされるのは高位の者ばかりだった。

「明日の正午に重臣たちを宮殿に集め、朝政の状況についてお聞きになる。出席するのは余の他に韋堅、李適之、楊慎矜、王鉷などだ。余と韋堅が目下の現状について報告をさせていただく」

「承知いたしました」

「その後未の刻（午後二時）から、妃殿下のお披露目をなされる。その後で祝いの酒宴が始まるが、この時お前と楊玉鈴さまの縁組を披露することになる。お前も晴れて花婿になり、皇帝陛下の義兄になる栄に浴するのだ」

「私はどうすればいいのでしょうか。挨拶などをする必要がありますか」

　仲麻呂は林甫の従順な部下に徹していた。

「そんな必要はない。皇帝陛下は妃殿下を息子の李瑁さまから奪ったことを気にかけておられ、親族や重臣の中には内心反対している者がいるのではないかと案じておられる。それでは祝宴の雰囲気がぎこちなくなると思わないか」

「おおせの通りと存じます」

「そこで、お前と玉鈴さまの縁組を披露する。お前の秀才は長安でも知れわたっているから、皆も興味を持ってくれるだろう。妃殿下にばかり注目が集まることを避けるための、ちょっとした話題作りだ」

話のネタに玉鈴と結婚させると言わんばかりだが、仲麻呂は平然とやり過ごした。

「玉鈴さまと縁組したなら、お前はこれまで以上に帝のご親族の中で重視されるようになる。そこで温泉宮に滞在している間に、東宮殿下と韋堅の仲がどこまで進んでいるかをさぐっておけ」

「調査の要点は何でしょうか」

「お前も知っての通り、東宮殿下は韋堅の妹を妃にしておられる。韋堅は殿下が即位なされた時にそなえ、李適之らと徒党を組んで朝廷の実権を握ろうとしている。殿下がこうした事態に巻き込まれることを避けるためにも、韋堅らの動きを、正確に知っておかなければならぬ」

林甫はかつて武恵妃(ぶけいひ)と組み、李瑁を東宮にしようと陰謀をめぐらした。それに反対していた張九齢(ちょうきゅうれい)を失脚させ、東宮だった李瑛(りえい)に濡れ衣を着せて自殺にまで追い込んだ。

ところがその直後に武恵妃が死んだために、玄宗は李瑁を東宮にする情熱を失い、高力士の進言に従って年長の李亨を東宮に立てた。

このため李亭は林甫に対して強い反感を持っている。

林甫が仲麻呂に命じて李亭の動きを監視させせようとしているのは、李亭が自分を排斥する動きに出ているのではないかと疑っているからだった。

「ところで玉鈴さまを嫁に迎える気分はどうだね」

林甫が端正な顔に薄い笑みを浮かべて話題を変えた。

「恐れ多いことで、この先どうなるかと案じているばかりです」

仲麻呂は林甫に話柄を与えようと、大げさに恐れ入っているふりをした。

「余の後ろ盾があってのことだ。堂々としていればいい」

「ありがとうございます」

「ただし、玉鈴さまの機嫌をそこねてはならぬ。右と言われれば右を向き、飛べと言われれば崖からでも飛び降りることだ」

「それほど厳しいお方でしょうか」

仲麻呂は何度か玉鈴と同席したが、儀礼の範囲をこえて話をしたことはなかった。

「我がままで意地が悪く、自尊心ばかりが強い。そう思っておけば間違いあるまい」

「そうしたお心を和らげる手立ては、何かあるのでしょうか」

「お前は女の扱いには慣れておるまい」

「さようでございます」

「女というものは心の内は猛々しく、外には従順の装いをするものだ。心を和らげるには、心の内に隠し持つ猛々しさの本質を見極め、解きほぐしてやらねばならぬ。そうして男に従う喜びを与えてやることだ」

林甫の人間に対する洞察力は鋭く、一個の心理学者の域に達していた。

「どうやら玉鈴さまは、心に深い傷を負われた経験があるようだ。そのことに対する怒りや恨みや後悔が、自分を守ろうという意識を過剰にし、人に対する猜疑心（さいぎしん）や敵意となっている。もちろんそれを上手に隠す術（すべ）はわきまえておられるがね」

「もうひとつ、おたずねしてもよろしいでしょうか」

「構わんよ」

「玉鈴さまは、どうして私との結婚を承知されたのですか」

「余と皇帝陛下が勧めたからだ。これを断れば玉鈴さまの立場はない。それはお前も同じだ」

「…………」

「ところで張九齢の姪は、川に身を投げたそうだな」

「そのように聞きましたが、確証はありません」

「別れた妻のことなど、いつまでも気にするな。面倒な手間がはぶけて良かったではないか」

林甫はあくび混じりに言うと、椅子にもたれて寝息をたて始めた。

仲麻呂は馬車の窓を細目に開けた。吹き込んでくる初冬の風でほてった頬を冷ましながら、流れ過ぎる景色を動かぬ目でながめていた。

野は枯れ草におおわれ、山の紅葉は盛りを迎えている。空はどんよりと曇り、今にも雨が降り出しそうだった。

その重苦しい色が、仲麻呂をあの日の思い出にいざなった。

若晴(じゃくせい)が娘の遥(よう)を連れて家を出たことを知り、雨の中を駆け出して二人の行方を追った。航(こう)が消えた薬草園で、若晴は遥を道連れに自殺をはかるのではないか。そんな焦燥に駆られて走りつづけたが、薬草園に二人の姿はなかった。

近くの者にたずねると、二人らしい母子連れが滻水(さんすい)の方に向かったという。そこで後を追ったが、二人を見つけることはできなかった。

しかも川は雨で増水し、赤茶色の濁流となって速さを増している。これでは下流の橋を渡る以外に先へは進めないと思って、河原の道を駆け出したが、ふっと途中で気力がなえた。

こんなことをしても、今さら見つけられるはずがない。そんな絶望に打ちのめされ、その場にうずくまって叫び声を上げた。

数日後、滻水の水位がいつもの高さにもどってから、川岸の木の枝に若晴が着ていた藤色の袍(ほう)が引っかかっているのが見つかった。報告に来た地元の里正(りせい)は、遺体はさらに下流に流されたと見て、母子で入水したと決めつけた。

現場から二里（約一〇八〇メートル）ほど下ったところには、漕運(そううん)のために新しく開いた広(こう)運潭(うんたん)がある。その底に沈んだなら捜しようがないと、捜索の打ち切りを告げたのだった。

温泉宮は驪山(りざん)の北のふもとにあった。古くから温泉がわくことで知られ、秦の始皇帝や漢の武帝もこの地に宮殿を建てたという。

唐代になると、太宗李世民が貞観十八年（六四四）に温泉宮と名付け、玄宗に引きつがれて楊貴妃との保養地になった。

後に白居易が『長恨歌』の中で、貴妃が温泉に入った時のことを、

春寒くして浴を賜う　華清の池
温泉水滑らかにして　凝脂を洗う

そう歌ったことはよく知られている。

到着の夜は皆が休息して移動の疲れをいやし、翌日正午から玄宗の聴政が行われた。

金と銀と大理石を惜しげもなく使った荘厳な宮殿は、上段と下段の間に分かれている。上段の中央の椅子に玄宗がつき、横に東宮の李亨が控えていた。

玄宗は六十一歳になる。一時期は体調を崩し、政治の表舞台に立つことを避けていたが、楊太真を貴妃にしてから元気を取りもどしていた。

李亨は三十五歳。兄の李瑛が自殺を命じられた後、高力士の進言によって東宮に立てられた。この時の争いが尾を引き、今でも李林甫に対して強い不信感を持っていた。

下段には大きな卓が置かれ、朝廷の有力者たちが顔をそろえていた。

筆頭は李林甫、次が刑部尚書に昇進した韋堅で、林甫とは妻同士が姉妹という間柄である。

一方、韋堅は妹を東宮の妃にしているので、林甫との関係は微妙に揺れていた。

韋堅の横には左丞相の李適之が座っている。張九齢が見込んでいた実直な男で、林甫が牛仙客を左丞相に登用した時には、その器にあらずと公然と批判した。

それを恨んだ林甫は、事あるごとに失脚させようと画策したが、李適之への玄宗の信頼は厚く、牛仙客が他界すると後任に抜擢したのだった。

この三人が左の列で、向かいの右の列の筆頭には宦官の高力士、その次には林甫の引きで戸部郎中から戸口色役使（戸籍力役担当長官）に任じられた王鉷がいる。隣には同じく林甫と手を組むことで江淮租庸転運使（江南租税運輸長官）に任じられた楊慎矜がいた。

年齢は林甫が六十三、高力士が六十二、李適之は五十二。韋堅、王鉷、楊慎矜も適之と同年代だった。

「それでは中書令の臣から、最近の情勢についてご報告申し上げます」

林甫が席を立って声を上げた。

「もっとも危惧すべきは、奚と契丹が好を通じてわが朝に敵対したことでございました。そこで臣は平盧節度使の安禄山に范陽節度使（范陽は現在の北京）を兼任させるよう、皇帝陛下にご進言申し上げました。それをお許しいただいたお陰で、つい先日安禄山から喜ばしい報告がありました」

「禄山め。やりおったか」

お気に入りの雑胡の働きに、玄宗が目を細めた。

「禄山は兵十万をひきいて北進し、契丹を討って敵の将兵一万五千の首を斬りました。捕虜にした者は、その二倍にのぼります。そして自ら北平郡（河北省秦皇島市（しんのうとうし））まで進撃した時、不思議な夢のお告げがあったそうでございます」

林甫は玄宗がこうした話にひときわ興味を持っていることを知っていて、得意の話術で誘いをかけた。

「ほう、どんな夢じゃ」

「太宗陛下に仕えて名将軍とうたわれた李靖（りせい）さまと李勣（りせき）さまが禄山のもとに現れ、軍旅の途中ゆえ食を乞うとおおせられたそうでございます」

「その二人なら知っておる。突厥（とっけつ）征伐において鬼神の如き働きをした。李靖は太宗陛下の宰相までつとめた者だ」

「おおせの通りでございます」

「その二人が夢に現れ食を求めるとは、いかなる啓示であろうか」

玄宗はやすやすと林甫の話術に引き込まれた。

「安禄山も意味が分からず、お二人を祀る廟宇（びょうう）を建て、ご加護を願う祈禱をしたそうでございます。すると神室の梁に霊芝（れいし）が生じ、みるみるうちに十茎に分かれてあたりをおおいつくしました。これは二人の名将軍が夷狄（いてき）と戦うことを嘉（よみ）し、幽界から賛助をたまわったにちがいないと確信したそうでございます」

「そうであろう。霊芝は古くから、命を養う延命の霊薬として知られておる。寒い北方での戦いには何より力を発揮するであろう」

「陛下のご慧眼恐るべしでございます。安禄山もそのように考え、霊芝を将兵に配って羹の鍋に入れて食べさせたそうでございます。すると将兵は死をも恐れぬ鬼神と化し、契丹勢との戦いに次々と勝利したのでございます」

「朕は禄山を一目見た時から、ただ者ではないと見抜いていた。それゆえ皆の反対を押し切って命を助けるように命じたのだ」

安禄山が活躍するほど、玄宗の計らいが正しかったことの証になる。それが彼を重用しつづける理由のひとつになっていた。

「次に刑部尚書の韋堅より、ご報告をさせていただきます」

林甫は韋堅を手元につなぎ留めておくためにこうした栄誉を与えているが、それは上辺だけの見せかけだった。

韋堅はもともと運輸における手腕を発揮して玄宗に重用されていた。

陝郡の太守や江淮租庸転運使を歴任し、開元二十一年（七三三）の大凶作以来食糧危機におちいっていた長安に、大量の穀物を運び込む体制を作り上げた。

そのため韋堅の評価はさらに高まり、李林甫の立場をおびやかすほどになった。

そこで林甫は韋堅を刑部尚書にして宰相の栄誉を与え、陝郡太守や租庸転運使の実務は自分の息のかかった楊慎矜に引き継がせた。

この措置に林甫への不信感をつのらせた韋堅は、東宮や李適之への接近を強めていたのだった。

「刑部尚書に任じていただきました韋堅でございます。刑部は国の裁判や治安をつかさどる重要な役目でございますので、責任の重さを痛感しているところでございます」

韋堅は若くして官職についた秀才で、小柄で丸く太った愛敬ある体形をしている。

陜郡太守の頃には渭水の南に運河を掘って長安から黄河につなげたり、滻水に広運潭を作って多くの舟が係留できるようにした。

「しかし刑部の責任者に就任したばかりなので、その方面についてご報告申し上げることができません。そこで皇帝陛下に開運式をしていただいた広運潭の現状について話をさせていただきます」

「あれは二年前、いや、三年前であったかな」

玄宗が記憶の糸をたぐった。

「二年前の夏でございます」

「数百艘の舟が各地の産物を積んで広運潭に集まった。これで長安が再び飢えることはあるまいと、皆が喜んだものじゃ。のう」

玄宗はいつものように楊貴妃がいるものと勘違いし、同意を求めて横を向いた。

「まことにさようでございます。広運潭という名は、恐れ多くも身共がつけさせていただきました」

高力士がいち早く応じて玄宗の体面を守った。

「あの後も広運潭の漕運は盛んになる一方で、長安に搬入される穀物の五割を占めるようになりました。しかも帰りには、長安の産物や西域からの到来物を仕入れて船に積み込みます。その売買は転運使が管理しておりますので、大きな収益を上げられるようになったのでございます」

実は林甫が目をつけたのは、この巨大な収益だった。このまま韋堅の管理にゆだねていては、権勢がますます盛んになる。そこで刑部尚書に栄転させ、楊慎矜に収益の管理をさせた。

韋堅はそのことを知っていながら、いや、知っているからなおさら、玄宗に広運潭の話をしたのである。

阿倍仲麻呂は林甫の後ろに控えてどんな諮問にも答えられるようにしながら、そうした一部始終をながめていた。

やがて玄宗の私邸である離宮に場所を移し、予定通り未の刻（午後二時）から楊貴妃のお披露目が行われた。

一日目は内輪の祝いで、参列を許されたのは東宮夫妻と二人の皇子、貴妃の三人の姉と従兄の楊銛（ようせん）と楊錡（ようき）、それに李林甫と高力士である。

会場には楽師たちの座がもうけられ、玄宗が貴妃のために作った霓裳（げいしょう）羽衣（うい）の曲をかなでつづけていた。後に貴妃が群臣の前に立つ時はこの曲をかなでるのが恒例になるが、この日がその嚆矢（こうし）となった。

進行役は後宮の諸務を取り仕切る高力士がつとめた。

このたび楊太真が晴れて貴妃に任じられたことを公にして、貴妃の亡父の楊玄琰に大尉の官位と斉国公の爵位が追贈されたことを告げた。これによって楊家は名門の家柄になり、貴妃の親族もそれにふさわしい処遇を受けることになった。

仲麻呂はこの場に臨席していない。林甫にしかるべき時期に声をかけると言われ、新調した冠をかぶり五品官の浅緋色の袍を着込んで隣室に控えていた。

「皆さまに報告があります。この喜ばしき日に、もうひとつの縁組が行われることになりました」

高力士がくぐもった声で告げると、楽師たちの演奏がぴたりとやんだ。

仲麻呂はいよいよ出番かと肚を据えたが、高力士の口をついたのは別の花婿の名前だった。

「皇帝陛下は武恵妃殿下との愛娘を太華公主とし、楊錡どのに嫁がせ、両家の絆をさらに深めることにされるのでございます」

おおっというどよめきが起こるのを聞きながら、仲麻呂はほっと胸をなで下ろした。楊玉鈴と結婚させるという林甫の計略は、これで立ち消えになると思った。

ところが太華公主が現れる気配はなく、本人は来ていないらしい。仲麻呂がそう思っていると、李林甫のよく通る低い声がひびいてきた。

「皆さま、公主さまはお出でましになっておりませんが、儀王殿下の王友にして私の秘書官でもある晁衡も、縁組をさせていただくことになりました。そのお相手は誰あろう、妃殿下の姉上の玉鈴さまでございます」

仲麻呂は林甫の挨拶に引きずり出される形で広間の入り口に立った。

正面に玄宗と貴妃、左右に東宮夫妻と楊家の五人、それに林甫と高力士がいる。皆の視線が仲麻呂に集まり、ややあってから林甫の音頭で拍手が起こった。

「さあ、玉鈴さま。新郎の横に」

林甫にうながされて玉鈴が歩み寄ってきた。

上背のある細身の体を石榴(ざくろ)色の長裙(ちょうくん)で包み、織り目の粗い白絹の裲襠(こうとう)(うちかけ)を重ねている。渦巻き状に巻き上げた豊かな髪には、真珠の髪飾りをつけていた。

貴妃の装いより派手にならないように気を配っているが、目鼻立ちのととのったほっそりとした顔立ちは、容姿という点だけで言えば貴妃を上回っていた。

「よろしく、お願いします」

玉鈴は軽く会釈をして横に並んだ。

「さあ皆さん、美男美女、似合いの二人をご覧下さい。皇帝陛下は晁衡の力量を見込まれ、玉鈴さまと縁組するように命じられました。こんなに晴れやかな二人を見ると、歳をとったことが悔やまれてなりません。いや、実にうらやましい」

林甫が立て板に水の話術で笑いをさそい、皇帝の前に進めと目で合図を送った。仲麻呂は玉鈴をうながし、玄宗と貴妃の前にひざまずいた。

「晁衡に申し付ける。玉鈴は朕(ちん)の義姉じゃ。瞳のごとく大切にせよ」

玄宗が笑みを含んで貴妃を見やった。

「そうですよ。姉には子供の頃から苦労をかけましたから、幸せにしてやって下さいね」

貴妃も頬にえくぼを浮かべて応じた。

仲麻呂は二人のやり取りの意味が分からないまま、

「このような計らいをしていただき、身にあまる幸せでございます。二人で力を合わせて、朝廷の弥栄(いやさか)のために尽くしたいと思っています」

拱手(きょうしゅ)をして深々と頭を下げた。

謁見(えっけん)とお披露目(ひろめ)がとどこおりなく終わり、二人には初夜を過ごすための部屋が与えられた。

広々とした部屋には銀の撚(よ)り糸で縁を刺繍(ししゅう)した緋色の毛氈(もうせん)がしかれ、大理石の大きな卓が置いてある。奥には四方に薄絹の帳(とばり)をたらした寝台があり、絹帛(けんぱく)をふんだんに使った寝具がのべてある。

仲麻呂は温泉につかった後に部屋に入った。寝台の帳の四隅には香袋が下げられ、蘇合香(そごうこう)や沈香(じんこう)のふくよかな香りがする。寝台の棚には玉の獅子がおいてあった。

(もしや、ここは……)

玄宗と貴妃が使っていた寝室ではないか。それを二人のために空けてくれたとすれば、破格の待遇と言うべきだった。

玉鈴はまだ温泉からもどらない。仲麻呂は夜着に着替えるのも遠慮して、官服のまま所在ない時間を過ごしていた。

この先玉鈴とどう接すればいいのか。縁組をしたとはいえ、夫として振る舞っていいのか。

男女の交わりをいたすべきかどうか……。

考えは何もない。林甫に命じられるままここまで来たので、まるで川に押し流された枯れ木がたゆたうように頼りなかった。

玉鈴と交わったなら、あるいはそうしなかったなら、林甫はどう思うか。仲麻呂はそれを一番に考えなければならない立場だった。

明朝顔を合わせたなら、首尾はどうだったかとたずねるだろう。あるいは行為のさなかに寝室にやって来る予感さえするのだった。

卓には持ち手に鐶(わ)がついた金の杯や、水牛の角をかたどった瑪瑙(めのう)杯などが置いてある。仲麻呂は椅子に深々と腰をおろし、ぐったりとした気分でそれをながめた。

こんな時、下道真備(しもつみちのまきび)ならどうするだろう。

「相手が誰であれ女は女だ。男としてなめられてたまるか」

そう言って猛然と玉鈴に挑みかかるかもしれない。それが最悪の結果を招いても、真備ならどうにかして切り抜けるだろう。

だが用間(ようかん)(スパイ)を命じられた仲麻呂には、そうした冒険をする自由はなかった。ひたすらの忍従、屈服、自己韜晦(じことうかい)。しかもそれを気取られず、有能で善良な官僚を演じつづけなければならなかった。

仲麻呂はふと王維(おうい)のことを思った。

張九齢に連座して左遷された彼は、七年前に長安に呼びもどされ、監察御史として職務に復帰した。やがて殿中侍御史となり、門下省の左補闕に移り、今では御史台の侍御史として従六品下に任じられている。

左遷されたわりに順調な出世をとげたのは、本人の優れた能力と努力によるものだが、仲麻呂も陰ながら昇進できるように尽力してきた。

ところが王維は復帰後の宮仕えを良しとせず、時間さえあれば長安の南東にある輞川の別荘にこもって詩や絵画、音楽に興じる日々を送っている。

それはそれで構わないが、王維がまるで竹林七賢のように俗事から身をさけ、林甫に臣従する仲麻呂を内心軽蔑しているのは残念でならなかった。

ある時、そのことを巡って意見が対立した。仲麻呂は王維の厭世はただの逃避だと言い、王維は仲麻呂の身変わりの早さは草によって色を変える虫のようだとなじった。

話はそこで終わったが、翌日王維は『送別』という題の詩を贈ってきた。

馬を下りて君に酒を飲ましむ
君に問う何の之く所ぞと
君は言う　意を得ず
帰りて南山の陲に臥すと
但だ去れ復た問うこと莫し
白雲は尽きる時無し

この詩に言う君は王維自身のことで、問うているのは仲麻呂とおぼしき友人である。意を得ないまま南山のふもとの別荘にこもるという王維に、それならさっさと行けよ、もう二度と会うこともあるまい。空を流れる雲でもながめていればいいさ。仲麻呂がそう言ったことになっている。

あるいは争った後で作った詩ではないかもしれないが、この詩を贈ってきたことが「お前とはもう絶交だ」という王維の気持ちを表していた。

突然、戸を叩く音がした。急かすような乱暴な叩き方である。

あわてて戸を開けると、丸い顔をした年若い侍女が、もうすぐ玉鈴がやって来ると告げた。

やがて湯屋からつづく廊下を、何人かがひと固まりになってやって来た。黄色い宦官の官服を着た男に玉鈴が背負われている。薄絹の衣を羽織っているが、その下は裸である。

両側には介添え役の宦官が従い、玉鈴が背中からずり落ちないように気を配っている。まるで産湯から上がった赤子を寝所に移しているようだった。

「楊玉鈴さま、ご入室でございます」

介添えの宦官が告げ、玉鈴を丸裸にして寝台に横たえた。そうして洗練された動作であたりに異常がないことを確かめ、三人そろって頭を下げて退出した。

これは皇帝の閨に妃嬪たちを運び入れる時のやり方だろう。

いったいどうした訳だと仲麻呂は立ちすくみ、玄宗と貴妃の悪ふざけだと思い当たった。お披露目の席であやしげな目配せをしていたのは、こうしたたくらみのせいらしい。

玉鈴は一糸まとわぬ姿であお向けになったままである。細身のわりには肉付きが良く、乳房も腰回りも豊かである。色白の肌は張りがあってなめらかだが、右の太股にあんずの実ほどの赤黒い痣(あざ)があった。

こんな時どうするべきか、仲麻呂は知る由もない。裸体をながめるのは不作法だろうが、夜着でおおっていいものかどうか分からない。皇帝なら侍女に自分の服を脱がせ、裸になって添い寝するのかもしれないが、いきなりそんなことをする決心もつかなかった。

思いあぐねて寝台に目をやると、玉鈴は頭を枕に載せたままじっと仲麻呂を見つめていた。巻いていた髪をほどき、垂髪にして束ねている。その髪を右肩に載せるようにして腰のあたりまで垂らしていた。

玉鈴は仲麻呂を見つめたまま、髪の先で股間をおおった。そうして挑発するように右の膝をゆっくりと立てた。沈香の香りがひときわ強くただよってくる。どうやら香湯に入り、交わりにそなえて匂いの装いをしてきたようである。

何か声をかけなければならぬ。仲麻呂はそう思ったが、喉は強張(こわば)ったまま動かなかった。玉鈴の目には敵意と蔑(さげす)みが宿っている。それが深みのある黒い瞳をいっそう美しく輝かせていた。

仲麻呂は何も言わないことにした。林甫が言ったように玉鈴は心の中に猛々しさを隠し持ち、敵意と猜疑心(さいぎしん)の固まりになっている。

その矛先を自分に向けている以上、何を言っても無駄にちがいない。こんな時は相手の出方を待つしかなかった。

「寒いわ」

玉鈴が初めて口をきいた。

年若い侍女が夜着で素早く体をおおった。

「晁衡さま、話があります。ここに来て下さい」

仲麻呂は言われた通り枕辺に立った。

「陛下と貴妃はこんな計らいをして下さいましたが、私はあなたと本当の夫婦になるつもりはありません。形だけの関係です」

「それで構いません。よろしくお願いいたします」

「これから一緒にいる機会も増えるでしょうが、あなたは宦官と同じように私に仕えて下さい。しばらく裸体をさらしたのは、それができるか確かめるためです」

「科挙の試験というわけですか」

「ええ、私は皇帝陛下の義姉ですから」

「それで採点はいかがです。合格したのでしょうか」

「あなたも私と同じ。仕方なくこの縁組に応じたことがよく分かりました。生臭さがないだけ、他の男よりましです」

「李宰相はこの縁談を断れば立場がなくなると言われました。あなたも、私も」

「あの方こそ、やがて立場を無くされるでしょう。自分でもそれが分かっているから、邪魔者を必死で蹴落とそうとしておられるのです」

「昔、鳳翔温泉の近くでお目にかかりました。覚えていますか」

仲麻呂は話を変え、本心をさぐろうとした。

あの時、脱輪していた馬車を助けたところ、汚れた手をふくように白い手布を差し出してくれた。あれが本当の姿ではないかと思ったが、玉鈴は何の関心も示さなかった。

「あの娘は小鈴という召使いです。女が欲しくなった時は、いつでも使って構いません」

玉鈴にうながされ、小鈴が仲麻呂を隣の部屋に案内した。小さな寝台がひとつあるだけの、召使い用の部屋だった。


仲麻呂を楊玉鈴の側に送り込んだ李林甫の計略は、天宝五載（七四六）の年明け早々に実を結んだ。

東宮夫妻が大慈恩寺に参拝し、帰りに内々で韋堅の館に立ち寄ると、玉鈴が貴妃から聞き込んできたのである。

「東宮さまは皇帝陛下にもご一緒にいかがかとお誘いになったそうです。でも妃殿下は仏道には興味がありませんから、行きたくないと言われました。それで陛下も断られたのです」

「そうですか。陛下も正月はご多忙でしょうから」

仲麻呂は聞き流す風をよそおって席を立ち、自室にもどってから劉駱谷に使者を送った。

駱谷は半刻（一時間）ほどして仲麻呂が住む宣陽坊の御殿にやって来た。

安禄山が情報の収集や朝廷との折衝のために長安に残した凄腕の側近である。彼は二十人ばかりの部下を使って諜報活動を行っていて、時には仲麻呂の用もはたしていた。

「一月十五日の燃灯節のおりに東宮夫妻が大慈恩寺に参拝し、ご夫人の実家である韋堅どのの館に立ち寄られるそうです。それが事実かどうか、事実ならどのような予定で行動されるかを調べてほしいのです」

「分かりました。お任せ下さい」

「東宮さまと韋堅どのがどんな話をされるかも知りたいのですが、何か手立てはありますか」

「それなら打ってつけの鼠がいます。どこの屋敷にでももぐり込み、二日や三日は忍んでいることができます」

「記憶はどうでしょう。二人の話をできるだけ詳しく知りたいのですが」

「幽州で買い取った切れ者です。一字一句たがえることなく報告し、秘書官さまを驚かせるでしょう」

その言葉通り、駱谷の部下たちの働きは見事だった。

一月十五日に東宮夫妻が韋堅の館を立ち去った後、韋堅が崇仁坊にある道教寺院で皇甫惟明と秘密裏に会ったことまで調べ上げていた。

惟明は吐蕃（チベット）との戦いで数々の戦功を上げた名将で、隴右節度使に加えて河西節度使に任じられたばかりだった。

「東宮さまと韋堅どのが酒宴の後で密談されたことを、鼠が聞き込んで参りました。人目をさけておりますので、隣室から報告させていただきます」

駱谷にうながされて、戸板の向こうから「鼠でございます」というか細い声がした。どうやら若い女のようだった。

「二人は次のような話をしました。地声は韋堅、裏声は東宮でございます」

あらかじめ断ってから、鼠が二人の話を再現した。

「東宮さま、近頃の李宰相の専横は目にあまるものがございます。正しき者を遠ざけ、へつらう者ばかりを重用し、朝政をほしいままにしております。しかも陛下は李宰相をご信任なされ、何事も進言のままになされております。このままでは大唐国の存続さえ危ういと、胸の痛まぬ日はございません」

「余も案ずる所は同じだ。しかし林甫は狡猾で付け入る隙を見せぬ。しかも父君は貴妃に魂を奪われ、朝政への関心を失っておられる。それゆえご意見を申し上げても聞こうとなされぬのだ」

鼠は二人の声色まで真似て話を再現する。どうやら俳優の心得があるようだった。

仲麻呂は目を閉じて耳を傾け、頭の中ですべてを文字に書いていく。こうすればいつでも正確に書き起こすことができた。

「この上は李宰相を追放し、殿下が実権を握られるしかないと存じます。何とぞご決断をお願いいたします」

「父君に叛くことはできぬ。今はまだその時期ではあるまい」

「陛下に叛かずとも、李宰相を失脚させれば良いのでございます」

「林甫は安禄山を意のままにして、十数万の軍勢を動かす力を持っておる。実は父君も、二人の力を内心恐れておられるのだ」

「そこで考えがございます。ひとつは皇甫惟明どのを重用し、安禄山に匹敵する力を持たせることでございます。そうして禄山を河西や剣南(けんなん)の節度使に任じて幽州や営州から引き離せば、力を削ぐことができます」

「林甫がいる限り、そのようなことはできぬ」

「それゆえ李宰相を前もって失脚させるのでございます」

「あるのか、そのような手立てが」

東宮が心を動かされた様子まで、鼠は声色だけで表現してみせた。

「手立てはあります。私の後任として江淮租庸転運使になった楊慎矜は、李宰相に莫大な賄賂(わいろ)を渡しております。それを陛下に告発すれば、職にとどまることはできないでしょう」

「確かな証拠があるのか」

「広運潭を管理しているのは、私の部下だった者です。慎矜から李宰相に渡った金の帳簿も持っています」

「しかし……、その帳簿を公(おおやけ)にしたなら、李林甫は安禄山に命じて我らを葬り去ろうとするかもしれぬ」

「それを防ぐために皇甫惟明を用いるのです。彼の軍勢を配すれば、安禄山とて手出しができません」

「惟明もそれを承知しているのか」

「もちろんです。この後崇仁坊の道教寺院で会う約束をしていますので、盟約を誓う書状を書かせましょうか」

「いや、それには及ばぬ」

鼠はそこまで語って口を閉ざした。

二人の密談を盗み聞きしている錯覚におちいっていた仲麻呂は、あたりを包む静寂に急に現実に引きもどされた。

「秘書官さま、いかがでございますか」

劉駱谷がたずねた。

「見事なものです。お言葉の通り驚きました」

仲麻呂はその日のうちに記憶した内容を書状にし、翌日の朝に御史台の役所に慎矜をたずねた。

「朝一番とは珍しい。何か急用でもあられるか」

慎矜は李林甫の使いだとばかり思っていた。

隋の煬帝(ようだい)の玄孫という高貴な生まれで、父親は長年大府卿(たいふけい)をつとめた楊崇礼(ようすうれい)である。崇礼には下道真備が私設秘書として仕えていたので、仲麻呂もその頃から慎矜とは知り合いだった。

「今朝は私用で推参いたしました。これをご覧下さい」

差し出した書状を読み進むうちに、立派な口髭をたくわえた慎矜の顔がみるみる強張(こわば)っていった。それは林甫に賄賂を渡しているのが事実だと、何より雄弁に物語っていた。

「これはいったいどうしたことだ。どこでこのような書状を手に入れた」

「何者かが屋敷の書状受けに投げ入れていたのでございます。由々しきことが記されておりますので、大事にならぬ先にお知らせいたしました」

　仲麻呂は予定通りのことを言った。

　自分が書いたと疑われないように筆跡も変えていた。

「これは東宮殿下と韋宰相の話を書き取ったもののようだな」

「そのように見受けました」

「余と李宰相のことは事実無根だが、韋宰相がこのようなことを企てておられるのであれば見過ごすことはできぬ」

「楊さまから李宰相に報告して、善処なされるべきと存じます」

「なぜそちが報告せぬ」

「そうしようと思ったのですが、楊さまにご迷惑がかかるのではないかと思い直し、出仕の途中で立ち寄らせていただきました」

「屋敷に投げ入れられていたと申したな」

「さようでございます」

「誰が書いたとも分からぬ書状だ。流言、讒言(ざんげん)の類(たぐい)かもしれぬ」

公にした後で嘘だと分かったなら大失態になる。握りつぶした方が得策ではないかと、慎矜は考えていた。

「李宰相さまなら、これが事実かどうか見抜かれると存じます。もし不都合がおありなら、私から報告させていただいても構いませんが」

「いや、余がお知らせしよう。ただし、この書状は余の屋敷に投げ入れられていたことにする。それで良いな」

「構いません。口外は決していたしませんので」

三日後、仲麻呂は林甫の部屋に呼ばれて書状を突き付けられた。

「倭国の小才子めが。篆書（てんしょ）を用いれば筆跡が隠せるとでも思ったか」

「何のことでしょうか」

「これはお前が書いたものだ。わしの目はごまかせぬぞ」

「おおせの通りでございます」

仲麻呂はあっさりと認めた。

「それならなぜ楊慎矜につかませた」

「宰相と楊慎矜さまの絆を深めるためでございます」

「どういうことだ」

「この書状には楊さまの罪も記されています。宰相がそれを公にすることなく事件を処理されたなら、楊さまは生涯恩義を感じられるでしょう」

敵対している韋堅や皇甫惟明を追い落とすと同時に、将来林甫の立場をおびやかしそうな楊を屈服させる。一石二鳥の策だった。

「ほう、近頃は小才子もあなどれぬな」

「宰相に日々学ばせていただいております」

「これは劉駱谷から手に入れたか」

「おおせの通りでございます」

林甫は仲麻呂の屋敷にも手の者を送り込んでいる。それを承知で、仲麻呂はすべてをさらけ出していた。

「書状の内容に、間違いはあるまいな」

「ご安心を」

「ならば陛下に奏上する。お前も来い」

玄宗は興慶宮の沈香亭で楊貴妃と過ごしていた。

側にはいつものように高力士が控えていた。

「どうした。対面の予定はないはずだが」

玄宗は楽しみの邪魔をされて不機嫌をあらわにした。

「恐れ入ります。実は崇仁坊の道士から、讖緯（予言）があったとの訴えがございました。書状には由々しきことが記されておりますので、陛下にご判断をあおぐべきだと思ったのでございます」

「ほう、道士とな」

「ご披見下されませ」

玄宗は林甫が差し出した書状に素早く目を通し、苦々しい顔をして高力士に渡した。李亨を東宮に推したのは力士である。お前が始末をつけよと言いたげだった。

「おおせの通り、由々しき内容でございますな」

力士はどんな時にも感情を表に出さない術を心得ている。

林甫は途方にくれたふりをして、玄宗の次の言葉を待っていた。

「あれが企（くわだ）てをするとは思えぬ。事実とすれば佞臣（ねいしん）にそそのかされたのであろう」

「身共もそう思います。東宮殿下をご案内いたしますので、一刻（二時間）ほどの猶予をいただきとうございます」

力士は馬車を仕立て、けたたましい車輪の音をたてて東宮御所に向かった。

高力士と東宮の到着を、仲麻呂と林甫は勤政務本楼で待つことにした。

そろそろ正午ちかいので、宰相室に軽い昼食を運ばせることにした。

「良くやった。久々に胸のすく思いだ」

林甫は応接用の椅子に深々と腰を下ろし、仲麻呂にも座るように勧めた。

「この先、力士はどう出ると思うかね」

「東宮殿下は佞臣にそそのかされたのであろうと、陛下はおおせになりました。これは東宮殿下は処分しないという意味だと思います」

「うむ、その通りだ」

「だとすれば韋堅どのや皇甫惟明どのとのつながりを否定し、東宮殿下は何も知らなかったと言い張るしかないでしょう」

「二人に罪を負わせるということだな」

「今の東宮殿下のお立場では、それ以外に生きる道はないと存じます」

「すると二人はどうなる。東宮殿下は関与しておられなかったとなれば、どんな罪で失脚させるのが適当かね」

「陛下に対する叛逆罪を問うことはできなくなります。韋堅どのと惟明どのが、東宮殿下の御名を騙って徒党を組もうとしていたことにするのが良いのではないでしょうか」

「それでは軽い処分にとどめざるを得なくなる。死罪や杖殺にすることはできまい」

林甫はこの機会に一気に邪魔者を葬り去る気になっている。しかも李林甫に逆らったらどうなるかを高官たちに思い知らせるために、ひときわ惨い処分にしたがっていた。

「そこまで重い処分をするには、東宮殿下も企てに加わっておられたとする以外にないでしょう」

「あの書状に間違いはないと、お前は請け合ったではないか」

「それは東宮殿下のご様子を見れば明らかになると思います」

「ならばこの際、あの方も潰してしまう手はないか。そうして余の息のかかった方を擁立すれば、この先も安泰だと思うが」

「それでは陛下が難色を示されましょう。ここは一気の勝ちを求めず、東宮殿下に恩を売って手なずけておくのが得策だと存じます」

その時廊下で物音がして、厨房（ちゅうぼう）の料理人が昼食を運んできた。

昼食は厨房の名物となった饅頭（まんじゅう）と野菜の湯（タン）だった。料理人が卓に並べ始めるとふかした饅頭のいい香りがして、ずっと昔に王維が厨房から持ってきてくれた時のことを思い出した。

するとふいに胃のあたりに差し込むような痛みが走り、強烈な吐き気が突き上げてきた。

「すみません。失礼いたします」

仲麻呂は喉の奥からこみ上げてくる吐き気に耐えながら席を立ち、廊下のはずれにある厠（かわや）に急いだ。

決して走ってはならないし、威厳を失うわけにもいかない。今にも飛び出しそうな嘔吐（おうと）をこらえ、脂汗がにじむのに耐えながら背筋を伸ばして歩を進めた。

ようやくたどりついたが、三つある厠はどれも使用中だった。仲麻呂は失礼を承知で戸を叩き、早く出て交代してくれるように訴えた。

ところが三つとも反応は冷たかった。一人は中から叩き返し、一人は「うるさい」と怒鳴り、一人は沈黙したままだった。

胃の痛みと吐き気はもはや耐えられないところまで切迫している。

あたりを見回すと、掃除用具を入れる納戸があった。戸を開けると床をふく雑巾や長柄のついた刷子（はけ）、水を入れる桶（おけ）、黒い大きな壺などが整然と入れてある。

壺は黄砂が舞う頃に使う痰壺で、口径は一尺半（約四五センチ）ばかりで腰までの高さがある。仲麻呂は縁につかまり、頭を壺に突っ込むようにして吐いた。

はね返った反吐（へど）の飛沫（ひまつ）が顔にかかり異臭が鼻を突いたが、仲麻呂は同じ姿勢で吐きつづけた。吐くものがなくなっても、胃袋まで裏返りそうな吐き気に襲われる。そのたびに苦く黄色い胃液がこみ上げてきた。

仲麻呂はよだれと鼻水と涙で顔をぐしょぐしょにしながら、自分の運命を呪った。

こんなことをするために唐に渡ってきたのではない。張九齢や王維を裏切り、若晴や娘の遥まで犠牲にして、この先どこへ行こうというのか……。

約束の時間に到着した高力士と東宮李亨は、予想した通り韋堅らとの関わりを否定した。そうして自分は利用されただけだと言い立てることで身を守ろうとした。

林甫は東宮の言い分をすべて認め、韋堅と皇甫惟明を拘束（こうそく）して取り調べを始めた。

〈林甫因（よ）って奏す、『堅、惟明と謀（はかりごと）を結び、共に太子を立てんと欲す』と。堅、惟明、獄に下さる〉

『資治通鑑（しじつがん）』はそう伝えている。

この時代の取り調べは、いちじるしく公正、公平を欠いていた。いったん疑いを受けて投獄されたなら、権力側の筋書き通りに自白させられ、無事に釈放されることはほとんどなかった。

韋堅や皇甫惟明のような権力者でも、いったん足をすくわれたなら蟻地獄に落とされたも同じである。これを逃れるには軽微の罪を認め、李林甫には二度と逆らわないと誓約して獄舎から出してもらうしかなかった。

二人は獄吏に求められるままに罪を認め、韋堅は縉雲郡（浙江省麗水市）の太守に、惟明は播川郡（貴州省遵義市）の太守に左遷された。

韋堅らと親しかった李適之は、これを見て林甫の恐ろしさが身にしみたのだろう。宰相の職を辞して閑職につきたいと申し出た。

「長年の大酒がたたったようで、体の具合がすぐれません。政務に耐えずご迷惑をおかけすることにもなりかねませんので、何とぞお聞き届け下さいますように」

適之は玄宗の御前で懇願した。

いくら酒を飲んでも酔ったところを見せたことがない酒豪で、杜甫が『飲中八仙歌』の中で、

　左相の日興（一日の遊興）万銭を費す
　飲むこと長鯨の百川を吸うが如し

そう謳った陽気で豪胆な男も、林甫の前に屈服したのだった。

四月になって対抗勢力の一掃を終えると、林甫は上機嫌で仲麻呂を呼びつけた。

「この勝利はお前の手柄によるものだ。何か望みがあるなら聞いてやろう」

「お言葉に甘えて、昇進させていただきとうございます」

「どの職につきたい。中書令ではあるまいな」

「秘書監になるのが長年の夢でした。お計らいいただければ有り難く存じます」

「現任の儀王友は従五品下だ。いきなり従三品の宰相にするのは無理がある」

「それでは秘書少監（従四品上）でも構いません」

「それなら何とかなるだろうが、どうしてそれほど秘書省にこだわる」

林甫は左眉を吊り上げた。不審を覚えた時の癖だった。

「秘書監になれば、陛下が発せられる勅書を起草することができます。朝廷のあり方や律令制にも通じることができますので、祖国の国造りに役に立てたいのでございます」

仲麻呂はよどみなく答えた。

「日本から次の朝貢使(ちょうこうし)が来るのは十年ほど先だろう。その時帰国するつもりかね」

「たとえ帰国できなくとも、学んだことを祖国の使者に託すことはできます」

「それなら秘書少監に任じるように手配をしておこう。ただし儀王友も余の秘書も、今まで通り務めてもらう」

「これからも必ずお役に立ちますので、よろしくお計らい下さい」

「お前もこれから忙しくなる。孫長信も転任したので、新しい部下が必要ではないかね」

「そうしていただければ助かります」

仲麻呂の後輩だった長信は、父親と同じ安南（ベトナム）都護府(とごふ)の長史に任じられ、栄転していったばかりだった。

「それでは数日中に人選をして配属しよう。楽しみにしておくがよい」

林甫の言葉通り、五日後には来客があった。

「晁衡さまに仕えるように、李宰相に命じられたとおおせでございます」

取り次ぎの若い官吏が告げた。

「急ぎの仕事がある。応接室に通しておきたまえ」

仲麻呂はやりかけの文書を起草してから、応接室との間の壁にある小窓を開けて様子を見た。対面の前に心積もりをするためで、相手には気付かれない仕掛けがしてあった。

待っているのは王維だった。

三年前に交際を断った親友が、椅子に座り背筋を伸ばして目を閉じている。深く瞑想する姿が、王維の複雑な胸中を表していた。

仲麻呂はまず、林甫がどうして王維を選んだのか考えた。二人が断交していることは、林甫も知っている。それでも王維を部下として付けるのは、何か思惑があるはずである。

もうひとつの問題は、『送別』の詩を突き付けてきた王維をどう迎えるべきかである。

今や彼我(ひが)の立場は大きく隔たっているので、どんな風にも扱える。仲麻呂はふと、思いきり苛めてやりたい誘惑にかられた。

王維は宮仕えは性に合わないと言い、休日には郊外の別荘に行って詩や絵画、音楽に興じていて、仲麻呂を李林甫にへつらって出世した変節漢だとさげすんでいる。

ところがどうだ。お前は従六品の員外郎にとどまっているが、この私は従四品上の秘書少監への昇進が内定している。

（その差を思い知らせ、さんざんこき使った上で僻地に左遷してやろうか）

仲麻呂は権力の魔力にとらわれそうになったが、それでは林甫の思う壺だと思い直した。

林甫は王維を仲麻呂の部下にし、張九齢の愛弟子二人を争わせることで、進士派の巨頭だった九齢の名を汚し、進士派の名誉を失墜させようと考えているはずである。

それなら過去の行きちがいを水に流し、親友の交わりを復したならどうなるか。個人的には居心地がいいかもしれないが、林甫はきっと不満を持つだろう。その不満の矛先は、理不尽な八つ当たりとなって仲麻呂に向けられるに決まっていた。

そうしたいくつかの場合を瞬時に想定し、仲麻呂は距離をおいて相方の出方をさぐることにした。

「やあ、王君。君が来てくれるとは思わなかったよ」

「李宰相に君の下で働くように命じられた。よろしく頼む」

王維の態度は以前と同じである。悪びれたりへつらったりすることはまったくなかった。

「君がいてくれれば心強い。近頃大きな政変があり、罪人に連座している者も多い。その者たちを処分し、組織を立て直さなければならないのだ」

王維のゆるぎのない対応はさすがだと、仲麻呂は一目置いている。その半面、もう少し頭を下げるべきだとも思うのだった。

「陰謀が発覚した時の、晁君の活躍ぶりは聞いている。李宰相も高く評価しておられて、お前もぐずぐずするなとお叱りをいただいたよ」

「大切なのは天下のために全身全霊をつくして仕えることだ。君にもこれからはそういう生き方をしてもらいたい。天性の才能がありながら、従六品上止まりではもったいないだろう」

「才能など無きに等しいが、与えられた仕事は全力でやり遂げるよ。それで何から始めればいいのだろうか」

「私が貴妃さまの姉上を妻にしたことは知っているだろう」

仲麻呂は何気なさそうに切り出した。

「聞いたよ。若晴さんのことも。お悔やみ申し上げる」

「気持ちは有り難いが、あれは過去のことだ」

「割り切れるのか。そんな風に」

王維が気色ばんだ。

妻を十五年前に亡くしながら、再婚もせず側室も持たずに供養をつづけている。そんな心根のやさしい詩人だった。

「割り切ったよ。嘆こうが悔やもうが過去は変えられない」

「そうだけど、大切な人を想いつづけることが、心の裡でその人を生かすことになるはずだ」

「それは書生的な見解だ。それを聞いて君にやってもらう仕事を思いついたよ」

「…………」

「貴妃さまと姉上をたたえる詩を作ってほしい。天女のような姉妹が沈香亭に舞い降りた様子を詠じてくれれば、陛下もお喜びになるはずだ」

「君は……、私にそんなことをさせるのか」

「適材適所と言うだろう。詩仏と評されている王君には、うってつけの仕事じゃないか」

仲麻呂は冷ややかに決めつけて席を立った。

この頃――、貴妃に対する玄宗の寵愛ぶりは異常なばかりに高じていた。

貴妃は馬に乗って外出することを好んだが、落馬を心配した玄宗は、高力士に必ず手綱を取って鞭を持つように申し付けた。しかも前後には年若い宦官たちを従わせ、さらにその外側に着飾った侍女たちを歩かせている。

これは馬を速足にしないための用心だが、華やかで美しい行列を一目見ようと大勢が沿道に集まるようになった。

玄宗はそれを喜び、供揃えを絵巻物のように豪華にせよと命じ、桟敷を作って行列ぶりを見物するほどだった。

また、興慶宮内に工房を作り、機織りや刺繍の職人を七百人も雇い入れて、貴妃が注文した通りの衣装を作るように命じた。玉や水晶、金銀などの細工師たちも集め、貴妃のために意匠をこらした装飾品を作らせた。

これを聞いた廷臣たちは競って美しい衣装や珍奇な品々を貴妃に贈り、玄宗に取り入って栄達をとげようとした。

上のこうした醜態は、噂となって下々に広がっていく。これを聞いた庶民は、「男を生むも喜ぶなかれ、女も悲しむなかれ。君今看よ。女は門楣をなす」と歌った。

門楣をなすとは、娘が玉の輿に乗れば一門も繁栄するという意味である。貴妃の縁で三人の姉や二人の従兄、そして又従兄の楊釗（後の楊国忠）までが王侯貴族の扱いを受けていることを指している。

そして阿倍仲麻呂も、楊玉鈴の夫になったことで、一門の栄華に浴することができるようになったのだった。

事件はその年の七月上旬に起こった。

この日仲麻呂は出仕を休み、興慶宮の秘府（特別書庫）から秘書少監の権限で持ち出した蔵書目録を検めていた。秘府には約三万巻の貴重な書物が保管してある。その中に倭国の来歴を記した『魏略』があるか確かめようと、根気よく書名を当たっていた。

正午過ぎになって、召使いの小鈴が勢い良く戸を叩いた。

「少監さま、奥方さまがお呼びです」

言われるままに居間に行くと、玉鈴が浮かぬ顔で椅子にもたれていた。

「何かありましたか」

仲麻呂は近頃、玉鈴を見ただけでたいがいのことは分かるようになっていた。

「つまらぬことです。馬鹿馬鹿しいにも程があります」

「妃殿下のことでしょうか」

「そう。陛下といさかいを起こし、楊銛兄さんの屋敷に宿下がりを命じられたそうです」

「何があったのでしょうか」

宿下がりとは後宮から放逐されることだから尋常ではなかった。

「知らせがあったばかりですから、詳しいことは分かりません。行って確かめてきて下さい」

「分かりました。あなたは行かないのですか」

「行きません。馬鹿な妹にふり回されるのはまっぴらです」

玉鈴は内心貴妃を嫌っている。妹ばかりがちやほやされることへの嫉妬もあるのだった。

「ですが、あの娘のお陰でこうした贅沢ができるのも事実です。何とか穏便に事をおさめて下さい」

玉鈴に命じられ、仲麻呂は執事のように忠実に、義理の従兄になった楊銛の屋敷に向かった。

東の市の西隣にある宣陽坊は南北一里弱（約五〇〇メートル）、東西二里弱（約九三〇メートル）ほどの広さがある。以前は玄宗に仕える重臣の屋敷があったが、楊玉環が貴妃に冊立されると、貴妃の三人の姉と二人の従兄の屋敷にされた。

すべての建物を取り壊し、五人のために豪壮な宮殿を建てたのである。これを人々は楊氏五宅と呼んでうらやんだりやっかんだりしていた。

楊銛の屋敷は五宅の並びの一番西側にある。銛は仲麻呂より三つ年下の温厚な男で、貴妃の冊立と同時に殿中少監に任じられていた。

「晁衡どの、よく来て下された」

楊銛は度を失って青ざめていた。

「妃殿下がおもどりだと、玉鈴から聞きました。いったい何があったのでしょうか」

「貴妃はすっかり取り乱し、部屋に引きこもって泣いています。侍女に確かめたところ、陛下が他の妃を寝所に召されたので、怒りを爆発させたようです」

「それで、どうなされたのでしょうか」

「それが、許しもなく寝所に押しかけ……」

楊銛は苦しげに口ごもり、押しかけた末に召されていた妃に水をあびせたと打ち明けた。

「ちょうど寝台の脇に瑠璃（ガラス）の水差しがあり、その水をあびせたようでございます」

「いかに妃殿下とはいえ、それは度が過ぎた振る舞いでございましょう」

「あの娘には幼い頃から、一途なところがあるのです。陛下もそこを可愛いと思し召しなのですが、さすがに今度ばかりは」

激怒して宦官に貴妃を捕らえさせた。そして処分は後で申し渡すので、楊銛の屋敷で謹慎しろと命じたのだった。

「このままでは、死を賜ることにもなりかねません。どうしたらいいのでしょうか」

「貴妃さまにお目にかかることはできませんか」

「部屋の内側から堅く鍵をかけて、誰も入れてくれないのです。朝から食事を摂ろうともしません」

「姉上さまたちは、このことをご存じでしょうか」

貴妃と玉鈴の二人の姉、長女の美帆（後の韓国夫人）と次女の美雨（後の虢国夫人）も屋敷を並べて住んでいる。二人に説得してもらえないかと思った。

「連絡しましたが、まだ来ていません。あまり関わりたくないのでしょう」

「分かりました。それでは高力士さまに会って、どうしたらいいか相談してみます」

仲麻呂が出かけようとしていると、中庭に華やかに飾り立てた馬車が乗り付け、美雨と又従兄に当たる楊釗（後の楊国忠）が下りてきた。

「聞いたぞ。妃殿下がとんでもないことをやらかしたそうだな」

楊釗は貴妃のお陰で玄宗に重用され、五年ほどの間に度支郎中（主計頭）をへて、複数の財政官職を兼務するまでになっている。美雨の情夫だった縁を頼って屋敷に入り込んだばかりか、楊氏五宅と軒を並べて屋敷を構えていた。

「お知らせした通りです。どうしたらいいのか、今も晁衡どのと話していたところです」

楊銛はひと回り年上の楊釗を叔父さんと呼んで立てていた。

「妃殿下は部屋にこもったまま誰にも会わぬと聞いたが」

「そうです。何度呼びかけても戸を開けてくれません」

「それなら美雨、お前がやってみろ。こんな時には姉妹で話すのが一番だ」

「嫌ですよ。昔からあの娘とは気が合わないから」

美雨は貴妃に勝ると言われる美しい顔に冷ややかな笑みを浮かべた。

「何を言っている。妃殿下が死を賜ったなら、我らも破滅するのだぞ」

「それならそれで仕方ないじゃありませんか。今の暮らしはうたかたの夢だもの。いつかは覚めますよ」

「馬鹿野郎、俺の出世まで台無しにするつもりか」

楊釗は長い腕をふり回して美雨の頬を張った。

酒と博奕に明け暮れていた頃の癖が、こんなところに顔を出すのだった。

「叔父さん、やめて下さい。これから晁衡どのに高力士さまの所へ行っていただきますから」

「そうか、なるほど。それが一番いい手かもしれぬ」


欲を丸出しにした楊釗の視線に見送られ、仲麻呂は沈香亭にいる高力士をたずねた。

取り次ぎの者に頼むと、四半刻（約三十分）ほど待たされた後で部屋に通された。

窓を閉めきった薄暗い部屋に、むせるような香の匂いが満ちている。高力士は阿弥陀仏の像の前に座り、念仏を小さく唱えながら香を焚きつづけていた。

しばらく待つと、読経を終えた高力士がゆっくりとふり返った。薄暗い部屋でも、頬に涙の跡が残っているのがはっきりと分かった。

「お待たせをしてご無礼をしました。身内に死者が出たものですから、御魂をなぐさめておりました」

「お悔やみを申し上げます。そのような時に申し訳ありませんが……」

「死んだのは、三人の年若い部下でした」

高力士が仲麻呂の言葉を強引にさえぎった。

「昨夜、陛下の寝所の当番をしておりました。お申し付けの通り江淑妃さまをお運び申し上げ、寝所の外に控えてお呼びがかかるのを待っておりました。淑妃さまは名を梅妃と申され、貞淑で知られたお方です」

淑妃は四夫人の中で貴妃の下に位置している。四夫人はいずれも正一品の位を与えられ、玄宗のお召しによって寝所に上がるのを常としていた。

ところが玄宗の寵愛になれた貴妃は、玄宗が淑妃を召したと聞いて激怒し、寝所に乗り込んで狼藉におよんだのである。

「身共は五十年ちかく後宮に仕えておりますが、こんな不祥事は始めてです。妃殿下が心の裡に鋭さを隠し持っておられるとは察しておりましたが、こんな狂気じみたことをなされるとは思ってもおりませんでした」

「亡くなられた三人は、昨夜の当番の方でしょうか」

「そうです。妃殿下の乱入を止められなかった落ち度を責められ、昨夜のうちに杖殺されました。しかし、宦官は許しもなく妃殿下に触れることはできません。ですから三人がかりでも、止めることができなかったのです」

「妃殿下は淑妃さまに水をかけられたと聞きましたが」

どういういきさつだったのか教えてほしい。仲麻呂はそう頼んだ。

「口にするのもはばかられることですが、杖殺された三人の無念を晴らすためにもお話し申し上げましょう」

高力士は阿弥陀仏に手を合わせ、目頭を押さえてから語り始めた。

「妃殿下は黒い布をかぶり、風のように寝所に入られたそうです。薄暗くなっていた頃であり、舞いで鍛えた素早い動きなので、三人には何が起こったのかさえ分かりませんでした。ところがやがて淑妃さまの叫び声と陛下の叱責の声がしたので、三人は寝所に駆け入って狼藉を止めようとしました。ところが妃殿下はその手をかいくぐり、お二人の夜具を引きはがして、水差しの水を淑妃にぶちまけられたのです」

水は裸の玄宗にもかかったはずだが、それは絶対に口外できないことだった。

「それで陛下は、妃殿下にどんな処罰を下されるのでしょうか」

「まだ決めかねておられます。淑妃さまはあまりの狼藉に驚いて後宮に身を隠されましたので、追って沙汰するとお申し付けになりました。妃殿下には死を賜うのが相応だと存じます」

淑妃は被害者で、何の罪もない。だが皇帝に落ち度なしの建前（たてまえ）を守るには、事件は淑妃と貴妃の女同士の争いが招いたとする必要がある。

それゆえ貴妃ばかりか淑妃までも、無事にはすまないことになったのだった。

「妃殿下はご自分の行いを深く悔いておられます。今朝から部屋に引きこもり、食事も摂ろうとなされません。何とか助けていただくことはできないでしょうか」

「なぜ助けなければならないのですか」

「それは……」

「博学の秘書少監どのは、冬虫夏草をご存じでしょう。昆虫などに寄生して、夏に発芽するあれです」

「ええ、知っています」

「身共には妃殿下が、陛下に取りついて大唐国を亡ぼす冬虫夏草のように思えてなりません。ですから今のうちに取り除いた方が、天下のためだと思うのです」

「それを陛下もお望みでしょうか。まだ決めかねておられるのは、妃殿下を助けたいからではないでしょうか」

「確かに、そうかもしれません」

「陛下がお望みなら、そのように計らうのが高力士さまのお役目ではないでしょうか」

「陛下が望まれても、正しくなければお諫めするのが我らの役目です」

「妃殿下を陛下に推挙なされたのは李宰相です。お命を助けていただければ、宰相も高力士さまに恩義を感じられるでしょう。それは妃殿下の義兄たる私も同じです」

だから何とかしてほしいと、仲麻呂は拱手して頭を下げつづけた。

「それならひとつ条件があります」

「何でしょうか」

「杖殺された三人の名誉を回復することです。三人に落ち度はなかったし、後宮や寝所においては内侍省の指示に従うと妃殿下に誓っていただかねばなりません」

内侍省とは後宮の管理をする役所で、宦官たちが勤めている。その長官である内侍は高力士なので、力士の指示に従うと誓うも同じだった。

「分かりました。妃殿下にはそうするように誓っていただきます」

「それにもう一つ。身共と共に陛下と対面し、妃殿下の様子を言上して下さい」

力士は仲麻呂を従えて玄宗に対面し、妃殿下の処罰について勅命をいただきたいと申し出た。

「そうか、あれは夢ではなかったか」

玄宗は眠れなかった上に食事も喉を通らず、血色の悪いやつれた顔をしていた。

「夢であれば良かったと、お望みでございましょうか」

「朕も悪かったのだ。昨夜は貴妃を召すと約束していた。それをうっかり忘れて、淑妃を選んでしまった。あれが怒るのも無理はない」

「妃殿下もご自分の振る舞いを悔い、部屋に閉じこもって泣いておられるそうでございます」

さあ今だと高力士にうながされ、仲麻呂は悲嘆にくれる貴妃の様子を一編の詩に託して伝えることにした。

天下第一の皇帝の寵愛を受けたものの、女の業の深さゆえにこうした罪を犯したことを嘆き、食事も喉を通らないまま泣きに泣いてひたすら許しを乞う姿を、眼前にあるものの如く謳い上げた。

「そうか。あれも物が食べられぬほど嘆き悲しんでおるか」

玄宗は心を打たれ、はらはらと涙を流した。

「もし妃殿下をお許しになるのであれば、淑妃さまをお慰めする手配もしていただきとうございます」

高力士はきちんと筋を通そうとした。

「貴妃を許す。淑妃も気がすむようにはからってやれ」

「ならばさっそく淑妃さまに使者をつかわします。妃殿下には陛下の御膳を下されたらいかがでございましょうか」

「昨日から何も食べていないのであれば、さぞ弱っているであろう。そのように計らい、沈香亭に連れもどしてくれ」

玄宗の表情は光明を見出したように明るくなったが、すでに夕暮れ時で宣陽坊の坊門は閉まっている。そこで勅使を出して坊門を開けさせ、仲麻呂と高力士を使者につかわした。

部屋から出て来た貴妃は、死を賜ることもあると恐れていたのだろう。ふくよかな顔を緊張に強張らせ、視線を落ち着きなくさまよわせていた。

「陛下が御膳を下されました。食してから沈香亭にもどるようにとおおせでございます」

高力士が御膳を運んで言上した瞬間、貴妃はかすかに笑みを浮かべた。

助かった。そして、勝った。心の中で凱歌(がいか)を奏したようだが、それを巧妙に隠す術を心得ていた。

「ありがとうございます。死をもってもつぐなえない罪を犯しましたのに……」

はかなげに言って口ごもり、涙まで浮かべて玄宗の温情に感謝した。

「さあ、冷めないうちにお召し上がりを」

高力士が勧めたが、少し口をつけただけで箸をおいた。

「胸が一杯で食べられません。早く陛下にお目にかかり、おわびとお礼を申し上げたいと思います」

「それでは身共の車をお使い下さい」

高力士は貴妃を馬車に乗せると、馬の口を取って興慶宮まで歩いていった。

これで玄宗と貴妃の仲は修復したが、淑妃を救うことはできなかった。

貴妃からひどい辱めを受けた彼女は、その後二度と玄宗の前に現れることはなく、いつしか行方は杳として知れなくなった。

玄宗と楊貴妃の仲直りを祝って、楊氏五宅では相次いで酒宴がもよおされた。

最初は玄宗の娘婿となった楊錡の館で、八月五日に玄宗らを迎えて千秋節の祝いがおこなわれた。後に天長節と呼ばれる、皇帝の誕生日の祝いだった。

それから一日おきに楊家の長女、次女、三女、そして楊銛の館へと場所を移して酒宴をつづけた。

二人の和解に尽力した仲麻呂の評価はおおいに上がり、五宅の中でも一目置かれるようになったが、仲麻呂はそれが虚名だと知っている。

廷臣の立場など玄宗の機嫌ひとつ、李林甫の気分ひとつで変わるのだから、ひたすら頭を低くして目立たないように振る舞っていた。

八月十五日は中秋節である。

この日は玉鈴の屋敷が酒宴の当番に当たっていて、他の四家の者たちや縁者を招いて月見の宴をもよおした。

酒宴は盛況のうちに終わり、客たちは中庭に停めた馬車に乗って帰宅にかかる。それを見届けてから、仲麻呂は自室にもどってひと息ついた。任務をはたすための仮面を脱いで、素の自分にもどるひと時だった。

やがて、けたたましく戸を叩く音がして、助けを求める小鈴の声がした。何事かと驚いて戸を開けると、小鈴が屈強な男二人に取り押さえられていた。

「助けて下さい。この人たちを追い払って下さい」

小鈴が髪をふり乱してもがきながら訴えた。

「手を離せ。狼藉は許さぬ」

仲麻呂は二人をにらみ据えた。

「我らは近衛の千牛衛の者です。楊釗さまのご命令で、この召使いを連れに参りました」

「小鈴は当家に仕える者だ。そのようなことを許した覚えはない」

「我らは上官の命令に従っているだけです」

「ならば楊釗どのを連れて来い。なぜそんな命令をしたか確かめねばならぬ」

「すでにお帰りになりました」

「それなら小鈴を渡すことはできぬ」

「すぐに連れて来いと命じられております。邪魔をされるなら、晁衡さまといえども容赦はいたしません」

一人が威嚇（いかく）するように立ちはだかった。

肩幅は牛のように広く、仲麻呂より頭ひとつ背が高かった。

「誰であれ家人（けにん）への乱暴は許さん。力ずくで連れていくと言うのなら相手になろう」

仲麻呂は薄絹の袍をぬいで中庭に下りた。

二人は思わぬなりゆきに戸惑い、どうしたものかと顔を見合わせた。その隙に小鈴が中庭に飛び降り、仲麻呂の後ろに回り込んだ。

「心配するな。この者たちの勝手にはさせぬ」

「召使いごときのために、我らを敵に回されるか」

「ああ、その通りだ」

「ならばどうなっても知りませんよ」

二人は仲麻呂の左右に散り、呼吸を合わせてつかみかかってきた。格闘術を心得た身のこなしだが、仲麻呂の動きは数段速かった。

左の男の内懐に入ってみぞおちに突きを入れ、ふり向きざまに右の男の鼻に回し蹴りを叩き込んだ。いずれも急所をとらえていて、二人は声を上げる間もなく昏倒した。

「武術の心得があるとは、驚きましたな」

楊釗が門の外に停めた馬車から下りてきた。

好色らしい赤ら顔をして、体から酒の匂いが立ち昇っていた。

「しかし秘書少監どの。勝手にこんなことをされては困ります」

「この二人が狼藉を働きました。それを止めたばかりです」

仲麻呂は呼吸も乱していなかった。

「玉鈴からその召使いをもらいました。だから連れて来いと命じたばかりです。非はそちらにあります」

「そのようなことは聞いておりません。玉鈴に確かめてきます」

「召使いは牛馬と同じです。今はわしのものになったのだから、どうしようと勝手でしょう。これ以上邪魔をすると、御史台に訴えますよ」

楊釗が勝ち誇ったような薄笑いを浮かべた時、

「嘘です。釗叔父さんに小鈴をゆずると言った覚えはありません」

玉鈴が縁側に立って叫んだ。

髪を巻き上げた端正な顔が、月明かりでも分かるほど青ざめていた。

「さっき博奕をしていた時、お前は言った。勝負に負けた形に、好きなものを持って行っていいと」

「あれは部屋の中の金目の物のことです。叔父さんだって、分かっているはずじゃありませんか」

「相変わらず聞き分けの悪い尼っこだな」

楊釗が急に獰猛な目をして悪態をついた。

「お前は何でも好きな物を持っていっていいと言った。なあ、そうだろう。だからこの召使いをもらっていくんだよ」

「そんなごまかしは許しません。あなたのような悪党の言いなりになってたまるもんですか」

玉鈴は金切り声を上げ、興奮のあまり意識を失ってその場にくずおれた。

「奥さま、奥方さま」

小鈴が駆け寄って介抱しようとした。

騒ぎを聞きつけて十数人が集まって来ると、楊釗は聞こえよがしの舌打ちをして引き上げていった。


三日後、仲麻呂は王維とともに李林甫に呼ばれた。

「聞いたぞ。千牛衛の武官を二人、手もなく打ち倒したそうだな」

林甫の手下はいたる所にいて、何があったかつぶさに報告していた。

「二人が当家の召使いを連れ去ろうとしました。それを止めたばかりでございます」

「お前がそれほど強かったとは初耳だ。王維は知っていたか」

「以前少監どのと西の市に行き、暴漢にからまれた時に助けてもらいました」

もう十年以上も前、二人で張九齢に仕えていた頃の話だった。

「それは結構なことだが、これからは楊釗を敵に回すのはやめておけ。あの男は嘘つきの卑怯者だが、陛下に取り入るのが妙にうまい。やがては身方になるように仕向けねばならぬ」

「承知しました」

仲麻呂は何の反論もしなかった。

「ところで王維。お前は韋堅の弟の韋蘭（いらん）と親しいそうだな」

「共に詩や絵画を学んでいます。私の別荘にも何度か来てくれたことがあります」

「それなら韋蘭たちが、韋堅に対する処分は不当だと言っていることも知っているだろう」

「いいえ。彼とは世情の話はしない約束ですので」

王維は林甫の企てを察して慎重になった。

「韋堅の弟たちばかりか東宮殿下や李適之までが、先の処分を撤回させて韋堅を復職させようとしているようだ。その前に手を打っておかねば、取り返しのつかないことになる。そこでお前にやってもらいたいことがある」

林甫が企みに満ちた目で王維を見やった。

「陛下は韋堅を左遷したことを悔い、朝廷に呼びもどしたいと考えておられる。しかしそれを言い出すことは、立場上おできにならない。そこで韋堅の審理をやり直すように、身内から願い出てもらいたいのだ」

「それを私から韋蘭に伝えよとおおせですか」

「そうしてくれれば彼らのためになる」

「しかし宰相は、韋堅さまが復職される前に手を打っておかなければ、取り返しのつかないことになるとおおせでしたが」

王維は林甫の矛盾を遠慮なく指摘した。

「余と対立していた韋堅が復職したなら、争いはもっと激しくなる。それを防ぐには韋堅の復職を助けて恩を売り、和解の手を差し伸べるしかない。だからこうして頼んでいる」

「先ほども申し上げましたが、韋蘭とは世情の話はしないと約束しております」

「余の申し付けより、その約束が大事だと言うのかね」

「申し訳ありません」

「そうか。ならばお前に用はない」

　さっさと出て行けと、林甫は手で追い払う仕種をした。

　王維は拱手して深々と頭を下げ、迷いのない足取りで出て行った。

「あれが張九齢派の最後の生き残りだな。そう思わんかね」

「おおせの通りでございます」

　仲麻呂は柳に風と受け流した。

「お前もあんな部下では使いにくかろう。西域あたりに左遷して、二度ともどって来られなくすることもできるが」

「それは困ります」

「ほう、なぜだ」

「王君の詩才は国中に知れわたっています。職務についての知識も深く、働きぶりにも手落ちはありません」

「昔の友情を引きずっているという訳か」

「彼が必要だと申し上げております」

仲麻呂は進士派を分裂させようとする林甫の罠に気付いている。韋堅らを追い落とす計略をほのめかし、王維が申し付けを断るように仕向けたのも、話をここに持って来るためだった。

「そうか。お前がそう言うなら、王維にやらせるはずの仕事を引き受けてもらわねばならぬ。何か策はないかね」

「韋堅どのの復職を、弟たちに願い出てもらう。その手立てについてでしょうか」

「ああ、そうだ」

「嘆願書が出されたなら、どうなされますか」

「そんなことを言わせるな。余に何年仕えている」

林甫の目は獲物を狙う獣のようである。嘆願書が出されたなら、玄宗の決定に異を唱える反逆行為だと言いたて、韋堅ばかりか一族まで葬り去るつもりだった。

「それなら楊慎矜どのを使ったらいかがでしょうか」

「あやつは韋蘭と親しくあるまい。それに韋堅の告発にも一役買っている」

「慎矜どのは東宮の妃殿下と親しくしておられます。あのお方から、皇帝陛下が韋堅どのの復職を望んでおられるとお聞きになったなら、妃殿下は必ず動き出されましょう」

「慎矜は韋堅を告発したばかりか、監察御史とともに取り調べに当たったのだぞ。そんな奴の言葉を、妃殿下が信用なさると思うか」

「深く関わっておられるからこそ、適任なのでございます。自分が間違った審理をしたので、韋堅どのを救うために尽力したいと言えば、いっそう真実らしく聞こえましょう」

「それならお前が慎矜に伝えよ」

「恐れながら、これは李宰相から伝えていただかなければ、慎矜どのに信用していただけないと思います」

「慎矜もだますのか」

「そうでなければ、妃殿下に信用していただくことはできませぬ」

「ふむ、敵をあざむくには、か」

林甫は腕組みをして、いつものように倭国の小才子めがとつぶやいた。

林甫の動きは早かった。さっそく楊慎矜を動かし、玄宗が韋堅の復権を望んでいると東宮の妃に伝えさせた。

喜んだ妃は弟の韋蘭と韋芝（いし）に説いて、審理のやり直しを求める嘆願書を提出させた。

林甫はこれを受け取ると、玄宗の機嫌が悪い時を見計らって奏上し、「どうやら韋堅と李適之が裏で動いているようでございます」とささやいた。

激怒した玄宗は韋堅と適之をさらに遠い僻地に左遷したばかりか、韋蘭と韋芝も嶺南（れいなん）（広東省など）に流罪にした。

政変の影響は東宮李亨にまでおよんだ。

妃（きさき）が楊慎矜の口車に乗って弟たちに嘆願書を出すように勧めたことを知った李亨は、厳しい処分を下すように玄宗に求めた。このままでは東宮の座を追われかねないと案じたからだが、玄宗は東宮の罪は問わず、妃を離婚させるだけの処分にとどめた。

これで韋堅と東宮の関係を断ち切った林甫は、さらなる一手に打って出た。

年が明けた天宝六載（七四七）の正月早々、「韋堅と李適之らが徒党を組んで叛乱を企てていた」と訴えた。玄宗はいともたやすくこれを信じ、左遷や流罪の地に御史（御史台特命官）をつかわして処罰せよと命じた。

御史が出発する前日、王維が宣陽坊の玉鈴の屋敷に仲麻呂を訪ねて来た。

外には湿気をふくんだぼたん雪が降り、しんしんと冷え込んでいる。王維の冠にも肩口にも雪が白く積っていた。

「どうした王君、こんな日に」

奥で暖まってくれと、仲麻呂は暖炉の側に招こうとした。

「君に頼みがあって来た。ここで結構だ」

「何だね。改まって」

「韋蘭と韋芝のことだ。このままでは死罪にされる。それだけは君の力で止めてもらいたい」

「すでに勅命が下されている。私の力ではどうしようもないよ」

「李宰相に奏上してもらえば、寛恕（かんじょ）の措置を取ってもらえるはずだ。もともと君たちが作り上げた罪じゃないか」

王維がかじかんだ手で仲麻呂の肩をつかんだ。

「陛下が勅命を下されたんだ。滅多なことを言うと大変なことになる。それに君は世情のことには関わらないと言っていたじゃないか」
何とかしたいなら、自分も泥にまみれてみろ。仲麻呂はそんな憤りを込めて王維の腕を振り払った。

玄宗がつかわした御史は、韋堅、韋蘭、韋芝の兄弟に皇帝から死を賜わったことを伝えた。先に左遷された皇甫惟明も同罪とされた。

宜春（ぎしゅん）（江西省）に左遷されていた李適之は、御史が来たと聞いただけで毒をあおって自殺した。その他にも韋堅と関わりのあった者たちが根こそぎ摘発され、牢獄にあふれた。

この情け容赦ない弾圧は、〈林甫薨（こう）ずるに至りて乃（すなわ）ち止む〉と『資治通鑑』は伝えている。

大宰府政庁は四王寺山の南のふもとに位置している。

大和朝廷が朝鮮半島や中国との外交、交易、防衛のために設置したもので、管轄の範囲は九州全域におよぶ。地理的な重要性と与えられた権限の大きさから、古来「遠（とお）の朝廷（みかど）」とも呼ばれていた。

天智天皇二年（六六三）に白村江（はくそんこう）の戦いに敗れた後は、四王寺山に大規模な大野城を築き、ふもとには水城（みずき）も配して唐や新羅の侵攻にそなえたことはよく知られている。

政庁の東隣には観世音寺がある。

天智天皇の発願によって創建された寺で、三町（約三三〇メートル）四方ちかい境内には、金堂や五重塔、東西に連なる長い僧坊などが建ち並んでいた。

天平勝宝三年（七五一）六月、吉備真備は政庁を出て観世音寺に向かった。

五年前に吉備朝臣の姓をたまわり、晴れて吉備一国を代表する地位を得た。ところが昨年一月十日に突然筑前守に任じられ、大宰府に左遷された。

理由は藤原広嗣の怨霊に祟られているという納得しがたいものである。だが藤原仲麻呂との政争に敗れた真備に抗する術はなく、涙を飲んで命に従ったのだった。

観世音寺の南大門をくぐると、金堂の脇を通って僧坊の西側に出た。広々とした境内の北西の隅に、小さな五輪塔が建っている。

五年前にこの地で殺された玄昉の墓だった。

真備は持参した百合の花を墓前にたむけて冥福を祈った。白百合は女性の清楚な美しさを思わせると同時に、秘めた情欲に通じる妖しさがある。

女好きだった玄昉には似合いの花だった。

（なあ、玄ちゃん。命日に会いに来られるのは、これが最後かもしれぬ）

真備は貧相な五輪塔に心の中で話しかけた。

玄昉は内道場の僧正にまで立身したが、六年前に観世音寺に左遷され、僧正位も剝奪された。頼みの綱としていた元正太上天皇が藤原仲麻呂らの側についたために、これまでの不行跡（その中には宮子皇太夫人と姦通したという噂もあった）を追及されたのである。

しかも翌年六月十八日には、観世音寺の近くで何者かに惨殺された。首ばかりか手足を斬り落とすむごい殺し方で、世間では藤原広嗣の怨霊に八つ裂きにされたと噂していた。

犯人は藤原仲麻呂が放った刺客だった。

それを広嗣の怨霊のせいにしたのは、玄昉と真備の排斥を訴えて叛乱を起こした広嗣は正当だと思わせるためであり、真備を追い落とすための布石でもあった。

そうして今や藤原一門は完全に復活し、豊成は右大臣、仲麻呂は大納言、八束と清河が参議となり、朝議において多数派を占めて朝政を壟断していた。

狙われたのは玄昉ばかりではない。真備も大宰府に左遷されてから三度も襲われたが、まわりは仲麻呂の息のかかった者ばかりなので、助けを求めることも賊の追捕を迫ることもできなかった。

殺されたら怨霊のせいにされ、真相は闇に葬られるので、真備は薄氷を渡るように用心しながら一年半を過ごしてきた。もう五十七歳なので余命はいくばくもないだろうが、このまま仲麻呂に屈するのはあまりにも腹立たしい。

そんな思いに悶々としていた時、娘の由利が重大な知らせをもたらした。

藤原清河を大使とする第十次遣唐使を、来年春に派遣するというのである。

（起死回生をはかるにはこれしかない）

真備は勇躍し、すべてを賭けて行動を起こすことにした。

その決意を伝えに、玄昉の墓に詣でたのだった。

「筑前守さま、牛車の用意がととのいました」

中臣音麻呂が声をかけた。

牛車は西門の前で待っていた。警固をつけた二台を用意しているのは、どちらに乗っているかを刺客に悟らせないためだった。

真備は周囲に不審な者がいないことを確かめ、素早く後ろの車に乗り込んだ。音麻呂も万一の時には真備の楯になろうと、御者台(ぎょしゃだい)のすぐ後ろに席を占めた。

「那の津(なつ)（博多湾）までは、半日がかりと申したな」

「はい。三十里（約一六キロ）の道程(みちのり)でございます。夕方には到着いたします」

「ならばひと眠りしよう。玄昉の墓に詣でたら、まぶたが垂れてきた」

たれ目の玄ちゃんにちなんだ冗談を言って真備は目をつむった。

那の津には多くの船が停泊していた。九州や瀬戸内海からばかりでなく、日本海ぞいの港から来航した船も舳先(へさき)を並べている。

港の南の小高い丘には、青い瓦で屋根をふいた鴻臚館(こうろかん)があった。

唐では外交をになう役所を鴻臚寺と言い、真備ら遣唐使も面倒をみてもらったものだが、日本でも外国からの使者を迎える施設を鴻臚館と名付けていた。

公務で那の津を訪ねた時は、鴻臚館を宿所とするのが常である。だが真備は港のかなり手前で牛車を下り、音麻呂を連れただけでなじみの船宿に入った。

「吉備さま、お待ち申しておりました」

船宿の主人は日渡牛勝(ひわたりうしかつ)という。志賀島(しかのしま)水軍の棟梁である日渡当麻(とうま)の部下で、当麻との連絡役をつとめていた。

「世話になる。当麻の予定はどうだ」
「明日の朝、こちらに参ります」
「例の品は手配してくれただろうな」
「お申し付けの通り、二十箱を船に積み込んでおります」
「妙に静かだが、他に客はおらぬのか」
「大事な御用ゆえ、他の客は入れるなと主人に申しつかっております。ごゆっくりお過ごし下されませ」

牛勝は真備を一番いい部屋に案内し、隙のない身のこなしで引き下がっていった。

窓からは那の津を一望できる。正面には東から西に延びる砂嘴(さし)（海の中道）が志賀島へとつづき、内懐の深い湾をなしている。

湾の口には能古島(のこのしま)が南北に縦長に横たわり、波よけになっている。その外側には玄界島があって、外海から入って来る船を監視する見張り所が置かれている。

ちょうど太陽が玄界島の向こうに沈む頃で、海と空を緋(あけ)の色に染め上げている。波はおだやかで、沖に漁に出ていた船が二つ三つ、のんびりと艪(ろ)をこぎながらもどっていた。

真備は潮風に吹かれながら、ふるさとの吉備を思い出した。

下道家があった箭田(やた)（倉敷市真備町）から少し南に向かうと瀬戸内海が広がり、小石を並べたように浮かぶ島々の向こうに伊予洲（四国）が横たわっていた。

その景色と那の津はよく似ている。静かで豊かな内海の世界だった。

翌朝、日渡当麻がやって来た。背がすらりと高く、切れ長の鋭い目をして、潮焼けした頬はノミで削ぎ落としたようである。

志賀島水軍の棟梁で、国内ばかりか新羅（しらぎ）や耽羅（たんら）（済州島）とも交易をしていた。

「吉備さま、お迎えに上がりました」

「久しぶりだな。よろしく頼む」

真備が当麻に会うのはこれが三度目である。一度目は大宰府に赴任した時、二度目は昨年末に唐の石皓然（せきこうねん）と連絡を取ってくれと頼んだ時、そしてこれから志賀島に渡って皓然の船団を待つのだった。

「硫黄を積んだ船は、わしの部下が乗り込んで島につけます。吉備さまはわしの船に乗って下さい」

「従者の音麻呂も連れて行きたい。よろしく頼む」

「分かりました。皓然どのの船団は明日の夕方に着く予定です。今夜は島の魚でも食べて楽しんで下さい」

当麻の船は幅三間（約五・四メートル）、長さ十二間ほどの大きさだった。

真備が乗った遣唐使船より幅が狭く、長さが四間ほど短い。舳先には鋭い水押（みおし）をつけ、荒波でも素早く乗り切れるようにしていた。

両舷（りょうげん）に艪棚（ろだな）をつけて片側八人で漕ぐのも、帆柱に網代（あじろ）の帆を張るのも遣唐使船と同じだが、大きくちがうのは船館（ふなやかた）をもうけず、甲板の左右に柱の列を立てていることだ。

柱は人の胸までの高さがある。海戦になった時にはこの柱に矢板を立てかけて楯とすることができるし、荒波にふり落とされそうな時は、柱に命綱をつけて作業をすることができた。

「いい船だな。速くて強そうだ」

「ありがとうございます。この型の船があと四艘あります」

「さすがは神功皇后の舵取りをつとめただけのことはある。朝廷などよりはるかに進んでいる」

志賀島は海人族といわれる阿曇氏が本拠地とした島だった。南方や中国大陸から対馬海流に乗って渡ってきた海人族が、立地の良さに目をつけて住みついたものと思われる。

阿曇氏は島の東端に志賀海神社を建て、綿津見三神（仲津綿津見神、底津綿津見神、表津綿津見神）を祀って一族の精神的な拠り所とした。

やがて海流伝いに北東に進み、宗像や出雲、能登、近江、信濃にまで勢力を伸ばしていった。志賀や阿曇（安曇、渥美）の地名の多くは、彼らに由来するのである。

その力に目をつけた大和朝廷は、阿曇氏を取り込んで朝鮮半島や中国との交易を担わせた。そして神功皇后が朝鮮半島に出征した時には舵取りに任じて水軍の統率を命じ、働きを賞して従五位の神階を与えた。その上、全国の阿曇族のうち八家を綿津見三神の神封（神に寄進した封戸）にした。

日渡家は八家の筆頭で、日渡という姓は朝鮮半島との間を一日で往復したことにちなんで神功皇后が与えたと伝えられている。

それゆえ日渡当麻は志賀島水軍の棟梁に任じられているばかりか、全国の阿曇族の水軍を動かす権限を与えられている。五艘もの大型船を持っているのはそのためだった。

志賀島は東から延びた砂嘴とかろうじてつながっていた。

島の南に港があり、三十軒ばかりが軒を並べている。背後は小高い山になっていて、山の中腹に志賀海神社があった。

神社の東側は切り立った崖になっていて、外海の高い波が打ち寄せている。岩場には杭が立てられ、外海から来る船をつなげるようにしていた。

真備と音麻呂は当麻に案内されて神社に向かった。参道の登り口には、浜辺の砂を入れた箱が置いてあった。

「これを塩がわりにして身を清めるのであろうか」

真備は興味をひかれて手を伸ばした。

「そうですが、使わないほうがいいです。近頃、猫が厠（かわや）にしていますから」

当麻が島育ちらしいことを言って先を急いだ。

神社の本殿に参拝すると、日渡当麻がお疲れではないかとたずねた。

「大事ない。神気に触れて生き返った気分だ」

「ここから少し上がった所に山上亭があります。見晴らしがいいので行ってみませんか」

「それでは案内してもらおう。足腰の鍛練にもなるだろう」

真備は気軽に応じたが、雑木林におおわれた山道は延々とつづき、行けども行けども着いたという声は上がらない。しかし、弱音を吐いては当麻に甘く見られると、真備は息を切らし足の痛みに耐えながら、爪先立つようにして登っていった。

半刻(一時間)ほど登った頃、

「さあ、着きました。この先です」

当麻が平坦な道を海の方へ向かって行った。

山上亭とは名ばかり。板ぶきの屋根を四本の柱で支えているだけの東屋(あずまや)だが、そこからのながめは素晴らしかった。

左手には真っ青な外海、右手にはやや緑がかった内海が広がっている。その間を東の奈多海岸から延びた砂嘴が、ゆるやかな弧を描いてつづいている。島に近づくにつれて細くなる優美なる姿は、神々が作った海の道のようである。

南に目を転じれば、能古島が古代からの深緑の原生林にこんもりと包まれ、さっき出てきたばかりの那の津が広がっていた。

「あれが怡土郡(いとぐん)。かつて伊都国があった所だな」

真備は那の津の西側にせり出した半島を指した。

「ええ、そうです」

「潮は東(あずま)へと流れておる。あの先が宗像か」

「あれが相島、その先に見えるのが大島です。その辰巳(たつみ)(南東)あたりが宗像でございます」

「明日やって来る石皓然の配下とは顔見知りか」

真備はこれからの計略について当麻と打ち合わせておくことにした。

「頭領は安英秀と言い、耽羅（済州島）で石皓然の一党を仕切っております。わしもあちらで商いをする時に世話になっております」

　酒も何度か酌み交わしたので、気心は知れている。当麻が潮焼けした顔に自信をみなぎらせて言った。

「安といえば、ソグド人に多い姓だが」

「本人は安禄山将軍の親戚だと言っておりますが、本当かどうかは分かりません」

「来年遣唐使が派遣されることが決まった。そなたに石皓然との連絡を頼んだのは、これに加わりたいからだ」

「ご自分で渡られるのですか。吉備さまが」

「この歳で荒海を越えられるかどうか自信はない。だが筑前に左遷されたままでは、この国を動かすことはできぬ。それゆえもう一度遣唐使になって機会をつかみたいのだ」

　遣唐使に選ばれれば、前回の経験と実績が評価されて重要な役割を与えられる。その役目を無事にはたしたなら、朝廷に登用されて腕をふるう機会もやってくるはずである。

「それにな。唐に行けば阿倍仲麻呂がいる。留学生（るがくしょう）でありながら科挙の進士科に及第し、玄宗皇帝に重用されている天才だ。あいつを連れ帰り、二人で改革に取り組めば、この国を大唐国に劣らぬ国にすることができる。お前もあいつの名を聞いたことはあるだろう」

「耽羅の港で噂を聞いたことはあります。どの国の留学生より優れた方が、日本から出たと」

「そうだよ。藤原仲麻呂のような偽物とは出来がちがう」

そう語るうちに、真備の胸に熱いものがこみ上げてきた。

若い頃から競い合ってきた同志である。二人で夢と理想を語り合いながら荒海を越え、十七年の留学生活をともに耐え抜いてきた。今頃は玄宗皇帝のもとで揉みに揉まれ、さらに力をつけているだろう。

あいつと共に事に当たれば、朝廷に巣くっている藤原一門を一掃し、帝が望んでおられる通りの御世（みよ）を築くことができるはずだった。

「だから何としてでも遣唐使に選ばれねばならぬ。そのためには石皓然の力が必要なのだ」

「どのような計略かお教えいただければ、お力になれることもあると存じます」

「ひとつは最新の仏典、仏具を買い入れることだ。これを帝や皇后に寄進して、大唐国の事情に通じていると訴えねばならぬ」

「分かりました。そうした品々を運んでくると思いますので、良品を優先して買い付けられるようにいたしましょう」

「それから大明寺の鑑真上人（がんじんしょうにん）を日本に招きたい」

「どのようなお方でございますか。鑑真上人とは」

「揚州の延光寺の住職で、律宗の高僧として多くの僧に戒律をさずけられた方だ。帝はこの方を伝戒師（でんかいし）として招きたいとお望みになり、栄叡（ようえい）、普照（ふしょう）をつかわされた。二人は鑑真上人の同意を得て何度か渡海をこころみたが、ことごとく失敗しておる」

そこで真備は、鑑真を確実に連れて来ると請け合うことで遣唐使への任命を勝ち取ろうとしていた。

「石皓然は揚州や蘇州の寺とも取引をしている。延光寺にも知り合いがいるはずだ。その人脈を使って、上人を招聘(しょうへい)する手立てをこうじてもらいたい」

その夜は当麻の館に泊まった。港町の中心に位置する大きな二階家で、酒と肴のもてなしを受けた。

「おひとつ、どうぞ」

大きな目をしてまつげの長い娘が酒を勧めた。

大柄で胸と腰の肉付きの良さが際立っていた。

「もしやお前は、ソグド人ではないか」

「はい。唐の営州から売られて参りました」

「石皓然はそんな商いもするのか」

「奴隷や召使いが売り買いされるのは仕方のないことです。買われることで、私たちも生きることができるのですから」

娘の瞳はゆるぎない光を放っている。真備はふと唐に残してきた春燕(しゅんえん)と名養(なかい)を思い出し、胸の痛みをおぼえた。

「ここでの暮らしはどうだ。辛いことはないか」

「当麻さまはやさしい。日本人はみんな親切。今が一番幸せです」

肴は玄界灘でとれた真鯛や鯵、タコ、岩牡蠣などが大皿に盛り付けてある。中でもサザエの壺焼きは旨かった。

　小粒だが潮の香りがして身が締まっている。外海の荒波に流されないように、殻には鋭い角（つの）がびっしりと突き出ていた。


　翌朝、真備は港のざわめきで目を覚ました。

　船を漕ぎ寄せる艪の音や板を渡す音、喧嘩でもしているような怒鳴り声……。

　何事だろうと戸を開けると、港に十数艘の船が入り、接岸の順番を待っている。いずれも那の津から来たようで、語尾をはね上げるような強い訛りがあった。

「あれは何事だ」

　庭の掃除をしている下人にたずねた。

「今日は耽羅から商いの船が来ますけんで、市が立つとです」

　下人は真備を見上げてのんびりと答えた。

　夏の空はからりと晴れ、空も海も一面の青である。海はおだやかで、西からの追い波が打ち寄せている。

　こうした条件が幸いしたのか、石皓然の船団は予定より早く姿を現した。船体を黒く塗った四艘の大型船が、一列縦隊になって用心深く港に向かってくる。

　それを見ると、真備の脳裡に遣唐使船で蘇州の港を出港した時のことがよみがえり、胸が熱くなった。

四艘の船は手順良く港に着岸し、次々と男たちが下りてくる。日渡当麻がそれを迎え、頭領の安英秀を真備の部屋に案内してきた。

「吉備真備さまのご高名は、石皓然から聞いております。こうしてお目にかかれるとは、ズルワーンさまのお導き（みちび）でございましょう」

英秀は目鼻立ちが大きく、勇ましげな髭をたくわえ、西域風の先の尖った帽子をかぶっている。一目でソグド人と分かる出で立ちだった。

「皓然は元気か」

「会ったのは二年前でございますが、もう七十歳を過ぎておられました。昔のようには参りません」

「昔の好（よしみ）で皓然に頼みがある。当麻から聞いたと思うが」

真備は皓然の娘婿という立場をいかし、有利に交渉を進めようとした。

「硫黄を売って仏典、仏具を買いたいとうかがいました。これなどは、いかがでしょうか」

持参した革袋から、英秀が重たげに三巻の巻物を取り出した。

標題は『開元釈教録』。一切経（大蔵経（たいぞう））一千七十六部、五千四十八巻の仏典名を記した目録である。

「このような貴重な品が、よく手に入ったな」

真備は巻物を開いて内容を確かめた。『開元釈教録』の名は、玄宗皇帝の開元年間に作られたことに由来していた。

「私の先祖は安世高（あんせいこう）と申しまして、漢の桓帝（かんてい）に命じられて仏典を訳した者でございます。以来六百年、当家は多くの寺との縁をつないで参りました。そのお陰で手に入れることができたのでございます」

英秀の言葉は立て板に水で、いかにも本当らしく聞こえた。

「わしの仲間の玄昉も、開元釈教録に記された経典を集めていたが、日本に持ち帰れたのは一千巻ほどしかなかった。そこで一切経は一千巻しかないと言い張っていたものだ」

「大切なのは仏陀の御教えの根本を会得することです。仏典の数など問題ではありません」

「どうやらお前は玄昉より賢いようだ。安禄山将軍の親戚だと聞いたが」

「一門のはしくれでございます。禄山将軍は石皓然さまの養子になられ、真備さまとは義兄弟の間柄でございます。それゆえ私と真備さまも親戚ということになります」

「長安にいる阿倍仲麻呂も、安禄山将軍の義兄弟になったと聞いた。まことか」

「将軍が死刑にされかけた時、仲麻呂さまのご尽力で生き延びることができました。将軍はその恩義を忘れず、仲麻呂さまと義兄弟の契りを結ばれたのでございます」

「わしと仲麻呂は、苦楽を共にした盟友だ。深いつながりに免じて、商いにも手心を加えてくれ。この開元釈教録は五箱の硫黄と交換してくれるか」

「六、いや七箱となら」

「それなら六箱だ。それでいいな」

「硫黄は二十箱あると聞きました」

「その通り、南方の島でとれた良質のものばかりだ」

「それを全部他の商品と交換して下さるのなら、六箱で手を打ちましょう」

「他には何がある」

「金銀で造った仏像や装身具、皿や器、ぶどうの文様の入った瑠璃（ガラス）の杯。絹の衣服、香料に薬種、玉、真珠、琥珀などでございます。それから胡旋舞の上手な石国（タシケント）の娘がおります。これは波斯（ペルシア）の銀貨三百枚の値打ちがある上玉でございます」

安英秀が色欲にいざなおうとしたが、真備にはそうした興味はなかった。

「それは後で品定めさせてもらう。ところで安氏は各地の寺とつながりがあると申したな」

「おおせの通りでございます」

「揚州の延光寺に伝はあるか」

「ございます。寺は商いの拠点ですから」

「延光寺の住職である鑑真上人は知っておるか」

「私は耽羅の受け持ちなので知りません。しかし揚州、蘇州に詳しい者がおりますので、ここに呼んでも構わないでしょうか」

真備の了解を得て、英秀が階下にいる手下に声をかけた。手下はすぐに船に走り、二人を連れてきた。

一人は中年の女で、太った体に薄絹の赤い衣をまとい、つばの広い帽子を目深にかぶっている。一人は若い男で、官服のような水色の袍をまとい、紫色の頭巾状のかぶり物をしていた。

頭の悪そうなぼんやりとした顔の若者に、真備は見覚えがある気がした。

（確か、どこかで会ったことが……）

記憶の糸をたぐりながら無遠慮に男の顔を見つめた瞬間、胸を針で刺されたような痛みが走った。

「お前は、もしや」

息子の名養ではないか。だとすればこの女は春燕だろうか。真備は確信が持てないまま二人を交互に見やった。

「どうやら、忘れてはいないようね」

春燕が帽子を脱いで顔をさらした。

頬がたれてあごがくびれ、昔の面影はない。豊かな乳房は相変わらずだが、腹や腰のまわりに肉がついてはちきれんばかりだった。

「必ず迎えに来ると言ったでしょう。言ったわよね」

「ああ、確かに言った」

あれは十七年前、唐への留学を終えて日本に帰る時のことだ。迎えに行けるとは思わなかったが、そう言わなければ春燕をなだめることができなかった。

「私はそれを信じて待っていたわ。三年、五年、七年。だけど、あなたは、来てくれなかった」

「わしとて行きたかった。お前と名養のことを思わぬ日はなかったが、仕事に追われてはたせなかったのだ」

「相変わらず口がうまいわね。大臣になって日本を唐に負けない国にすると言ってたくせに、政争に負けて左遷されたそうじゃないの」

「だから挽回策をねっている。名養もずいぶん立派になったな」

真備は話の向きを変えた。

春燕にやり込められそうになると名養に話を向けるのは、唐にいた時に使っていた手だった。

「ありがとうございます。母上に厳しく育てていただきました」

名養はよどみのない日本語を話した。

「たいしたものだ。もう二十歳になったか」

「二十三でございます」

「書の稽古はつづけているか」

「凄いのよ。名養の噂を聞いて、五台山の寺の長老が書の師範として招きたいと言ってきたんだから」

春燕の溺愛ぶりは昔と変わらなかった。

「春燕はどうしている。再婚したのか」

「しましたよ。父に勧められて。逃げた燕は返らないと言うものだから」

「そうか。それは良かった」

「十二年の間に三度結婚したけど、みんなうまくいかなかったわ。半年前に三度目の馬鹿と別れたばかり」

「…………」

「今は自由の身だから、付き合ってあげてもいいわよ」

「昔のようなわけにはいかぬ。そろそろ還暦だからな」

「冗談よ。私だってあなたのようなお爺(じい)に興味はないから」

「石皓然から船をもらうと言ってたが、この船団はお前のものか」

「父の店も財産もそっくり受け継いだわ。営州の港を拠点として、新羅や耽羅、登州や揚州とも交易をしているの」

「揚州の延光寺にも伝があるのだな」

「あの寺は揚州の商いの拠点よ。安如宝(あんにょほう)という切れ者を寺に入れて交渉役にしているけど、鑑真上人に気に入られてお付きになっているわ」

「その者に頼めば、上人を日本に招くことができるか」

「交渉次第ね。確実とは言えないけど、寺側に積むものを積めば大丈夫でしょうね」

薄化粧をした春燕の顔に、ソグド商人のしたたかさが現れた。

「ならば十四箱の硫黄はお前にやる。上人を招くことができるように手配してくれ。それからもう一度遣唐使にしてもらえるように、朝廷の方々に進物を贈る。積荷の中の良品を選んで渡してほしい」

「あら、また唐に渡るつもり」

「渡らねば道は開けぬ。わしはこんな所に左遷されたままで終わるつもりはない」

「それなら手配するけど、こちらにも条件があります」

「うむ、聞こうか」

「ひとつは硫黄を他の商人に売らないこと。もうひとつは名養が日本で修行ができるようにすること」

「名養は日本で修行したいのか」

「そのつもりで来ました。父上の国ですから」

書道でつちかった自信のせいか、名養の口調は外見よりもはるかにしっかりしていた。

「それは嬉しい限りだ。阿倍仲麻呂の息子の翼(つばさ)と翔(かける)を覚えているか」

「双子の兄弟だったと思いますが」

「そうだ。奈良にいるから、しばらく一緒に暮らすがよい。きっと二人も喜ぶはずだ」

「あら、懐かしい。私も行こうかしら」

「か、構わんよ。お前はわしの妻なのだから」

「でも硫黄を早く持ち帰らないと。禄山兄さんが首を長くして待っているから」

春燕は義兄に当たる安禄山との取引を拡大している。禄山が契丹(きったん)や奚(けい)に大勝しているのは、日本の優良な硫黄を手に入れ、火矢や狼煙(のろし)として用いているからだった。

「唐に来たなら、蘇州の望海楼にも泊まってね。旅館ごと買い取ったから、いつでも使えるわ。あの部屋のこと、覚えてる？」

「覚えているとも、わしの出発を見送りに、お前は蘇州まで来てくれた」

そして望海楼という指折りの旅館の最上の部屋に泊まり、真備を呼びつけたのである。窓に瑠璃を張った海を見下ろせる部屋で、二人は熱い抱擁を交わし、男女の営みに励んだのだった。

「あの時、本当は迎えに来る気なんかなかったでしょう」

「そう言うな。気持ちはあっても出来ないこともある」

「こちらで結婚したの？」

「ああ。親戚の者たちが強引に話を進めたのだ」

十年前に母の遠縁にあたる八木氏の娘を妻に迎え、三人の子供にも恵まれた。ところがこちらに左遷され、会うこともなくなっていた。

「それならなかったことにするわ。さっきの約束」

「待てよ。それとこれとは別の話だろう」

「別なものですか。約束を破った上に平気で他の女と結婚するような男、信用できないもの」

「お前だって三人と結婚したんだろう。人のことを責められる立場か」

「それは真備が迎えに来てくれなかったからじゃないの。これがお前の夫だと言って、父が次々に男を連れて来たわ。初めは渤海(ぼっかい)人、次は突厥(とっけつ)人、最後は洛陽のお坊っちゃんだった」

春燕は長い指を折って数え上げ、ふいに何かを思いついたように真備を見つめた。

「ねえ。約束を守るかわりに、ひとつ条件を加えてもいい」

「言ってみろ。できるだけのことはする」

「私を砂浜に連れて行って。蒸し暑いから海に体をひたしたいの」

「もう夕方だ。それにお前は泳げないだろう」

「泳げなくても海に入ることはできるわ。今夜は星月夜のはずよ」

春燕に押し切られて、真備は二人で砂浜に出た。志賀島と陸地をつなぐ細長い砂嘴に出て、左右の海をながめた。右は内海、左は外海。

春燕はうねりと波が強くなりかけた外海の浜に向かった。

「何だか血が騒ぐわ。ここで横になって空を見上げましょう」

真備を強引に引き寄せ、砂浜に並んで寝転ぶことにした。

すでにあたりは暮れかけているが、砂には昼間の熱のなごりが残っていた。

「もうすぐ日が暮れるわ。北辰（北極星）が出るのはあのあたり」

春燕が北の空を指さした。

夜の航海は星が頼りである。中でもどんな時にも位置を変えず、強い光を放ちつづける北辰は船人たちの守り神だった。

「真備、分かってる？　あなたは私の北辰だったのよ」

「分かっているが、わしはこの国の北辰になることを選んだ。それがこの国のために必要だからだ」

「嫌な人。何も分かってないじゃないの」

春燕が真備の腕を抱いて体を寄せてきた。それが若い頃からの合図だった。

「気持ちは有難いが、もうこの歳だ。そんな気にはなれん」

「男と女の信頼関係は、体の交わりがなければ築けないと言ってたわよね」

「ああ」

「それなら私との信頼関係を築きたくないの。鑑真上人を日本に呼ぶ手配をしてもらいたくないの」

「わしはお前を頼りにしている。北辰だと思っている。だが、無理なものは無理なんだ」

冷たいと思われない程度の強さで、真備は春燕の腕をふりほどいた。

「そう。それなら生きていても仕方がないわ。ここで死ぬから見送ってちょうだい」

春燕は急に立ち上がり、薄絹の衣を脱ぎ捨てた。そうして一糸まとわぬ姿になり、うねりの強い海に向かって駆け出した。

「春燕、待て。馬鹿な真似をするな」

真備は止めようと後を追ったが、乾いた砂に足を取られてうまく走れない。脇腹のたるんだ後ろ姿を見ながら追いつこうとしたが、春燕が海に走り入るのを止めることはできなかった。

しかし奔馬のような彼女も、波に押し返されて沖へは進めない。その腰をめがけて真備は飛びついた。

「やめろと言うのが分からぬか。どうしても死にたいなら、約束をはたしてからにしてくれ」

「そうね、それがあなたの本心よね」

春燕はふいに振り返り、真備をにらんでにやりと笑った。

波しぶきでぬれた髪が額にはりついている、美しくも恐ろしげな大ぶりの顔は、天竺（てんじく）（インド）の破壊神であるシヴァの像に似ていた。
「私はそんなあなたでも構わない。だから一緒にズルワーンさまのところへ行きましょう」

春燕が真備の首に両手をかけて絞め上げた。

「な、何をする」

真備はふり払おうとしたが、春燕の腕は太く力は強い。波にもまれながらもつれ合い、やっとの思いで春燕の手を引きはがした。

「駄目よ、真備。私を信じて」

春燕は真備の頭をつかんで引き寄せ、豊かな乳房の谷間に顔を埋めさせた。

真備は口と鼻をふさがれて呼吸（いき）ができない。体を突き放そうとしたが、しっかりと抱え込んだ腕をふりほどくことはできなかった。

（こいつ、わしを殺すのか）

薄れゆく意識の中でそう思った。

やがて鼻から脳天にかけてきな臭い痛みが走り、漆黒の闇に沈んでいった。

どれほど意識を失っていたのだろう。気がついた時には浜辺にあお向けになっていた。

濡れた服はぬがされ、春燕の薄絹の衣がかけてある。あたりは暗くなり、満天の星がまたたいている。乳白色の天の川がかかり、絶え間なく潮騒の音がしていた。

真備は放心したまま夜空を見上げた。

何がどうなったのか分からない。春燕に殺されるかと思ったが、体のどこにも異常はない。

むしろ全身に力がみなぎり、股間の一物までが力強く立っていた。

「気がついた？」

添い寝していた春燕が、上体を起こして顔をのぞき込んだ。

裸のままの姿が、星明かりに照らされて影のように見えた。

「いったいどうしたのだ。このわしは」

「元気がないと言うから、回生術をしてみたの」

「回生術？」

「母の家では羊や山羊が元気を失った時、首を絞めたり川に沈めたりして意識を失わせていたの。そうして生き返った時には、前よりずっと元気になるの。生きようとする力がよみがえるのね」

「生き返らないこともあるだろう」

「半分くらいは駄目だけど、群の移動についていけなければ殺すしかないじゃない。だから仕方がないのよ」

「わしが死んでも、仕方がないと思ったか」

「真備は強いから大丈夫。回生すると信じていなければ、あんなことはしないわ」

その証拠にこんなに元気になったじゃないと、春燕が真備の一物を愛おしげになでさすった。

「おかしな奴だ。人の命を何だと思ってやがる」

真備は悪口を吐いたが、不思議と腹は立たなかった。

死にかけたお陰で、腹の底にたまっていた有象無象が洗い流された気がする。わき上がる歓喜に全身が包まれ、人が生きる意味が分かった気がした。

（ああ、あの星すべてが天上界の仏たちだ）

真備は満天の星をながめながら、この世のすべてが尊いと思った。

法華経には地から湧き出た菩薩が、天上で釈尊と多宝如来の問答を聞く場面が描かれている。この星空はその場面そのもので、自分も今、菩薩の一人として問答を聞いている。そう体感したことで、真備の内面は大きく変わった。

「ねえ、元気になったでしょう」

「ああ、羊の群にもついていけそうだ」

「それなら試していい？　どれほど回生したか」

春燕は薄絹の上から真備の一物をさすりつづけている。

「どこからでも来い。星の数ほどいかせてやる」

「真備、そんなあなたが好きよ」

春燕は薄絹をめくって真備の一物を口にふくみ、湿りをくれてから膣の中に導いた。

「ああ、いい。最高よ」

「そうか。信頼してくれるか」

「ええ、もっと、もっと強くして」

春燕に催促（さいそく）され、真備は下から強く突き上げた。

先端を肉のひだが強く締め上げてくる。その快感をやわらげようと上体を起こし、春燕を膝の上に抱きかかえる座位の姿勢をとった。

「久々に会ったんだ。こういうのもいいだろう」

「いいわ、真備。きつく抱いて」

春燕は真備の首にしがみついて腰を前後左右に動かした。

真備は春燕の望みを叶えてやれることに大きな歓びを感じながら、むっちりとした体を抱きしめた。

「もっと、もっと私を好きにして」

「こうか、これでどうだ」

真備はよみがえった力で突き上げた。

「ああ、いく。はい、はい、はい」

春燕は昔のように乗馬のかけ声を上げ、小刻みに昇りつめた末に昇天したのだった。


春燕から鑑真上人を招聘するために尽力するという確約を得た真備は、中臣音麻呂を使者として奈良の都につかわすことにした。

「まず娘の由利を訪ね、この書状を帝と上皇さまに渡すように頼んでくれ」

油紙で包み、蠟で封をした書状には、自分を遣唐使に任じてくれたなら鑑真上人を日本に招くことができると記している。これを由利を通じて一昨年即位された阿倍内親王（孝謙天皇）

と聖武上皇に渡せば、必ず心を動かして下さるはずだった。

「次に橘諸兄（たちばなのもろえ）どのを訪ね、この書状を示してどなたにどのような進物を贈ればいいかご指示をあおいでくれ」

もう一通の書状は、硫黄との交換によって手に入れた金銀財宝の目録である。これを帝や聖武上皇などに進上して、意のある所を示さなければならなかった。

「しかし、くれぐれも藤原仲麻呂らに知られてはならぬ。まず東大寺の良弁（ろうべん）上人のもとに荷物を預け、諸兄どのの指示を待って僧たちに届けさせよ」

「分かりました。事が成就したなら、必ず約束を守って下さいよ」

「言うにやおよぶ。遣唐副使になったなら、四人まで従者を連れていくことが許されている。その中に加えてやる。それがお前の兄への供養にもなる」

「ありがとうございます。兄文麻呂の霊と共に、大唐国の地を踏みしめとうございます」

音麻呂は万全の仕度をととのえ、従者五人とともに日渡当麻の船で奈良に向かった。

結果は上々吉だった。打った手はすべて当たり、天平勝宝三年（七五一）十一月七日に真備を遣唐副使に任命する勅命が下った。

この知らせが大宰府の真備のもとに届いたのは十一月十五日である。その三日後、真備は筑前守としての威儀をととのえ、観世音寺の玄昉の墓に参拝した。

「玄昉僧正は唐への留学僧の役目を立派にはたし、一切経を日本に請来する功績を上げられた」

出迎えた二十人ばかりの僧たちの前で、真備は得意の弁舌をふるった。

「しかるに寺では、このような質素な墓しか造っておらぬ。よもや位牌もなく、月命日の供養もしておらぬのではあるまいな」

「い、位牌は安置しておりませんが、供養の読経はいたしております」

住職代理が苦しい言い訳をした。

藤原一門の息のかかった住職は、急病を理由に真備と会うことを避けていた。

「ならば今日からこれを安置して供養せよ。そうすれば玄昉僧正も、心安らかに来年の遣唐使を守護して下さるだろう」

真備は用意してきた白玉（はくぎょく）の位牌を住職代理に突き付けた。春燕から手に入れた最上級のものだった。

「しかし、玄昉どのは罪を得て左遷されたと聞いておりますが」

「観世音寺別当に任じられたのは、罪があったからではない。それはわしとて同じだ」

「承知いたしました。筑前守さまの発願として、寺に安置させていただきます」

「それで構わぬ。それから月命日の供養の時には、藤原広嗣の怨霊の調伏（ちょうぶく）も合わせて行うようにせよ」

「それは、いささか……」

「巷には玄昉僧正は広嗣の怨霊に八つ裂きにされたという噂がある。帝への謀叛を企てて誅殺された者が、日本仏教の恩人を呪い殺したなどという噂を、寺では是としているのではあるまいな」

「そのようなことは決して、決してございません」

「ならばそのことを公に知らしめるためにも、今日から広嗣大悪人の怨霊調伏の修法(しゅほう)を行ってくれ。承服できぬとあらば、帝に奏上して詔(みことのり)を下していただくまでだ」

真備は遣唐副使の威光を背に、広嗣の調伏と玄昉の供養を実行させ、自ら参列して経を誦(ず)した。

(玄ちゃん、これで少しは気がすんだか)

真備は唐にいた頃の玄昉の姿を思い出し、もう一度唐に行くから見守ってくれと願ったのだった。

翌年の二月中旬、真備は遣唐使を拝命し、三月初めに行われる任命式に備えるために、息子の名養らと共に奈良の都に入った。

春は奈良が一番美しく萌え立つ季節である。盆地を囲む山々の木々は新緑をよそおい、大路に植えられた柳の枝も芽吹き始める。

それが青い甍(いらか)や朱塗りの柱や梁、白壁と絶妙な調和を保っているが、真備にとって今の平城京は敗北の象徴にほかならなかった。

聖武天皇はご在位の頃恭仁宮を本拠地と定め、紫香楽宮に大仏を建立して仏教中心の国造りをしようとなされた。

この地に長安、洛陽にならって二都を並立させ、近江や尾張方面との連絡を密にして、藤原一門の影響力を排除しようとなされたのである。

これに対して藤原仲麻呂や光明皇后らは、難波宮を都にすることで帝の方針をくつがえそうとした。この争いに天智天皇系と天武天皇系の相克も加わって混沌(こんとん)とした状況におちいったが、結果は元正太上天皇と宮子皇太夫人を身方にした藤原一門が勝ちを制した。

そのいきさつを記せば次の通りである——。


天平十五年(七四三)十二月、四年間をかけて造営をつづけた恭仁宮の建設は中止された。

そして翌年二月には帝は難波宮に行幸され、御座(みざ)である高御座(たかみくら)と皇位の象徴である大楯(おおたて)が移された。

これに対して真備ら聖武天皇派は、同年十一月に紫香楽の甲賀寺に大仏を建立することによって対抗しようとした。

そして翌天平十七年の正月、紫香楽宮に遷都するという詔(みことのり)を発していただいた。

これに対して藤原仲麻呂(ふじわらのなかまろ)は、非情の手段で妨害に出た。紫香楽宮と周辺の山々に次々と放火したのである。

その様子を『続日本記』は次のように伝えている。

〈夏四月一日　紫香楽京(しがらきのみやこ)の市の西の山で火災があった。

四月三日　寺(甲賀寺か)の東の山で火災があった。

四月八日　伊賀国の真木山(まきやま)(三重県阿山町〈現伊賀市〉にある、紫香楽宮にも近い)で火災があり、三、四日燃え続け、数百余町を延燃した。そこで山背・伊賀・近江などの国に命じ、火をたたいて消させた。
四月十一日　紫香楽の宮城の東の山で火災があり、幾日も鎮火しなかった。このため都の人々は競って川辺に行き、財物をそこに埋めた。天皇も乗物を用意して大丘野（不詳）に行幸しようとされた。〉
こうした放火によって都を維持することは不可能になり、この年五月十一日に聖武天皇は平城宮にもどられ、金鐘寺（後の東大寺）に大仏を建立すると定められたのだった——。

真備たちの宿所は荒池のほとりの宿坊と定められていた。

十五年前、遣新羅使をつとめた者たちが宿所とし、疱瘡（天然痘）流行の原因となった因縁の場所である。すでに宿坊そのものが建て替えられていたが、真備にとってあまり気持ちのいい場所ではなかった。

「どうやら仲麻呂卿らには、歓迎されていないようだな」

出迎えた中臣音麻呂に嫌みを言った。

「大宰府からの使者は、この宿坊に泊まるように定められているのです。他意はありません」

「息子の名養も連れてきた。時間がある時に、寺や神社などを案内してやってくれ」

「由利さんや阿倍兄弟も会いたがっておられますが、どうしましょうか」

音麻呂は大学寮の宿所に住まわせてもらい、各方面との連絡に当たっていた。

「今日はさすがに疲れた。明日の昼餉を皆で食べよう」

翌日の昼、由利と翼、翔がやって来た。

由利は三十六歳になる。帝となられた阿倍内親王に命婦として仕え、奥向きのことを一手に取り仕切っている。真備が今でも帝との縁を保っていられるのは、由利の働きのお陰だった。

翼と翔は三十四歳の男盛りである。

二人とも典薬寮で医師として働き、聖武上皇の侍医をつとめるほど重用されている。そのかたわら翼は大学寮で漢詩を、翔は天文学を教えていた。

「みんな立派になって嬉しい限りだ。翼、翔、名養を覚えているか」

真備はそんな風に息子を紹介した。

「顔は分かりませんが、名前は覚えています。お母さんは石春燕さんと言いましたね」

翼は父親そっくりの聡明な顔立ちになっていた。

「何度か会ったことがあるね。双六遊びをしたけど、覚えてる?」

翔は相変わらず闊達で、名養に話しかけて緊張をほぐしてやろうとした。

「会ったことは覚えているけど、双六をしたことは思い出せません」

「この先、日本で暮らすつもり?」

「ええ、父の国で書を究めたいと思っています」

名養は二人より十歳も下だが、臆することなく話せるようになっていた。

「由利、わしは唐で石皓然という大商人の娘と結婚していた。そのことは話したと思うが」

「春燕さんという方でしょう」

「その娘が生んでくれたのが名養だ。年の離れた弟だから、この先面倒をみてやってくれ」

「分かりました。名養さん、よろしくね」

由利がそっと名養の手を取った。

その仕種は自然で上品で親しみにあふれている。こんな芸当まで出来るようになったかと、真備は由利の成長に目をみはった。

昼餉では奈良の酒を飲んだ。久々の再会と遣唐使に選ばれたことを寿ぎ、香り豊かで滋養に満ちた酒を堪能した。三人、いや、名養と音麻呂を加えた五人の成長が嬉しくて、真備は次々に盃をあけた。

「翼、翔、今度の入唐の時は、二人のうちどちらかを連れて行き、仲麻呂に会わせてやりたい。どちらが行くか決めておいてくれ」

「二人一緒に行けないのですか」

翔は酒を飲めるようになり、母親に似た面長の顔をほんのりと赤くしていた。

「上皇さまの侍医だろう。どちらか一人には残ってもらわねばならぬ」

「分かりました。翔と話し合って決めておきます」

翼は酒が口に合わず、由利が作ったくず湯を飲んでいた。

翌日、真備は新薬師寺の宮に聖武上皇を訪ねた。上皇は三年前に娘の阿倍内親王に譲位し、この寺で仏道三昧の日々を送っておられた。

「久しいの真備、いくつになった」

上皇は譲位の直前に出家され、剃髪して沙弥勝満と名乗っておられる。皇位の激務から解き放たれたせいか、おだやかで健やかな表情をしておられた。

「お陰さまで五十八になりました」

「朕はそちより六つ若い。それでも近頃は体の衰えを感じることが多い。その歳でもう一度唐に渡ろうとする求道心には、敬服するばかりだ」

「若さとは年齢のことを言うのではございません。夢や理想に向かっていく心の持ち方を指しているのでございます」

「その通りじゃ。諸行無常、世の移ろいも時間の流れも、人間の執着が見せる幻にすぎぬ」

聖武上皇には深い諦念がある。ご在位中に疱瘡の大流行という災禍にみまわれ、地震や干魃による被害も相次いだ。

このため国民の朝廷に対する信頼が大きく揺らぎ、新しい国家理念を構築する必要に迫られた。そこで唐の則天武后の治政にならい、仏教を中心とした国造りをめざされた。

そのために都を恭仁宮に移し、紫香楽離宮に大仏を建立しようとされたが、そうした方針は藤原仲麻呂を中心とした藤原一門の厳しい反発を招いた。

その上、天智天皇派の巻き返しもあり、恭仁宮や紫香楽への遷都の夢はついえ、天平勝宝元年（七四九）七月に阿倍内親王に譲位せざるを得ない立場に追い込まれた。

当時聖武天皇は四十九歳。譲位の理由は病弱のためと『続日本紀』は何度も記している。ところが真相は天武天皇派だった天皇のご意志をくつがえし、天智天皇派が主導権を握るための政変だった。

九年前、天平十五年（七四三）に行われた五節の舞いの後で、聖武も元正太上天皇も天武天皇の方針に従って国を治めていくと明言された。ところがこの方針は聖武天皇の退位によって否定され、藤原一門の後ろ盾を得た天智天皇派が主導権を握ることになった。

これに抗するが如く、聖武上皇は出家して新薬師寺に入られたのである。

「真備、朕とそちは似た者同士だな」

聖武上皇が宙を見やって苦笑された。

「さようでございましょうか」

「そちは大宰府に左遷され、遣唐使の務めをはたすことで復権をはかろうとしている、そうであろう」

「おおせの通りでございます」

「朕も位を奪われて逼塞（ひっそく）しているが、鑑真上人に菩薩戒（ぼさつかい）をさずけていただくことで、三宝の真の奴（やっこ）になろうとしている。俗世を超えた力を身につけ、国民（おおみたから）を導きたいのだ」

仏教にもとづいた国造りをするためには、国分寺や国分尼寺を建て、大仏を建立するだけでは足りない。唐の高僧から菩薩戒を受け、真の仏弟子であることを証してもらわなければならない。

上皇はそう考えて鑑真上人の招聘に尽力してこられたが、実現できないまま皇位をしりぞかれたのだった。

「それゆえそちの文に上人を招く手立てがあると記されているのを読んだ時、胸の鳥が飛び立つような思いがした。そちなら必ず成し遂げてくれると信じている」

「老いたる身ではございますが、身命を賭してご奉公させていただきます」

「頼むぞ。都に火を放って朕を追い立てた輩に、この国の政を牛耳られてはならぬ。そちが帰国するまで、朕は朝夕無事を祈っておる」

「かたじけのうございます。くれぐれも御身を大切になされますように」

「三十三巻の大般若経も確かに受け取った。あのような貴重な経典を、よく手に入れたものだ」

「那の津には異国の商人も来航いたします。その者が請来したのでございます」

「紙も上質だし、書の美しさは群を抜いておる。あのまま普段使いするのは惜しいので、写しを作って使いたいが」

誰か書写に適した者はいないか。上皇はそうおたずねになった。

「おります。王羲之の『蘭亭序』を完璧に写せる者でございます」

真備は勢い込んで推薦した。これが名養が日本で書家としての道を歩み始めるきっかけになったのだった。

数日後、真備は中臣音麻呂とともに東大寺の良弁上人を訪ねた。

帝となられた内親王と公の場で会えば、藤原仲麻呂らに動きを察知される。そこで帝が東大寺に参拝される日に対面できるように、由利に手配してもらったのだった。

良弁は庫裡の自室で待ち受けていた。

「真備さま、お久しゅうございます。ご無事で何よりでございます」

「上人さまこそ、お元気で若々しい。確か私より六つ上だったと存じますが」

「六十四になりました。大仏建立も近いので心が浮き立ち、生気を取りもどしているのでございましょう」

「このたびは音麻呂がご迷惑をおかけいたしました。お陰さまで遣唐副使に任じていただくことができました」

音麻呂は金銀財宝を東大寺に運び込み、良弁の援助によって各方面にとどけたのだった。

「我らは同志ですから、当然のことです。もう大仏はご覧になりましたか」

「いえ、真っ直ぐこちらに参りましたので」

「それではご案内いたしましょう」

良弁はお付きの僧に口当て（マスク）を用意させ、真備と音麻呂にも着用するように勧めた。

大仏は寺の北側に建立されていた。高さ五丈（約一五メートル）の金銅製の盧舎那仏（るしゃなぶつ）で、全身の鍍金（ときん）を終えて光り輝いている。

手本にした洛陽龍門山の盧舎那大仏は岩山を掘りぬいたものだが、この大仏は鍍金をした座像で、顔の大きさだけで一丈ほどもあった。

「これは凄い。よくぞこれだけのものを……」

　真備は感動のあまり言葉を失った。大仏の荘厳な姿もさることながら、これだけのものを造った日本人の力量に胸を打たれた。

「建立の詔が出されて十年かかりましたが、何とか完成することができました。やがて大仏を伽藍でおおって金堂にし、北側に講堂、南に南大門を配して寺容をととのえることにしています」

「口当てを勧めて下さったのは、この匂いのせいでしょうか」

　真備はあたりをおおう硫黄と金錆が混じったような異臭に気付いていた。

「鍍金は熱した水銀に金を溶かし、大仏に塗りつけた後で火を焚いて水銀を飛ばします。そうして美しい金の肌になったのですが、飛ばした水銀があたりに散って、このような臭いがするのです」

「それはちょっと心配ですね」

「鍍金師は一月もすればおさまると言っておりましたが、そうもいかないようで困っております」

　だから上皇や帝が参拝された時には大仏の近くまで案内せず、回廊からご覧いただいているという。

「開眼供養は四月初めになると聞きましたが」

「四月九日の予定です。あと二カ月ちかくありますので、それまでにはおさまるでしょう」

遣唐使船が難波津を出港するのは五月上旬なので、真備らも供養に参列できるはずだった。

真備は本堂で帝のお成りを待つことにした。

上座の一角には、宇佐八幡宮の神棚がしつらえてある。三年前の十二月に宇佐八幡宮の禰宜である大神杜女らが八幡神を奉じて入京し、八幡神が大仏の守護神となり造立事業を助けるという託宣を伝えた。

これを神仏習合の象徴とし、仏前神後だという非難を乗りこえて挙国一致の体制を作ろうとしたのである。

「何だか不思議な気がいたします」

音麻呂が神棚に長々と手を合わせてからつぶやいた。

「八幡神の御輿を入京させるため、朝廷では山陽道沿いの国々に命じて接待させたと聞きました」

「路次の国には百人以上の兵を出させ、御輿の警固をさせたそうだ。殺生や肉食を禁じ、道を清掃して汚れや穢れを祓ったという」

「しかし人間の都合で、神々を左右していいのでしょうか」

「神事や祭祀をつかさどる家に生まれたお前が、そう感じるのは無理もあるまい。しかし大唐国の則天武后も、女帝となるための大義を大雲経という経典に求められ、それを周知するために国中に大雲寺を建立された。信仰が国を治めるための方便に使われる時代になったのだ」

「それは人前仏後ではないでしょうか」

「正しいとは言えぬかもしれぬが、人々の平安と幸せのためなら神仏も是として下さるはずだ」
こうした理屈をもう一歩進めれば、為政者の都合で神仏の権威が利用されるようになる。真備はそうした例を長安で何度か目にしたが、国をまとめ上げるには他に方法がないのだから、やむを得ないと考えていたのだった。

予定の時間を半刻（一時間）ほど過ぎても、帝はお成りにならなかった。それでもじっと待っていると、さらに半刻ほど過ぎて由利からの使いがやって来た。

「帝は急な用があって、参拝を取りやめられました。次の機会を待っていただきたいとおおせでございます」

使者が伝言を告げた。

何があったのかと、たずねることもはばかられる。あるいは藤原仲麻呂の妨害があったかとも思ったが、黙っておおせに従うしかなかった。

三月三日、第十次（諸説あり）遣唐使四百五十余名が大極殿において帝に拝謁した。

大使の藤原清河、副使の真備と大伴古麻呂以下、留学生や留学僧、従者や水夫まで全員が前庭に整列し、高御座につかれた帝の御前に出て激励をたまわった。

後に帝は難波津で出航を待っていた遣唐使に、次のような歌を贈られた。

四つの船　はや帰り来と　白香著け
朕が裳の裾に　斎ひて待たむ

四艘の船に優秀な人材と唐の皇帝への貢物を乗せて出航させることは国家的な事業で、無事に帰国せよとの祈りは切実だった。

その思いは、甥の清河を派遣する光明皇太后の歌にも表れている。

大船に　ま楫しじ貫き　此の我子を
　唐国へ遣る　斎へ神たち

一行は大極殿での行事を終えると打ちそろって三笠山に詣で、天神地祇を拝して航海の無事を祈った。

三笠山はひときわ鮮やかな新緑におおわれ、日頃は見えにくい山容がくっきりと浮き立っていた。

閏三月九日、清河、真備、古麻呂の三人は再び大極殿に召され、帝から節刀をさずけられた。これは帝の全権を委任するためのもので、遣唐使が帰国するまでの間、すべての権限と責任が大使の清河に託されたのだった。

高御座につかれた帝は、一行に旅の無事と任務の成功を願う詔を下され、唐の玄宗皇帝にあてた国書を渡された。そうして清河に正四位下を、古麻呂に従四位上をさずけられた。

真備が従四位上なので、上司の清河はその上位に、副使の古麻呂は同格にするための措置だった。

　式が終わると三人は別室に招かれた。左大臣の橘諸兄、右大臣の藤原豊成、紫微令の藤原仲麻呂が同席し、卓には酒肴の用意がしてあった。

　節刀を授与されたことを祝い、旅の無事を願って盃を上げてから、仲麻呂が口を開いた。

「今日のよき日に、その方らに伝えておきたいことがある。これは内々のことであり、決して他言してはならぬ」

　仲麻呂は相変わらず居丈高で、脅し付けるように三人を睨め回した。

　歳は四十七になる。三年前に聖武天皇が譲位され、光明皇后が皇太后になると、皇太后付きの役所である紫微中台を立ち上げ、紫微令（長官）におさまった。そして皇太后の権威を後ろ盾にして、諸兄や豊成に勝る権力を手にしている。

　従弟の清河を遣唐大使にしたのも、仲麻呂の計らいだった。

「こたびの遣唐使は、従来とはちがう二つの任務をおびている。ひとつは鑑真上人の招聘、ひとつは弁正と阿倍仲麻呂に命じた任務の完成だ。前段については真備が手配すると請け合っている。そうだな」

「さようでございます」

　やはり漏れていたかと思いながら、真備はおとなしく頭を下げた。

「後段について、何か聞いているか」

「いいえ」

「それならこの場で皆に伝えておく。我が祖父不比等さまは『日本書紀』を編まれ、我が国の歴史と皇統を明らかにされた。ところが唐の吏僚に誤りが多いと指摘され、国史たりえずとの裁定を下された。そのため唐の史書に我が国のことがどう記されているかを知るべく、留学僧だった弁正に調査するようにお命じになった」

そこで弁正は第八次遣唐使が唐を訪ねた時も、帰国せずに調査をつづけた。

それでも任務を完成させることができなかったので、阿倍仲麻呂に在唐して調査に協力するように命じたのである。

「阿倍はこの任務をはたすために昇進をとげ、今では秘書少監の地位についている。その方らが長安に着いたなら、阿倍と緊密に連絡を取り、任務の完成に全力をつくしてくれ」

それを聞きながら、真備は十八年前の仲麻呂の姿を思い出した。急に帰国を取りやめたのは、こんな密命を受けたからなのだ。

その胸中を思えば、荒涼たる砂漠を寒風が吹き抜けていく心地がする。その労をねぎらうためにも、一刻も早く再会して一別以来のことを聞いてやりたかった。

第九章　盟友再会

華清宮は長安の東北、五十五里（約三〇キロ）ほど離れた場所にある。

驪山（りざん）の北のふもとに位置するこの地は古くから温泉がわくことで知られ、唐の太宗李世民（りせいみん）は貞観十八年（六四四）に温泉宮を造って保養地とした。

玄宗皇帝は楊貴妃を得て以来、毎年十月に温泉宮を訪ねるようになり、天宝六載（七四七年）には規模を拡大して華清宮と改称し、温泉も華清池と呼ぶようになった。

華清宮は北の正門である津陽門と南の昭陽門を結ぶ線上に、前殿と後殿を配している。東に玄宗と楊貴妃が住む飛霜殿や五女殿があり、それを取り囲むように一門や重臣たちが滞在するための館が棟を並べていた。

天宝十一載（七五二）十月五日、玄宗は例年のごとく楊貴妃をともなって華清宮を訪ねた。時に六十八歳。さすがに高齢による心身の衰えは隠せない。対する貴妃は女盛りの三十四歳。ちょうど玄宗の半分の歳であることが、二人の関係の不自然さを物語っていた。

阿倍仲麻呂（あべのなかまろ）も妻の玉鈴（ぎょくれい）とともに玄宗に従い、義姉二人、義理の従弟二人とともに、華清宮の東門を出た所にある山第（さんたい）に滞在していた。

近頃は李林甫の秘書官の役目を解かれ、義兄として玄宗に近侍するようになっている。玄宗が開く酒宴や舟遊びなどに同席し、場を盛り上げる楽な役目なので、時間と体力をもてあますようになっていた。

そこで続けているのが、玉鈴との体術の稽古である。

意外なことに玉鈴は、幼い頃に叔父に体術の手ほどきを受けたことがあるという。成人してからは遠ざかっていたが、仲麻呂が楊国忠の配下を一瞬にして叩きのめしたのを見て、教えてくれと頼んだのである。

どうせ気まぐれで、長くはつづくまい。仲麻呂はそう思って相手をすることにしたが、玉鈴は想像以上に筋が良かった。

何より運動能力がすぐれている。女性にしては動きが速く、技の連なりがしなやかである。体の均整も取れていて、重心を一定に保っている。妹の貴妃は舞いの名手で、胡旋舞を楽々と舞って玄宗の寵を得たが、そうした体幹の強さや運動神経の良さが、玉鈴の場合は体術において発揮されていた。

それに稽古への集中の仕方が並はずれていた。一度教えたことは忘れないし、その場で出来なくても十日か半月もすれば習得する。稽古への打ち込み方も熱心で、日頃とは別人のように真剣に取り組んでいる。

時には鬼気迫るほど険しい表情をして、迫り来る敵と本当に戦っていると思えるほどだ。それには何かの理由があると仲麻呂は察していたが、話題にしたことは一度もなかった。

華清宮に来てからも毎日稽古をつづけている。

楊氏山第の大広間に毛氈(もうせん)を敷き、突きや蹴りなどの基本的な型(かた)をくり返し、組み手や返し技などを体に覚え込ませてから、敵との戦いを想定した乱取りをする。

この時の玉鈴はくびきを解かれた野犬のようだった。

「オゥリャー」

甲高い叫び声を上げると、突きまくり、蹴りまくり、足払いや回し蹴りをくり出してくる。その大半を仲麻呂は余裕をもって受けたりかわしたりするが、時にははっとする鋭い一撃もある。

すると仲麻呂の闘争心にも火がついてくる。技をくり出した後に体勢が乱れた隙をつき、足を払って転倒させたり、すれ違いざまに突きを入れて未熟さを思い知らせてやる。

「駄目だ、腰が高い」

そう指摘しながら膝の裏に蹴りを入れると、玉鈴は膝を折ってばったりと前に倒れ伏す。それでもすぐに立ち上がり、いっそう激しく挑みかかってくるのだった。

稽古が終わると別々の部屋に引き上げ、備えつけの温泉で汗を流す。李林甫の計らいで夫婦になって六年になるが、二人がそれらしい関係になったことは一度もなかった。

もとより仲麻呂も、それを望んではいない。今の暮らしと距離感が心地いいが、時はそれに安住することを許してはくれなかった。

日本からの遣唐使船が蘇州(そしゅう)の港に着き、入京の許可を待っている。その知らせが蘇州の役所から届いたのは二カ月前のことだった。

船は四艘。大使は藤原房前（ふじわらのふささき）の四男清河（きよかわ）。副使は下道（しもつみち）から改姓した吉備真備（きびのまきび）と、前回も遣唐使をつとめた大伴古麻呂（おおとものこまろ）。一行は水夫（かこ）、弓手（警固役）などを含めて四百五十余名だという。

仲麻呂は知らせを受けるとすぐに皇帝に入京を許可してくれるように奏上した。

その甲斐あって八月中旬には各船十名、計四十名の入京を許すという勅命が下り、迎えの使者がつかわされた。

使者が蘇州に着くのは十月初めだから、一行が入京できるのは十二月の上旬になるだろう。あと二カ月もすれば、盟友の真備とも再会をはたせる。その時を思えば仲麻呂の心は期待にはずむが、それまでにやり遂げておかなければならないことがあった。

ひとつは従三品の秘書監に任じてもらうこと。ひとつは玄宗に帰国を認めてもらうこと。中でも前者は、密命をはたすためには不可欠だが、仲麻呂は従四品上の秘書少監に任じられて以来、昇進するきっかけをつかめないままだった。

（何とか、しなければ……）

焦る心に急かされて李林甫に昇進を迫ったこともあったが、無視されたままである。そのうち秘書官もはずされ、仲麻呂とは疎遠になった王維（おうい）が後任に抜擢されたのだった。

翌朝、玉鈴の召使いである小鈴（しょうれい）が訪ねてきた。

「仲麻呂さま、玉鈴さまがお呼びでございます」

仲麻呂に助けてもらって以来、小鈴は日本名で呼ぶようになった。そうして親密さを強調し、いつでもお役に立ちますよという仕種をするが、仲麻呂は気付かないふりをしているのだった。

「何だろう。今朝は稽古は休みのはずだが」

「さっき楊国忠さまの使いの方が参られました。そのことではないかと思います」

小鈴を腕ずくで連れ去ろうとした楊釗は、玄宗から国忠という名をたまわり、半年前には宰相の李林甫と肩を並べるまでになっていた。

仲麻呂がいぶかりながら部屋を訪ねると、玉鈴は不快をあらわにした険しい表情で迎えた。

「さっき博奕爺から使いがきました。あなたに頼みがあるそうです」

玉鈴は国忠を毛嫌いしていて、公の場でない限り名前では呼ばなかった。

「珍しいですね。何でしょうか」

「李宰相のことで知恵を貸して欲しい。すぐに来てもらいたいと言っていました」

「あなたはそれで構いませんか」

「何がでしょう」

「あの方を嫌っているから、私にも関わりを持ってもらいたくないのではないかと思って」

「お気遣いは無用です、そう思うなら取り次ぎません」

楊国忠は楊氏山第の一つに陣取っていた。

しかも玉鈴の姉の楊美雨と夫婦気取りで暮らしているが、昼間は別の部屋を執務室にして御史大夫（従三品）などの仕事をこなしていた。

「晁衡どの、よく来て下さった。さあ、どうぞ。どうぞお掛け下さい」

国忠は自ら出迎え、椅子に座るようにうながした。

仲麻呂よりひと回り年上だが、髪も髭も黒々と染めて若々しく見えるようにしている。宰相の位を目前にしてからは、周囲の信頼と尊敬を得ようと威厳を取りつくろっているが、教養や経験が浅いので役者が役を演じているようにしか見えなかった。

「近頃は玉鈴に体術の手ほどきをして下さっているそうですな」

「ええ。そうしています」

「あれは幼い頃から気性の激しい娘でしたから、向いているのではないですかな」

「とても筋がいいです。稽古にも熱心に打ち込んでおられます」

「わしの悪口を言うでしょう。博奕打ちの酔っ払いとか、教養のない遊び人だとか」

国忠は冗談にまぎらして問いかけたが、仲麻呂は何とも答えなかった。

「それは無理もないことです。昔親戚に頼まれて四姉妹の面倒を見ることになったのですが、その頃はずいぶん荒れていて酒と博奕にうつつを抜かしていましたから」

「…………」

「しかし、あれがわしを嫌っている理由はそれだけではありません。晁衡どのに誤解されたままでは、この先の話にも支障がありますので、昔のいきさつを語っておきたいが、聞いていただけますかな」

国忠は部下たちに退出を命じると、仲麻呂の返事を待たずに話し始めた。

「わしが楊家四姉妹の面倒を見るようになった時、玉鈴は十歳、貴妃さまは八歳でした。四姉妹の美しさはすでに蜀州に知れわたっていましたから、妻妾に迎えたいと望む者が引きも切らずという有り様でした。中には不躾に言い寄って来る男もいて、追い払うのに苦労したものです」

事件は玉鈴が十四歳になった時に起こった。国忠はそう言っていきさつを語った。

玉鈴は蜀州の名家の息子に言い寄られ、恋仲になった。いつの間にか男を部屋に招き入れるほどの間柄になり、そのまま朝まで過ごすことも珍しくなかった。

相手は名家の息子だし、やがては科挙に及第すると言われた秀才だったので、玉鈴を妻に迎えてくれるなら結構なことだと、国忠も見て見ぬふりをしていた。

「ところが、その男が名うての女たらしだったのですな。こんな話を夫である貴兄にするのも気がひけるが、よろしいかな」

「構いません。どうぞ」

「その噂を耳にすると、わしは仲間に頼んで男の身辺を調べ上げました。そして玉鈴を落とせるかどうかに莫大な銭を賭け、手管（てくだ）を使って近付いたことを突き止めたのです。親戚の娘にこんなことをされて黙っているほど、当時の楊釗はおとなしくありませんでした」

男が玉鈴の部屋に忍んでくるのを待ち構え、縛り上げて玉鈴の前ですべてを白状させると、庭の木に吊り下げて瀕死の重傷を負わせた。そうして男の家に担ぎ込み、息子の不行跡（ふぎょうせき）の責任を取れと迫ったのだった。

「これは私人としてはやり過ぎだったかもしれません。しかし蜀は任俠（にんきょう）の国ですから、やられた相手には落とし前をつけさせるのが筋です。ところが相手に惚れ込んでいた玉鈴には、それが理解できなかったんですな。それ以来、わしを毛嫌いするようになり、ことごとく刃向かうようになりました。しかし近頃は、晁衡どののお陰で少しは世の中のことが分かりかけているのでしょう。こうして取り次いでくれたのですから」

「何か頼みがあると聞きましたが」

国忠の口から瘴気（しょうき）が立ちのぼるようで、仲麻呂は一刻も早く話を切り上げたくなった。

「李宰相のことです。あのお方はわしを剣南（けんなん）（四川・剣南節度使）につかわし、南詔（なんしょう）（西南夷国。雲南地方）の平定に当たらせるべきだと陛下に奏上されました。むろん、ご存じだと思いますが」

「うかがっております」

「わしが御史大夫として李宰相の旧悪をあばこうとしたからです。これを止めさせるために、剣南に飛ばして南詔と戦わせようとしておられるのですな」

「そのように聞いております」

「むろん陛下もそのことを知っておられますが、李宰相に遠慮して却下することをためらっておられます。この危機を切り抜ける手立てはないものでしょうか」

国忠が一段と丁寧な言葉遣いになり、揉み手をせんばかりにして頼み込んだ。

「いくらか考えもありますが、私は長年李宰相の秘書官をつとめて参りましたので」

「微妙なお立場だとは知っています。それゆえ玉鈴に取り次ぎを頼み、身内の者としてお願いしているのです」

「身内とおっしゃるからには、こちらの願いもかなえて下さるということでしょうか」

仲麻呂は好機を逃すまいと強く出た。

「むろんです。玉鈴から晁衡どのは秘書監をお望みだと聞いております。李宰相の企てを打ち破ることができれば、それは容易に実現できるでしょうな」

「失礼ながら、どのようにして実現して下さるのでしょうか」

「奏上が却下されれば李宰相は失脚し、このわしが中書令に任じられることになります。さすれば朝廷内の人事を一手に任されることになりましょう」

「分かりました。それでは私の考えを申し上げます。南詔が叛乱を起こしたのは、裏で吐蕃（チベット）と同盟を結んでのことです。この紐帯を断ち切らなければ、剣南に何万の兵を送ろうとも叛乱を鎮めることは難しいでしょう」

「その通りです。吐蕃は南詔に六十万の援軍を送っているそうですから」

「両国の紐帯を断ち切るには、蜀の成都に行って吐蕃と交渉するしかない。そのように陛下に奏上して下さい」

「このわしに四川の蜀郡（成都）に行けと言うのか。それでは剣南に行くのと変わらぬではないか」

国忠が温厚の仮面を脱ぎ捨てて本性をむき出しにした。

「剣南には戦いに、蜀郡には交渉に行くのですから意味がまったくちがいます。しかも蜀の地は国忠さまと縁が深い所ですから、吐蕃との交渉に尽力して下さる方もおられましょう」

「うむ、確かに」

「その方に交渉を任せたことにすれば、蜀郡には数日滞在しただけでもどってくることができます」

「そんな風に、うまくいくだろうか」

「奏上しただけでは難しいかもしれません。そこで貴妃さまからも、国忠さまを早く呼び戻すように陛下にお願いしてもらったらどうでしょうか」

「なるほど、それならいけるかもな。いや、いけるに決まっとる。問題は貴妃さまをどうやって動かすかだ」

　国忠がずるい目をしてめまぐるしく考えをめぐらした――。


　国忠と李林甫の関係は、この六年の間に大きく変わっていた。初め林甫は楊貴妃の又従兄にあたる国忠を、玄宗に取り入るための手駒のひとつとして使っていた。

　国忠もその役を引き受けて巧妙に立ち回っていたが、玄宗に才覚を見込まれて重用（ちょうよう）されるようになると、林甫に取って代わろうという野心を持つようになった。

　二人の対立が表面化したのは半年前のことである。きっかけは林甫が引き立てていた王鉷（おうこう）、王銲（おうかん）兄弟が謀叛の疑いをかけられたことだ。

この頃王鉷は京兆尹（長安行政長官）と御史大夫を兼ね、二十数カ所の役職をゆだねられていた。その権勢を頼んで、王銲や息子の王準は傍若無人の振る舞いに及ぶようになった。

ある時、王銲は術士の任海川に「自分に王者の相があるかどうか占ってくれ」と頼んだ。

これは皇帝の神聖をおかす大罪である。露見を恐れた王鉷は、御史大夫の権限を用いて任海川を捕らえ、口を封じるために獄中で殺してしまった。しかも王銲の友人の韋会が内輪の席で漏らしたと知ると、彼も捕えて獄中で絞め殺した。

それでも王銲の暴走はとどまるところを知らず、兄の王鉷に政権を取らせようと、李林甫、楊国忠、陳希烈を謀殺しようとした。

ところが挙兵の二日前に事が露見し、玄宗は王銲を捕らえるように兄の王鉷に命じた。鉷は銲が親友の邢縡と行動を共にしていると知ると、使者をつかわして弟を召し出し、夕方になって縡を捕らえようとした。すると縡は長安城の西北の金城坊に立てこもり、配下の兵たちと抗戦する構えを取った。

そこで先発部隊につづいて王鉷と楊国忠が出兵して討伐に当たったが、戦いのさなかに敵兵が「大夫の兵を傷つけるな」と叫ぶのが聞こえた。しかも邢縡らは王鉷の兵が守っていた門から脱出し、皇城の西南隅まで逃げのびた。

折良くそこには高力士が飛龍禁軍の兵四百人をひきいて出動していて、縡を討ち取り配下の将兵をことごとく捕らえた。

鎮圧の後、国忠は戦闘の状況を玄宗に報告し、王鉷も謀叛の企てに関わっていたと訴えた。

ところが李林甫が鉷を擁護したので、玄宗は国忠の訴えをしりぞけ、王銲の罪も不問にした。この時、玄宗は王鉷が弟に罪があったことを認め、処罰するように願い出ることをひそかに望んでいた。そうすることで事を荒立てることなくおさめたかったのである。

ところが王鉷はその配慮を無にし、いつまでたっても奏上しなかったので玄宗の怒りを買った。それを目の当たりにした国忠は、王鉷を失脚させる好機とばかりに陳希烈を身方に引き込み、王鉷が謀叛に加担していたと奏上させた。

玄宗はこれを取り上げ、国忠と希烈に王鉷を取り調べるように命じた。その結果、王鉷が王銲の野望を隠そうとして任海川と韋会を獄死させたことが明らかになった。

このため栄達の絶頂にあった王鉷は自殺させられ、弟の銲は杖殺(じょうさつ)され、息子の準は流罪に処された先で殺された。

国忠は一連の働きを賞され、王鉷が任じられていた京兆の尹や御史大夫などの官職をすべて受け継ぐことになったのだった。

楊国忠は日の出の勢いである。

この機に乗じて一気に李林甫を失脚に追い込もうと、林甫が王鉷、王銲兄弟と私的に交わり、政(まつりごと)を左右していたと訴えた。

国忠派となった陳希烈と哥舒翰(かじょかん)もこれに同調したので、林甫に対する玄宗の信頼は大きく損なわれ、何事においても国忠を優先するようになった。

林甫はこの劣勢を挽回しようと、国忠を南詔との戦いに出陣させ、玄宗から遠ざけようとしていたのだった。

こうした熾烈な権力争いの狭間に、仲麻呂は立っている。この状況をどう乗り切り、秘書監への昇進につなげるか、難しい対応を迫られていた——。


仲麻呂は真っ直ぐに玉鈴の部屋を訪ね、貴妃への根回しを頼むことにした。

「博奕爺の話はいかがでした？　どんなことを頼まれましたか」

玉鈴は驪山の見える窓際に座り、小鈴に給仕をさせて酒を飲んでいた。

「李宰相が国忠さまを剣南に派遣するように奏上しておられます。それを逃れる手立てはないかと相談を受けました」

「名案はありましたか」

「手立てはありますが、私も長年李宰相に仕えて参りました。その縁を断ち切って協力するからには条件があると申し出ると、秘書監の件なら何とかすると言われました。あなたがそのことを国忠さまに伝えてくれたそうですね」

「以前に秘書監になりたいとうかがったことがあります。もうすぐ日本の遣唐使が来るそうですから、急がなければならないのでしょう」

「これほど有り難いと思ったことはありません。感謝申し上げます」

仲麻呂は拱手して律義に頭を下げた。

「礼など無用です。わたくしは常々、朝廷の方々の醜悪さを耐え難いと思っていました。博奕爺も李宰相も、そして……、陛下や貴妃の体たらくも」

　玉鈴は手ずから金の酒器を取り、瑪瑙（めのう）の杯にそそいで仲麻呂に勧めた。

「しかしあなたの生き方を見ていると、心が洗われます。この腐れきった華清宮で、あなただけが白く清らかに輝いておられます」

「それは過分のご評価です。私も迷いの道を恐れながら進む者の一人に過ぎません」

　仲麻呂は石榴（ざくろ）の果汁で割った酒を飲み、品のいい甘酸っぱい味を張九齢が好んでいたことを思い出した。

「他の方々は欲と執着の虜（とりこ）になっておられます。博奕爺も李宰相も自分の立場を守ることに汲々とし、陛下は貴妃への愛欲に溺れて正気を失っておられます」

「お言葉が過ぎてはなりません。お立場に関わりましょう」

「立場？　このわたくしにどんな立場があると言うのです。すべては貴妃が寵愛を受けたお陰で与えられた幻です。しかも、それを投げ捨てて逃げ出すこともできません」

　玉鈴は皮肉な笑みを浮かべ、やる瀬なさそうに酒を飲み干した。

「しかしあなたは違います。欲も執着もなく、きれいに身を処しておられる。もしお釈迦さまがこの濁世（じょくせ）にお生まれになったら、あなたのような生き方をされるのではないかと思えるほどです」

「意外ですね。私のどこをそのように高く評価していただいているのでしょうか」

「私心がないところです。ご自身の欲や執着を離れ、必要なことを的確にしておられます」

「それは私がこの国の生まれではないからです。陛下に仕え、お役に立つためにはどうすればいいか、皆さまを手本にして学んでいるのです」

仲麻呂はそつなく話をそらしたが、玉鈴がそんな風に自分を見ているとは嬉しい驚きだった。

「きっと祖国のために成すべきことがあるのでしょう。そのために身を捨てておられるから、私欲を離れることができるのです。祖国の使者が朝貢を終えたなら、一緒に帰国されるのでしょう」

「陛下のお許しを得られるなら、そうしたいと願っています」

「わたくしにできることがあれば、何でも言って下さい。協力しますから」

「それならお言葉に甘えて頼みがあります。楊国忠さまのことですが、よろしいでしょうか」

「ええ、構いません」

「国忠さまの窮地を救うには、陛下から剣南の蜀郡に向かうように命じていただかなければなりません。しかしそれでは朝廷の守りが手薄になるのですぐにもどしてほしいと、貴妃さまから陛下に奏上していただきたいのです」

「分かりました。あの娘にそう伝えればいいのですね」

玉鈴はその日のうちに楊貴妃の承諾を得た。

仲麻呂はそのことを国忠に伝え、剣南の蜀郡に行って吐蕃との交渉に当たりたいと奏上させた。玄宗がそれを許すのを待って、貴妃から早期の帰京を懇願させた。

結果は狙い通りである。玄宗は成都に向かって出発する国忠を貴妃とともに見送り、必要な指示を終えたならすぐにもどるように命じた。

しかもこの場に中書令の李林甫は同席していない。それが朝廷を意のままにしてきた李林甫の凋落を、残酷なばかりにはっきりと物語っていた。

三日後、仲麻呂は林甫から呼び出しを受けた。

林甫は華清宮の北に隣接する昭応県の役宅に滞在している。それは病のために近侍することを遠慮してのことだとか、玄宗にうとまれて遠ざけられたのだと噂されていた。

取り次ぎの者が案内した部屋には、李林甫の秘書官となった王維が待ち受けていた。公務ではないことを示すためか、私服を着て冠もつけていなかった。

「今日は李宰相の要望で来ていただいたが、昔のように晁君と呼ばせていただいて構わないかな」

王維が友情を取りもどそうと差し伸べた手を、仲麻呂はわだかまりなく握り返した。

「もちろんだよ。君と親しくさせていただいたことは、私の誇りであり果報だよ」

「まあ、掛けてくれたまえ。宰相は取り込み中でね。おおまかなことをたずねておくようにおおせつかっている」

「楊国忠さまのことだろうか」

仲麻呂は呼び出された理由が分かっていたし、林甫が隣の部屋で二人の話を聞いているとも察していた。

「あの方に蜀郡に行きたいと奏上させたのは君だろう」

「相談を受けたのでそのように助言した。それだけだ」

「貴妃さまに懇願させたのも？」

「それはちがう。私にはそんな力も権限もないよ」

「君は貴妃さまの義兄にあたるからね。伝はいくつかあると思うが」

「私ではない。李宰相はそのように疑っておられるかもしれないがね」

「疑っておられるのではないよ。大変お困りで、君の助けを必要としておられるのだ」

「何だろう。どんな助力ができるだろうか」

「その前に、これを見てほしい」

王維が差し出した書状には、楊国忠の南詔政策の失敗と不正が列挙されていた。

失敗の根本的な原因は、国忠が蜀にいた頃に世話になった鮮于仲通を剣南節度使に任じたことである。

仲通は豪商だが軍事についての知識は皆無である。そんな男を縁故によって節度使に任じて軍の指揮権を与えたために、一年前に南詔に大敗して八万の軍勢のうち六万を失った。

しかし国忠はこれを隠し、南詔を討伐するためと称して剣南節度使となり、仲通の配下だった者たちを粛清して口を封じた。その上で南詔との国境の村々に住む千余人の若者を捕らえ、南詔の兵を捕虜にしたと称して長安に送らせたのである。

これが大嘘であることは剣南にいる者なら誰もが知っている。それゆえ一刻も早く人をつかわして糾明をとげ、不忠の佞臣である楊国忠を処罰していただきたい。書状はそう訴えて結ばれていた。

「これは王君が書いたのかい」

「剣南に行ってつぶさに実情を調べた。その上での報告だよ。晁君も聞いたことがあるだろう」

「噂は聞いているが、事実かどうか分からない」

「この私が事実だと証言する。李宰相は安禄山将軍を起用して北の突厥や契丹、渤海などを圧伏させた。しかるに楊国忠どのは南詔、吐蕃に大敗しながら、その失態を糊塗しておられる。それは君も認めるだろう」

「確かにそうかもしれない」

「ならばこの内容を上奏文にするから、陛下に取り次いでもらいたい。李宰相はそうお望みだ」

王維は仲麻呂の返事を待たずに隣の部屋に案内した。李林甫は寝台にうつ伏せになり、灸の治療を受けていた。

やせた背中に薄い石を敷いた六つの灸が並べられ、かすかに煙をくゆらせている。林甫は枕に顔を埋め、おとなしく熱さに耐えていた。

その姿はただの老人である。いや、もっと辛辣な言い方をすれば、死の足音におびえるひとつの肉塊にすぎないと仲麻呂は思った。

そんな冷めた目で見ていることが、自分でも意外である。それは林甫の権力から完全に解き放たれたことの証でもあった。

「倭人めが。路傍の骸でも見るような目をしおったな」

林甫は仲麻呂の心の動きを見抜いていた。

「人はそうしたものだ。相手から何も得るものがないと分かれば、すべての興味を失ってしまう」

「おおせの通りだと存じます」

秘書官の頃に使っていた追従の言葉を、仲麻呂は平然とくり返した。

「それで勝ったとでも思っておるか。このわしに」

林甫が鋭い目でじろりとにらんだ。

「燕雀の身でございますので、鴻鵠とは比べようがございません」

「わしはまだ中書令の職にある。お前が欲しがっているものを与えることができるぞ」

「…………」

「秘書監になりたいのであろう。わしの頼みを聞くのなら、すぐにでも許らってやる」

「恐れ多いことでございます」

「それで足りぬなら、どこかの尚書を兼任させても良い。倭国の使者とともに帰国できるように、陛下に執り成してやろう」

林甫は夜着を着込み、寝台に腰を下ろして迫った。

「ご厚志は有り難く頂戴いたしますが、それを受けられる立場ではありません。申し訳ございません」

「楊国忠のような悪党の手下になって、このわしを見限ると申すか」

「陛下のお役に立てるように、微力を尽くしているばかりでございます」

「そのような了見ならわしにも考えがある。王維、例の書状をこやつに見せてやれ」

王維が硬い表情で差し出したのは、東宮李亨と韋堅の密談を記したものだった。

劉駱谷の配下の鼠が聞き取ったものを、仲麻呂が篆書体で書き取って謀叛の証としたのである。

「どうだ。覚えがないとは言わせぬぞ」

林甫は陰謀家の本性をむき出し、急に生気をおびていた。

「これは確か、崇仁坊の道士が讖緯（予言）があったと訴え出たものと存じますが」

「しらばっくれおって。わしはそのように奏上したが、お前が密偵から聞き取って記したものではないか。他の書状と書体を突き合わせればすぐに分かることだ」

「これは宰相さまとも思えないお言葉でございます。それが事実だとすれば、讖緯だと奏上されたのは虚偽だったのでございましょうか」

「原因となったのはお前だ。お前が偽書を作り、わしに偽りの奏上をさせた。その罪は杖殺に値しよう」

「そのようなことをお考えにならない方が、御身のためだと存じます」

「な、何だと」

「陛下のご気性は、宰相が一番良く存じておられましょう。御意に沿わない者が何かを言い張れば、どんなに悲惨な末路をたどるか」

「お前は、このわしを脅すのか」

「お為を思って申し上げているのでございます。一門のご繁栄を保ちたいのなら、楊国忠さまと和解して後事を託されるべきと存じます」

「この拍馬屁(バイマーピー)が。とっとと出て行け」

林甫が灸の石をつかんで投げつけた。

拍馬屁とは「誰にでもへつらう奴」という意味だった。

林甫は何とか玄宗と対面し、形勢の挽回をはかろうとしたが、側近たちの壁にはばまれてはたせなかった。その間にも病が高じ、自分の死後に一族の安全も守れない状況に追い込まれた。

そんな時、成都に派遣されていた楊国忠が意気揚々ともどってきた。林甫は国忠を昭応県の役宅に招き、一切の職務を引き継がせるかわりに一族の安全を守ってくれるように頼んだ。

それから間もない十一月二十四日、林甫は七十歳を一期(いちご)として他界した。

国忠が林甫を謀叛の罪で告発し、一族をことごとく処罰するのは翌年のことである。


吉備真備らが長安に着いたのは天宝十一載(七五二)十二月初めのことだった。

この年五月初めに難波津(なにわつ)を船出し、那の津(なのつ)で渡海の準備をととのえ、五月中旬に値嘉島(ちかのしま)(五島列島)に着いた。そうして風待ちをして大海原に乗り出し、五月下旬に江水(長江)の河口に近い蘇州の黄泗浦(こうしほ)に入った。

真備が乗った三号船が入港した時には、遣唐大使の藤原清河らの一号船はすでに到着していて、大伴古麻呂らの二号船は三日遅れ、四号船は四日遅れで舳先を並べた。

港の役所で入国の許可を得て、皇帝からの上京の許可を待ち、十月中旬に蘇州を発って長安に向かった。

その距離はおよそ三千里（約一六二〇キロ）。

ある時は大運河を船で行き、ある時は唐の役人が用意した馬車に揺られて黄河沿いの道をさかのぼる。公務の旅は船なら一日何里、馬なら何里と定められていて、役人たちはこれを律義に守っている。

天気や風向きがいい日に旅程がはかどっても決められた距離しか行かないし、雨風が強くて難渋しても定めに従おうとする。真備ら日本の使者にはいかにも融通がきかないように見えるが、これは公務を管理するために制定されたものだった。

こうしておけば広大な国土を移動していても、誰が何日後に何処に着くか把握することができる。軍勢の移動においては、作戦の成否に関わる重大事だった。

行くこと一月半、延々とつづく旅程にいささかうんざりしていただけに、長安城の春明門が見えた時には生き返った心地だった。

「着いた。着いたぞ。あれが春明門だ」

真備は馬車から身を乗り出して二層の巨大な楼門を見やった。

唐で過ごした十七年間の記憶が一度によみがえり、感動の涙がこみ上げてきた。

「凄い。さすがに大唐国の都ですね」

中臣音麻呂が感嘆の声を上げ、兄の文麻呂にも見せてやりたかったとつぶやいた。

翼は涙を浮かべ、黙ったまま楼門を見上げている。長安で十六歳まで暮らしていた翼にとって、十八年ぶりの帰郷だった。

一行は門をくぐり、興慶宮前の大路を通って鴻臚寺（外務省）に向かった。

やがて朱雀街東第五街にさしかかると、翼がはるか遠くをのぞむ目で南を見やった。その先には唐を離れるまで父母と暮らしていた昇平坊がある。坊内の家を捜しているのだった。

朱雀門を抜けて皇城に入ると、すぐ左手に鴻臚寺と鴻臚客館が軒を並べている。案内の役人は一行を鴻臚寺に案内し、所定の手続きをするように指示した。

すると高位の老人が、小走りに真備に駆け寄ってきた。丸い顔にどじょう髭をたくわえた顔に見覚えがある。秘書省で丞をつとめていた褚思光だった。

「朝臣備どの、お懐かしい。ご無事で何よりです」

「褚思光どの、こんな所で再会できるとは夢のようです」

「以前、李訓の墓誌を書いていただきました。覚えておられますか」

「覚えてます。親友を亡くされた落胆のご様子が、目に浮かぶようだ」

「あの後、李訓の遺志を継ごうと鴻臚寺丞になりました。そしていまだに勤めております」

思光は照れたように笑ったが、官服の色は四品官の深緋である。どうやら鴻臚寺少卿（従四品上）に出世したようだった。

「吉備どの、まずは大使どのとお引き合わせすべきと存ずるが」

大伴古麻呂が筋を通せと迫った。

歌人として知られる旅人(たびと)の甥だが、頑固で融通がきかない強硬派として知られている。その傾向は五十代半ばになってますます強くなっていた。

「失礼しました。今日到着されると聞きましたので、応接の用意をしております。さあ、どうぞ」

思光が案内したのは諸国の使節をもてなすための広々とした部屋だった。調度のしつらえも豪華で、上段の間に大使と副使が入り、下段の間に随員全員が入れるようにしてあった。

そこで大使の藤原清河と大伴古麻呂を紹介し、明日からの行動予定を決めることにした。

「皆さんは阿倍仲麻呂卿に早く会いたいと思っておられるでしょうが、あいにく陛下のお供をして華清宮に行っておられます。十二月中旬にもどられると聞いております」

「それではその間、近くの名所旧跡を案内していただけるでしょうか」

古麻呂は清河に行きたい場所をたずね、手回し良く十カ所ほど書き上げていた。

打ち合わせを終えると、一行は宿所である客館に案内されていった。真備もそれに従おうとしたが、少し話したいと褚思光に引き留められた。

「随員の中にいた背が高く聡明な顔立ちをした方は、仲麻呂卿とそっくりでした。こちらで生まれたご子息ではありませんか」

「おおせの通りです。仲麻呂が急に帰国を取りやめたために、従者の羽栗吉麻呂(はぐりのよしまろ)の子として国に連れて帰りました。そのため公の場では、今でも羽栗翼と名乗らせております」

「やはりそうですか。十八年前の仲麻呂卿と瓜二つです。ご両親と再会することを、さぞ心待ちにしておられましょう」

「ええ。何しろ翼にとって、この長安がふるさとですから」

「だからお伝えしておいた方がいいと思って、お引き留めしました。若晴さんはもはやご存命ではありません」

あたりをはばかるように思光が声を低くした。

「もう六、七年前になりましょう。水難にあって亡くなられたそうでございます」

「若晴さんが、水難で……」

衝撃に茫然とする頭に、涼やかにほほ笑む若晴の姿がよぎった。

「それで仲麻呂は、どうしているのでしょうか」

「新しい妻を迎えられました。それも楊貴妃さまの姉上の玉鈴さまです」

「それでは陛下の義兄弟になったのでしょうか」

「その通りです。今では陛下に重く用いられ、やがて宰相になられると噂されています。翼という青年にも、それとなくいきさつを伝えておいた方がいいのではないでしょうか」

「承知しました。ご配慮ありがとうございます」

「それからもうひとつ。副使の大伴古麻呂どののことですが、前回も遣唐使に加わっておられましたね」

「大使の多治比広成の随員として入唐させていただきました」

「その時に秘書省の顕官たちと激しく争われました。それはご存じでしょうか」

「聞いておりません。何が原因だったのでしょうか」

「日本で編纂された史書の是非をめぐる問題です」

史書とは『日本書紀』のことで、争いの背景には国史の編纂をめぐる両国の長いせめぎ合いがあった。

前々回の遣唐押使だった多治比県守は、養老元年（七一七）に完成間近の『日本書紀』をたずさえて入唐した。

それを秘書省に提出して正当と認めてもらおうとしたが、担当の役人たちは自国の史書と矛盾する点を指摘して訂正するように求めた。

日本が唐の冊封国（従属国）でありつづけるためには、こうした要求も飲まざるを得ない。帰国した県守は藤原不比等に唐側の指摘を伝え、対応を話し合った。

そして天平五年（七三三）に遣唐大使に任じられた多治比広成が、改訂した『日本書紀』をたずさえて入唐し、秘書省に提出して了解を得ようとした。

ところが審査した役人たちは、訂正が不十分で受け容れられないと突っぱねた。

そこで問題点をめぐる議論になったが、その時に日本側の立場を強硬に主張し、秘書省の役人たちの怒りを買ったのが大伴古麻呂だった。

「『日本書紀』のどこが、それほど問題になったのでしょうか」

「それは秘書省の機密ですから私も知りません。ただ大伴どのの態度は、常軌を逸した無礼なものだったと聞いております。その報告は鴻臚寺にも伝えられていますので、日本国がそのような人物を遣唐副使に任じたことに不信を持つ方もおられるのです」

「承知しました。ご忠告をいただき、感謝申し上げます」

「真備どのは李訓の墓誌を書いて下さった恩人です。お役目を無事にはたされるように、できるだけの助力はさせていただきます」

「それなら恐縮ですが、ひとつお願いがあります」

明日からの行動予定を決めたばかりだが、自分と翼と中臣音麻呂は別行動をしたいので認めてもらいたい。そう申し出た。

「どこか行きたい所がありますか？」

「翼に仲麻呂と若晴さんのことを伝え、思い出の場所に連れて行ってやりたいのです。それに親友の墓にも詣でたいので」

「それなら私が車を出して案内しましょう。その間に日本のことも聞かせて下さい」

翌日は休息して長旅の疲れをいやした。

真備は翼に仲麻呂と若晴のことを伝えるべきかと迷ったが、思光が案内してくれるならその時に話してもらったほうがいいと思い直した。

次の朝、思光の馬車に迎えられ、まず昇平坊を訪ねた。

翼が育った家は昔のままだが、別の役人の官舎になっていた。棟つづきだった診療所は取り壊され、官舎を拡張する形で新しい棟が建っていた。

敷地に入ることはできないので、塀の横に馬車を停めて中をのぞいた。

「どうだ。いろいろ思い出すだろう」

真備はあえて軽い言い方をした。

「そうですね。十六年間ここで育ててもらいましたから」

翼は玄関のあたりを動かぬ目でじっと見つめていた。

「お前たちが日本に渡った後、二人には遥という娘と航という息子が生まれたそうだ」

「それは名養君から聞きました。日本名では遥と航ですね」

「ところが航は数え年四歳の時に薬草園で行方不明になった。若晴さんは何とか見つけようと一年間奔走し、ついに力尽きたそうだ」

続きを話してやってくれと、真備は思光に目でうながした。

「その薬草園に行ってみましょうか」

思光は翼の胸中をおもんばかって表情を暗くした。

二頭立ての馬車は朱雀街東第五街を南に下り、芙蓉園の横を抜けて終南山の方へ向かっていく。翼にとって芙蓉園は、両親と翔と四人で花見をした最後の場所だった。

思光は移動の車中で、若晴が薬草園で服毒自殺をはかったこと、命を取り留めたものの精神をわずらって床に伏しがちになったこと、そんな時に玄宗皇帝が仲麻呂に楊貴妃の姉の玉鈴と結婚するように命じたことなどを語った。

「ほら、もう着きました。あそこが件の薬草園です」

終南山に向かう道の東側に小高い丘がつづいている。春から夏には多くの薬草でおおわれる斜面が、冬枯れの地肌をさらしていた。

翼は馬車を下り、冷たい北風に吹かれながら丘を見上げた。

航が行方知れずになり、若晴が服毒した場所を脳裡に焼きつけようとするように、強張った表情のまま立ち尽くした。

「翼君、大丈夫か」

音麻呂が痛ましげに気遣った。

「母が泣いている。力尽きた、か細い声が聞こえるようだ」

「見えるのかい。君の目には」

「悲しみの気がただよっていることだけは感じられる。さぞ苦しかったのだろう」

翼は若晴の悲しみや苦しみを正面から受け止めようと不動の姿勢をくずさなかった。

「申し上げにくいのですが、この先に若晴さんが水難にあわれた場所があります。行ってみますか」

翼の了解を得て思光は馬車を東に向け、丘を越えて滻水（さんすい）のほとりに出た。

夏には両岸まで水を満たして流れている川が、冬の渇水（かっすい）のために川底の地肌をさらし、いく筋かの細い流れとなっていた。

「ここは漕運のために開かれた広運潭（こううんたん）から、二十里（約一〇八〇メートル）ほど上流になります。ここの川岸で若晴さんが着ていた袍（ほう）が発見されました。取り調べに当たった里正（りせい）は、若晴さんは娘さんと共にここで入水し、広運潭の底に沈んだと判断したのです」

思光が現場となった川岸に立って説明した。

翼もその横に立ち、上流と下流を交互にながめながら川音に耳を澄ましていた。

「ちがう。ここではありません」

ふいに真備をふり返って告げた。

「母はここで死んではいません。ちがいます」

「どういうことだ。若晴さんは生きているのか」

その問いに答えようと、翼は両手を大地に押し付けて地の気を体に取り込んだ。

「母は遥とともに命を断つつもりで滻水のほとりまで来ました。しかし雨で増水した川の前で立ちすくんでいる時、二頭立ての馬車に乗った方が二人を救って下さったのです」

「なぜ分かる。そんなことが」

「母が知らせてくれているのでしょう。雨の日の情景が見えるのです」

「そうか。見えるのか」

真備には信じ難いことである。だが翼の心情を思えば、否定することはできなかった。

奇しくも滻水の対岸の高台には、墓地が営まれている河岸段丘がある。ここには帰国を目前にして命を断たれた井真成（いのまなり）の墓もあった。

真備は橋を渡って墓に詣でた。あれから十八年がたつが、黄土に横穴を掘って作った土坑墓（どこうぼ）は墓守たちによって整然と守られていた。

（真成、久しぶりだな）

真備は墓前で手を合わせ、奈良から持ってきた佐保川の水をまいた。真成は酒を飲まなかったので、その方が喜ぶだろうと思った。

（黄泉の国の住み心地はどうだ。俺はもう五十八の爺いになっちまったよ）

真成は尚衣局に勤め、服飾の道を究めようとしていた。ところが高力士の配下に北里に呼び出され、謎の死をとげたのである。

あの頃のことを思えば、それ以後自分が生きてきたことが夢のように感じられた。

「翼、墓前でこれを読んでくれ」

真備は仲麻呂が書いた墓誌の写しを渡した。

あの時仲麻呂は三十四。今の翼と同じ歳だった。

「公、姓は井、字は真成、国は日本と号す。才は天縦と称せらる。故に能く命を遠邦に銜み、上国（大唐）に馳騁す」

翼の姿も声も仲麻呂によく似ている。あの日、あの瞬間に帰ったような錯覚にとらわれ、真備の胸に感情の熱いかたまりが突き上げてきた。

真備はひざまずいたまま黄土を握りしめ、声を押し殺して泣いた。きっと真成も一緒に泣いてくれていると思った。

「嗚呼、素車（遺体を運ぶ霊柩車）もて暁に引き、丹旐（魂を招く幡）もて哀を行う。遠途を嗟きて暮日に頽れ、窮郊に指きて夜台（墓地）に悲しむ。其の辞に曰く、別れることは乃ち天の常。茲（こ）の遠方なるを哀しむ。形は既に異土に埋もれるも、魂は故郷に帰らんことを庶（こいねが）う、と」

「ありがとう。お陰でいい供養ができた」

同行の三人に礼を言いながら、真備は翼には本当に若晴が見えたのかもしれないと思った。

長安へもどる道すがら、真備はふと樹下地区のことを思い出した。墓守たちが住む柳の巨木が生い茂った村には、井真成を北里に連れて行った留学僧弁正（るがくそうべんしょう）の住居があった。

あの集落を訪ねれば、弁正について知っている者がいるかもしれなかった。

「褚思光どの、樹下地区に立ち寄って確かめたいことがあるのですが」

「あそこにはもう人は住んでいないはずです。三年前の洪水ですべての家が押し流されたと聞きました」

滻水の下流に広運潭を設けたために、大雨で増水した川が行き場を失い、川沿いの集落に襲いかかったという。

それでも真備は行ってみることにした。柳の森は昔のままだが、樹下に作られていた土の家は押し流され、石積みの土台や塀の一部だけが残っていた。

それでも行き場のない者たちが、あちらこちらに粗末な小屋を建てて住んでいる。真備は馬車を下り、土色に汚れた服をまとって切り株に座り込んでいる老爺に声をかけた。

「ここに住んでいた知人を捜しているのですが、すっかり洪水に流されたようですね」

「広運潭などを造ったのが運の尽きさ。しばらくは人が集まって、土産物が売れた時もあったがね」

老爺は歯の抜けた洞穴のような口を開けて照れたように笑った。

「知人の名は弁正といいます。日本から来た僧侶です。歳は七十くらいのはずだが、心当たりはありませんか」

真備は老爺のしわだらけの手に素早く銭を握らせた。

「その人なら、この秋まであのあたりに住んでおったよ。名前は知らんが、日本から来たと言っておった」

「どこに行ったか知りませんか」

「放下（ほうげ）となって托鉢に出たのじゃろう。冬になるとこのあたりでは野宿もできんし、虫や魚もとれなくなるのでな」

弁正は生きている。そして今も遣唐押使の多治比縣守に命じられた任務をはたそうとしている。だとすれば阿倍仲麻呂とも連絡を取り合っているはずだった。

翌日は芙蓉園に行く予定だったが、目覚めた時から真備の体は不調を訴えていた。全身に重だるい疲れが残り、節々に鈍い痛みがある。

長旅の疲れが出たのか、それとも冷たい外気にさらされて風邪をひいたのか。いずれにしろ無理ができる歳ではない。真備は翼と音麻呂に長安の名所めぐりに加わるように申し付け、宿所で体を休めることにした。

「無理は禁物、急ぐべからず」

この先やるべきことは山ほどあると自分に言いきかせ、駆け出したがる心をなだめていた。

目をつむると体が揺れている気がする。値嘉島（五島列島）から蘇州までは黒潮の環流に乗り、順風にも恵まれて比較的楽な航海だったが、それでも十日の間荒波にもまれた記憶が体にしみついているのだった。

翌日も揺れの感覚はつづき、粥と白湯(さゆ)しか喉を通らなかった。まったく、老いぼれたものだと自嘲しながら、それでも妙に気分が良かった。こんな体で唐に渡ってきた自分を誉めてやりたかった。

三日目には体調がもどった。

皆は名所めぐりに出払っている。それなら東の市へ行き、石皓然(せきこうねん)の店にでも挨拶に行こうかと思ったが、何やら気が進まなかった。

娘の春燕(しゅんえん)が帰ってきているかどうか分からない。いなければあの親父と顔を突き合わせなければならないし、いればいたで周囲の好奇の目にさらされる。それが気詰まりだった。

（仲麻呂の奴、何をしてやがる）

早く長安にもどって来いと念じながらふて寝していると、宿所の役人が来客を告げた。

「東の市の石皓然の使いだそうです」

使いに来た店の手代は、皓然が会いたがっているので同行していただきたいと頭を下げた。

「春燕さまのことで、お願いしたいことがあるそうです」

「春燕だと」

真備はなぜかどきりとし、砂金の袋を手みやげに東の市の店を訪ねた。

皓然は暖めた部屋で寝台に横になっていた。髪も髭も真っ白で、顔はやせてしぼんでいた。

「我が子真備よ、元気そうではないか」

皓然の声はしわがれて弱々しかった。

「親父、どうした。長患いか」

「体に力が入らず、立ち上がることもできぬ。ズルワーンさまに召される日も遠いことではあるまい」

「何を気弱な。これで精がつくものでも食べてくれ」

真備は砂金の袋二つを脇に置いた。

昔の皓然なら飛びつくように中身をあらためたはずだが、目を向けようともしなかった。

「今月初めにお前たちが着いたと聞いた。なかなか来てくれないので、使いをやったのだ」

「公務で忙しくて失礼した。春燕のことで頼みがあるそうだが」

「困ったことになった。春燕の船が耽羅（済州島）から登州（山東半島）に向かう途中で嵐にあい、新羅の沿岸に吹き寄せられた。そのために座礁し、新羅の水軍に捕らえられたそうだ」

「いつのことだ。それは」

「昨年の七月。秋風が吹き始める頃なので船を出すなと注意したのだが」

安禄山が突厥との戦いのために硫黄を入手してくれと頼みに来た。そこで春燕は耽羅まで硫黄を買い付けに行き、帰りに難にあったという。

「新羅とは交渉しているのか」

「安禄山に頼んで、春燕たちを引き渡すように求めている。身代金はいくらでも出すと伝えているが、まだ何の返事もない」

「新羅は不審船の取り締まりを強化しているようだ。だから強く出ているのだろう」

「そこで我が子よ、お前の妻の春燕を助けてやってくれ」

「何かあるのか。俺にできることが」

「あるとも、親友の晁衡秘書監さまに、春燕のために尽力してくれるように頼むのだ。さすれば皇帝陛下から新羅の大使に直接命じてもらえるはずだ」

皓然は不自由な腕を伸ばし、砂金の袋を押し返す仕種をした。この金はそのために使えという意味だった。

「分かった。やってみよう」

「それでこそ我が婿だ。ところで日本の大臣にはなったか」

「まだ順風に恵まれぬ。だが遣唐副使の役目をつとめ上げれば、その機会も巡って来るはずだ」

「安禄山はいくつもの節度使を兼ね、今や十数万の大軍を動かす大将軍となった。晁衡どのも宰相となり、皇帝陛下に厚く信任されている。二人ともわしが才能を見込み、養子の契(ちぎり)を結んだ者だ」

「親父、それだけ口が達者ならまだ大丈夫だ」

「茶化さずに聞け。お前もわしが見込み、春燕の婿にした。馬車でも運べぬほどの銭を与え、好きなようにさせてやった。そうだろう」

「そうだ。多くのことを学べたのは、親父のお陰だよ」

「ならば石皓然に恥じぬ生き方をしろ。大臣になる機会が来るまでズルワーンさまが守って下さるから、焦らず腐らず機会を待て。その時こそ、お前のもっとも優れた才質が発揮されるであろう」

皓然は予言でも授けるようにつぶやき、安心したように目をつぶって寝息をたて始めた。


十二月十五日、玄宗皇帝の一行が長安にもどってきた。

早朝に華清宮を出て、専用の道路に車馬を連ねて承天門に向かう。高力士配下の飛龍禁軍が前後を警備し、李林甫に代って中書令となった楊国忠が前駆けをしている。

玄宗は楊貴妃とともに鳳凰(ほうおう)の飾りをつけた黄金の馬車に乗り、その後ろに阿倍仲麻呂と玉鈴が乗った馬車が従っている。その配置を見れば、仲麻呂が国忠に次ぐ要人と見なされていることは明らかだった。

冬の盛りである。息も凍るほどの冷え込みの中で、真備は遣唐使の一行とともに承天門街に出て行列を見物した。

版築(はんちく)で突き固めた広々とした通りには、鴻臚客館にいる諸国の使者たちも見物に出ている。西は大秦(たいしん)(東ローマ)、大食(タージー)(アラビア)、波斯(はし)(ペルシア)、西域の国々。東は契丹や渤海(ぼっかい)、新羅、日本。南方の南詔や吐蕃(とばん)(チベット)は唐との紛争中にもかかわらず、来年の正月参賀に参列するための使者を送っていた。

「翼、見ろ。あれがお前の親父の馬車だ」

真備は全員に聞こえるように声を張り上げた。

「遣唐使としてこの国に渡り、秘書監という宰相に準ずる地位にまで登り詰めた。それがどれほど偉大なことか分かるか」

「分かります。自分の父親とは信じられないくらいです」

翼は興奮のあまり耳も頬も赤くしていた。

「藤原清河さま。仲麻呂がいる限り、日唐関係は盤石です。今後の交渉においても、大船に乗ったつもりでいて下さい」

「真備どののおおせの通りです。このような立派な方を輩出したことは我が国の誇りであり、皆の目標ともなります」

遣唐大使の清河は、行列の華やかさと皇城の大きさに圧倒されていた。

真備らは行列が承天門をくぐり、太極宮の奥に消えるまで見送った。早く仲麻呂に会って積もる話をしたいが、宰相に準ずる立場になったからには気軽に会いに行くことはできなかった。

（鴻臚寺から秘書省に、対面願いを出してもらうしかあるまい）

真備は彼我（ひが）の立場をわきまえて諦めたが、午後になって仲麻呂が宿舎に訪ねてきた。

遠慮がちに戸を叩く音がして、

「遣唐副使、吉備朝臣真備どのはおられますか」

日本語で問いかける声がした。

午睡の後のまどろみの中にいた真備は、笛を聞いた犬のように耳を立てた。十八年の歳月を経ても、仲麻呂の声だとすぐに分かった。

「どなたかな」

突き放すように問い返した。

「遠方より来た朋（とも）と、再会を期す者でございます」

「また楽しからずやと言うが、心当たりがありませんな。そうした莫逆（ばくぎゃく）の友には」

真備は足音を忍ばせて戸口まで行くと、いきなり荒々しく引き開けた。

仲麻呂は驚きもせずに立っている。従三品の官服を隠すように、濃紺の仕立てのいい外套（がいとう）を着ていた。

肩がわずかに濡れている。どうやら雪が降り始めたようだった。

「仲麻呂、久しいな」

真備は友の手を握りしめた。それだけでは気持ちを伝えきれず、両肩をがっちりとつかんだ。

「この野郎、さぞ苦労したろうと案じていたが、やせても老けてもいねぇじゃねえか」

「真備こそ、元気そうで何よりだ。碁は少しは強くなったかね」

「まああだよ。お前は」

「時々陛下のお相手をするくらいだ。真備とは今でも四目（よんもく）の差くらいかな」

「二目もあれば充分だ。男子三日会わざれば刮目（かつもく）して見よ、という言葉を知らんかね」

真備は仲麻呂を招き入れて椅子を勧めた。語り合いたいことは山ほどある。気持ちは坂道を転がるように逸(はや)っているが、まずは伝えなければならないことがあった。

「翼を連れて来ている。会いたいだろう」

「もちろんだよ。もう三十四歳になるはずだ」

「翼を案内して、広運潭の上流にも行ってきたよ」

「いろいろあった。辛いことも哀しいことも」

仲麻呂は深い目をしてつぶやき、多くを語ろうとしなかった。

「よし分かった。今日はどれくらい時間があるかね」

「一刻半(いっときはん)(三時間)だ」

「それなら三つに分けよう。初めの半刻は翼と過ごせ。次の半刻は二人で十八年のことを語り合おう。残りの半刻で今後のことを話せばいい」

「遣唐大使どのに挨拶をしておかなくていいだろうか」

「今日は忍びで来てくれたんだ。まずは二人でやるべきことを決めておこう。大使や一行との対面は、時期を見て公(おおやけ)の場でやってもらう」

真備は音麻呂を呼び、仲麻呂を翼の部屋に案内するように申し付けた。

仲麻呂を待つ間、真備は落ち着かなかった。

みやげに持ってきた奈良の酒が劣化していないか、味や匂いを確かめてみたり、娘の由利が仲麻呂のために編んでくれた真綿(まわた)の腹巻きを取り出してみたりした。

そしてふと、子供の頃に仲麻呂が佐保川で溺れかけた時のことを思い出した。

仲麻呂が八つ、真備が十四の時である。二人は大宝二年（七〇二）に遣唐執節使をつとめた粟田真人の私塾に通い、遣唐使になるための教育を受けていた。

そんなある日、二人でうなぎをとりに佐保川に出かけた。前の夜に餌をつけた釣り針を川に流し、夜の間に遡上するうなぎを狙う。そうして翌朝、かかっているかどうか確かめに行くのである。

夏の初めの頃で、佐保川は前夜に降った雨で増水し、小濁りになって速さを増していた。だが、こんな時ほどうなぎはかかる。真備は尻ごみする仲麻呂を連れ、岩場に仕掛けた釣り針を上げに行った。

十本仕掛けて三匹かかっていた。まずまずの釣果である。

さて帰ろうと岸に向かっていると、背後であっという叫び声が上がった。仲麻呂が苔むした岩に足を滑らせ、川に落ちたのである。

流れは速く、仲麻呂は水にもまれながら押し流されていく。真備はうなぎを投げ捨てて川岸ぞいの道を走り、深い淵に流れ落ちた仲麻呂を助けようと川に飛び込んだ。

そうして気を失っていた仲麻呂を川岸に引き上げて水を吐かせたが、右足の脛からわき水のように血が流れていた。川に落ちた時に尖った岩で切ったのである。

真備はふくらはぎの付け根を帯できつく縛り、褌ひとつになって仲麻呂を背負い、粟田真人の家に向かって駆け出した。真人の家人には、医術の心得がある者がいる。何としてでも仲麻呂を助けねばと、息もつかずに駆けつづけた――。

翼との対面を終えた仲麻呂は一人でもどってきた。

気が重い話だったのだろう。思い詰めた暗い顔をして、わずかに肩を落としていた。

「翼は立派に成長したろう。誉めてやったか」

「ああ、真備のお陰だよ」

「日本で疱瘡（もがさ）がはやった時、翼と翔は典薬寮の一員として働いてくれた。日本の医師の手本となる仕事ぶりだったよ」

「母親から医学を学んでいた。日本に渡る時に医学書を持たせたので、それが役に立ったのだろう」

「若晴さんのことは聞いたよ。滻水の現場も見てきた」

「翼から聞いたけど、今はその話は勘弁してもらいたい」

仲麻呂は上の空で、調子を合わせているだけだと透けて見えた。

「仲麻呂、ここに座れ」

真備は強引に椅子に座らせ、官服の裾（すそ）をめくり上げた。

右足の脛には佐保川で溺れかけた時の大きな傷痕が残っていた。

「覚えているか。この時のことを」

「川に落ちて真備に助けてもらった。その時岩にぶつけて切ったのだ」

「俺は今でもあの頃のままだ。どんな時も、どんな事があってもお前の身方だ」

だから遠慮するなと、子供の頃のように脛をさすってやった。

「すまない。いろいろあって、私の心はねじ曲がっている」

「お前はもともと真っ直ぐすぎる。ねじ曲がったくらいでちょうどいいんだ」

「馬鹿を言うな。私は真備のように強くはない」

仲麻呂はふいに顔をおおい、肩を震わせて泣き出した。

こんな姿を見せるのは初めてである。真備は痛ましさに胸を衝かれ、唐の朝廷で薄氷をふむように生きてきた仲麻呂の歳月を思った。

「もう少し、泣くか」

「いや、もういい」

「それなら一杯やろう。再会を祝して」

真備は革の袋に入れた奈良の酒をつぎ、二人で杯を挙げた。豊かに実った米を大和の水で醸(かも)した酒は、甘露(かんろ)のように二人の喉をうるおし、体にしみ入っていった。

「懐かしいな。三笠山を拝した時に、皆で酒をくみ交わしあったことを思い出す」

仲麻呂の表情が急におだやかになった。

「今度も遣唐使を拝命した後、あの山を拝して祝い酒をいただいた。しかし、お前と飲んだ時のように旨くはなかった」

「あの頃は若かったからな。感激もひとしおだったよ」

二人は酒を傾けながら、天平六年（七三四）に別れて以来のことを語った。

真備は帰国早々に疱瘡で国民の二割を失う厄災に遭遇した。そのために傾いた国家を立て直すべく、聖武天皇とともに力を尽くしてきたが、藤原一門との政争に敗れ、筑前守として大宰府に左遷された。

仲麻呂は帰国直前、多治比広成から弁正に協力して唐の史書の内実をさぐるように密命を受けた。そして弁正から『翰苑（かんえん）』の倭人の条を見せられ、その記述の多くが『魏略（ぎりゃく）』に拠っていることを知った。

『魏略』を自由に閲覧するには、秘書監になるしかない。そこで張九齢や王維らと袂（たもと）を分かち、李林甫に臣従して機会をうかがい、先月には林甫さえも裏切って楊国忠に恩を売り、ようやく秘書監に任じる内命を得たのだった。

「奈良を出発する前に、節刀の授与が行われた。その後で聞いたよ。お前がどうして日本にもどらなかったか。いや、もどれなかったか」

「誰に、何を聞いた」

仲麻呂はおだやかな表情のままである。だがそれは表面をつくろう仮面で、心の裡では警戒の毛を逆立てていることが真備には透けて見えた。

「右大臣の藤原豊成卿と大納言の藤原仲麻呂だ。彼らの祖父である藤原不比等卿が編纂を進めていた『日本書紀』を、養老元年（七一七）の遣唐使に託して唐の朝廷の承認を得ようとした。ところが不備を指摘されて突き返されたために、遣唐押使だった多治比縣守どのは、弁正に唐に残って史書の探索をするように命じられた。そうだろう」

「うむ、それで」

「日本では指摘を受けた部分の再調査をして書き改め、天平五年（七三三）の遣唐使に託して唐側の了解を求めた。ところがそれでも唐側から不備を指摘された上に、弁正は唐側が論拠とする史書を見つけられずにいた。そこで多治比広成どのは阿倍仲麻呂に唐に残り、弁正の任務を助けるように命じられた。そこでお前は朝廷の府庫を管理する秘書省の秘書監（長官）となるべく努力をつづけてきたわけだ。誰にも本心を明かさず、正体を隠したまま」

「真備がそう聞いたのなら、私に異論はない」

仲麻呂はなお、言質をつかませない返答をした。

「政治も外交も非情だな。人間の運命をもてあそびやがる」

真備は仲麻呂に酒を注いでやった。

「それでどうだ。任務は無事にはたせそうか」

「『翰苑』という百年ほど前に書かれた史書には、倭人の祖は呉の太伯だと書かれている。しかしその記述は、五百年ほど前に記された『魏略』の記述に拠ったものだ」

仲麻呂はようやく心を開き、噛んで含めるようにいきさつを説明した。

「そこで秘書少監になったのを機に、府庫の蔵書目録に目を通した。ところが『魏略』は載っていないんだ」

「すでに失われたということか」

「その可能性もある。しかし『魏略』は唐になって正史と認められた『三国志』よりも古いので、府庫ではなく秘府に保管されているのかもしれない」

「それを確かめることはできないのか」

「秘書監になればできると思う。正月参賀が終われば正式に叙任されるので、それを待っているところだ」

「先日、井真成の墓に詣でたよ。お前が書いた墓誌を、墓の前で翼に読んでもらった。十八年前のことをまざまざと思い出したよ」

「よくそんな物を持っていたな。墓誌は墓に納めたのに」

「声涙ともに下る名文だからな。真成の思い出に写しを取っておいた。それを同じ歳になった翼に読んでもらうとは、夢にも思わなかったが」

翼がいかに立派に読んでくれたかひとしきり語り、真備は樹下地区の弁正の家を訪ねたことに話を移した。

「覚えているだろう。真成が殺された後に訪ねたことを」

「覚えているけど、あのあたりは洪水で流されたはずだ」

「ところが弁正は最近まであそこで野宿暮らしをしていたらしい。あいつと連絡を取り合っていないのか」

「数年に一度、ふいに向こうから接触してくるが、もう何年も会っていない」

「もし弁正が今も任務を成し遂げようとしているなら、何かを言ってくるかもしれぬ。そして一緒に帰国したいと願うはずだ。それと副使の大伴古麻呂について、何か聞いていることはないか」

「前回に入唐した時、『日本書紀』の記述をめぐって秘書省の担当官と激論を交わしたそうだ。その内容についても報告を受けている」

「ひどく無礼な態度だったというが、何が問題だったのだろうか」

「それについては、史書を見ながら説明した方がいいと思う。正月参賀の後に府庫に案内するよ」

仲麻呂と約束した一刻（二時間）はあっという間に過ぎた。真備は一人になってから、春燕のことを頼むのを忘れていたことに気付いたが、次の機会を待つことにした。

天宝十二載（七五三）の年が明けた。

日本の元号では天平勝宝五年、孝謙天皇の御世である。

年明け早々、各地からの使者が玄宗皇帝に拝謁（はいえつ）する正月参賀が、大明宮（だいめいきゅう）の含元殿（がんげんでん）で行われた。

含元殿の前庭には東西に朝堂がある。吉備真備ら日本からの使者は、東朝堂の軒先に皇帝への貢物（みつぎもの）を積み上げた。

美濃絁（みののあしぎぬ）、琥珀や水晶の数珠、和紙、鹿毛の筆、錦繍（きんしゅう）の袋に入れた砂金などである。そうして含元殿の殿庭に入り、指示された場所に整列して式の開始を待つ。

含元殿内の正面北側に皇帝の玉座がすえられ、外側の殿庭に皇太子を先頭に文官と武官が東西に分かれて列を作る。

つづいて唐国内の道や州から来た朝集使、その外側に唐と境を接する羈縻州（国や地域）の使者たちが控えている。

ここまでが唐を中心とした中華を構成する者たちで、四夷と呼ばれる東夷、西戎、北狄、南蛮からの使者は、さらに外側の玉座から遠く離れたところに整列するが、使者が整列する時になって思わぬ争いが起こった。

東側の列の一番目は新羅、日本は西側の二番目とされていたが、遣唐副使の大伴古麻呂がこの順番に異をとなえた。

「昔から今に至るまで、新羅は日本に朝貢しております。ところが今、新羅は東の組の第一の座につらなり、日本はその下位におかれています。これはおかしいではないですか」

世話役の役人に喰ってかかった。

これを聞いた新羅の使者は、「朝貢をしているのは日本で、我が国は答礼使を送っているだけだ」と反論したために、あたりは騒然となった。

「大事な正月参賀の席で異をとなえるのは、皇帝に対する不敬となる。それにこんな所で順番を争っても仕方がないではないか」

真備はそう言ってなだめたが、古麻呂はいっそう頑なになり、「これには日本国、ひいては帝の名誉がかかっているのだ」と鼻息荒く言いだした。

真備は仕方がなく、警備担当の呉懐実将軍に頼んで日本と新羅の列を入れ替えてもらい、これ以上騒動が大きくならないようにしたのだった。

正月参賀の儀式も無事に終わり、阿倍仲麻呂は正式に秘書監に叙任された。遣唐使とともに帰国することも、玄宗皇帝の特別の温情をもって許された。

二月になって秘書監の執務室が与えられた。三部屋つづきの立派なもので、秘書官も二人つけられた。

仲麻呂は府庫から必要な史書を運ばせ、真備を呼んで今後のことを打ち合わせることにした。

「ほう。これが大唐国の宰相さまの部屋か。牛や馬が十頭ばかり飼えそうな広さだな」

調度の華やかさに目を奪われながらも、真備はそんな強がりを言った。

「先日、大伴古麻呂どのが『日本書紀』について唐側と争った話をしたろう。それに関する資料をそろえておいた」

仲麻呂は大理石の大きな卓の上に三巻の書物を並べた。

『翰苑』第三十巻と『三国志』の中の『魏書』第三十巻、それに『日本書紀』の第九巻が収まっている巻子である。

「そうか。『日本書紀』もこちらの府庫に保存されているんだな」

「日本ばかりじゃないよ。諸国が正史としているものはすべて揃え、外交上の問題が起こった時にはいつでも使えるようにしてある。王権の正統性を否定すると言われれば、どの国も弱腰にならざるを得ないから」

「唐には三千年ちかい歴史の蓄積がある。史書の数も日本とは比べものにならないものな。この書物だって、お前が秘書監にならなければ府庫の外に持ち出すことはできなかっただろう」

「『翰苑』と『魏書』の第三十巻は、四夷について記したものだ。それに当時の倭国がどう記されているかを見てみよう」

仲麻呂は卓の上で二つの巻物を並べて開いた。

『魏書』第三十巻は「烏丸鮮卑東夷伝」の条で、このうち倭人について記したところを後に「魏志倭人伝」と呼ぶようになる。西晋に仕えた陳寿が記したもので、成立したのは三世紀末である。

『翰苑』第三十巻は「蕃夷部」の条で、倭人ではなく倭国と記されている。著者は張楚金で、成立は七世紀の中頃である。

本書の注目すべき点は、女王卑弥呼の国の者たちが呉王太伯の子孫だと名乗っているという記述だった。

「こうして並べてみれば、二つの書物の特徴がよく分かる。『魏書』の方が圧倒的に詳しく書かれているな」

真備は漢文を注意深く読み取り、両書のちがいを洗い出した。

『翰苑』にあって『魏書』に記されていないのは三カ所。

南朝の宋の国史である『宋書』から引用した、元嘉二年（四二五）に倭王珍が使者を送った時の記事と、唐の地理書である『括地志』から引用した、倭国の官位十二等の記事。

それに『後漢書』から引用した、光武帝の中元二年（五七）と安帝の永初元年（一〇七）に倭国の王が使者を送ったという記事である。

両書の記事が重なる部分も『魏書』の方が詳しく書かれている。

中でも倭国の地理や風俗、魏の明帝の景初二年（二三八）から正始八年（二四七）までの倭との外交については見事だった。

「『翰苑』は初学者向けの入門書だと言われている。だから多くの史書から引用した簡単な文章になったのだろう」

仲麻呂の頭の中には、両書の記述が映像として記憶されていた。

「確かにそうだな。見るべきところは、その旧語を聞くに、自ら太伯の後と謂う、という記述だが、これは『魏書』には記されていない。それはどうしてだろう」

「これは推測にすぎないが、『魏書』が書かれた三国時代には魏は呉と争っていた。当時の呉と太伯が建てた呉国とは別の国だが、著者の陳寿は混同されることを避けるためにあえて記さなかったのではないかと思う」

「しかし『魏略』には、太伯の後だと記されていたということだな。『魏略』に曰く、と断っているのだから」

「その可能性はきわめて高い。それに『魏略』を書いた魚豢（ぎょかん）は魏の官僚で、後漢末期に活躍した荊州（けいしゅう）の劉表（りゅうひょう）とも親しかったというから、倭国の成り立ちについてもっと詳しく記されているだろう。それは日本の朝廷や帝の歴史に関わるから、『魏略』に何が書かれているかを突き止めることは、今後日本の歴史を語る上で死活的に重要なのだ」

「だから弁正やお前が調査を命じられたわけだな。それにしても『魏書』を書いた奴らは、どうしてこんなに日本について詳しいのだろう。その地には牛、馬、虎、豹、羊、鵲（かささぎ）無し、とか書いているじゃないか」

「それは魏の役人が何度も日本を訪ねているからだよ。正始元年（二四〇）と同八年の条を見てほしい。元年には帯方郡（韓国ソウル市付近）の太守が建中校尉の梯儁らを倭国につかわし、詔書、印綬を与えて倭王に任命したと書いてある」

同じく八年には、帯方郡の張政らをつかわして詔書や黄幢（垂れ旗）を難升米に与え、檄文を渡して卑弥呼を諭したと記されていると、仲麻呂は頭の中の史書をすらすらと読み上げた。

「当時、帯方郡には魏の太守が赴任していた。太守の部下が何度も倭国を訪ねて女王卑弥呼と会っている。中には倭国に常駐して、両国の折衝に当たった者もいただろう。これだけ詳しいのはそのためだよ」

「婦人は淫ならず妬忌（嫉妬）せずなどと、嬉しくなることを書いてくれているじゃないか。皆黥面文身す。顔や体に入れ墨をしているというんだから、これは畿内のことじゃなくて南方系の習俗だ」

「夏王少康の子無余が会稽（浙江省紹興市）に封じられた時、断髪文身して蛟竜（蝮や海蛇など）の害を避けたと書いてある。倭人たちは同じ風習を受け継いでいるのだから、呉や越があった江水（長江）流域の人々が九州に渡り、卑弥呼の国を建てたということだろう」

「すると畿内の王権と卑弥呼の関係はどうなる。まったく別の国だったということか」

「そこが難しいところだ。『日本書紀』を編纂する時も、その問題をどう扱うかに苦慮したらしい。これを見てくれ」

仲麻呂は『日本書紀』の巻物を開き、巻第九の「気長足姫尊　神功皇后」の条を示した。

仲哀天皇が崩御された後、神功皇后が熊襲を征討し、新羅に侵攻した事績を記した件に、脚注のような形で「魏志に云はく」と記されている。

「これは『魏書』の景初二年六月と正始元年、正始四年の記事を簡略にして入れ込んだだけのものだよ」

「はっはあ、分かったぞ。養老元年（七一七）の遣唐使がこの史書を唐朝廷に提出したところ、『魏書』との記述のちがいを指摘されて書き直すように求められた。しかし日本では根本的な問題には手をつけずに、『魏書』の記述だけを引用して切り抜けようとした。だから天平六年（七三四）に唐側と対立し、大伴古麻呂が無礼に及んだ訳だ」

真備は『日本書紀』に引用された『魏書（志）』の引用部分を改めて読み直した。

景初二年、正始元年、正始四年の記事を、言い訳程度に付け加えただけで、本文の記述とはまったく整合性がない。

しかも卑弥呼の名は一度たりとも出て来ないし、卑弥呼や倭国と神功皇后の関係についても一切触れていなかった。

「これでは唐側が認め難いと言うのは無理もあるまい。これに対して大伴古麻呂はどんな反論をしたのだろうか」

「倭国は九州にあった国で、今の大和朝廷とは関係がないと主張したそうだ。女王卑弥呼がいた倭国は九州にあり、畿内には別の王権があった。それが次第に勢力を拡大し、大和朝廷となって日本の大半を統一したのだ。おそらくそれは事実だろうが、古麻呂どのの主張には大きな欠点があった」

「王朝の継承の問題だな」

中国の皇帝は、天帝から命を受けて天下を治めているという建前(たてまえ)のもとに継承されている。だから王朝が変わる時も皇位を禅譲(ぜんじょう)された形を取るのである。

「その通り。『魏書』を含めた『三国志』は、唐の太宗によって正史と認められている。卑弥呼も正式に倭王と認められたということだ。だから唐側の官吏は、古麻呂どのが言う通り卑弥呼と日本の天皇が関係ないとすれば、どうやって禅譲が行われたかを問い詰めたのだ」

これには『日本書紀』はまったく触れていないので、古麻呂はぐうの音も出なかったのである。

「古麻呂のような阿呆に、大役を任せるからそんなことになる。それにしても唐の建前は厳しいな。史書が大事にされているのも、その原則を守るためだろう。歴史が浅い日本なんか、逆立ちしても敵(かな)わないわけだ」

「ともかく帰国までに『魏略』を捜し、何が書いてあるか突き止めることだよ。そうすれば倭国と呉の国のつながりも、『魏書』の記述がどこまで正しいかも分かるはずだ」

帰国の船は十一月頃に出港する。それに間に合うためには八月には長安を発たなければならないので、残された時間はあと半年ばかりしかなかった。

秘書監になった仲麻呂の生活はおだやかだった。

八月には帰国することが許され、玄宗皇帝の側近の任は解かれている。秘書省の執務室にいて、役所を統括しているだけで良かった。

仲麻呂は時間を見つけては府庫に入り、二十万巻と言われる蔵書の棚の間を歩き回った。『魏略』を見つけるのが目的である。目録には載っていないが記載もれなどもあるので、つぶさに見て回れば出会えるのではないかという期待がある。

それ以上に、府庫の書棚をながめながら歩くことに無上の喜びと安らぎを覚えていた。整然と棚に並んだ巻子本（かんすぼん）を見ると、自分の頭の中をのぞき込んでいる気がする。

いや、頭の中の景色と眼前の光景が一体化していると言うべきか……。

しかもここに、人間の歴史と人々が生きた足跡（そくせき）が記録されているのだから、府庫こそが天下そのものだと言っても過言ではない。そうした場にいることは、書物をつぶさに記憶する能力を持っている仲麻呂にえも言われぬ充実感を与えた。

府庫を歩いていて気になった書物があると、足を止めて開いてみる。

それは大秦（東ローマ）の歴史についてだとか、吐蕃（チベット）の婚姻制度について記したものだったりするが、読み始めると夢中になって頭の中の書庫に移し替える。

そうすれば知的にひと回り成長できるのだから、日々自分を新たにしている喜びがある。

こんな豊かな日々がめぐって来ようとは、権力争いの渦中にいて薄氷をふむ思いをしていた頃には思いも寄らないことだった。

「あなたは近頃、いいお顔になられましたね」

ある時、玉鈴が体術の稽古の後でつぶやいた。

「受け身の技もそう。柔らかいのに隙がありません。お心が円くなられたからでしょうか」

「そうですか。自分ではよく分かりませんが」

「きっと今のあなたが、一番あなたらしいのでしょう。帰国される前に本当のあなたに出会えて、私も心が満たされる思いがいたします」

玉鈴はそう言うなり、照れたように足早に立ち去った。


二月の中旬になって大雪が降った。

社日（しゃじつ）も過ぎたと言うのに、夜半から雪が降り出し、翌朝には一尺（約三〇センチ）ばかりも積もった。

長安の街は白一色におおわれ、家々は屋根に被子（ひし）（掛け布団）を載せたようにひっそりと静まっている。ようやく新芽を出しはじめた柳の並木も、雪におおわれて丸くちぢこまっていた。

そうした景色の中で、大雁塔（だいがんとう）だけが天を衝くように真っ直ぐに立っている。三階より上には雪が積もっていないのは、明け方に吹いた強風に払われたからだろう。

大雁塔は三蔵法師が天竺（てんじく）から持ち帰った仏典類を保管するために建てられたものだ。ここにも人間の叡知と歴史が美しい仏塔とともに残されている。仲麻呂はそれを見上げ、府庫にいる時と同じような満たされた気持ちになった。

大雪で役所は休みである。自宅で所在なく過ごしていると、正午ちかくになって鴻臚寺の者が使いに来た。

「日本国副使の吉備真備さまから、これをお渡しするようにと」

差し出した封書には、「未の刻（午後二時）に北里の花影楼に来てくれ。弁正と会うことになっている」と記されていた。

花影楼は遊里として名高い北里の中でも高級な店で、上位の宦官たちが集まることで知られている。井真成が殺されたのも、花影楼に呼び出されてのことだ。

（その店に、どうして弁正どのが……）

仲麻呂の胸にさまざまな疑念が起こったが、ともかく出掛けることにした。

北里のある平康坊は自宅のある宣陽坊のすぐ北側で、歩いても四半刻（約三十分）もかからない。仲麻呂は時間を見計らって家を出た。

大路は雪におおわれ、歩くたびに足首まで埋まるので難渋したが、北里の道はきれいに雪が払われて別世界のようである。すでに営業している店もあって、あでやかな衣装と脂粉の匂いをまとった遊女たちが、門柱にもたれて客引きをしていた。

仲麻呂は声をかけられないように真っ直ぐ前を向いて歩いた。

最も高級な南曲（南曲輪）の遊郭街を奥に進むと、高い塀で囲まれた静かな料亭街がある。その塀に寄りかかって真備が待ち受けていた。

「よう。北里に来るのは初めてのようだな」

「長安に来て三十六年になるが、来る用事も来たいと思ったこともなかった」

「井真成もそうだった。帰国が目前に迫った頃、弁正に引きずられるようにしてこの道を歩いていった。そしてあの店に入ったのだ」

真備が少し先にある大きな料亭を指さした。

人の背丈より高い門柱には、花影楼と大書した板がかかげてあった。

「真成は高力士どのの官服を作るために採寸に行ったと言った。同行していたのは尚衣局の採寸師で、弁正ではなかったと」

「それが嘘だったことは後で分かったじゃないか。真成は高力士の求めに応じるために、弁正に連れられてここに来たんだ」

「そして高力士どのの名を騙(かた)る者に、この店に呼び出されて毒殺された。手を下したのは府庫の秘密を守るために組織された影の者たちだ」

真成が死んだのは開元二十二年(七三四)一月十日。今日と同じように雪が降り積もった日だった。鴻臚寺の寮官は服毒自殺したと言ったが、仲麻呂は真成の髪の根元に泥汚れの跡があることに気付いた。

それで外で殺されて寮の部屋に運び込まれたことが分かったのだった。

「その後、樹下地区の弁正の家に行った時、何者かに矢を射かけられた。お前のお陰で助かったが、あれが影の者たちだな」

「そのようだ。弁正どのが府庫の秘密を侵そうとしておられると知って、後を追っていたようだ」

「分かったのか。その者たちの正体が」

「いや。誰もそんな者たちがいることは知らないし、話題にのぼったこともない。ご存じなのは皇帝陛下だけかもしれない」

「弁正の奴、何の用だろうな」

「『魏略』の手がかりをつかまれたのかもしれない。あの方は今も、命じられた任務をはたそうとしておられるはずだ」

「それなら俺たちも、影の者に襲われるおそれがあるということだ。万一の時はよろしく頼む」

花影楼の入り口には屈強な門番が立っていた。真備が高力士の使いだと告げると、店の者がすぐに二階の部屋に案内した。

二丈（六メートル）四方の小綺麗な部屋に、黄色の僧衣をまとった弁正が待っていた。

「真備、久しいな。元気そうで何よりだ」

弁正は身だしなみをととのえ、僧衣には香まで焚きしめていたが、ずいぶんやせて目だけが異様な光を放っていた。

「私は遣唐副使だ。お前に真備と呼び捨てにされるいわれはない」

「そう尖るな。わしはもう身分などに興味はない」

「その僧衣は出家した宦官のものではないか、どうしてお前が着ている」

真備がいぶかると弁正は大儀そうに立ち上がり、真備の手を取って自分の股間に当てた。

「こ、これは……」

「去勢したのだ。高力士（こうりきし）さまに取り入るために」

弁正は任務をはたすために高力士に接近していた。井真成を花影楼に連れて行ったのも、高力士の求めに応じてのことだ。その後も十八年間喰い下がってきたが、ある時「身共の信用を得たいなら、あなたも宦官になりなさい」と言われたという。

「そこまでして、お前は」

任務をはたそうとしているのかと、真備は胸を衝かれた。

「他国に潜んで用間（ようかん）（スパイ）の役を務めるには、一命をなげ出さなければならぬ。その厳しさは仲麻呂もよく知っておる」

「それで分かったのか。『魏略』のありかが」

「分かった。高力士さまに案内され、実物を見せてもらった」

「それは、どこでしょうか」

仲麻呂は思わず口をはさんだ。

「知りたければ、ひとつ誓約をしてもらいたい」

「何でしょうか」

「帰国の船にわしを乗せると、二人の名前で誓紙を書け。もう何の望みもないが、ひと目祖国を見て死にたい」

弁正は用意した紙と筆を、横柄なばかりの態度で突き付けた。

「おい弁正、お前はその『魏略』を読んだのか」

真備がたずねた。

「読んだとも。倭人の条だけだがな」

「何が書かれていた」

「今は言えぬ。お前たちが『魏略』にたどり着いたなら、腹蔵なく語り合おうではないか」

弁正はふいに歯の抜けた口を開け、ヒャヒャヒャヒャという怪鳥のような笑い声を上げた。

仲麻呂と真備は顔を見合わせ、弁正の要求に応じることにした。仲麻呂が誓約書をしたため、二人で署名した。

弁正は油断のない目でためつすがめつすると、肩書も書けと注文をつけた。二人は素直に応じ、日本国遣唐副使と大唐秘書監と記した。

「これで良かろう。入唐して五十一年、ようやく帰国の念願がかなうわ」

「それでどこだ。魏略のありかは」

「府庫の奥に御披三教殿がある。仲麻呂は知っていよう」

「皇帝陛下専用の秘府で、儒教、仏教、道教の三教に関する書物が保管してあります」

そこは皇帝直属で、許可を得なければ秘書監といえども入ることはできなかった。

「お前もまだ入ったことはないようだな」

「ええ。何かの祝儀の時に例外的に入ることを許されるだけです。正月参賀とか天長節とか」

「ところがわしは高力士さまの計らいで入れてもらった。三教殿のうち儒教殿に、九経三史に関する書物が保管してある。三史とは『史記』、『漢書』、『後漢書』のことだが、その他にも古くから伝わる貴重な史料が保管されている。その中に『魏略』三十八巻がある。その中の最後の巻に倭人伝が記されている」

「そこには入れるのか」

真備が仲麻呂にたずねた。

「陛下の許しを得なければ無理だ。許可を得られるように手を尽くしてみるよ」

「弁正、遣唐副使として命じる。倭人伝に何が記されているか答えよ」

「あいにくだが小僧、わしに命令できるのは押使だった多治比縣守だけだ。あやつが死んだのなら、もう誰もわしに命令できる者はおらん」

「御披三教殿には警固の者はいるのですか」

仲麻呂はそちらの方が気になった。

「中には誰もいなかった。しかし、人の出入りを見張っていた者はいたようだ」

「弁正どのは秘府の警固の者に追われていると言っておられました。もう、その心配はないのでしょうか」

「あるとも。だがわしが高力士さまのお抱えになったために、奴らは手出しができないでいる」

「その者たちの正体はご存じですか」

「わしにも分からぬ。ただ、唐の高祖が王朝を立てられた頃から、秘府の番人を務めていると聞いたことがある。ところでいつじゃ。長安を出発するのは」

「八月初めになります。それまで身を隠す所はお有りですか」

「宦官に守られておるので心配はない。置き去りにしようなどと思うなよ。しっかり見張っておるからな」

弁正が念を押した。長年の用間（スパイ）暮らしが心をねじ曲げ、猜疑心のかたまりにしているのだった。

翌日から仲麻呂は玄宗皇帝の許可を得る方策を練り始めた。

御披三教殿を閲覧する理由は、何かの祝儀に当たること、秘書監として秘府の実態を知っておきたいこと、日本の使者に盛唐の書庫を見せてやりたいこと、などが考えられる。

これから巡ってくる祝いの日は、三月一日の清明節、三月三日の上巳節、四月八日の灌仏会、五月五日の端午節などである。この中で一番適切なのは清明節だろうが、あと十日ほどしかないので準備が間に合わない。次に可能性が高いのは五月五日端午節だった。

閲覧の理由は秘書監に取り立てていただいたのに、秘府も見ずに帰国するのは残念きわまりないこと。日本の遣唐使を秘府に案内して、秘書監に昇進させていただいた陛下の温情を皆に示すこと。この二つでいくことにした。

問題は玄宗を動かす手段だが、これは楊貴妃に頼むのが一番である。それには玉鈴の協力を得なければならなかった。

「ひとつ頼みがあるのだが」

上巳節の日、玉鈴を曲江池での曲水の宴に案内した後で、仲麻呂は秘府の閲覧の件を切り出した。

「分かりました。あの娘に頼めばいいのですね」

「そうしてくれれば助かる。私も見たことがないし、日本の遣唐使たちも喜ぶだろう」

「遠慮なさらなくて結構です。私はあなたの妻ですから、お役に立つのは当たり前です」

玉鈴はすぐに楊貴妃を訪ね、仲麻呂の要望を伝えてくれた。

あいにく貴妃は清明節に着る衣装に熱中していてすぐには動いてくれなかったが、三月中旬には玄宗の許可を取ってくれた。

「六月一日に御披三教殿への立ち入りを許可していただいたそうです。高力士さまが案内して下さり、日本の遣唐使の大使と副使、それにあなたが入殿を許されます」

玉鈴が貴妃からの返答を伝えた。

きわめて異例の計らいで、他言しないようにとのことだった。

「ありがとうございます。六月一日は何かの祝日なのでしょうか」

「あの娘が生まれた日です。それを祝って特別の計らいをしてくれるように、皇帝陛下に頼んでくれたそうです」

「ああ、それで」

仲麻呂は心の中ではたと手を打った。貴妃の誕生日は開元七年六月一日。翼や翔が生まれたのと同じ年だった。

ところが入殿前日になって思わぬ問題が起こった。高力士が食あたりで寝込んだために、案内役をはたせなくなった。

そこで仲麻呂に代役をつとめるように勅命が下り、藤原清河は正二品の特進、大伴古麻呂は従三品の銀青光禄大夫光禄卿、真備には仲麻呂の秘書監と同じ銀青光禄卿の位が与えられた。

唐の朝廷は日本の使者が帰国する時、官位を与えて臣下に組み込むのを恒例としていたが、三人の叙位はこれを前倒しして、御披三教殿に立ち入る名分をととのえたのだった。


当日の辰の刻（午前八時）、四人は興慶宮の秘府にある御披三教殿の前に集まった。

固く焼いた灰色の煉瓦で作った厳重な建物には、樫の一枚板を合わせた重厚な扉があり、皇帝の所在を象徴する神獣門環がはめ込まれていた。

扉の前には四人の武人が立って出入りを監視している。仲麻呂が入殿を許可する詔書を示すと、無言のまま重い扉を押し開けた。

中に進むと廊下や室内の窓が開けられ、燭台に灯りがともされていた。

第一の部屋は君主教殿といい、正面の台の上に金や銀、玉などで装飾した皇帝の玉座が据えられていた。五丈（約一五メートル）四方ほどの床には絨毯が敷かれ、長安や洛陽を彩る紅色や白色、緑色の牡丹の図柄が描かれていた。

目を天井に向けると、群青色の夜空に金色の星が二十八の星宿とともに描かれている。このひときわ明るく輝く北辰の下に玉座が置かれていた。

四方の厚い壁には龕（棚状の小室）がうがたれ、九経（九種の儒教の経典）三史（『史記』、

『漢書』、『後漢書』を中心とする国史）の巻物がびっしりと並べられていた。

三史の棚は西側の壁一面である。『後漢書』の横には『三国志』があり、魏、呉、蜀の三国の史書に分けられている。『魏書』の下には『魏略』全三十八巻が納められていて、一番終わりに第三十八巻を収録した巻物があった。

「これだな。弁正が見たのは」

真備が仲麻呂に体を寄せてささやいた。

「そのようだ。後で拝見することにしよう」

すぐにでも手に取ってみたいが、どこに監視の目があるか分からない。これを見るために閲覧を願ったと悟られるのは避けたかった。

第二の部屋は御披老君教堂といい、道教に関する文物が集められている。

広さは前室と同じで、正面に据えられた玉座は黒光りする紫檀（したん）で造られ、椅子には真綿の敷物が置かれている。それに向き合って道教の始祖である老子の像が祀（まつ）られていた。

老子は李姓なので、唐の皇帝は自家の先祖だと考え、道教をひときわ大切にしてきた。仏教よりも道教を優先する道前仏後の政策を取ったのはそのためだが、則天武后の頃からその方針は改められていた。

四方の壁にうがたれた龕には、道教の四子と呼ばれる老子、荘子、文子、列子の書物が納められている。また太玄（たいげん）（深奥玄妙の道理）について記した書物も集められている。

第三の部屋は御披釈典殿宇といい、仏典、仏具などが納められている。ここは前の二室の倍ほどの広さがあり、目もくらむばかりに華やかに荘厳されていた。

正面の玉座に向き合って、黄金の釈迦誕生仏が置かれている。天を指さして「天上天下唯我独尊」と言ったと伝えられる姿である。

後ろの龕には、『開元釈教録』に整理収録された一切経一千七十六部、五千四十八巻が納められている。残り三方の壁には金銀、宝玉、水晶などによって飾られた仏像や仏具がびっしりと納められていた。

玉座からは涼やかな沈香（じんこう）や濃密な檀香（だんこう）の香りがする。まわりに香をおいているのではなく、玉座に香木を組み込んでいるのだった。

部屋の西側には、銅製の大海亀が置かれ、その上に仙人が住むという蓬萊山を載せていた。山上には仙宮の建物や樹木が配され、山一面に美しい宝石がはめ込まれている。

大海亀の背に足場を置いた燭台があり、全体の高さは人の背丈ほどになる。燭台に火を灯せば、蓬萊山にはめ込んだ宝石が色とりどりの輝きを放つはずだった。

〈其の殿（釈典殿宇）の諸（もろもろ）の雑木、尽（ことごと）く沈香を鉆（は）り、御座および案経（経机か？）は架宝荘飾し、諸（もろもろ）の工巧をつくせり〉

御披三教殿について記した『東大寺要録』は、釈典殿宇の様子についてそう伝えている。

閲覧を許されたのは正午までである。

仲麻呂は藤原清河と古麻呂にそれまでは自由に書物を見て構わないと告げ、真備と二人で殿中の様子を確かめることにした。

いろんな巻物を見ている風を装いながら、何者かが外から監視するための仕掛けがしていないか確かめる。中でも最初の君主教殿を念入りに当たり、安全だと分かると三史の棚から何巻かの書物を取り出した。

それを卓の上に置いて一巻ずつ開いていく。その中には『魏略』第三十八巻があるが、それだけを目的にしていると悟られないように用心を重ねた上で、仲麻呂は第三十八巻の巻子を手に取った。

「魏略　蕃夷部」という外題があるのを確かめ、逸る心をおさえて紐を解く。

そうして卓の上で広げていくが、倭国の条は最後の方に記してあるので、長さ五丈（約一五メートル）ほどもある巻物を、軸がぶれないように丁寧に押し広げていかなければならなかった。

「どうだ。何が書かれている」

別の書物を見ていた真備が、待ちきれずにたずねた。

「ここはまだ鮮卑の条だ」

仲麻呂はいつものように冷静だった。

やがて「百済」の後に「倭国」の条があった。

地理的な位置の記述から倭人の風俗に及ぶ書き方は『魏書』の倭人伝と同じである。『魏略』の著者である魚豢は魏の官僚で、那の国や怡土国、末盧国などについても詳しく記していた。

仲麻呂は倭国の条に目を通し、一字一句違わず記憶した。これを家に帰って書き写せば、本物と変わらぬものが出来上がる。

「真備、これを読んで覚えておいてくれ」

仲麻呂は席を立って椅子を勧めた。

「俺はお前のような芸当はできないよ」

「私が書き写したものが正しいと証判してもらいたい。そうしなければ日本に持ち帰っても、本物だと信じてもらえない恐れがある」

「確かにそうだ。責任重大だな」

真備はにわかに険しい表情をして『魏略』と向き合った。

閲覧の時間はあっという間に過ぎ、御披三教殿の扉は再び閉じられた。

仲麻呂は秘書監用の馬車で三人を鴻臚寺(こうろじ)の宿舎まで送った。

「仲麻呂どの、お陰で得難い経験をさせていただきました。大唐国において歴史と書物がいかに大切にされているか、良く分かりました」

藤原清河は三教殿の規模と内容に圧倒され、虚脱した表情になっていた。

「歴史は過去ですから、記録されなければ消え失せてしまいます。しかも過去にどんな意味を見いだすかは、今を生きる者たちが決めるのです。それを史書という形で残す営みを、この国の人々は三千年以上も前から営々と続けてきました」

「国王や皇帝の正統性も、歴史的に記録されたものでしか証明できないということですね」

「この国は広大な大陸の中にあり、さまざまな国と四辺を接しています。長い歴史の間にはそうした国に侵略され、王朝が変わることもありました。それは天命が改まるために起こる革命であり、王権は天命に従って禅譲されるのだと考えてきました。それを証明するのが史書の役割ですから、史書がなければ王権も存在しないと言っても過言ではありません」

「それをうかがって、大唐国がなぜ我が国に史書の編纂を求めてきたかが分かりました。この点については反発する者も多いのですが、大唐国そのものが史書に縛られているのなら、冊封国にそれを求めるのは当たり前かもしれませんね」

清河は三十代の半ばなので、直面した現実を客観的に受け容れる柔軟性を保っていた。

「しかし大使さま、問題なのは大唐国が史料的な優位を楯に取って我が国を従属させようとしていることでございます」

強硬派の古麻呂がすかさず反論した。

「確かに大唐国が史書を重んじるのは結構なことでございましょう。しかし、我が国には独自の歴史と信仰があります。それが大唐国の方針とちがうからと言って、我が国が編纂した史書を認めないのは横暴ではないでしょうか」

「仲麻呂どの、古麻呂どのの意見についてどう思われますか」

「大唐国は認めないと言っているのではなく、間違っていると指摘しているのです。しかもそれは日本が大唐国の冊封国にしてもらおうとして起こったことです。まず史書の編纂を求められ、養老元年（七一七）に『日本書紀』を提出した。しかし不備があると指摘されたために、訂正したものを天平六年（七三四）に提出したがこれも認められなかった。古麻呂どの、そうですね」

仲麻呂は古麻呂に事実の確認を求めた。

「ええ、奴らは端(はな)から我らの言い分など認めるつもりはないのです」

「それは違います。唐の皇帝は天命を受けて天下を治めているのですから、天命にそったやり方で周辺の国々とも外交関係を結ぶ必要があると考えています。その第一歩となるのが、歴史に対して共通の認識を持つことなのです。これを拒否するのであれば、唐と冊封関係を結ぶことを諦め、遣唐使も中止するしかありません」

「さすがに仲麻呂どのは大唐国の秘書監にまで立身されたお方ですな。すっかりこちらの考えに染まっておられる」

「おい、古麻呂。今何と言った」

真備はいきなり古麻呂の胸ぐらをつかんで体ごと引き寄せた。

「ぶ、無礼な。は、離されよ」

「お前も弁正や仲麻呂がどんな命令を受けて唐に残ったか聞いたはずだ。なあ、聞いただろうが」

「き、聞いたが、どうした」

「馬鹿野郎、それでも仲麻呂の言うことが分からねえなら、お前に遣唐使の資格はない。馬車から叩き出してやるから、身ひとつで現実と向きあってみろ」

真備は馬車の戸を開けようとしたが、仲麻呂がその手を素早く押さえた。

三人を宿舎に送りとどけると、仲麻呂は宣陽坊の屋敷にもどって書写を始めた。『魏略』の倭国条の巻物を頭の中で広げ、文章を注意深く書き写していく。

記憶は鮮明で消え去ることはないので、さして難しい仕事ではないが、誤読や写し間違いがあってはならないのでひときわ慎重になっている。そのせいで百五十行ほどの書写が終わった時には深夜になっていた。

『魏略』が書かれたのは三世紀末だと思われ、内容は『魏書』の倭人伝とほとんど変わらなかった。つまり『三国志』の著者である陳寿は『魏略』を底本とし、それ以外に得られた新しい情報を加えて『魏書』を書いたということだ。

また『翰苑』が伝えている通り、『魏略』には倭人が太伯の後だと称していることと、その理由も記されていた。

あらましは次の通りである。

太伯に始まる呉国（句呉）は、周の元王四年（紀元前四七三）に越王勾践によって滅ぼされた。この時七代目の王だった夫差は自害し呉王朝は滅亡したが、王族や重臣たちは越王に降ることを拒否し、船団を組んで海上に逃れた。

船団は黒潮に乗って北に向かい、一部は益救嶋や多禰嶋、薩摩に着き、一部は筑紫の海（有明海）に流れ着いた。

そして周辺の未開の民を支配下に組み込んでいき、筑紫や肥前に住んだ者たちは邪馬台国を立て、薩摩に住んだ者たちは隼人の国の中枢を担うようになった。

やがて時代が下り、国の形が整備されて人口が増えると、隼人の国に住んだ者たちは広い耕作地を求めて北上を始めた。

北上のきっかけとなったのは、「火の山が爆ぜ、空から灰降るによりて」と『魏略』は伝えている。おそらく桜島か霧島山が大爆発を起こし、火山灰で田畑が埋まったのだろう。

北上を始めた一族は日向から肥前や筑前に向かい、邪馬台国を立てていた同族に救いを求めたが、「同族だったのははるか昔のことで、お前たちに分けてやる土地は一坪たりともない」と冷たく追い払われた。

そこでやむなく瀬戸内海を東に向かい、紀伊の国にたどり着いて勢力を広げ、大和の国飛鳥の地に国を立てた。そして薩摩や日向に残っていた同族を呼び集め、邪馬台国に匹敵する大国となった。

「故に邪馬台国と大和は今も犬猿の仲であり、天災や飢饉が起こると相手の国の人間が入り込んでいるからだと言い、人検めをするほどだ。これ呉越の争いに同じからずや」

著者の魚豢はそんな感想を述べている。

仲麻呂は興奮のあまり眠れないまま、記憶した文章を何度も吟味してみた。

『日本書紀』の記述とは喰いちがう所も多いが、薩摩に住みついた呉の一族が、広い土地を求めて大和に移り住んだという件は神武天皇の東征とよく似ている。

それに大和朝廷が『日本書紀』で邪馬台国の存在を認めようとしないのも、同族ながら困窮した時に冷淡な仕打ちを受けたのであれば、恨み骨髄に徹したとしても仕方のないことである。

しかし両者が同族だったという記述は、今の日本にとっては朗報と言うべきだろう。なぜなら同族であれば易姓革命が起こった訳ではなく、禅譲がなされた記録がなくても皇統の正統性には問題がないからだ。

しかしそれなら、どうして秘書省の役人たちは禅譲の問題を持ち出して『日本書紀』に不備があると言いつのったのだろうか……。

そうした考えが後から後から頭に浮かび、仲麻呂は朝まで眠ることができなかった。

朝粥でも食べれば眠気が起こるだろうと仕度を命じていると、坊門が開くのを待ちかねたように吉備真備が訪ねてきた。

「やはりお前も眠れなかったか」

真備も徹夜したようで、射し込んでくる朝日にまぶしげに目を細めた。

「書写は終わっただろう。見せてくれないか」

「ああ、終わった。入って確かめてくれ」

仲麻呂が卓上に広げた倭国条の写しを、真備は一行目から最後まで舐めるように目を通した。

「間違いない。まさにこの通りだ。書体までそっくりじゃないか」

「それならここに証判をしてくれ。署名だけで構わないから」

「これがあれば禅譲の問題も解決できる。それが分かっているのに、どうして唐の役人たちは古麻呂たちに難癖をつけたのだろうか」

写しの末尾に署名をしながら、真備は仲麻呂と同じ疑問を口にした。

「考えられる理由はいくつかある。ひとつは日本の使者たちが『魏略』のことを知っているかどうか確かめるためだ」

　だから日本の使者が邪馬台国と大和は同族だから禅譲の必要はないと答えたなら、役人たちは満足して指摘を取り下げたかもしれない。ところが返答に窮した古麻呂が唐側を批判したために、話は物別れに終わったのだった。

「科挙の試験では経史（経典と史書）の知識が重視されるからな。いかにも科挙上がりの官僚たちがやりそうなことだ」

「もうひとつは、初めから難題を押し付けて交渉を長引かせようとしたとも考えられる。そうすれば今後も外交的に優位に立てるからね」

「なるほど。それなら古麻呂の批判も的はずれではなかったわけだ」

「しかし外交にたずさわる者としては失格だよ。交渉とは碁の勝負のようなものだ。あくまで理詰めでいくべきで、うまくいかないからといって盤をひっくり返したらおしまいだ」

「禅譲の問題はこれで解決できたとして、他の問題はないだろうか」

「この先どんな難題を突きつけられるか分からないが、解決できる方法がひとつだけある」

玄宗皇帝に『日本書紀』を日本の国史と認めてもらうことだ。だがそれを実現する方策については、まだ何の考えも持ち合わせていなかった。

「分かった。それならお前は陛下の詔書を得るために全力を尽くしてくれ。俺はひと足先に揚州の延光寺に行き、鑑真上人を招聘するための根回しをしておく。ところで、春燕のことだが」

唐に帰国できるように新羅に働きかけてくれたかと、真備が遠慮がちにたずねた。

「陛下から新羅の大使に、漂着民の安全をはかり、帰国のために万全をつくすように勅書を下していただいた。後の交渉は褚思光どのが新羅の大使としているはずだ」

「前にも話したが、春燕は耽羅（済州島）に硫黄の買い付けに行って難に遭った。そのことを安禄山将軍にも伝えて、春燕のために尽力するように働きかけてくれ」

「それは石皓然どのがすでにやっているよ。私貿易に関わるので、我々が表立って動くことはできないんだ」

「勅書を下していただいたのは、いつだろうか」

「三月末だ。新羅の大使はすぐに本国に使者を送ったはずだから、もう着いているだろう」

「分かった。明後日には翼や音麻呂を連れて揚州に向かう。弁正も連れていくが、構わないだろう」

「そうしてもらうと助かる。まだ命を狙われている恐れがあるから用心してくれ」

翌日から仲麻呂は玄宗に『日本書紀』を日本の国史と認めてもらうための方策を練り始めた。太宗が『三国志』を正史と認めたために、その後唐王朝での扱いが変わったように、『日本書紀』も同じことが出来るはずである。

認めてもらうとすれば皇帝が天皇に与える国書に記してもらうのが最善の方法だが、問題はそれを誰に頼むかだった。

（やはり、貴妃さまだろうか）

そう考えたが、楊貴妃では意図が正しく伝わらないおそれがある。これが日本にとってどれほど重要なことかを理解している者でなければ、安心して任せることはできなかった。

（だとすれば、王維君か）

王維は中書令になった楊国忠に重用され、吏部侍郎の職を得て宰相付き秘書官の役割を担っている。玄宗にも近侍して国忠との連絡役をはたしているので、この仲を頼むのにこれほど心強い人物はいなかった。

（だが、しかし……）

共に張九齢に仕えていた時から今までの二人の関係を思えば、心境は複雑である。一時は王維を部下にし、理不尽な扱いをしたこともあるのだった。

仲麻呂は決心をつけられないまま数日ためらっていたが、ある朝秘書省に出勤している時、数羽の燕が群をなして東に飛んで行くのを見た。

燕の飛び方は鋭く速く美しい。それを見上げているうちに、翼と翔が生まれた時も同じ奇瑞があり、二人の名前の由来になったことを思い出した。

仲麻呂は肚を据え、そのまま中書省に足を向けた。

階下で王維への取り次ぎを頼むと、秘書官室に案内された。仲麻呂が李林甫に仕えていた頃に使っていた部屋だが、その頃より品良く改装されていた。

来客用の部屋でしばらく待たされる。その間に王維は壁に開けた小窓からこちらの様子をうかがい、どんな風に対応しようかと考えているはずだった。

四半刻（三十分）ほどして王維が姿を現した。

「お待たせした。急いで決裁をしなければならない案件があったものでね」

王維は以前と変わらず恬淡としていたが、冠の下からのぞく髪にはずいぶん白いものが混じっていた。

「急に申し訳ない。帰国にあたって君の力を借りたいことがあって推参した」

「訪ねて来てくれただけで嬉しいよ。私にできることだといいのだが」

「陛下が日本の天皇に下される国書は、君が起草するんだろう」

「まだご下命はないが、そうなると思っている」

「その時に配慮してもらいたいことがある。むろん陛下のご了解を得た上のことだが」

そう前置きして、遣唐使が奏上した『日本書紀』について国書の中で言及してもらいたいと頼んだ。

「言及するとは？」

「陛下に日本国の正史と認めていただきたい」

「それは難題だな」

王維は思わず苦笑した。

他意はないのだろうが、仲麻呂にはこちらの苦難を楽しんでいるように見えた。

「むろん難しいことだ。だから君に頼んでいる」

「君の三十六年間の辛苦を思えば、帰国に当たって餞を贈りたいが、これまで陛下が四夷の国に対してそうした配慮をなされた例は一度もないはずだ」

「おおせの通りだよ。四夷ばかりか羈縻州に対しても一度もない」

仲麻呂は刺立つ心をなだめて職務上の知識を披瀝した。

「そうした特例を認めてもらうには、余程の功績がなければ無理だ。日本国にはそれに該当することがあるだろうか」

「国史の問題が起こったのは、五十一年前に日本の遣唐使が入国した時のことだ。白村江の戦いに敗れた日本は、唐と和平を結び冊封国にしてもらいたいと望んだ。その時唐側から提示された条件のひとつに、国史の編纂があった」

それに応じて日本は『古事記』と『日本書紀』を編み始め、養老元年（七一七）と天平五年（七三三）の遣唐使に託して唐の了解を得ようとした。ところがそのたびに不備があると指摘され、いまだに解決できないままだった。

「我が国には唐ほど史書の蓄積がないので、不備があるのは致し方がないことだ。しかしそうした困難を乗り越えて、唐の要求に応じようと懸命の努力をしてきた。その努力に免じて、特別の計らいをしてもらうことはできないだろうか」

「それは無理だね。もし君が私の立場にいて、新興の回紇（ウイグル）あたりからそのような要望があったなら、応じられると思うかね」

王維は突き放した。外交は冷徹な判断がすべてである。努力したから認めてくれという情緒的な訴えが通るはずがなかった。

「確かに君の言う通りだ。しかし日本の苦しい立場も分かってほしい」

「晁君。もし可能性があるとすれば、君の三十六年間の忠節を陛下に訴えることだよ。その功績に免じて陛下の親書に特別の文言を盛り込んでほしいとは、私も長年の友人として奏上することができる。それなら陛下も、僭越だとお怒りになることはないだろう」

「たとえば、どんな文言だろうか」

「そうだな。思いつきだが」

王維は文箱から筆を取り出し、練達の美しい書体で案文を記した。

〈勅して曰く。聞く、彼の国に賢君有りと。今使者を観るに、趨揖（立ち居振る舞い）、異あり。奏上せる国書の類、誠に朕が意に適う。これに由って日本を号して礼儀君子の国と為す〉

国書の類という言葉に、王維の工夫が込められていた。

「これがぎりぎりの線だと思うが、どうだろうか」

「有り難い。これなら『日本書紀』を国史と認めてもらったと主張することができる」

「陛下の親書は、八月の天長節に興慶宮で日本の使者に授与される。その後で沈香亭に場所を移し、君の送別会を開くとおおせだ。その席で陛下が送別の詩を詠じられる」

「それは身にあまる光栄だな」

「私にも送別の詩を披露せよとのご下命があった。君も答礼の詩を詠じてくれたまえ」

王維の言葉通り、玄宗皇帝の誕生日である八月五日に天長節の祝いが行われた。

玄宗の親族、重臣たちが顔をそろえた席に、藤原清河と大伴古麻呂以下八人の遣唐使が招かれた。日本の天皇にあてた玄宗の国書を中書令の楊国忠が代読し、大使の清河に授けた。

書き出しは「皇帝、敬んで日本国王主明楽美御徳に問う」で、前回の「日本国王主明楽美御徳に勅す」よりはるかに丁重で、臣下としては最上級の扱いである。

内容もほぼ王維が起草した案文のままで、これで『日本書紀』は国史と認めてもらったと主張することができるようになったのだった。

国書につづき、皇帝から下賜品の目録が渡される。冠帯衣裳、玉具剣、佩刀、鞍勒一具、黄金二十斤、銅銭十万貫、銀糸錦繡三十反などである。

それにつづいて玄宗が天長節にあたって平天下の志をのべ、その中で日本の遣唐使の労について言及した。

「海東の国、日本を大と為す。聖人の訓（教え）を服して、君子の風有り。正朔（暦）は夏の時に本づき、衣裳は漢の制に同じくす。歳を歴て我が朝に達するや、旧き好を行人（使者）に継がしめ、東海のはてなき所より、方物（献上品）を天子（皇帝）に貢じたり」

皇帝はこうした計らいに感じ入り、日本の天皇を他の王侯より上の位においたと告げ、次のように呼びかけて締めくくった。

「我も汝を詐ること無し、汝も我を恐るること無かれ。彼、好を以て来れば、関を廃し、禁を弛めんと」

日本の使者が友好を目的として唐に来るなら、皇帝は関所の自由な通過を認め、各種の便宜をはかると告げたのだった。

　仲麻呂の送別会は未の刻（午後二時）から沈香亭で行われた。

　出席したのは玄宗と楊貴妃、楊国忠と虢国夫人美雨と秦国夫人玉鈴、楊錡と妻の太華公主。それに王維と数人の進士派の文官たち。

　文官たちは詩の心得がある者ばかりで、王維は仲麻呂と面識のある李白も招こうとしたが、漂泊の詩仙と連絡を取ることはできなかった。

「皆さま、本日は我が生涯の友である晁衡君の送別の宴にお越しいただき、ありがとうございます」

　王維が進行役をつとめ、今日は陛下から送別詩の披露があると告げた。

「その前に陛下のご所望により、玉鈴さまにご挨拶をお願い申し上げます。貴妃さまの姉上であり、晁衡君の令夫人であられます」

　玉鈴は髪を涼やかに巻き上げ、銀の簪をして、薄水色の長裙をまとっている。その上に白い半袖の衣という清楚で控えめな装いをしていた。

「私は陛下の思し召しにより、晁衡さまの妻にしていただきました。しかし最初はそれが嫌で嫌で、顔を合わせることも言葉を交わすこともない日が長くつづきました」

　玄宗の御前もはばからず、玉鈴は遠慮のないことを言った。

「ところが数年が過ぎるうちに、このお方の誠実で懸命な生き方を理解できるようになりました。それに幼い頃からたしなんでいた武術の手ほどきをしていただき、心の隔たりが少しずつなくなりました。今では二人を娶せて下さった陛下のご深慮が良く分かり、感謝の気持ちで一杯です」
　玉鈴は感動に言葉を途切らせ、玄宗と貴妃に感謝のまなざしを向けた。
「あと数日でこのお方は故国へ向かわれます。実に三十六年ぶりのご帰国です。一人残る私は、こんな日が来るのならもっとたくさん話をして、もっと触れ合っておけば良かったという気持ちで一杯ですが、それもまた運命だったのでしょう。皇帝陛下、それにご列席の皆様、今日まで私たちを支え、励まし、見守って下さり、有り難うございました」
　玉鈴が挨拶を終えると貴妃が歩み寄り、肩を抱き締めて人目もはばからず泣き出した。
　やがて皇帝の弥栄と仲麻呂の道中の無事を祈って杯を上げ、玄宗が送別詩を披露した。
「日本使を送る」
　玄宗は芯の太い朗々たる声で詠み上げた。
　生まれつき詩才や文才に恵まれているせいか、こうした時の自信と威厳に満ちた姿は、開元の治を行っていた頃の名君ぶりを彷彿とさせた。
「日下（日本）は殊俗に非ずして　天中（皇帝）、朝（朝廷）に会するを嘉す
余を念いて、義を懐うこと遠しく
爾を矜んで、途の遥かなるを畏る
漲海（南の海）に寛けし秋月に　帰帆夕飄（夜の疾風）に駛す
因りて彼の君子（天皇）を驚かす　王化（皇帝の徳化）、遠く昭昭（明らか）なるを」

これを意訳すれば次の通りである。
日本は習俗を異にする国ではなく、朕は爾と朝廷で会えたことをうれしく思う。爾は余（朕）のもとで、久しく正義を慕って仕え、朕は爾が遥かなる帰途につくことを心配する。南の海がゆったりとした秋の月のもと、帰国の船は夜の疾風に乗って一気に進む。かくして自国の君子たる天皇を驚かす、朕の恩徳が遠くまで明らかに及ぶことを。
玄宗は詩を吟じ終えると、しばらく虚脱したように立ち尽くした。まるで体から精気が抜けたような変わり様で、送別詩に込めた熱意の大きさがうかがえた。
やがて仲麻呂が下座に立ち、玄宗の送別詩に答える形で「命を銜（ふく）みて本国に使ひす」という詩を吟じた。
「命を銜みて将に国を辞せんとし、非才、侍臣を忝（かたじけな）くす
天中の明主を恋（した）い、海外の慈親を憶（おも）う
伏奏（ふくそう）して金闕（きんけつ）を違（さ）り　騑驂（ひさん）して玉津を去る
蓬萊（ほうらい）の郷路は遠く　若木は故園の隣となる
西のかた懐恩の日を望み　東して義に感ずる辰（とき）に帰さん
平生（へいせい）の一宝剣、留めて交わりを結びし人に贈らん」
これも意訳すれば次の通りである。
今陛下の命を受けて国を去ろうとしています。
非才の身でありながら側近くに仕えさせていただいたのは忝（かたじけな）いことでございました。天中の

明主であられる陛下をお慕いしながら、海外にいる慈親のことを思わずにはいられません。ここに伏してお暇乞いを願い、素晴らしい宮城を離れ、陸の道は馬車を走らせ、大唐の地を去ります。

日本への帰路は遠く、日出ずる東の果てにあるという若木が隣にあるほどでございます。

西にむかって恩顧を受けた日々を思い起こし、これから東に旅立ち正義のために尽くします。

平生より身におびていたひと振りの宝剣を、交わりを結んだ人に贈ってこの国に留めさせていただきます。

主従の詩の贈答が終わると、しばらく歓談と酒宴がつづき、やがて進士派の文官たちが仲麻呂への送別詩を披露した。

その最後を務め、「秘書監晁衡の日本国帰還を送る詩」を披露したのは、詩仏の名をほしいままにした王維だった。

「積水極むべからず　安んぞ滄海の東を知らん
九州何れの処か遠き　万里空に乗ずるが若くにあり
国に向かいては惟日を看て　帰帆は但だ風に信すのみ
鼇身天に映じて黒く　魚眼波を射て紅なり
郷樹は扶桑の外　主人は孤島の中にあり
別離すれば方に域を異にす　音信若為に通ぜん」

王維はこの時代屈指の教養人で、詩の中にはいくつもの古典的な知識がちりばめられている。だから意訳するのは至難の業だが、先学の研究を参考にして読み解いてみたい。

大海原がどうなっているか極めることはできないのだから、東の果ての滄海のことなど分かるはずがない。

九つに分けられるという全世界のうち一番遠いのは君の祖国で、万里の空を翔けていくほどの所にあるという。

日本に向かう時はただ太陽を見て、帰国の船はただ風に任せるだけだろう。

海中に棲むという巨大な亀の姿が黒々と天に映し出され、千里の身の丈があるという大魚の眼が、波を射貫いて赤々と染めるだろう。

君のふるさとの樹ははるか彼方にあり、主人である日本国王は孤島の中におられる。

今日別れれば君とは住む世界を異にし、もはや音信を通じることも出来ないだろう。

送別の宴が終わり、玄宗たちが退席した後で、王維が「陛下からの下賜の品だ」と言って梧桐の箱を持ってきた。

紫の紐で結ばれた箱の表には紙片が貼られ、玄宗皇帝の直筆と分かる書体で「賜日本国」と記されていた。

「何だろう。巻子本のようだが」

「君たちが欲しがっていたものだよ。帰宅してから開けよとおおせだ」

玉鈴は楊錡の馬車で先に帰っている。仲麻呂は秘書省の馬車に乗り込むと、待ちきれずに箱を開けてみた。

何と、『魏略』の第三十八巻である。これはいったいどうしたことだろう。やはり御披三教殿での行動は、監視されていたのだろうか……。

仲麻呂は鳥肌立ち、一刻も早く帰宅して内容をあらためたくなったが、馬車を急がせるわけにはいかなかった。重臣の馬車が急いでいると、庶民は何事が起こったかと疑心暗鬼におちいるので、いつも同じ速度を保つように定められていた。

屋敷にはすでに玉鈴がもどっていたが、顔も合わせずに部屋に駆け込んだ。強張る手で巻物を開き、書き写した部分と引き比べてみる。

間違いない。三教殿で見た巻物と文字も書体も同じだった。

仲麻呂は動揺したまま、めまぐるしく考えを巡らし、玄宗の意図を読み取ろうとした。

（これはいったい、どうしたことだろう）

やはりこの書物を読み取ったことを、誰かに見られていたのだ、三教殿にはそういう仕掛けがしてあるのだろう。しかし、それを知った上で第三十八巻を下賜するとはどういうことなのか。

人を驚かすのが好きな玄宗が、単なる好意でやったのか。それとも何か思惑があってのことだろうか……。

思惑があるとすれば、秘蔵の書物を与えた後で、勝手に国外に持ち出そうとしたという嫌疑をかけて逮捕する。そんな手を使うかもしれなかった。

そうなったなら牢獄で拷問を受け、筋書き通りに白状させられる。その上で自殺を命じられるのはまだいい方で、殿庭に引き出されて杖殺されるか、獄中で人知れず縊り殺される。思えば仲麻呂は、そんな運命をたどった廷臣たちを数多く見てきた。その残忍な斧が、自分の頭上に振り下ろされるのかもしれなかった。

（そうだろうか。陛下がそんなことをなされるだろうか）

仲麻呂は全霊を集中して、今日の玄宗の言葉や行動を頭の中で点検してみた。

天長節の祝宴や送別会での一挙手一投足を記憶の映像の中から取り出し、不審な言動や冷淡な振る舞いがなかったか見つけ出そうとした。

別に疑わしいところはない。玄宗は終始機嫌が良かったし、誰かに妖しげな目配せをしたこともなかった。送別詩を吟じていた時には、仲麻呂への愛惜の情が高じて涙ぐんでいたほどだ。

（罠ではない。これは帰国のはなむけなのだ）

仲麻呂は熟慮の上でそう判断した。

これが間違っていたなら奈落の底に突き落とされるが、真相を確かめる時間はないのだから、今さらためらっても仕方がない。大海原に船を出すつもりで決断し、書き写した倭国条を処分して下賜された巻物だけを持ち帰ることにした。

出発は八月八日と決まった。

その日の午後に長安を出て、七里（約四キロ）ほど離れた長楽駅の宿で一泊する。そこで見送りの友人たちと送別の宴をするのが常だった。

旅立ちの前夜、玉鈴と最後の食事をした。石榴の果汁で割った酒を飲み、長旅前に胃に負担をかけまいと肉と野菜を煮込んだ湯（タン）を食べた。

「お別れする前に、お話ししたいことがあります。お時間をいただけますか」

玉鈴がためらいを振り切ってたずねた。

近頃は貞淑な妻の振る舞いが身についていた。

「聞きますよ。明日まで何の予定もありませんから」

「明るい所では話せないことです。先に湯をあびて、閨（ねや）でお待ちいただけませんか」

「閨とはただ事ではありませんね」

「からかわないで下さい。そんな意味ではありませんから」

玉鈴は恥じらいながら席を立ち、手ずから食器の片付けを始めた。

仲麻呂は湯をあびた後、言われた通り閨に入って玉鈴が来るのを待った。ここに入るのは初めてだが、女性の寝室とは思えないほど殺風景である。木製の大きな寝台と椅子がひとつあるだけで、禅僧の庵（いおり）のようだった。

蒸し暑いので窓を開けた。上弦の月が中天にかかり、秋の星が明るくまたたいている。秋の虫たちが鳴き交わす声もどこからか聞こえてくる。

仲麻呂は夜空をあおぎ、張九齢の『望月懐遠』という詩を思い出した。

海上明月生（しょう）じ　天涯此（てんがいこ）の時を共にす
情人遙夜（ようや）を怨（うら）み　竟夕（きょうせき）起きて相い思う

燭を滅して光の満つるを憐れみ　衣を披りて露の滋きを覚ゆ
手に盈たして贈るに堪えず　還た寝て佳期を夢みん

あれは十九年前、仲麻呂が若晴を残して帰国しようとした時のことだ。姪である若晴の辛さを思って、張九齢がこの詩を贈ったのである。

ところが仲麻呂は帰国を断念せざるを得なくなり、翼と翔を代わりに帰国させた。そして若晴との暮らしをつづけ、遥と航をさずかったが、用間（スパイ）の任務をはたすために家族を捨て、玉鈴を妻にする道を選んだのである。

あれから七年。本心を隠し仮面をまとい、薄氷を渡る日々がつづいたが、そうした暮らしからようやく抜け出すことができるのだった。

「お待たせしました。美しい星月夜ですね」

玉鈴は湯をあびて上気した体を、涼しげな薄絹の夜着で包んでいた。

「お話とは何でしょう。体術の勝負を挑まれた心地がしますが」

「こんな夜ですから、寝台に横になって星月夜をながめませんか。今生の思い出に」

「分かりました。それでは私はこちらに」

仲麻呂は寝台の片端にあお向けになった。玉鈴も反対の端に横になる。二人の間は手を伸ばしても届かないくらい空いているが、玉鈴が発する濃密な香りがただよってきた。

「私たちはこうした間柄になりながら、心を開いて話し合ったことが一度もありませんでした」

玉鈴が黒目がちの瞳を仲麻呂に向けた。

「明日でお別れという時になって、そのことが心残りになってきたのです。そこでお互いを知るために、生涯の秘密をひとつずつ打ち明けることにしませんか」

「それは個人的なことで構わないのでしょうか」

仲麻呂は慎重だった。

帰国の船が港を出るまでは、警戒を解く訳にはいかなかった。

「個人的なことを聞きたいのです。あなたをもっと知りたいから」

「迷いますね。何を話したらいいいか」

「それなら、私からお願いしてもいいですか」

「ええ、どうぞ」

「私と夫婦になる前に、奥さんは川に身を投げたと聞きました。その時どんな苦しみに耐え、何を決断なされたのでしょうか」

「難しい質問ですね。この胸から心の臓をつかみ出すほど難しい」

「それは分かっています。ですから私も、これまで誰にも話せず、自分でも目をそむけてきた話をさせていただきます」

玉鈴はあお向けになり、ひとつ大きく呼吸（いき）をして仲麻呂の手をつかんだ。

掌（てのひら）にはまだ湯上がりの温もりが残っていた。

「あれは私が十七の時ですから、もう二十年前になります。私たちの父は蜀州（しょくしゅう）（四川省成都西）

で司戸参軍（従七品下）の職にありました。戸籍や土地の管理をつかさどる中級の役人でしたが、私が十五歳の時に亡くなり、母も後を追うように他界したので、家には四人の姉妹だけが残されました」

　長姉の美帆は二十三歳で、すでに同じ村の青年と結婚が決まっていた。次姉の美雨は二十歳、妹の玉環は十三歳だった。

　叔父の楊玄璬は女だけで村に住むのは危険だと言い、たまたま蜀州に来ていた親戚の楊釗（国忠）に一緒に住んで四人を守ってくれと頼んだ。

「あの博奕爺は人に取り入るのがうまく、どんな嘘も平気でつきますから、人のいい叔父はすっかり信用したのでしょう。ところがこれは羊の小屋に狼を入れるも同じでした。酒と博奕に明け暮れていたあの男は、最初から私たちを喰い物にするために家に入り込んできたのです」

　最初に目をつけられたのは長姉だが、気配を察した美帆は婚約者の家に駆け込んで難を逃れた。

　次に狙われたのは次姉の美雨だった。いつそうなったか分からないが、楊釗は美雨の部屋で寝泊まりし、夫のように尊大に振る舞うようになった。

「自分が妻になれば、家も安定するし二人の妹を守ってやれると、姉は考えたのでしょう。それにあの男は背が高く男ぶりもいいので、案外本気で好きになっていたのかもしれません。仲むつまじく夫婦気取りで暮らしていましたので、これで落ち着くならそれでいいと思っていました」

ところが楊釗の好色の目は、長ずるにつれて美しくなる玉環に向けられるようになった。そして彼女が十五歳になった冬の夜、部屋に忍び入って犯そうとしたのである。

「あの娘は美しいばかりでなく、男の気をそそる豊かな体付きをしています。だからやせぎすだった私などには目もくれず、あの娘に襲いかかったのです。助けを求める声で目を覚まして部屋に駆け込むと、あの男は妹に馬乗りになって服を引きはがそうとしていました。私はとっさに炉端の薪をつかみ、頭を殴って寝台から蹴り落としました。そして妹を連れて裏口まで行き、叔父の家まで逃げようとしたのです」

ところが玉環は、恐怖と衝撃のあまり足がすくんで動けなかった。闇を見つめてガタガタと震えているばかりである。

そこでひとまず長姉の嫁ぎ先に連れて行こうとしていると、楊釗が頭から血を流しながら追いかけてきた。

「そこで私は妹を小屋の干し草の中に隠し、別の方向に逃げているように装いました。そして物陰で待ち伏せ、棒で足を払って妹を逃がす時間を稼ごうとしたのです」

ところが酔ったとはいえ、楊釗は巷の喧嘩で名を売ったほどの荒くれである。すんでのところで棒をかわされ、襟首を引きずられて玉環の部屋に連れて行かれた。そして妹の代わりに楊釗の獣欲の犠牲にされたのである。

「後ろ手に縛られ、二度も三度も犯されました。そして二度と逆らえないようにしてやると、焼け火箸（ひばし）を太股に押しつけました。私は恐怖と怒りと屈辱に錯乱（さくらん）して叫びつづけましたが、あの男はそれさえ楽しんでいたのです。しかしそのこと以上に絶望したのは……」

玉鈴は息を詰めて言葉を呑み、救いを求めるように仲麻呂の手を強く握った。

指先が小刻みに震えている。仲麻呂は痛ましさに鳥肌立ちながら、その手をしっかりと握り返した。

「それ以上に私が絶望したのは、物音と叫び声に気付いた姉が様子を見に来たことです。しかし姉はそこで行われていることを見ていながら、あの男に一喝されるとすごすごと引き下がりました。私は衝撃のあまり気を失い、正気に戻った時には自分の部屋に寝かされていました。そして姉が……。姉の美雨が枕元で看病していたのです」

玉鈴が真っ先にたずねたのは、玉環のことだった。小屋の干し草の中に隠れているが大丈夫だろうかと気遣うと、すでに部屋に戻っていると美雨は答えた。

玉環も何が起こっているか察していながら、干し草に隠れて嵐が過ぎるのを待っていたのである。

「翌日、私は玉環を連れて叔父の家に移りました。あの男と同じ家に住むことなどできなかったし、玉環を私のような目に遭わせるわけにはいかなかったからです。そのお陰で玉環は無事に成長し、陛下に見初められて貴妃になりました。だから口癖のように、私には世話になったと言うのです。華清池で二人の結婚が披露された日のことを覚えておられるでしょう」

「覚えています。あなたは宦官に背負われ、薄絹の夜着をまとっただけで閨に運ばれてきました」

それは妃嬪が皇帝の閨に上がる時の作法で、部屋も玄宗と貴妃が使っていたものだった。

そういえばあの時、玉鈴は裸の体をしばらく寝台に横たえていたが、右の太股に赤黒い痣があった。仲麻呂はそのことをはっきりと思い出した。

「あの娘は罪滅しのつもりであんなことをしたのです。私に貴妃の格式で初夜を迎えさせようとしたのでしょう。まったく滑稽としか言いようがありません」

その後玉鈴は叔父に勧められるまま遠縁の役人と結婚し、子供を一人さずかったが、家庭をまっとうすることはできなかった。閨の営みに苦痛と嫌悪しか感じなかったので、夫婦仲は次第に悪くなり、追われるように叔父の家にもどった。

ところが玉環が貴妃になったので、思いがけなく玄宗の厚遇を受けることになったのだった。

「こんな暮らしはかりそめで、いつかは儚く消えうせると知りながら、投げやりな気持ちで過ごしていました。ところが陛下のおはからいで、こうしてあなたと会うことができました。そのことに感謝していますが、心に負った傷のせいで妻らしいことをすることができませんでした。さぞ嫌な女だと思われたでしょうね」

「そうでもありませんよ。私は妻を持てる立場ではありませんから、よそよそしくしていただいてかえって良かったのです」

「そうですか。やはり若晴さんのことが忘れられないのですね」

「ええ。自分の都合ばかり考えて、惨い目に遭わせてしまいましたから」

仲麻呂は素直に認めながらも、用間（スパイ）の件だけは明かせないと考えている。それは習い性になっていて、無意識に身を守る術を巡らすのだった。

「私も一度だけ、若晴さんにお目にかかったことがあるのですよ」

「覚えています。鳳翔温泉から洛中に向かう途中のことです。あなた方が乗った馬車が脱輪して」

「あなたに助けていただきました。その時、若晴さんと目が合ったのです。美しくて理知的で、妻や母としての幸せに内側から照らされているような方でした」

「あの時はそうでもなかったのです。大事な息子を二人とも日本に送り出した後でしたから」

「それでもあと二人、子供を持たれたのでしょう。女の子と男の子を」

玉鈴はそうしたことまで知っていた。

「そうです。ところが息子が数え年四歳の時に行方知れずになり、そのままもどってきませんでした。そのため若晴は心を病んで、娘に助けられながら暮らしていました」

「服毒自殺をしようとなされたそうですね。長安の南の薬草園で」

「よくご存じですね」

「ごめんなさい。小鈴があなたに夢中で、いろいろと聞き込んできて私に話すのです。これまで口にはしませんでしたが、これが最後の夜なので」

「あなたは先ほど、若晴が川に身を投げたことも知っていると言いましたね」

ふいに突き上げてきた名状しがたい憤りに駆られ、仲麻呂は自らそのことを切り出した。

「申しました。その時どんな苦しみに耐え、どんな決断をされたか教えてほしいと。するとあなたは、胸から心の臓をつかみ出すほど難しいとお答えになりました」

玉鈴は仲麻呂の言葉を正確にくり返した。

「でも今度はあなたから口にされたのですから、おたずねしたいことがあります。いいでしょうか」

「構いません。約束したのですから」

「あなたは誰よりも聡明で、先が読めるお方です。私との結婚を承諾したなら、若晴さんは生きてはいないと分かっていたのではありませんか」

「確かに……、確かにそうなるかもしれないという不安はありました」

仲麻呂は急所を衝かれ、珍しく動揺した。

「しかし若晴には、そうした苦しみを乗り越える力があると信じていたのです。私も断腸の思いで国のために身を捧げるのだから、若晴も分かってくれるはずだと思い込もうとしていたのでしょう」

「無遠慮なことをたずねてごめんなさい。もう何も話さなくて結構です」

仲麻呂の胸の痛みが伝わったのか、玉鈴は労わるように仲麻呂の手を強く握った。

二人はしばらく黙り込み、夜空にまたたく星を見上げた。秋の空は澄みきっていて、目をこらすうちに星の数が増えていった。

「天上には果てしない世界が広がっているのに、人はどうしてこんなに愚かなんでしょうか」

「欲と執着から離れられないからでしょう。それが人の宿命かもしれません」

「最後にひとつだけ、我がままを言ってもいいですか」

「何でしょうか」

「あなたの胸で眠ってみたいのです。朝までそれほど時間はないのですが」

「いいですよ。こんな風かな」

仲麻呂は肩に手を回して抱き寄せた。

玉鈴は素直に身をゆだね、安らぎに満ちたおだやかな表情をした。

「このまま目が覚めなければどれほど幸せでしょう。もっと早く、こうしてもらえば良かったのに……」

玉鈴はため息交じりにつぶやき、いつの間にか軽い寝息をたて始めた。

第十章　遠い祖国

仲麻呂らが長安を出発した頃、先発していた吉備真備らは揚州に向かっていた。黄河沿いの運河を下り、汴州（開封市）から通済渠に入り、淮水を渡って邗溝（淮水と江水を結ぶ運河）を下る。

これが江南と華北をつなぐ流通の大動脈で、幅十丈余（約三〇メートル）の運河には荷舟や客舟などが引きも切らず行き交っている。淮水の河口地帯で産した塩や、江水（長江）流域で収穫した米などを積んだ舟を何十隻も数珠つなぎにして、川岸の道を歩く人や牛（水牛）に引かせていた。

やがて揚州大明寺の栖霊塔が見えてきた。

雲衝くほどの高さがある九重の塔で、李白もこの塔に登った時の感激を『秋日に揚州西霊塔に登る』という詩に詠んでいる。

その書き出しは次の如くである。

宝塔は蒼蒼を凌ぎ

登攀して四荒を覧る
頂は高くして元気と合し
標は出でて海雲長し――

意訳をすれば次のようになる。

宝塔は天空を制するように立ち、登れば世界の果てまで見渡せる。頂上は高くそびえて天地の元気とひとつになり、先端は抜きんでて海雲がたなびいている――。

広大な大地が遠々とつづくこの地方では、栖霊塔は大明寺の位置を知らせる地標になっている。それを見た者たちは長い運河の旅がようやく終わったと、ほっと胸をなで下ろすのだった。

「あれが栖霊塔だ。明日には大明寺に着けるぞ」

真備は舟の舳先に出て塔をあおいだ。

同行している翼と中臣音麻呂が後につづき、低い雲に頂をおおわれた塔を見やった。

「凄いですね。いったいどれくらいの高さがあるんだろう」

音麻呂が感嘆の声を上げた。

「一層三丈だとして、二十七丈（約八一メートル）くらいではないだろうか」

翼は常に医師らしい沈着さを保っていた。

「山高くして尊からずと言う。大事なのはあの寺に鑑真上人が住んでおられることだ。今度ばかりは何としてでも招聘を成功させねばならぬ」

それが実現できると請け合って、真備は遣唐副使に抜擢されている。すでに鑑真の従者である安如宝と連絡を取って準備をととのえるように頼んでいるが、これまで何度も失敗しているので気を抜くことはできなかった。

舟にはもう一人同行者が乗っている。大宝二年（七〇二）の遣唐使船で入唐した弁正である。唐に残って密命をはたすように命じられた弁正は、遣唐使が二度つかわされた時にも帰国せず、実に五十一年間も唐にとどまったままだった。

ところがこのたび阿倍仲麻呂が『魏略』にたどり着くことに成功したので、ようやく胸を張って帰国できる。

そこで身の安全をはかる意味もあって連れてきたが、すでに七十ちかい歳である。しかも高力士に取り入るために去勢までしているので、いちじるしく体力が落ちている。

長安からの旅の間も馬車や舟の中で横になっているばかりで、口にするのも粥や果物、果汁など喉を通りやすいものばかりだった。

「何としてでももう一度、ふるさとの山河を見たい。親類縁者と顔を合わせ、生きてもどったと知らせてやりたい」

弁正は時々呪文のようにくり返す。その執念だけで命の灯を燃やしつづけているようだった。

揚州は江都にあった。

南北をつなぐ大運河と江水が交わる舟運の中心地で、揚州商人の名を生んだほど商業が盛んである。城塞は隋の煬帝以来整備され、城のまわりや城内には縦横に運河がめぐらしてあった。

真備らの舟は邗溝から城下につづく運河に乗り入れ、大明寺をめざしていく。遠くに見えていた栖霊塔が今や目の前にそびえ、のけぞらなければ頂が見えないほどだった。

運河の両岸には商家が建ち並び、柳の並木を植えた道には大勢が行き交っている。荷を満載した荷馬車や、人が引く荷車も軽やかな車輪の音をたてて通り過ぎていく。

翼は舳先に立ち、左右の景色を落ち着きなく見回していた。

「どうした翼。何か気がかりでもあるか」

真備はいつもとは違う気配を感じて声をかけた。

「この景色に見覚えがあります。こうして舟に乗って、両岸を見上げていたことがある」

「それは思いちがいだろう。長安に向かう時も邗溝を通ったが、この運河には入らなかった」

「そうではなくて、それよりずっと昔のことです。あの栖霊塔はまだなかった」

翼は頭上にそびえる塔を不思議そうに見上げた。

「あの塔が建てられたのは隋の時代、仁寿元年（六〇一）だぞ。聖徳太子が初めて遣隋使を送られた頃だ」

「その通りでしょうが、不思議だな。確かに見覚えがあるんです。ほら、その時もあの柳の枝が同じように風に揺れていました」

「そういえばお前は、若晴さんが生きているのが見えると言っていたな」

真備は滻水のほとりでのことを思い出した。

「あの時とは感じがちがいます。古い記憶が自分の中から立ち上がってくる感じです」

「そうか。仲麻呂の息子だからな。それくらいの力は受け継いでいるのかもしれん」

真備も昔、先祖の記憶を呼び起こせるという行者に会ったことがある。血のつながりとともに先祖の記憶も伝承されるので、修行を積めば自在に取り出すことが出来るという。

理学、実学の徒である真備には信じ難いことだが、仲麻呂は子供の頃から文書をすべて記憶する才能に恵まれている。翼にも特別な才能があったとしても不思議ではなかった。

「何やら心がざわめきます。敵が迫り、皆があわただしく逃げようとしているようです」

「それはいつのことだろうな」

「分かりません。しかし、この街でそんな災いがあったことだけは確かなようです」

それを聞いて真備の頭にひとつの考えがよぎった。

実は江都には呉王夫差（ふさ）がいたことがあり、運河を開いたことで知られている。ところが周の元王四年（紀元前四七三年）に越王勾践（こうせん）に攻められて国が滅亡した。その時、国から脱出した者たちは海上に逃れ、黒潮に乗って九州にたどり着いたと『魏略』に記されていた。

それが天皇家の先祖だとするなら、孝元（こうげん）天皇の皇子大彦命（おおびこのみこと）を先祖とする阿倍氏の血の中に、そうした記憶が伝えられているのかもしれなかった。

大明寺は南朝宋（四二〇～四七九）の大明年間に開かれたので、年号の大明をとって寺号とした。揚州ではもっとも格式の高い寺で、巨大な山門と秀麗（しゅうれい）な七堂伽藍（がらん）を備えていた。

真備らは一般の参拝客に混じって境内に入り、受付の僧に安如宝との面会を申し入れた。しばらく待つと、黄銅色の袈裟(けさ)を着た異様に背の高い僧が現れた。

「安如宝でございます。お待ち申し上げておりました」

ソグド人らしい彫りの深い顔立ちをして目が青い。歳は四十ばかりで、身の丈は六尺五寸(約二メートル)はありそうだった。

「遣唐副使の吉備真備だ。このたびはご尽力をいただき礼を申す」

「耽羅(たんら)(済州島)の安英秀から話は聞いております。これから鑑真上人さまの律学の講座が始まりますので、鳳凰橋の近くの宝来亭という船宿でお待ち下さい」

教えられた船宿は、運河にかかる大きな橋のたもとにあった。宿の者に如宝の名を告げると、主人が応対に出て二階の広々とした部屋に案内してくれた。

窓からは大きな弧を描いて運河をまたぐ鳳凰橋と、雁木(がんぎ)をそなえた船着き場を見下ろすことができた。

「これはいい。ちょっと来てみろ」

真備は翼と音麻呂を窓際まで呼び寄せた。

「あの舟に乗っているのが大食(タージー)(アラビア)、こっちが天竺(てんじく)(インド)から来た者たちだ。江水の河口の港に船を着け、ここまで小舟で商いに来ている」

「凄いですね。言葉は通じるのでしょうか」

音麻呂は遠い異国から来た者たちの装束と肌の色に目を引かれていた。

「あの者たちもソグド人と同じように商いの民だ。多くの国の者たちが往来する土地で育ち、物を売ろうと声をかける。だから子供のうちから三、四カ国語を話せるようになるそうだ」

「うらやましいですね。私など唐の言葉も充分に話せないのに」

「お前にはお前の良さがある。なあ、翼」

「そうです。音麻呂の心配りのお陰で、ずいぶんと助けられています」

　長い旅の間に翼と音麻呂は意気投合し、名前で呼び合う間柄になっていた。

　翌日の朝、安如宝が長身の腰を折って部屋に入って来た。

　後ろには四十がらみの小柄な僧が従っていた。

「お前は普照（ふしょう）、普照ではないか」

　真備には見覚えがあった。鑑人上人を招聘する任務をおびて、栄叡（ようえい）とともに入唐した興福寺の僧だった。

「おおせの通りでございます。お懐かしゅうございます」

「お前は明州の阿育王寺にいると聞いたが、揚州に来ていたのか」

「如宝どのから上人さまを招聘する計画があると聞きました。それなら協力させていただきたいと、ひそかに揚州の寺に移ったのでございます」

「それは心強い。これまでのことを聞かせてもらいたいが、如宝、その前に現状はどうなっているか話してくれ」

　真備は石皓然（せきこうねん）の娘婿で、安禄山（あんろくざん）とは義兄弟に当たる。主人のように振る舞っても、如宝の反感を買うことはなかった。

「上人さまは日本に渡ることに同意しておられます。しかしながら六十六歳というご高齢であり、三年前に失明しておられますので、日本での活動に支障がないように多く弟子を連れて行きたいと望んでおられます」

「何人だ。同行してくれるのは」

「拙僧も含めて二十四人でございます」

「それくらいなら四隻に分乗させれば問題はあるまい。日本に持参する品々の手配はしてくれたか」

「一応、これだけの品は揃えてあります」

如宝が差し出した書状には次のように記されていた。
一、金字大方広仏華厳経八十巻
一、大仏名経十六巻
一、南本の涅槃経一部三十六巻
一、四分律一部六十巻
一、法礪(ほうれい)師の四分疏(しぶんしょ)五本各十巻
一、慧光(えこう)律師の四分疏百二十紙
などなど仏教の経典や名僧の経典解釈書など膨大な数に上る。その中には玄奘(げんじょう)三蔵の『大唐西域記』十二巻や、金、銀、水晶で造った仏具も含まれている。

いかに鑑真が大明寺の住職をつとめているとはいえ、こうした品々を寺から勝手に持ち出す

ことはできないので、如宝があらかじめ鑑真の指示で買い揃えていたのだった。

「よくぞこれだけのものを揃えてくれた。鑑真上人に重用されているだけのことはある」

「お誉めをいただき、ありがとうございます」

安如宝は拱手（きょうしゅ）して頭を下げたが、これくらいは何でもないと言いたげだった。

「これだけ多いと、港に運ぶ舟の手配も必要だろう。それは大丈夫か」

「すでに黄泗浦（こうしほ）に運び、倉庫に保管しております。ご安心下されませ」

「それはご苦労だった。ところで春燕（しゅんえん）はどうした。まだ連絡はないか」

「まだでございます。知らせがあれば耽羅の安英秀が連絡してくることになっていますが……」

「新羅（しらぎ）の奴らは交渉に長けているからな。春燕を解放する見返りに、安禄山将軍や石皓然から取れるだけのものを取ろうとしているのだろう」

「出港はいつ頃になりましょうか」

「遣唐使の一行は十月中旬にこちらに着く。おそらく下旬には船を出せるだろう」

「それまでには安英秀と連絡を取り、春燕さまの消息が分かるようにしておきます」

「頼んだぞ。わしの大事な妻だからな」

真備は念押しをしてから普照に話を向けた。

「そなたたちはこれまで、十年にわたって鑑真上人の招聘のために尽力してきたそうだな」

「一回目の企てに失敗したのは十年前、天宝二年（七四三）のことでございました」

「それ以来、五度の企てがことごとく失敗したと聞く。その原因はどこにあったか教えてくれ」

「それは明白でございます。鑑真上人は渡海に同意して下されましたが、唐の朝廷がそれを認めませんでした。そのため当局の目を盗み、秘密裏に出国せざるを得なくなったので、諸々の不都合が生じたのでございます」

普照は苦悶（くもん）の表情を浮かべてこれまでのいきさつを語った――。

鑑真招聘の命をおびた普照と栄叡が、初めて大明寺を訪ねたのは天宝元年（七四二）冬十月のことだったという。

「その頃我らは入唐して九年になり、こちらの言葉も仕来りも分かるようになっておりました。そこで日本国遣唐使として鑑真上人に対面し、日本には戒律をさずける師僧がいないので、どなたか門弟の方を派遣して正統の法をさずけていただきたいとお願い申し上げました」

鑑真は二人の訴えを聞いて強く心を動かされ、日本の聖徳太子は、天台宗の開祖の一人と言われる南嶽大師慧思（えし）の生まれ変わりだと聞いていると言った。

山川異域　風月同天。山川は域を異にすれども、風月は天を同じゅうすという有名な言葉を口にしたのもこの時のことである。

そして仏法興隆のために日本の要請に応じて渡海する者はいないかと高弟たちにたずねたが、一座の僧たちは沈黙したまま応じようとはしなかった。鑑真の表情に失望の陰（かげ）りがさすのを見た高弟の祥彦（しょうげん）は、皆の気持ちを代弁して次のように言った。

「かの国ははなはだ遠く、生きてたどりつけるかどうかも分かりません。絶海の孤島と言うべき場所にあって、百に一度もたどり着いた人はいないと申します。それに大唐国にあってさえ仏の悟りに至ることはできていないのですから、日本のような未開の国に行って修行が中断するのは耐え難い。皆はそう思って黙ったままでいるのです」

こういう類(たぐい)の立ち回り上手は、寺に限らずどの組織にもいるものだ。皆を代表しているように装いながら、本当は自分が一番行きたくないのである。

鑑真はそのことを鋭く見抜いているが、さすがに修行ができた人だけに静かに次のようにさとした。

「これは仏法のための行いである。どうして身命を惜しむということがあろうか。皆が行かぬと言うなら、この私が行かずばなるまい」

これを聞いた祥彦はあわてて前言を撤回した。

「上人さまが行くとおおせなら、拙僧もお供をいたします。ええ、身命をなげうち、地の果てまでもお供をしますとも」

この言葉に釣られるように我も我もと申し出る者がいて、弟子二十四人が同行することになったのだった。

「そこで揚州郊外の船大工に渡海のための船を造らせることにしました。むろん公(おおやけ)に発注することはできませんので、どうしたらいいか皆で頭を悩ませておりました」

この時、知恵を授けてくれたのは安如宝だった。如宝は石皓然と大明寺の取引の仲介もしているので、皓然が発注したことにして船を造らせることにしたのである。

しかも日本に到着した後には、船は耽羅の安英秀に引き渡すという条件で、建造費の八割を皓然が負担する破格の条件だった。

「そのお陰で船の建造は順調に進みました。一方で日本に持っていく仏典や仏具、朝廷への献上品や渡海に必要な食糧なども買い集めなければなりませんし、船を動かす舵取りや水夫も雇わなければなりません」

このため巨額の費用が必要になり、その大半を石皓然から都合してもらった。

ところがあに図らんや、このことが鑑真の高弟たちが対立する原因になったのである。

僧たちの多くは寺の中で求道一筋の生き方をしているので、実務は苦手で社会には不慣れである。金と銀と銭をどうやって両替するのかさえ知らない者たちが多い。

ところが金銭について無欲かと言うと案外そうでもなく、布施はいくらか寄進はどれほど集まったかと、頭の中でひそかに計算をめぐらしている。

そんな彼らが大金を持たされ、それぞれの仕事を任されると、高弟の間で誰が指揮をとり資金を分配するかをめぐって対立が起こるようになった。

鑑真の一番弟子の道航はそうした問題が起こりかねないことを理解していて、ソグド商人の血を引く安如宝に実務担当者を組織させ、すべての仕事を任せていた。

ところがこの方針に不満を持つ僧たちが、二番弟子の如海のもとに集まって道航の方針を変えさせようとした。この時に中心的役割をはたしたのが立ち回り上手の祥彦である。

如海らは道航に金銭や仕事の分配を変えるように要求したが、道航は如宝に任せていると言って取り合わない。それは事実なのだが、疑心と反感に駆られた如海らには、道航が如宝を隠れ蓑にして好き勝手にしているように思えてしまう。

そうした対立が高じた末に、如海らは揚州採訪使(巡察使と同じ)の班景倩に、道航らは海賊と共謀して大型船を建造していると訴え出た。海賊とは私貿易をしている石皓然のことだが、大明寺と取引しているので名前を出すことをはばかったのだった。

「訴えを受けた採訪使さまは、役人を各所につかわして取り調べを行いました。そのため造船所や物資を保管していた倉庫が差し押さえられ、私も栄叡も捕らえられてしまったのです」

この時のことを思い出すと、今でも冷汗が出ると普照は言った。

累はあやうく鑑真や大明寺にまで及びそうになったが、この窮地を救ったのは宰相職にあった李林甫の配慮だった。

造船を主導した道航は、林甫の弟林宗の家の護持僧だったので、林宗を通じて林甫に造船を許可してくれるように依頼した。すると林甫は日本への渡海のためではなく、天台山の国清寺に奉納品を持っていくためという名目で造船の許可証を出した。

道航がこの書状を採訪使に提出したために、如海の訴えは事実無根の誣告だとされ、如海は杖で六十回打たれた上に僧籍を剝奪されて本籍地に送還された。

実はこれは林甫に仕えていた阿倍仲麻呂の配慮によるものだった。

唐王朝の高官になった仲麻呂は、陰に陽に日本の使者たちの保護につとめ、鑑真の招聘についてもこの頃から助力していた。

捕らえられた普照や栄叡の行動が問題視され、鴻臚寺に処分がゆだねられた時、処罰せずに釈放せよという勅書が下されたのも、仲麻呂の働きのお陰だった。

「自由の身になった我々は、翌年夏に再び鑑真上人を訪ねて日本に渡ってくれるようにお願いしました。そして巨額を投じて嶺南道採訪使の劉巨麟（りゅうきょりん）どのから軍用船一隻を買い、水夫十八人も雇い入れ、食糧や請来品なども買い入れました」

その原資となったのは、普照らが鑑真招聘のために託されていた砂金や、大明寺と取引のある石皓然からの援助、それに鑑真が講話する時に寄進される金銭などだった。

そして天宝二年（七四三）十二月に江水（長江）河口の狼溝浦（ろうこうほ）から船を出したが、強風と高波に直撃されて船が浸水し、引き返さざるを得なくなった。

普照と栄叡はこれにもくじけず、翌年には鑑真上人に越州（浙江省紹興市）の龍興寺に移ってもらい、渡海の機会をうかがった。ところが寺の僧たちがこの計画に気付き、栄叡が張本人だと州の役人に訴え出た。

このため栄叡は捕らえられて長安に護送されることになったが、道中で病気になったことを奇貨とし、病死したように装って脱出したのだった。

「我々は栄叡どのがもどられるのを待って、再び渡海の計画を練り始めました。今度は役人の監視の目をさけて福州（福建省福州市）に向かい、天台山国清寺で仕度をととのえて船を出そうとしたのです」

これが四度目の計画だったが、またしても鑑真の高弟の中に国禁をおかして出国することに反対する者が現れた。揚州に残っていた霊祐という著名な僧が、五十七歳になった師匠の身を案ずるあまり官憲に計画を訴え出た。

このため福州の港で全員捕らえられ、鑑真は揚州の龍興寺に押し込められて厳しい監視のもとに置かれ、以後四年の間計画を見合わせざるを得なくなったのである。

「再び計画に着手したのは五年前、天宝七載（七四八）の春でした。私と栄叡どのは揚州の崇福寺に移られた鑑真上人を訪ね、もう一度渡海していただくようにお願いいたしました。上人は快く引き受けて下さり、すべての準備をして八月に船を出しましたが、難風にさえぎられて二カ月ちかくも沿岸の島々で風待ちをいたしました。そして十月十六日に大海原に向かって船を漕ぎ出しましたが、三日もしないうちに嵐に巻き込まれ、船ははるか南の海南島まで流されてしまいました」

この島で半年ちかくを過ごし、揚州にもどろうとしたが、途中で栄叡は熱病のために他界し、翌年には鑑真も無理がたたって失明したのである。

「こうなったのはお前たちのせいだと、弟子の方々は私を厳しく責められました。そこで私は上人のお側にいられなくなり、明州（浙江省寧波市）の阿育王寺にこもって次の機会を待つことにしました。このたびの遣唐使船に便乗して帰国するのが、おそらく最後の機会になると存じます」

普照は肩の荷を下ろした表情をして長い話を終えた。

「初めの時から丸十年、数々の困難にも負けずに、よくぞ任務をまっとうしようとした。栄叡を失った時には、さぞ力を落としたであろうな」

真備は同情を禁じ得ず、何か望みはないかとたずねた。

「望みは鑑真上人を日本にお連れして、帝のお申し付けをはたすことだけでございます。亡き栄叡も草葉の陰で、そのことだけを願っていると存じます」

「任せておけ。今度は遣唐大使の藤原清河(ふじわらのきよかわ)どのが、天皇の名代として渡海を依頼される。これまでのような面倒に巻き込まれることはあるまい」

「すでに唐の朝廷のご許可を得ておられるのでしょうか」

「阿倍仲麻呂が勅許を得るために尽力しておる。どうなったかは聞いておらぬが、心配することはあるまい」

「仲麻呂さまには我々が捕らえられた時も、釈放のためにご尽力いただきました。これほど心強いことはありません」

「どうであろう。仲麻呂たちがこちらに着くのは十月半ばになると思うが、それまでに鑑真上人にお目にかかり、ご挨拶をしておいた方がいいのではないか」

真備は安如宝を見やってたずねた。

根回しという意味もある。それ以上に五度もの失敗にも屈せず日本に渡って戒律をさずけようとする鑑真に、一刻も早く会いたかった。

「それはいかがでしょう。渡海の許可が正式に下りてからの方がいいと存じますが」

如宝が案じ顔で普照に意見を求めた。

「拙僧もその方がいいと思います。上人さまのご決意にゆるぎがないことは存じておりますが、弟子の中には反対している方々もおられます。話がもれたならどんな妨害を受けるか分かりません」

「さようか。それなら仲麻呂らが着いてから大明寺に出向くことにしよう」

それまでには、まだ二カ月ほどある。真備は音麻呂や翼を連れて江都を散策したり、蘇州まで足を延ばして望海楼を訪ねたりした。

春燕が買い取った望海楼では下にも置かぬもてなしを受けたが、一番感動したのは栖霊塔に登った時だった。

九層の塔の内部にもうけた階段を、息を切らし足の痛みに耐えながら登っていくと最上層は雲の中で、白いもやがかかったように視界を奪われた。

「宝塔は蒼蒼を凌ぎ、登攀して四荒を覧る」

李白が詠んだごとく、異界に迷い込んだような驚きに呆然としていると、一陣の風が吹いて雲を払い、揚州の雄大な景色が眼下に広がった。

収穫を間近に控えた黄金色の稲田が、地表をおおって延々とつづいている。北には淮水があり、西に目を転じると江水（長江）が満々たる水をたたえ、銀色に輝きながら流れている。

二つの大河の間を大運河が南北に走り、豆粒ほどの大きさに見える舟が行き交っていた。

「凄いものだな。人間の営みは」

広大な大地に挑みつづけ、こうして豊かな実りをもたらした者たちの偉業を前にし、真備は鳥肌が立つほど感動していた。

これだけの耕作地を開くために、いったいどれだけの人数と時間がかかったことだろう。それを思えば人が一代で成し遂げることなどたかが知れている。三代四代、いや、十代も十五代もかかって完成させることこそ、人が理想とすべきものなのである。

「音麻呂、翼、そう思わぬか」

「そうですね、人が永遠に受け継ぐべきものとは、何なのでしょうか」

音麻呂はふいに涙ぐみ、この景色を兄の文麻呂に見せてやりたかったと言った。

翼は何も言わず、憂いをおびた目で遠くをながめている。呉王夫差が亡びた千二百年前に思いを馳せているのかもしれなかった。

九月になって朝晩冷え込むようになると、弁正が体調をくずして寝込むようになった。

熱が出て食事が喉を通らない日がつづき、体がやせて肌は土気色に変っていく。翼は内臓が弱っていると見立て、市中で薬を買って処方したが、本復のきざしは現れなかった。

「わしはもう駄目かもしれぬ、祖国の景色をひと目見たいという願いも叶わぬまま、この国の土くれになる定めのようだ」

弁正は血筋の浮いた黄色い目で天井を見つめ、弱いため息を吐いた。

「気弱なことを言うな。五十一年も唐で生き抜いてきたお前ではないか」

真備は気力をふるい立たせようと憎まれ口をきいた。

「一炊（いっすい）の夢とはよく言ったものだ。うつらうつらしている時など、唐に着いた日の感激を昨日のことのように思い出す」

「何か心残りはないか」

「ひと目だけでも息子の朝元（あさもと）に会ってみたい。あれの父親になったことが、わしがこの世で成したただひとつの手柄かもしれぬ」

「あと一月もすれば国に帰れる。そうすればお前が唐においてどれほどの苦難に耐え、任務のために身を捨てて働いたか、誰もが知るようになる。帝もきっとねぎらいの言葉をかけて下さるだろう」

「そうであろうか……、真備。このように汚（けが）れた身でも、帝がいたわって下さるであろうか」

「お前は汚れてなどおらぬ。身も心も御仏と同じだ」

そう励ましながら、真備の胸に熱い思いが突き上げてきた。

宦官の高力士の信任を得るために、弁正は去勢までして任務を果たそうとした。そうして病み衰えた姿が、多くの遣唐使たちの生き様を象徴しているように思えたのだった。

翼の処方が功を奏したのか、十月になると弁正の容体は快方に向かった。熱も下がり食欲も出て、一人で厠（かわや）に行けるようになった。

これなら帰国できるかもしれないという希望に本人もふるい立ったようで、翼の指示に素直に従い、苦い薬や鯉の生き血などを進んで飲むようになったのだった。

十月十四日、阿倍仲麻呂と遣唐大使藤原清河らの一行が江都に到着した。

玄宗皇帝は鴻臚卿の蔣挑捥（しょうちょうわん）に一行を蘇州まで送らせ、道中の手配万端をするように命じた。これほど手厚い処遇をするのは初めてで、仲麻呂に寄せる惜別の情の深さを表していた。

一行が宿所としたのは宝来亭にほど近い官営の船宿である。真備はそれを聞くと、安如宝を連れていち早く駆けつけた。

仲麻呂は与えられた個室で官服を脱いでくつろいでいた。

十七歳で唐に渡ったこの俊英も、すでに五十三歳になっている。髪に白いものが混じり顔にはしわが刻まれているが、同じように歳を重ねた真備には昔と同じようにしか見えなかった。

「元気そうで何よりだ。いよいよ二人して国に帰れる時が来た」

その日を思い、真備の胸は期待に高鳴っていた。

「そうだね。入唐して三十六年。実に長い道程（みちのり）だった」

「お前は見事にそれをやり遂げた。後は鑑真上人を連れて船に乗るだけだ」

「そのことだが、上人を招聘する勅許は得られなかった。力及ばず、申し訳ない」

「どうして。陛下は分かって下さると言ったじゃないか」

「確かに上人の招聘は認めて下さったが、思いがけない問題が生じたのだ」

玄宗皇帝は鑑真と弟子五人の出国を許可したが、この機会に道教の道士を連れて行くように求めた。唐の皇帝は李姓なので、同姓の老子を国祖として尊崇している。そこで玄宗もこの機会に道教を正式に伝えようとしたのだが、日本にとってこれはかなり迷惑な話だった。

日本では聖徳太子の頃から仏教にもとづく国造りを進めていて、今さら道教を受け容れる必要はない。しかも老荘思想は神道と似たところがあり、神道勢力が導入に反対する恐れがあった。

これにどう対処するかで、大使清河と仲麻呂の意見は真っ向から対立した。

清河は前述の理由で道士を同行することはできないと言い、仲麻呂は老荘思想は信仰ではないので、儒教のように学問として受け容れればいいと主張した。

「恐れながら、それは違うと存じます。大唐国では道教は信仰され、道観という祭祀を行う建物もあるのですから、神道と競合しないという理屈は成り立ちません」

清河は師と仰いできた仲麻呂に敢然と反論した。

「それなら儒教はどうですか。この国では信仰されていますが、日本では仏教とも神道とも競合していないではありませんか」

「孔子と老子の教えはちがいます。老子が説く無為自然や先祖崇拝は神道の教えにきわめて近く、天照大神のご子孫であられる天皇のお立場を危うくする恐れがあります」

「しかし皇帝陛下があのようにおおせなのですから、道士の同行を断って仏僧だけを連れて行くことはできません。今は鑑真上人を無事に招聘することが先決なのですから、道士も同行して大学寮の教授になっていただけば良いのです」

遣唐副使の大伴古麻呂も仲麻呂の意見に賛成したが、清河は天皇に託された節刀を持ち出し、これは大使としての判断なので従ってもらうと言った。

「そのため、それ以上反対することはできなくなった。しかし陛下のお申し付けを断るからには、鑑真上人だけを招聘したいと奏上することはできないので、願いをすべて取り下げざるを得なくなったのだ」

約束をはたせなくて申し訳ないと、仲麻呂が深々と頭を下げた。

「残念だが仕方があるまい。確かに今の日本には道教を受け容れる余地はなさそうだ」

真備は仲麻呂の肩を叩き、それならそれで何とかすると言った。

「しかし出国の勅許が得られなければ、鑑真上人は渡海をためらわれるだろう。たとえ同意して下さったとしても、当局の目を盗んで遣唐使船に乗せるには多くの困難がともなうはずだ」

「仲麻呂、この御坊は安如宝と言ってな、安禄山将軍の親戚筋だ。鑑真上人に近侍していて、石皓然と大明寺の商いを仲介している」

真備は如宝を紹介し、面倒なことはこの男の力を借りて乗り切っていくと言った。

「よろしくお願いします。阿倍仲麻呂さまとは義理の親子になったと、石皓然さまから聞いております」

「石皓然どのとは昔から付き合いがあります。長安を発つ前にも、東の市の店に行っていとま乞いをしてきました」

「そうか。挨拶に行ってくれたか」

真備が横から口をはさんだ。

「いろいろ世話になったからね。体調がすぐれずに横になったままで、春燕さんのことをずいぶん心配しておられた」

「俺も心配しているが、蘇州にもまだ連絡がないそうだ。無事でいてくれるといいが」

「早く解放するように、鴻臚寺（こうろじ）から新羅に申し入れてある。新羅の大使も善処すると確約したそうだ」

「お前が最善を尽くしてくれたことは分かっている。ともかく今は鑑真上人を招聘することに集中しよう」

出国の勅許は得られなくなったが、何か知恵はないかと如宝にたずねた。

「上人さまは心眼ですべてを見通しておられます。納得していただくには、何もかもありのままに伝えるしかありません」

「それなら明日にでもお目にかかってお願いしたいが、会える手立てはあるか」

「明日は午後から延光寺で法話をなされます。大明寺で会うよりそちらに来ていただいた方が、人目に立たないと存じます」

翌日の午後、真備は仲麻呂と清河、古麻呂を連れて延光寺を訪ねた。

大明寺の一里ほど南にある運河沿いの寺で、大きな本堂には二百人ばかりの信者が集まっていた。

如宝に案内されて本堂の隅で待っていると、弟子に手を引かれて紫色の衣を着た鑑真上人が入ってきた。

六十六歳になる老僧で、失明して三年になる。弟子の助けがなければ法話の座にもつけないほどだが、全身から清らかな気を発し、人を引きつけずにはおかない風格がある。

上人が着座すると、私語にざわついていた本堂が一瞬にして静まったほどだった。

「皆さま、御仏のお導きにより、今日もこうしてお目にかかることができました」

鑑真はおだやかに語りかけ、まるで見えているように本堂をぐるりと見回した。

「先日は法華経の中の三車火宅のたとえについて話をさせていただきましたが、今日は化城宝処のたとえについて考えてみましょう」

『法華経』の「化城喩品」に記された説話で、釈尊が一仏乗（仏教の真の教えはただ一つという説）と二乗（声聞乗や縁覚乗などの方法があるという説）の関係を化城の比喩を用いて説く件である。

たとえば人跡未踏の荒野を、大勢の人々が宝を求めて歩いているとする。道は険しく陽射しは強く、人々は次第に疲れて口々に不平を言うようになる。疲れてこれ以上は歩けない、こんなに遠く険しい道を歩くのはもう嫌だ。家に帰ってゆっくり休みたい。

そうした不満を目の当たりにした道案内人は、このままでは宝処（宝の国）まで皆を連れて行くことは出来ないと判断して一計を案じた。神通力を用いて道の途中に城を出現させ、「あそこに城がある。ゆっくり休むことも泊まることもできる」と言った。皆は大いに喜び、そこに泊まって元気を回復した。

道案内人はそれを見届けてから城を消滅させ、

「この城は皆を休ませるために私が仮に造ったものだ。本当の宝はもっと先にある。さあ、そこに向かって歩いて行こう」

そう言って皆を励まし、悟りという宝まで導いたのである。

「皆さんは蜃気楼をご覧になったことがあるでしょうか。揚州や蘇州では海上に現れますが、西域では広大な砂漠の上に現れます。私は若い頃に三蔵法師の足跡をたどって西域を旅しましたが、その時に何度か蜃気楼を見たことがあります」

鑑真は長安で修行していた頃に、三蔵法師の足跡をたどってみようと思い立った。そこで河西回廊を通り、天山山脈の南に広がるタクラマカン砂漠を西に向かったのである。

「あたり一面、沙海（ゴビタン）と呼ばれる砂礫におおわれた砂漠が広がっています。夏には強い陽射しが照りつけて猛烈な暑さになり、冬には骨も凍るほどの寒さに襲われます。道を示すものは野ざらしになった人やラクダの骨だけだと『大唐西域記』にも記されていますが、仏教は天竺からこの道を通ってわが国に伝えられたのです。蜃気楼に例を取ったと思われる化城宝処のたとえ話が『法華経』に現れるのは、仏教を伝えた僧や信仰する者たちにとって、蜃気楼が身近で分かりやすいものだったからではないでしょうか」

『法華経』が説く皆が求める宝とは、仏教の真理である一仏乗（大乗）の教えである。しかし初めからそう告げたなら、多くの人はそこに至る道の遠さと険しさに恐れをなして諦めてしまう。

そこで道案内人である釈尊は、皆がたどり着ける化城を現出させて悟りに導こうとした。この化城が二乗（小乗）の教えであり、一仏乗に導くための方便なのである。

「悟りや涅槃に至る道はこのように長く険しいものです。しかしこの世に生きる者はすべて御仏の教えの中にあり、釈尊は化城を出現させる慈悲によって皆を悟りに導こうとしておられるのですから、それを信じて信仰を貫いて下さい。悟りを求める心が強ければ強いほど、あなた方の魂は明るく輝く星のように釈尊の目にとまるのですから」

鑑真上人の法話が終わると、皆が法座の横におかれた木の箱に喜捨を投じて帰っていった。こうして集まった金銭が、上人の渡海の費用に当てられてきたのだった。

真備ら四人は安如宝に案内されて庫裡の部屋に行った。しばらく待つと、鑑真上人が高弟の思託に手を引かれてやって来た。法話の時には大きく見えたが、間近で接すると案外小柄で弱々しかった。

「遣唐副使の吉備朝臣真備と申します。本日はこうした機会を与えていただき、ありがとうございます」

真備は清河、古麻呂、仲麻呂を同行していると告げ、日本への渡海を改めて願った。

「これまで上人さまに何度もご迷惑をおかけしたことは、普照からつぶさに聞いております。それゆえ今度は皇帝陛下に出国の勅許をいただこうと、秘書監の阿倍仲麻呂を中心に尽力してきましたが、いくつか問題があって断念せざるを得なくなりました。それでも我らと共に日本に渡っていただけましょうか」

「それでは話がちがいます。如宝から陛下のお許しが得られると聞いたゆえ、我らは安心して出国の準備をしていたのです」

思託がたまりかねて口をはさみ、六十六歳になられた上人さまをこれ以上苦難にさらすわけにはいかないと言った。

「ご懸念はもっともです。我らも勅許を得られなかったことについては大変申し訳なく思っております。しかし、このたびは遣唐使船でご渡海いただくわけですから、これまでのように難しいことにはならないと考えています」

「出港前には当局によって船の検査が行われます。そこで密航を摘発されたなら、上人さまは罪人として処罰を受けるのですよ。あなた方も罪を問われ、帰国さえおぼつかなくなるでしょう」

言いつのる思託の膝を上人がそっと押さえ、この身を案じてくれるのは有り難いと言った。

「だがな思託よ。皆にも語ったように、私はどんな困難や苦難があろうとも、決して信仰を捨ててはならぬと己に言い聞かせておる。十年ほど前に日本に戒律を授けてくれと頼まれた時、私はこれこそ御仏が課して下さった役目だと確信した。これをはたせなければ、私の信仰は偽物だと広言するようなものだ。三千大千世界に行きわたる御仏の教えや慈悲に比べれば、勅許が得られたかどうか、私の命が苦難に耐えられるかどうかなど、些末な問題なのだ」

「しかし、上人さま。近頃、お体の具合が……」

「それさえ些末。信仰とは生死を越えたところにある。命さえなげうつ覚悟があってこそ、我欲や煩悩にまみれた衆生を導くことができる。明るく輝く星となって、釈尊の救いに与ることができるのだ」

鑑真上人の信念と覚悟はゆるぎがない。思託もこれ以上引き留めることは断念したが、かわりに真備らに渡海の条件について厳しい注文を出した。

「上人さまは日本に渡った後、上皇さまと天皇さまに戒律をさずけられると安如宝に聞きました。それは確かでしょうか」

「そうです。そうして仏教興隆（こうりゅう）のいしずえを築いていただきたいと願っています」

如宝に鑑真上人への取り次ぎを頼んだ時、真備はそのように伝えていた。

「他の僧尼に戒律をさずけるのは、同行した高弟たちで構わないとも聞きましたが」

「それは上人さまのご意向次第でございます。ご健康の問題もありますので、無理なことをお願い申し上げるわけには参りません」

「戒律の道場とするために一寺を建立し、日本での授戒（じゅかい）は上人さまの教えを受け継ぐ者に任せる。その約束も守っていただけるのでしょうね」

「日本に律宗を伝え、戒律をさずけられるのは上人さまですから、僧尼のすべてがその教えを受け継ぐのは当然でございます」

真備は慎重な言い回しで話をずらした。

この問題を突き詰めれば日本の仏教界をゆるがしかねないので、藤原清河にも内密にしたまま話を進めていたのだった。

「思託さま、準備はすべて整えております。上人さまに蘇州にお移りいただくのは、いつ頃になりましょうか」

如宝が真備の窮状を察して口をはさんだ。

「今月十九日に寺を出られます。翌日には黄泗浦に着かれましょう」

「かたじけのうございます。それでは我々は、二十三日に出港できる準備をしてお待ち申し上げております」

真備は清河を差しおいて返答し、早々に話を切り上げた。


帰りは延光寺が用意してくれた馬車で宿舎に向かった。一頭立て二人乗りで、一台目に清河と古麻呂、二台目に真備と仲麻呂が乗り込んだ。

「さっきの思託どのの話だが」

仲麻呂は何かが隠されていることを鋭く見抜いていた。

「新しい寺を建立して、鑑真上人の教えを受け継ぐ者に授戒を任せると約束したようだね」

「ああ、如宝を通じてそう申し入れている」

「それでは今後、上人の弟子だけが戒律を授ける権利を持つことになる。それは上人に随行した高弟たちが、日本の仏教界を支配することにつながると思うが」

「仲麻呂」

「何かな」

「お前だから何もかも話す。だから思った通りのことを遠慮なく言ってくれ」

真備は仲麻呂の瞳をのぞき込んで心底（しんそこ）を確かめ、お前の言う通りだと認めた。

「筑前に左遷（させん）されていた俺が遣唐副使に抜擢されたのは、鑑真上人を確実に招聘すると上皇さまに誓約したからだ。どんな手を使ってでもお前を帰国させ、日本を新たな国に造り替えるために力を貸してもらいたい。そうしなければ、何のために今日まで苦労してきたか分からないじゃないか」

「上人を招聘するには、日本の仏教界を支配する権利を渡さざるを得なかったということか」

「支配と言うと語弊（ごへい）があるが、戒律をさずけてもらうとは元々そういうことだろう。鑑真上人は求道（ぐどう）一筋の方だからそんなことを望んではおられないが、問題は二十四人の弟子たちだよ。彼らの中には、上人の出国を止めようとして当局に密告した者がいる。それは上人の身を案じてのことだけではなく、日本のような未開の国に渡りたくないという思いがあるからだ。それは分かるだろう」

「もちろん分かる。私も五度の失敗のいきさつは聞いているからね」

「今度も一番懸念されるのは弟子たちの妨害だ。それを防ぐには、日本の仏教界を丸ごと任せるくらいの条件を出すしかなかった。僧尼の意識を変えるにも、それが一番手っ取り早い方法なのだ」

「そうかもしれないが、日本の仏僧たちの反発を招き、仏教そのものを排斥（はいせき）しようという動きにつながりかねない。このことを上皇さまや帝は承知しておられるのだろうか」

「さすがに鋭いな。皇帝陛下に重用（ちょうよう）されて要職を歴任してきただけのことはある」

真備は嬉しくなり、これは上皇さまと申し合わせた上での計略だと打ち明けた。

「聞かせてくれないか。その計略の詳細を」

「日本にも政争があってな。仏教にもとづく国造りを推し進めてきた上皇さまと、これを阻止しようとする藤原一門が激しい対立をくり返してきた。俺や諸兄どのは上皇さまの意に従って国分寺や国分尼寺の造営、恭仁宮や紫香楽宮への遷都を実現しようと努めてきた」

「それは私も聞いている。日本の情報は営州や登州の商人たちが長安に持ってくるからね」

「それなら上皇さまの施策を藤原一門が次々と潰し、ついには譲位せざるを得なくしたことも知っているだろう」

「上皇さまは紫香楽宮に大仏を建立しようとなされたが、何者かが何度も放火して計画を潰したそうだね」

「知っているなら話が早くて結構だ。それを命じたのは、お前の名を騙る藤原仲麻呂という青二才だ。奴は上皇さまを譲位に追い込んだ後、今上陛下（孝謙天皇）の母君である光明皇后の後押しを得て、紫微中台（皇后宮職）の令（長官）におさまっている。しかも右大臣の藤原豊成は奴の兄だから、上皇さまも政に口をはさむことがお出来にならない。今上陛下は聡明なお方で、上皇さまの無念をよく分かっておられるが、内裏も朝廷も藤原一門に押さえられて身動きがとれないのだ」

「なるほど。それで上皇さまは一計を案じ、則天武后のやり方に倣われたというわけか」

「お前の眼力には、いつもながら敬服するよ。頭の中に万巻の史書が詰まっているから、今何が起こっているかはっきりと見えるんだな」

仲麻呂が見抜いた通り、上皇が鑑真上人を招聘しようとしておられるのは、則天武后が『大雲経』を根拠として女帝になったやり方に倣い、仏教の力によって藤原一門との争いを乗り越えるためだった。

則天武后は男子相続が当然とされていた帝位につくために、大雲経という経典に記されている一文を楯に取った。

それは釈尊が仏弟子の浄光天女に向かって次のように言う件である。

「汝は、私が出世するとき、また私の深い教えを聞き、今の天女たる姿を捨て、女に姿を変えて国の王となり、世界を治める転輪聖王の領地の四分の一をもつことになるだろう」

則天武后は寵愛する薛懐義たちに命じ、この浄光天女の生まれ変わりが自分であり、国の王である帝位につく資格があると発表させることにした。

ところが浄光天女は一般になじみが薄いので、国民に与える影響が小さいと進言する者があった。そこで、この天女は弥勒菩薩の修行中の姿であり、武后こそ弥勒の生まれ変わりだと読み替えることにした。

そうして『大雲経』そのものをつじつまが合うように訳し直し（捏造し）、武后が帝位につくことをこの経典が予言していると大々的に宣伝した。そのために武后は国中に大雲寺を配置し、『大雲経』を読経させて国民に周知させた。

そして武后が帝位についたなら、弥勒菩薩の教えにのっとった慈悲と慈愛に満ちた国造りが行われると教え込んだのである。

つまり帝位継承の正当性を、血統ではなく仏教に拠ることにしたのである。聖武上皇が取り入れようとなされたのは、武后のこうしたやり方だった。

「鑑真上人はわが国に初めて律宗を伝え、上皇と帝に戒律をさずけられる。つまりお二人は日本の仏教界で最高の地位につかれることによって、仏教にもとづく国造りを指揮する権威と権力を持たれることになる」

「そうすることで、藤原一門が持つ現世の権力を乗り越えるという訳か」

「上皇さまの再起をはかり、地縁、血縁の豪族政治から脱却するにはこれ以外に策はない。鑑真上人の教えを受け継ぐ者だけに、戒律をさずける権利を持たせるのは、弟子たちを納得させるためだけではない。次の代、また次の代の上皇や帝が、戒律を受けて仏教界を主導される時に権威や権力を保てるようにするためでもあるのだ」

「それを聞いて、真備がどんな状況を生き抜いてきたか分かったよ。しかし用心しろよ。藤原清河(きよかわ)どののも思託どのの話に不審を持たれたようだから」

十月二十日、上人と二十四人の弟子は当局の目を避けて呉郡(蘇州)の黄泗浦に着いた。先に蘇州に移っていた真備は、普照を従えて迎えに行った。

遣唐使船四隻がつながれている港に、屋根のついた大型の川舟が入ってくる。真備は雇い入れた舟で川舟を先導し、望海楼の舟入りに着けた。

一行がなるべく人目につかないように、出国の日までここの離れで過ごしてもらうことにしたのだった。

「耽羅の安英秀から連絡はないか」

真備は安如宝を物陰に呼んでたずねた。

出港が三日後に迫っているので、春燕の消息が気がかりでならなかった。

「すみません。登州の店に使いを出して問い合わせているのですが」

まだ使いがもどらないし、英秀からの使いも来ないという。

真備は気持ちの治まりがつかないまま、望海楼の三階の部屋を訪ねてみた。白い大理石を張った床には、銀の撚(よ)り糸で縁を刺繍(ししゅう)した紺色の毛氈(もうせん)が敷かれ、広々とした部屋の隅には朱色の薄絹をたらした寝台が置かれている。

金銀や珠玉をちりばめた食卓や椅子も、瑪瑙(めのう)や真珠をあしらった小物類も、十九年前に春燕と会った時のままだった。

「春燕さまは当地をお訪ねになるたびに、この部屋にお泊まりになります。そして他の客は誰も入れないように命じておられるのです」

案内してくれた初老の侍女は、二人の仲を知っているようだった。

遣唐使の任務を終えて帰国する直前、春燕は真備をこの部屋に呼びつけた。そして父親の石皓然から託された真備あての書状を渡したが、それには志賀海(しかうみ)神社の日渡当麻(ひわたりとうま)を訪ねよと記されていた。

あの時春燕は皓然が耽羅に支店を作るとも、父から船を一隻もらって耽羅や値嘉島(ちかのしま)（五島列島）と商いをするとも言っていた。それをすべて実現し、日本からの硫黄の買い付けを独占して皓然の頃の何倍も店を大きくしている。

それを思えばソグド商人のしたたかさに驚嘆するばかりだが、春燕は航海の途中で新羅に捕らえられ、いまだに無事かどうかさえ分からないのだった。

（お前のことだ。きっと強運に恵まれるさ）

真備は瑠璃を張った窓から海をながめ、心の中でそう語りかけた。


阿倍仲麻呂は部屋の窓から、黄泗浦に舳先を並べた四隻の遣唐使船をながめていた。

十月下旬になって蘇州の風もさすがに冷たくなっているが、あの船が祖国に連れていってくれると思えば吹き込む風など気にならなかった。

出港は十月二十三日だから、十一月の初めには日本に着けるだろう。帰国後は筑前の鴻臚館に二カ月ほど留めおかれ、疫病などにかかっていないかを確かめるので、九州を発つのは来年の二月、奈良の都に着くのは二月末か三月初めになるはずである。

都大路の柳の並木は新緑につつまれ、三笠山に昇る月は春がすみにおおわれておぼろな光を放つだろう。

その日の光景を思い浮かべると、仲麻呂は夢心地になる。あの湿った空気と緑におおわれた山野、その中で生きる生真面目でおだやかな人々。それこそが我が祖国である。

無事に帰国したなら、祖国のために身命を賭して働こう、すでに五十三歳になったが、あと十年か十五年は朝政に関与させてもらえるはずである。その時には持てる力のすべてを注ぎ、唐で学んだ学問や政治、制度や文化などを伝える役割をはたしたい。

(そのためなら、この身をなげうっても構わない)

仲麻呂ははやる気持ちをなだめながら、出港の日を心待ちにしていた。

その日が二日後に迫った二十一日の朝、遣唐大使の藤原清河が訪ねてきた。

「どうですか。三十六年ぶりに祖国にもどる気持ちは」

「夢でも見ているようで、地に足がつきません。日本を離れたのが遠い昔のような、つい昨日のような不思議な気がします」

「都には東大寺が建てられ、黄金の盧舎那仏(るしゃなぶつ)が建立されました。高さは五丈(約一五メートル)もあり、大唐国にも例がないほど立派なものです。ご覧になればきっと驚かれますよ」

「国ごとに国分寺と国分尼寺も建立されたと聞きましたが」

「そうです。仏教の教えにもとづく国造りが、今や我が国の国是ですから」

「楽しみですね。何もかも」

「ところで鴻臚卿の蔣挑捥どのが、送別の宴を開かせていただきたいとおおせです。いかがでしょうか」

蔣挑捥から清河に、今日の夕方はどうかと申し入れがあったという。

「出港まで間がないので、お断りした方がいいと思います」

「それでは礼を欠くことになりませんか」

「鑑真上人のこともありますから、距離をおいた方がいいと思います。送別の宴で親しくなりすぎると、別れを惜しんで船に乗り込んでくることもありますので」

　そうして送別の詩を贈る興趣（きょうしゅ）を、唐の文人官僚たちは好んでいる。その詩は記録されて後世に残るので、仲麻呂にちなんだ詩を詠みたがる者は多いのだった。

「そうですか。そんな風習があるとは知りませんでした」

「蔣挑捥どのやお世話になった方々には今日のうちに礼物を届け、出港の準備に忙殺されているので送別の宴はお受けできないと伝えて下さい。それで非礼には当たりませんから」

「分かりました。ついでにもう一つ、教えていただけないでしょうか」

「私で分かることであれば」

「先日延光寺を訪ねた時、思託どのは日本に渡った後の条件をいくつか提示されました」

　その中に日本の僧に戒律をさずけるのは、鑑真上人の教えを受けた者に限るという一条があった。これは上人に従って日本に渡る弟子たちのことではないかと、清河はたずねた。

「真備も言っていましたが、鑑真上人は僧尼になるための戒律を日本に伝えていただくのですから、教えに従うのは当然だと思います」

「それでは、日本の仏教界が唐の下位に立たされることにならないでしょうか」

「仏教の教えに上位も下位もありません。万人の平等と心の救いを説いているからこそ、国や立場のちがいをこえて信仰されているのです。唐が仏教を政治の拠り所にしているのは、多くの国民や民族をまとめるには、誰もが是とする価値観でなければ納得が得られないからです。日本もそうした方針を受け容れて冊封国（さくほうこく）になったのですから、上位とか下位を問題にすべきではないと思います」

「分かりました。教えをいただきありがとうございました」

清河は承服しかねる表情をしたが、それ以上踏み込もうとはしなかった。

どうやら真備の動きがおかしいと気付き、鑑真上人の招聘そのものに危惧を抱いているようである。仲麻呂はそれを見越して丸く収めようとしたが、何か支障が起こったなら対立の火種になりかねなかった。

翌二十二日の朝餉（あさげ）の後、清河は遣唐副使の真備と古麻呂、遣唐判官の布勢人主（ふせのひとぬし）を集めて明朝の出港について打ち合わせた。

仲麻呂も同席を求められ、話し合いに参加した。

「第一船は私と仲麻呂どのが乗船します。第二船は古麻呂どの、第三船は真備どの、第四船は人主どのが指揮をとって下さい」

それはすでに数日前に周知し、船ごとの乗組員も決まっていたが、清河は遣唐大使として直接命じることで責任を自覚させたのだった。

「難しいのは鑑真上人の一行を、港湾当局に気付かれないように乗船させることです。真備どの、何か手立てはありますか」

「今日の夕刻、それぞれの船に食糧や水を積み込みます。上人の一行には乗員の服を着ていただき、仕事をしているふりをして船に乗り込んでいただこうと思っています」

真備は望海楼で待機している上人の一行に手筈を説明し、乗員用の服と頭巾を渡していた。

「分かりました。それでは随員二十四人には、六人ずつ四隻に分乗していただきましょう。鑑真上人には一号船に乗っていただきます」

「清河どの、それは然かるべからずと思います」

仲麻呂がやんわりと異を唱えた。

「どうしてでしょうか」

「先日も申し上げましたが、唐の文官たちは送別詩を贈るために、出港間際に船に押しかけることがあります。その対象は大使どのや私が乗る一号船ですから、上人のお姿を見られるおそれがあります」

「しかし、上人に二号船以下に乗っていただくのは失礼にあたると存じます」

清河は上人を目の届く所に置きたがっている。同じ船で帰国すれば、招聘の手柄を独占できるという思惑もあった。

「清河どの、上人さまはそのようなことにこだわるお方ではありません。日本に渡れるなら、船底の片隅でもいいとおおせでございました」

大伴古麻呂が口をはさんだ。上人と親しく接し、人柄の高潔さと信仰の深さに感銘を受けていた。

「それなら一号船には一行は乗せず、残りの三隻に分乗していただいたらどうでしょうか」

真備がすかさず提案した。

それなら文官たちが乗り込んで来ても大丈夫だし、万一事件が発覚しても大使である清河は知らなかったと言い抜けることができる。そう考えてのことだった。

「分かりました。それでは三隻に分乗していただくことにします。今日の夕方までに食糧や水の積み込みを終えて下さい」

会議を終えて皆が引き上げた後、仲麻呂の部屋に真備が訪ねてきた。

「いい塩梅に上人が一号船に乗ることを阻止してくれた。礼を言うよ」

「深い意味があってのことではない。こちらでは往々にして、そんなことがあるんだ」

「分かっている、分かっているとも。ところで翼には私の船に乗ってもらうが、出航前に水入らずで話しておいた方がいいんじゃないか」

若晴のことをめぐって仲麻呂と翼が気まずいことになっている。真備はそのことを気遣っていた。

「お心遣いは有り難いが、翼はそれを望んでいない。私も気が重くてね。日本に帰ってから向き合うつもりだ」

「原因は、若晴さんのことだろう」

「私は若晴と遥を見捨てた。たとえどんな理由があろうとも、翼や翔が許せないと思うのは当たり前だよ」

「お前がどんな任務をおびて唐に残ったか、俺は誰にも話していない。それを知ったなら、二人とも分かってくれるさ」

「分かってもらおうとも、許してもらおうとも思っていない。李宰相に命じられるまま若晴と別れた時……」

こんなことをすれば若晴は生きていられないと分かっていた。仲麻呂はそう言おうとしたが、悲しみの熱い固まりが突き上げて口にはできなかった。

「いいよ、仲麻呂。何も言うな」

「翼は若晴が生きていると言ったと、教えてくれたことがあったね」

「ああ、滻水のほとりに行った時、若晴さんが大きな馬車に助けられて去っていくのが見えると言っていた」

「翼は私にこう言ったよ。自分は絶対に許さないけど、お母さんは許していると」

仲麻呂はこみ上げる涙を見られまいと、窓の外に目をやった。

清河の命令を受けて、四隻の船に食糧や水を積み込む作業が始まっていた。

「それが事実だったらいいな。春燕からの連絡もまだないけど、いつの日か必ず会える気がする」

「そうか。新羅との交渉を急ぐように、鴻臚寺に頼んでおいたが」

「どうやら二つの理由があるようだ。ひとつは春燕らが黄海を往来して硫黄の取引をしているので、新羅の海商たちが神経を尖らせていること。もうひとつは大伴古麻呂が、正月参賀の時に新羅の使者といさかいを起こしたことだ」

これに激怒した新羅王は、値嘉島（五島列島）と耽羅を往来する日本の船の取り締まりを強化している。日本語が話せる春燕は日本人と疑われて釈放が遅れていると、耽羅の安英秀が知らせてきたのだった。

その日の夕方、望海楼にいた鑑真上人の一行が黄泗浦に着到し、一号船を除く三隻の船に乗り込んだ。上人は高弟ら七人を従え、二号船の古麻呂に身をゆだねることになった。

翌二十三日の早朝、仲麻呂は清河とともに一号船に乗り込んだ。

出港は辰の刻（午前八時）と決めていたが、艫綱（ともづな）を解く直前になって、蔣挑捥の使者が「出港はしばらく待っていただきたい」と告げた。

「何ゆえでしょうか。すでに我々は、すべての手続きを終えていますが」

清河が気色（けしき）ばんでたずねたが、使者は港湾当局からの指示なので、次の知らせを待っていただきたいと言うばかりだった。

仕方なく待つことにしたが、一刻、二刻と過ぎても何の知らせもない。いったいどうしたことだろう。あるいは鑑真上人たちを乗船させたことが知られたのではないか。そんな不安に駆られた清河は、真備、古麻呂、人主を一号船に呼んで対応を協議することにした。

「急に足止めされましたが、上人の一行を乗船させたことを気付かれたのかもしれません。何か心当たりはありませんか」

清河は落ち着きなく皆を見回した。

「皆さまには乗員の服と頭巾を着用してご乗船いただきました。他の乗員にまぎれて積み込み作業にも加わっていただきましたので、気付かれたとは思えません」

古麻呂は今さら何を言うかと憤然としていた。

「真備どのも同じ意見でしょうか」

「昨日は港のまわりに人を配し、監視されていないかどうか目を光らせていましたが、問題はありませんでした」

「では、どうして足止めされたのでしょうか」

「私には分かりません」

「上人の一行には、望海楼で待機してもらっていたそうですね」

「ご存じの通りです」

責任逃れをするような清河の言い方が肚に据えかね、真備は険しい口調で応じた。

「その時に何か問題はなかったでしょうか。たとえば弟子の一人が当局に密告したとか」

「同行していたわけではありませんので、そこまでは分かりません。あったかもしれないし、大使どのの思い過ごしかもしれません」

「もしそんなことがあったとしたら、やがて港湾当局が船の検査に乗り出すでしょう。その前に一行に下船していただくべきではないでしょうか」

「そんな失礼なことができますか。帝や上皇さまが仏教の師として招いておられる方ですぞ」

強硬派の古麻呂が言葉を荒らげて異をとなえた。

「だからこそ慎重になっているのです。ここで一行が摘発されたなら、日本にお招きできないばかりか、我々も罪に問われて帰国できなくなる恐れがあります。それだけは何としても避けなければなりません」

貴殿はどう思われますかと、清河が仲麻呂に意見を求めた。

「当局が急にこんな措置をとるのは、何らかの疑念を持ったからでしょう。しかし、まだ踏み込んで来ないところを見ると、確証は持っていないようです。もし今日のうちに出港の許可が出ないようなら、夕闇にまぎれて一行に下船していただいた方がいいと思います」

「そんなことをして、明朝に許可が出たならどうしますか。上人さま方に再び乗船していただくことなど出来なくなりますぞ」

古麻呂が仲麻呂にまで喰ってかかった。

「おおせの通りです。そこで一計を案じたらどうでしょうか」

仲麻呂が提案したのは、夕暮れを待って一行を他の船に移す策だった。

その船を遣唐使船に横付けし、板を渡して乗り込んでもらう。そして離れた所で待機させ、明朝出港が許可された後にこちらに乗り移っていただくというのである。

「確かに名案だが、上人は目がお見えにならない。誰かが背負って板を渡るのも難しいだろう」

真備はそれを案じている。そこで一行には乗員の装束で下船してもらい、離れた場所につないだ船に乗り込んでもらう。そうして望海楼の舟入りに船を着け、遣唐使船が来るのを待ってもらったらどうかと考えていた。

「なるほど。問題はその船をどうやって手配するかだな」

「上人の一行が延光寺から乗ってきた船がある。安如宝に頼めば、夕方までには手配してくれるはずだ」

真備の指示で夜までに一行の移動を終えたが、翌日になっても出港の許可は下りなかった。しかも午後になって、港を管理する張剛勢という役人が船内の立ち入り検査をすると申し入れてきた。

「理由は何でしょうか」

清河が威厳をつくろって応対した。

「不審の者が船に乗り込むのを見たという通報がありましたので、調べさせていただきます」

「これは蔣挑捥どのも承知しておられるのでしょうか」

「報告はしてあります。不本意でしょうがご協力下さい」

剛勢は配下に命じて一隻に二人ずつ乗り込ませたが、不審者を見つけることはできなかった。昨夜の用心が危ういところで一行を救ったのである。

「ご無礼をいたしました。どうやら通報が間違っていたようです」

剛勢はわびを入れたが、疑いを捨てた訳ではないようだった。

「我々は皇帝陛下の命を受け、国書を奉じて帰国しようとしています。それなのに急に出港を止められたり、理不尽な扱いを受けるのは納得がいきません。早々に出港できるように計らっていただきたい」

「上司にそのように伝えます。お気を悪くしないでいただきたい」

「このままでは帰国の時機を逸(いっ)することになりかねません。明日にも出港できるようにして下さい」

清河は強気に出たが、剛勢は上司の指示をあおぐと言うばかりだった。

許可は翌日にも、その翌日にも下りなかった。

冬が深まるにつれて西からの風は強くなり、海は三角波が立つほどに荒れている。このままでは帰国の道が閉ざされると焦りはつのるが、状況を打開する手立てはなかった。

一行はやむなく船を下り、宿舎に入って知らせを待つことにした。すると十一月十日になって、張剛勢がやって来た。

「上司が大使どのと相談があると申しております。役所までご足労いただきたい」

これに従うかどうかで皆の意見が分かれたが、清河は申し出に応じることにした。疲れきった顔でもどってきたのは、午後になってからだった。

「鑑真上人たちが望海楼におられたことを、向こうは知っていました。役人をつかわしてどこに行くのかとたずねたところ、天台山国清寺に法要に行くと答えられたそうです」

清河は仲麻呂、真備、古麻呂、人主を集めて告げた。

「そこで一行の動きを見張っていたところ、十月二十二日になって望海楼からひそかに立ち去った。そこで当局は遣唐使船に乗り込んだと疑ったそうです」

しかし皇帝が認めた日本の使者に非礼があっては、後で責任を問われかねない。慎重に対応を協議し、呉郡太守の判断をあおいだ。

そこで太守は清河を呼び出して事情をたずねることにしたのである。

「鑑真上人が何度も密航しようとされたことは、呉郡では知らない者はないほどです。それなのに日本国の使者が上人を連れ去るのを黙認したとあっては、自分の立場が危うくなる。太守どのは率直に苦衷（くちゅう）を打ち明けられました」

「先の立ち入り検査で、疑いは晴れたのではないのですか」

古麻呂がたずねた。

「晴れたとまでは言えません。あの張剛勢という役人は、今も望海楼の監視をつづけているようですから」

実は上人の一行を望海楼の舟入りに移した後、真備と安如宝はこうした場合に備えて船を別の港に移動させている。だから剛勢らは行方を見失っていた。

「呉郡太守どのは、私に上人の一行を乗船させないという誓約書を出すように求められました。私はこれに応じ、いつでも出港していいという許可を得ました」

「上人の招聘を断念するということですか」

真備には承服しかねる決定だった。

「その通りです。上人の招聘について皇帝陛下の許可を得られなかったのですから、誓約書を書けと迫られれば断ることはできません」

「それは大使どのがお断りになられたからでしょう。そのためにこのような苦難におちいっているのですよ」

「真備どの、言葉には気をつけていただきたい」

清河が大使の威厳をもって真備を封じようとした。

「皇帝陛下の許可を断ったのは、鑑真上人とともに道教も受け容れるようにというご下命があったからです。上人の招聘を断念せざるを得ないと判断したのは、遣唐大使として帰国を優先せざるを得ないからです」

「我らはそれでいいかもしれません。しかしこの国に残された鑑真上人はどうなりますか。五度の失敗にもかかわらず、我が国に戒律を伝えようとして下さっている上人を、裏切ることになるのですよ」

「そのことなら心配ありません。上人は大明寺になくてはならないお方だと、太守どのが明言なされました」

「そうですか。そこまで話を詰めておられるのなら、もう何も申しません。出港はいつになされますか」

真備はこれ以上言い合っても無駄だと見切りをつけていた。

「まだ決めておりません。真備どのはどうお考えですか」

「鑑真上人の了解を得る時間が必要です。五日後の十五日、満月の日はどうでしょうか」

「それで結構です。では皆さん、十五日早朝の出港に向けて準備を進めて下さい」

翌日、食堂で朝餉をとった後で真備が仲麻呂の部屋を訪ねてきた。

「昨日はあそこで矛を収めたが、上人の招聘を断念する訳にはいかんのだ」

「そうだろうと思っていたよ。何か手立てはあるのか」

仲麻呂は座る場所を用意し、手際良く飲み水を出した。

「江水の河口に胡逗洲という大きな中洲がある。上人の一行にはそこの入り江で待機してもらい、大使どのに分からぬように二号船と三号船に乗り込んでもらう」

「古麻呂どのも承知されたのか」

「あれも案外見どころがある奴でね。上人の望みを叶えるためなら、身を捨てても構わないと言ってくれた。大使どのが土壇場で掌を返されたことに憤慨しているのだ」

「招聘に当たって示した条件を、大使どのは気にしておられた。真備たちの計略に気付かれたのだろう」

だから呉郡太守から要請された形にして招聘を取りやめたのではないか。仲麻呂はそう察していた。

「俺もそう思う。大使も藤原一門だからな。上皇さまが仏教の権威を背景にして復活なされば、一門の政治的独占が崩されると恐れているのだ」

「上人さまには、このことを伝えているのか」

「昨日のうちに安如宝に伝えさせ、胡逗洲にお移りいただいた。後は帰国途中に収容するだけだ」

真備の決心にゆらぎはなく、手配に抜かりはなかった。

翌朝辰の刻（午前八時）、遣唐使船四隻は黄泗浦を離れて帰国の途についた。

四号船を先頭に江水（長江）を下って海に向かっていく。

仲麻呂が乗った一号船は、船団の最後尾について前の三隻を監督しながら進んでいく。晴天に恵まれ、北西からの追い風がおだやかに吹いていた。

仲麻呂は心の底から安堵していた。

十七歳で唐に渡って以来三十六年、多治比広成（たじひのひろなり）から用間（ようかん）（スパイ）を命じられてから十九年、神経を張り詰め薄氷を渡る思いで生きてきた。

任務のためになりふり構わず出世をめざし、李林甫（りりんぽ）に取り入って秘書監の地位までのし上がったが、そのためには大恩ある張九齢を裏切り、糟糠（そうこう）の妻である若晴を捨てたのである。

そうした煩悶（はんもん）に悩み苦しんだ日々もあったが、船が黄泗浦の岸辺を離れると同時に、すべての重荷が肩から下りている。そしてただ、全身がとろけていくような安堵だけがあった。

仲麻呂は船尾に立って黄泗浦の港をふり返り、舳先に移って行く方（ゆくかた）をのぞんだ。

広大な江水の河口には胡逗洲という大きな中洲がある。鑑真上人の一行はそこの入り江で遣唐使船が迎えに来るのを待っている。

中洲の向こうには大海原が広がり、打ち寄せる波と江水の流れがせめぎ合って盛り上がっている。満潮になると波は川の流れを押し上げ、五十里（約二七キロ）ばかりも上流に走るのである。

仲麻呂はふと不審な気配を感じてふり返った。二隻の船が左右に分かれて追尾していた。

初めは送別の儀礼かと思ったが、右の船の舳先には張剛勢が仁王立ちして船団の様子に目をこらしている。どこかの港で鑑真上人の一行を乗り込ませると当たりをつけ、跡を尾けているのだった。

（まずい……）

真備らが追跡に気付かずに胡逗洲の入り江に船をつけたなら、計画は水の泡になる。

これを逃れるには胡逗洲への立ち寄りを断念するか、黄泗浦に引き返して他日を期すしかない。しかし、どうすればそれが出来るのか。どんな口実を構えればいいのか……。

仲麻呂は再び用間の本能を呼び覚まし、めまぐるしくあたりを見回した。

大使の藤原清河はすでに船館に入って休んでいる。先の三隻は百尋（約一八〇メートル）ほどの間隔を保って河口に向かっていた。

（いったい、どうしたら）

これを止めることができるかと思いあぐねていると、河口の方から船に向かって二羽の鳥が飛んできた。白いので鷺かと思ったが、首が短く体が太い。稀少とされる白い雉だった。

「みんな見ろ。神の使いだ」

仲麻呂は大声を上げて知らせ、間髪を容れずに銅鑼を打ち鳴らして船を停めるように命じた。

銅鑼の音は前方にも届き、二号船と三号船が舳先を横に向けて待機の姿勢をとった。

「仲麻呂どの、どうしたのです」

清河が船館から飛び出してきた。

「白い雉が東から来て、船団の上空をかすめて飛び去りました。これは出港を取りやめるようにという神の啓示です」

「そんな馬鹿な。こんなにいい天気ではありませんか」

「このまま船を進めたら、思いがけない災難が起こるのでしょう。白い雉がそのことを知らせてくれたのです」

白い雉が神の使いだとは、この当時広く信じられていた。そのことは大和朝廷が、大化の元号を白雉（はくち）に改めたことが示している。大化六年（六五〇）に穴戸（長門）の国から白い雉が献上されたことを瑞祥（ずいしょう）として、朝廷は元号を白雉としたのだった。

「白い雉が神の使いだとは存じています。しかし頭上をよぎったのが不吉だと、どうして言えるのでしょうか」

帰国の夢に水をさされ、清河は不快をあらわにした。

「我が阿倍家は先祖代々水軍の役をつとめ、航海上の瑞祥と凶兆（きょうちょう）を相伝してきました。その中でも白雉が船上をよぎるのは最大の凶兆としています。祖父の比羅夫（ひらふ）が白村江（はくそんこう）で唐軍に敗れた時も、同じ凶兆があったそうです」

「そうか。白村江で大敗した時の将軍は、あなたの祖父でしたね」

「同じ言い伝えは唐にもあります」

何事かと遠巻きにしている張剛勢の船に向かって、仲麻呂は近くに寄るように合図を送った。

「ただ今、白い雉が船をよぎって西に飛び去りました。ご覧になりましたか」

「ええ、見ました」

剛勢が仕方なげに答えた。

「それは日本ばかりか、大唐国でも不吉の前兆とされています。そうですよね」

「白い雉は竜王の使いで、進行方向に向かって飛ぶ時には吉、その逆は凶と信じられています」

「我が国でも同じです。ですから今日の出港は延期することにいたします」

仲麻呂は言葉たくみに誘導して清河を納得させたばかりか、剛勢を出港延期の証人に仕立てたのだった。

その夜は満月である。仲麻呂はこれまで骨を折ってくれた鴻臚卿の蔣挑捥を一号船に招き、月見を兼ねた送別の宴をもよおした。

「これは有難い。送別の宴もできないままお別れするかと、胸を痛めておりました」

文人肌の挑捥はあらかじめ作ってきた送別詩を披露し、詩文の横に仲麻呂の署名を求めた。

仲麻呂は快く応じ、清河も交えて酒を酌み交わした。時が行くにつれて青く澄んだ空に大きな満月が昇っていく。挑捥はその美しさに心を打たれ、何か一首詠んでいただきたいと求めた。

仲麻呂はしばし瞑想(めいそう)して日本の歌を詠んだ。

天の原ふりさけ見れば春日なる
　三笠の山に出でし月かも

遣唐使として出発する前、三笠の山に旅の無事を祈った。その時見た満月を思い出していた。

酒宴は夜ふけまでつづき、満月が頭上にかかった頃にお開きになった。鴻臚卿の蔣挑捥も警固役として同行した張剛勢も、もてなしに満足してほろ酔い気分で帰っていく。

仲麻呂はそれを見届けると、夜半に船を出すように清河に進言した。

「この月明かりなら、支障なく川を下ることができます。出港をお命じ下さい」

「どうして、急に」

清河は酒に酔って眠そうだった。

「張剛勢は我らが引き返したことに不審を持っています。明日になれば呉郡太守に働きかけ、出港を差し止めるかもしれません」

二人が問答している間にも、真備と古麻呂の船が艪の音を忍ばせて川に乗り出していく。一号船はそれより四半刻（三十分）ほど遅れて船を出した。

真備と古麻呂はこの時間差を利用して胡逗洲に船をつけ、清河に気付かれることなく鑑真上人の一行を収容したのだった。

その夜は胡逗洲に停泊し、夜明けを待って出港した。

三隻の船団は北西の風に乗って南東へ向かっていく。この先に阿児奈波島（沖縄）があることを船乗りたちは知っている。

果てしない大海原にただよいながら、昼は太陽、夜は北辰（北極星）の位置を見て、ひたすら辰巳（南東）の方角へ船を進めた。

阿児奈波島に着いたのは、天平勝宝五年（七五三）十一月二十一日である。

蘇州から沖縄までの距離はおよそ九〇〇キロ。それを六日間かけての航海なので、一日に一五〇キロを進んだ計算になる。

一行が船をつけたのは、沖縄中部の名護湾だったと思われる。明記した史料はないが、北西の風に吹かれ、途中で黒潮に乗って北に流されれば、名護湾に入る可能性が高いからである。

四号船はこの時すでに一行からはぐれている。江水（長江）を下っていた時に銅鑼（ドラ）の停船命令に気付かずに船を進め、他の三船を見失ったからである。

こうした場合には単独で帰国をめざすと常々申し合わせている。指揮をとる布勢人主は忠実にその方針に従い、翌年四月には薩摩国石籬浦（いしがきうら）（鹿児島県南九州市石垣）にたどり着いたのだった。

阿児奈波の港にたどり着いたものの、まわりには掘っ立て柱に茅ぶきの家がまばらに建っているばかりである。

沖縄から薩摩までの距離は約八〇〇キロ。時速約六キロで南から北に流れる黒潮に乗れば、一日に一四四キロ進むので、六日で着くことができる。

もう帰国は目前だが、難敵となるのは北西からの風だった。黒潮に向かう時には追い風となる季節風が、今度は黒潮ベルトの外に船を吹きやる逆風となる。

幅一〇〇キロと言われる黒潮からはみ出せば、外を流れる環流に乗り、東南アジア方面に流されてしまう。そのために天気を見極め、数日にわたって北西の風が吹かない日を選んで船を出さなければならなかった。

仲麻呂らは港に船をつなぎ、日和待ちをすることにした。

同行した陰陽師は、この風は今月中は止まないと言う。その間各船に百人ちかい乗員をとどめておくのは難しいので、港の近くの林の立ち木を利用して小屋を作り、寝泊まりさせることにした。

船には船匠（船大工）や細工匠（細工師）が乗っているので、こうした仕事はお手のものである。到着した翌日には各船十棟の小屋を作り、乗員の半数がここで過ごすことにした。

陰陽師が予見した通り、十一月中には風が止むことはなかった。

明け方には吹かなくても夕方には強風になる。あるいは一日は無風でも、次の日には前に倍する猛烈な風が吹く。

そんな天気のくり返しだったが、十二月になってようやく落ち着いてきた。

「今後十日はおだやかな日が続きそうです。数日中に出港されるべきと存じます」

白い衣をまとった陰陽師の進言を受け、藤原清河は三日後の十二月五日の早朝に出港すると決めた。その間に食糧や水、船外に出していた荷物の積み込みをしなければならなかった。

仲麻呂は船館に一室を与えられ、従者に衣食の世話をしてもらいながら過ごしている。所在ない日々を埋めようと、秘書監の頃に見た書物を思い出すままに書き出していた。

出港が翌日に迫った十二月四日、吉備真備が険しい表情で訪ねてきた。

「弁正の容体が悪い。すまないが見舞ってくれないか」

「また熱でも出したのか」

弁正が揚州で熱を出して寝込んだことは、仲麻呂も聞いていた。

「その通りだ。しかも食事が喉を通らないので、体力も落ちている。この先の船旅には耐えられないようだ」

「ここに置いていくのか」

「本人は帰りたがっているけど、医師は無理だと言っている。そこで弁正を説得したよ」

「ここまで来ていながら、それは気の毒だな」

「気の毒だけど、航海中に死ぬ不吉は避けなければならない。そう言って納得してもらったけど、そのかわり条件があると言うんだ」

阿児奈波島の土になる前に、もう一度『魏略』をこの目に焼きつけたい。弁正はそう望んだのだった。

「どうだろう。大事な書物だが、望みを叶えてくれないだろうか」

「弁正はどこにいるの」

「林の中の小屋で横になっている。船の揺れが辛いと言うので、そちらに移したんだ」

「分かった。それなら持っていくから、他の者たちを遠ざけておいてほしい」

弁正も『魏略』にたどり着くために、数々の苦難に耐えてきた。死ぬ前にもう一度見たいという気持ちは、仲麻呂には痛いほど分かった。

弁正は三号船の近くに作った小屋にいた。

立ち木を柱とし、木と木の間に横木を渡し、竹を並べて屋根にしている。屋根や壁に枝葉をつけた細木を並べ、雨風や寒さをしのいでいた。

五人ほどが寝泊まりできる大きさの小屋に、弁正は一人で横になっていた。茅で作った茵の上に、やせ細って土気色になった体を横たえている。

仲麻呂は小屋に足を踏み入れた途端、宦官特有の体臭を感じたが、何も気付かないふりをして枕元に座った。

「ご要望の品を持参いたしました。どうぞ、ご覧下さい」

箱から巻物を取り出して差し出した。

弁正は真備に上体を起こさせたが巻物を手に取る力はなく、落ちくぼんだ目でじっと見つめるばかりだった。

「な、何やら、ひ、表紙の色がちがうようだ」

弁正がか細い声でつぶやき、これは君主教殿にあったものかとたずねた。

「その通りでございます。何がどう違うのでございましょうか」

「も、もっと深い、つ、橡色（焦げ茶色）であった」

「それは陽射しのせいであろう。君主教殿の中は薄暗かったが、ここは木漏れ陽がさしておる」

真備がねじ伏せるように口を出し、これで気がすんだかと言った。

「ば、馬鹿を申せ。見たいのは倭国の条だ。こ、ここで開いてくれ」

「無理を言うな。長さ五丈（約一五メートル）もある貴重な書物を、こんな所で開けるはずがあるまい」

「む、無理はどっちだ。お、お前はわしにここで死ねと命じたのだぞ」

弁正が気力をふり絞り、喉の奥にからんだ痰(たん)を音をたてて吐き出した。

「死ねとは言っておらぬ。その体では航海に耐えられぬから、ここに残れと言ったのだ。それが幸いして、再び元気になるかもしれぬではないか」

「き、気休めを言うな。もう長くないことは、わ、わしが一番良く分かっている。だから、し、し、死ぬ前にもう一度見せてくれと頼んでいる」

「これは我が国にとって重大な書物だと、弁正、お前が一番良く知っているはずだ。それをこんな所で危険にさらす訳にはいかぬ。雨でも降ってきたら一大事ではないか」

「へ、屁理屈を申すな。あ、雨など降るものか」

弁正は感情を高ぶらせ、枯れ木のような腕で真備を叩く仕種をした。

そうして涙を流しながら、仲麻呂に向かってかきくどき始めた。

「な、仲麻呂、『魏略』にたどり着くために、わ、わしがどれほどの苦しみに耐えてきたか、そなたなら分かるであろう。なあ、そうだろう」

「分かります。この十九年間、弁正どのがどのように過ごしてこられたか知っていますので」

「そ、それなら見せてくれてもいいではないか。み、帝にお目にかかって、手柄を誉めていただけぬわしには、こ、この書物を日本にもたらすことが、たったひとつの心の支えなのだ」

弁正は血筋の浮いた目で仲麻呂を見やり、泣きながら手を合わせて懇願(こんがん)した。

「真備、どうだろう。押さえ竹を軸にして巻き取っていけば、巻物を広げずにすむと思うが」

仲麻呂は弁正の哀れな姿を見ていられなくなった。密命を受けて以来封じていた同情心や惻隠の情が、帰国を目前にしてよみがえっていた。

「お前が承知なら、俺に異存はない」

真備は巻物の軸を持ち、仲麻呂が巻き取る早さに合わせて本紙を送った。

この方法だと巻物を広げることなく最後の方に書かれた倭国の条に達することができる。手間はかかるが堅実な作業で、二人の息もぴたりと合っていた。

弁正は目の前で巻き送られる『魏略』第三十八巻をながめながら、病苦から解き放たれた陶然とした表情をしていた。

「こ、ここは鮮卑の条だ。次は夫餘の条だぞ。倭人のところまではだいぶん間があるな」

急に元気と気力がわいたようで、胡坐をかき肩ひじを張って巻物をのぞき込んだ。

「こ、こうやっていると、歴史の流れを眼前にしている気がする。ち、小さな流れが中流にかかり、やがて大河へと注ぎ込む。国の歴史とはそうしたものだ。その間にどれだけの国が滅び、どれほどの無辜の民が殺されたであろうな。のう真備、そうは思わぬか」

「うるさい。手元が狂うから黙っていてくれ」

「お、お前は十七年も唐にいながら、西域に行ったことはあるまい」

「それがどうした。お前は行ったのか」

「い、行ったとも。幸い時間だけはたっぷりあったからな。沙州（敦煌）に行って莫高窟の御仏たちを拝したし、て、て、天山の南道への道をたどって西州（トルファン）にも行った」

「良かったではないか。息子の朝元をさずかったことだけが果報ではなかったということだ」

真備はそう決めつけて黙らせようとしたが、弁正はわざと真備をうるさがらせようとするように話を続けた。

「わしがこんなことを言うのは、じ、自慢したいからではないぞ」

「ほら、手元が狂った。もう少しだから黙っていてくれ」

「わしはなあ、真備、せ、世界の不思議を語ろうとしておるのじゃよ。西州には百年ほど前まで高昌国が栄え、西域の交易に従事して巨万の富をたくわえていた。そ、その頃に築いた都は高昌城と呼ばれ、今もにぎわいを保っている。さ、さ、三蔵法師も天竺に行く時に立ち寄られた所だ」

「それならお前も、天竺に行って修行をしてくれれば良かったではないか」

真備は手元が狂ってゆがんだ所を、仲麻呂と息を合わせて送り直した。

新羅について記されたあたりで、倭国の条まではあと少しだった。

「わ、わしもそう願ったよ。入唐した時に願っていたように、天竺まで行って仏道の神髄に触れることができたならどれほど幸せかと。だ、だが、多治比縣守はわしに用間（スパイ）になれと命じた。用間になって唐の史書に日本のことがどう書かれているか突き止めよと。なあ、仲麻呂、そなたも同じであろう」

「ええ、そうです」

「そ、それゆえわしは天竺行きを諦め、任務をはたすために宦官になることにした。高力士に取り入り、この『魏略』を見せてもらうためにな」

この巻物のために生き、このために死ぬ。しかしそれが祖国と帝のお役に立つと思えば悔いはない。弁正は何かに取り憑かれた異様な目をしてつぶやいた。

巻き替え作業を進めると、後ろの方に倭国の条があった。墨痕（ぼっこん）も鮮やかに百五十行ほどが記されている。

弁正は前かがみになって喰い入るように見つめていたが、みるみる血相を変えて「ちがう」とつぶやいた。

「こ、これは何だ。わ、わしが見た『魏略』とはちがう。に、偽物だ。これは」

「馬鹿を言うな。これは仲麻呂が皇帝陛下から拝領したものだぞ。書かれていることも、君主教殿で見たものと同じだ」

「そ、それなら罠にはめられたのだ。わ、わしが見た『魏略』には、ちがうことが記されていた」

「何と記されていたのでしょうか」

仲麻呂は懸命に冷静さを保とうとした。

「わ、我が日本は、呉国の流民（りゅうみん）が造ったものではない。さ、薩摩に移り住んだ者たちは確かにいたが、邪馬台国を築いた者たちはそうではない」

「では、どこから来たのでしょうか」

「て、て、天山の北の方だ。そ、そこから草原の道を東へ東へと旅し、昔の高句麗のあたりにたどり着いた」

「いい加減なことを言うな。『翰苑』にも邪馬台国は太伯の裔(すえ)であると記されている。ここにも同じことが書かれているではないか」

これを見ろとばかりに、真備がその箇所を指さした。

「そ、それが偽りなのだ。日本の帝は太伯の裔ではない。し、周王の一族なのだ。そのことは本物の『魏略』を見れば……」

弁正が言いかけた時、仲麻呂の眉間に引きつるような痛みが走った。

危険を察知した時の癖である。はっとあたりを見回すと、カサッという葉ずれの音がして、壁の間から矢尻が二つ突き出していた。

「危ない。伏せろ」

仲麻呂は弁正を床に引き倒そうとしたが、間に合わなかった。

「うぎゃー」

弁正が獣のような叫びを上げ、両手を差し上げて前に倒れた。

背中に二本の矢が深々と突き立っている。真備と仲麻呂は表に飛び出してあたりを見回したが、下手人の影も形もなかった。

「これは秘府を守る者たちの仕業か」

真備がたずねた。

樹下地区の弁正の家を訪ねた時、何者かに矢を射かけられたことを思い出していた。

「おそらくそうだろう。ずっと弁正どのを見張っていたようだ」

「しかし、おかしいではないか。唐からここまで追って来るには、遣唐使船に乗り込むしかあるまい。奴らが乗員にまぎれ込んだとは思えぬ」

「それは明日出港する時に、乗員をあらためれば分かるはずだ」

乗員の中には唐で死んだり逃亡した者もいて、どの船にも欠員が生じている。それを埋めるために雇い入れた者の中に、刺客がまぎれ込んだのだろう。その者たちはこのまま逃げ去り、船にはもどらないはずだった。


弁正の葬いは真備たちに任せ、仲麻呂は『魏略』第三十八巻を持って一号船にもどった。

船館の中で倭国の条を開き、偽物かどうかあらためてみる。君主教殿で見たものであることは間違いないので、偽物だとすればあの時からすり替えられていたのだろう。

仲麻呂は狭い寝台の上で結跏趺坐(けっかふざ)し、心を鎮めて動揺から立ち直ろうとした。

仲麻呂は用間（スパイ）として生きる間に、そうした鍛錬も積んでいる。心を鏡のように鎮めて、弁正の言葉と死について検討を始めた。

弁正が君主教殿で見た『魏略』とこの巻物は、見た目も内容もちがう。これは偽物だというのは、おそらく事実だろう。そうでなければ秘府を警固する者たちが弁正の口を封じるはずがないからである。

それなら誰が、いつ、何のために偽物とすり替え、仲麻呂につかませたのか。それが出来るのは君主教殿に自由に出入りできる者に限られるので、当たりをつけるのは容易である。

(皇帝陛下と王維君だ)

二人は仲麻呂が用間になり、『魏略』を見つけ出そうとしていることに気付いていた。その罪はこれまでの功績に免じて許した上で、偽物を持ち帰らせるという「裏切り返し」をしたのではないか……。

思えば二人の送別詩にも、そんな意趣が込められていた。

玄宗が「因りて彼の君子(天皇)を驚かす。王化、遠く昭昭なるを」と詠じたのは、「用間などを用いて天子の秘密を盗み出そうとする者は、こんな目に遭う。それを教えてやっている」と取ることができる。

王維が「別離すれば方(まさ)に域を異にす。音信若為(いか)に通ぜん」と謳ったのは、「もはや君とは二度と会うことはないし、君の国に行くこともない。後は野となれ山となれだ」という訣別宣言にちがいなかった。

仲麻呂は用間となって唐王朝を裏切りつづけたのだから、二人から手痛いしっぺ返しを受けるのは当然かもしれない。この程度の報復で帰国を許してくれたことは、仲麻呂の立場を分かった上での優しさだと受け取るべきだろう。

それは分かっているものの、無念とやり切れない思いはいつまでも残った。これでは十九年間の努力が水の泡である。いったい何のために屈辱に耐え、若晴や遥を犠牲にしたと言うのか。そして何の面目あって、帝に帰朝報告ができるだろうか。

そうした思いにとらわれるのも欲と執着だと分かっているが、仲麻呂は祖国のために用間の役を懸命につとめてきた。その使命感と緊張は今も惰性のようにつづいていて、すべてを諦める気にはどうしてもなれなかった。

夕方、吉備真備が素焼きの瓶を持って船館を訪ねてきた。

「これは望海楼でもらった地酒だ。帰国した後で唐の話でもしながら飲もうと思っていたが」

弁正の供養だと言って、寝台に二つの椀を置いた。

「さあ飲め。不浄を清めて、これからのことを相談しようじゃないか」

仲麻呂は割り切れぬ思いを抱えたまま椀を取った。

餅米を醸(かも)した酒は茶色がかり、口当たりのいい甘みがあった。

「弁正が言ったことだが、真に受けているんじゃないだろうな」

「私は事実だと思う。弁正どのが射殺されたことが、それを物語っている」

「事実だとしたら、どうする」

「どうするべきか迷っている。この島に残り、唐にもどる機会を待つべきかもしれない」

「そうじゃないかと危ぶんでいたよ。だがな、仲麻呂。お前は役目を立派にはたした。皇帝陛下に手柄を高く評価され、日本や帝に対して格別なお言葉をいただいた。『奏上せる国書の類(たぐい)、誠に朕が意に適(かな)う』と明記していただいたお陰で、『日本書紀』は我が国の正史だと主張することができる。これで長年の懸案を解決したじゃないか」

「しかし、『魏略』は偽物なんだ」

「それがどうした」

真備は椀の酒を飲み干して目を据えた。

「これが本物かどうか、知っているのは弁正だけだ。しかもそれが事実かどうか、もはや誰にも確かめることはできない。そうだろう」

「確かに、そうかもしれないが……」

「そうだよ。今後日本の遣唐使で、君主教殿に入れてもらえるほどの傑物が現れるとは思えない。だからこれを日本に持ち帰って俺とお前が本物だと言えば、誰も異を唱えることはできないということだ。幸い箱には皇帝の直筆があり、本物だと証明してくれているじゃないか」

「それは私を欺くための仕掛けだよ」

「納得できないお前の気持ちはよく分かる。しかし日本と唐の外交という観点から見れば、これは決して敗北ではない。『日本書紀』の件も鑑真上人の招聘も、我らは見事に成功させて帰国するんだ。お前なら皇帝陛下の言葉を克明に覚えているだろう。なあ、陛下はこう言われたんだ」

真備は仲麻呂を説き伏せようと、性急に玄宗の言葉を諳じた。

「聞く、彼の国に賢君有りと。今使者を観るに、趨揖（立ち居振る舞い）、異あり。奏上せる国書の類、誠に朕が意に適う。これに由って日本を号して礼儀君子の国と為すと。この皇帝の言葉を引き出したのは、仲麻呂、お前の手柄だよ。日本が遣唐使を派遣するようになって百二十有余年になるが、これほどの成果を上げた者は誰もいない。なあ、そうだろう」

「真備、私は真理について考えている」

仲麻呂は前のめりになってくる真備を押し返した。

「そ、それは、どういうことだ」

「何が歴史の真理なのかということさ。私がひたすら『魏略』にたどり着こうとしたのは、任務をはたすためばかりでなく真理の扉を開きたいという思いがあったからだ。そうしてようやく突き止めたと思った途端、乾いた砂のように掌からこぼれ落ちてしまった」

「俺たちにとって大事なのは、日本を唐に劣らぬ国にすることだろう。そのために遣唐使になり、唐で学んだことを持ち帰ろうとしている。その仕上げが、お前を日本に連れ帰ることだ」

真備はためらうことなく仲麻呂の両肩をしっかりとつかんだ。

「聞いてくれ、仲麻呂。今の日本はのるかそるかの岐路にさしかかっている。俺は帰国して以来、橘諸兄どのと前の帝をお支えし、律令制にもとづく整然とした体制を築こうとしてきた。また仏教の慈悲と平等の教えを政の基本とするために、国分寺や国分尼寺の創建、大仏開眼の事業に取り組んできた。ところがそれを阻もうとする勢力がある。誰か分かるだろう」

「藤原一門と地方の豪族たちだろう」

仲麻呂はすでに何度も、真備からこの話を聞かされていた。

「その通りだ。律令国家が築かれ公地公民制が施行されたなら、彼らは古くから維持してきた既得権を奪われる。だから藤原一門を中心として反対と妨害をくり返してきた。そのために前の帝は退位に追い込まれ、位を継がれた今上陛下も望み通りの政を行うことができないでおられる。今や朝廷も政も、藤原仲麻呂と光明皇太后に牛耳られているのだ」

前の帝は聖武天皇、今上は孝謙天皇のことである。

上皇となられた聖武天皇は、こうした劣勢を挽回するために、鑑真上人を招聘して戒律を授けてもらい、仏教界最高の権威を身につけて藤原一門を乗り越えようとしておられるのだった。

「すでに上人は我らの船に乗っておられる。国書や国史の問題も解決することができた。後はお前が帰国して上皇さまや今上陛下をお支えすれば、日本を唐に劣らぬ立派な国にすることができる。誰もが身分や家柄に縛られることなく、平等で自由に生きられる国だ。大八洲のすみずみまで帝の大御心と御仏の慈悲が行きわたる、誇りに満ちた日本を築くことができるのだ」

「私は三十六年も祖国を離れている。そんなに簡単にはいかないよ」

「そんな心配をするな。お前はただ上皇さまや今上陛下のお側にいて、諮問にお答えするだけでいい。知識や見識、知恵においてお前に太刀打ちできる者はいないから、みんな黙って従わざるを得なくなる。さように申されるなら、御前において仲麻呂どのと論議していただきましょうと言うだけで、異を唱える奴らは風をくらって逃げ出すさ。するとどうなると思う」

「どうなるって、何が」

「朝廷内の政争、藤原一門がどう出るかということさ」

「正当性がなく理屈も通せないなら、武力に訴えて反乱を起こすしかないだろう。それも劣勢に追い込まれる前に」

「その通り。奴らは必ずそうした陰謀を企てる。それを待ってこの俺が一網打尽にしてやる。苗代から雑草を抜き取るようにきれいに始末してやる。そうして我らの国造りに邁進するのだ。仲麻呂、俺はこれだけの目算を立ててお前を迎えに来た。弁正の言葉などに惑わされず、俺とともに日本に帰ってくれ」

激した真備は涙をうかべ、互いの椀に酒を満たして誓いの乾杯をしようと迫った。

仲麻呂にはまだ迷いがある。だが真備の気持ちはよく分かるし、祖国に帰りたいという止み難い思いもあるのだった。

翌朝卯の刻（午前六時）、まだ明け初めぬ阿児奈波島の港を三隻の遣唐使船が出港した。先頭を真備の第三船、次に大伴古麻呂の第二船、最後に仲麻呂らが乗った第一船が進んでいく。

一行は湾の北側に大きくせり出した岬をかわすために西に向かい、陸地と充分な距離を取ってから黒潮に乗って北へ向かう。陰陽師が言った通り風も止み天気も上々で、このまま潮の流れに身をゆだねていれば日本に着けるはずだった。

仲麻呂は舳先に立って大海原に目をこらした。

海の色は冬の群青色で、三角波が立てる波頭の白が鮮やかである。空は明け方の淡い水色から深い青へと変わっていく。遠い彼方には水平線がゆるやかな弧を描いて空と海とを分けている。

帰国すると決めたのは、『魏略』の真偽よりは祖国の役に立つことを優先すべきだと考えたからである。その決断に悔いはないが、仲麻呂は腹に力が入らないような淋しさにとらわれていた。

結局任務をはたすことができなかった。薄氷をふむ思いで過ごした日々は無駄骨に終わったのである。そんな無念とともに、唐にいる時に関わった者たちの姿が走馬灯のように脳裡をよぎった。

船は黒潮に乗り、時速約六キロの速さで昼も夜も走りつづける。その夜は晴天で風もなく、北極星をのぞみながらのおだやかな航海となった。

前を行く三号船と二号船は船尾に、一号船は舳先にかがり火を焚いて互いの距離を確かめ合い、縦列になって夜の海を進んでいたが、夜が明ける頃には離れ離れになって互いの姿を見失った。

一号船の船長は他の二隻に遅れたと判断し、水夫十二人を両舷に立たせて艪を漕がせたが、僚船の姿を見つけることはできなかった。

午後になると右手に見えていた島が姿を消した。阿児奈波島の北端を過ぎ、奄美大島へと向かう海域にさしかかったのである。

現代ではその間に与論島、沖永良部島、徳之島があることが知られているが、仲麻呂たちの時代にはそうした知識も海図もない。島はないかと前方に目をこらし、近付き過ぎないように用心しながら船を進めるしかなかった。

やがて深い緑色の木々におおわれた島が見えてきた。

もう奄美に着いたのかと誰もが歓声を上げたが、

「あれは奄美ではない。もっと小さな島だ」

船長が声を張り上げ、艪を漕ぐのをやめさせて速度を落とした。岩礁に乗り上げる危険をさけるためだが、島に近付くにつれてあたりの潮は複雑な流れ方をしている。

船長がそれに気付き、舵取りに船首を東に向けるように命じた時には遅かった。船はまるで島に吸い寄せられるように近付き、
ガリガリガリ……

船底をこする不気味な音をたてて岩場に乗り上げた。

歓喜にわいていた船内が凍ったように静まった。皆が強張（こわば）った顔を見合わせ、何が起こったのかと下をのぞき込む。

仲麻呂も船館から飛び出して船縁に出た。亀の甲羅のような黒々とした岩礁が波の下に横たわっている。前方の島は生乾きの岩場を海面近くにさらしているので、干潮が始まったばかりのようだった。

こうした場合、満潮になるのを待って脱出するしか策はない。その前に海にもぐり、船がどんな風に岩場に乗り上げているか確かめておく必要があった。

船長は水夫と船匠（ふなたくみ）（船大工）を潜らせ、状況を確かめさせた。

岩場は舳先の前方が高くなっているので、後ろに下がって脱出するしかない。幸い乗り上げた所は平らなので船体に損傷はなかった。

「これなら難なく抜け出せそうですが、ひとつ困ったことがあります」

船長が仲麻呂と藤原清河に状況を報告した。

船の後方三十尋（約五四メートル）ほどの所にもうひとつの岩礁があるので、下がりすぎるとぶつかる恐れがある。次の満潮は三刻（六時間）先だが、真夜中だと目測を誤りかねないので、夜が明けてから潮が満ちるのを待つしかないという。

「ならばそうするしかあるまい。船を傷めぬように慎重にやれ」

清河は祖国を目前にしての事故に血の気を失っていた。

岩礁の上で不安な一夜を過ごし、夜明けを待って作業にかかったが、思わぬ障害が待ち受けていた。当分は吹かないと見込んでいた北西の風が吹き始めたのである。

それにつれて波が高くなり、船を揺らすほどに打ち寄せる。くだけた波頭が飛沫となって船内に降り注ぐ。このままでは海水が入り込み、大事な積荷が濡れかねなかった。

「潮はまだ満ちきっていませんが、船が波に打たれて横倒しになりかねません」

だから今のうちに岩礁を抜け出す作業を始めたいと、船長が申し出た。

「本当に大丈夫だろうな」

清河は夜の間、不安のあまり一睡もしていなかった。

「船は浮ききっていませんが、後ろ向きに漕げば抜け出せるはずです」

「こんな時には、舵を上げて破損をさけると聞いたが」

仲麻呂は叔父の阿倍船人から、操船や航海について一通り教えてもらっている。三十六年前、船人が操る船で唐に渡った時のことだった。

「舵は上げます。羽板が岩に当たって割れる恐れがありますので」

船長の号令に従い、水夫十二人が艪棚に立ち、息を合わせて後ろに進むように艪を漕いだ。

船体はしばらく動かなかったが、やがて船底がすれる震動がして岩礁から浮き上がった。

「やった。抜けたぞ」

船長が安堵の声を上げた時、北西からの突風が船を押し流し始めた。

「前へ漕げ。後ろの岩場にぶつかるぞ」

水夫たちは命じられた通り懸命に漕いだが、強風にはかなわない。船長は何とか岩礁をさけようと、上げていた舵を下ろして船の向きを変えようとした。

南無三、岩場をかわしてくれと誰もが祈った。その祈りと舵がきいて船は何とか岩礁をさけたが、直後に舵の身木が岩場に引っかかり、凄まじい音をたてて折れた。

その反動で舵の頭が大きく後方に跳ね、舵柄を握っていた舵取りが跳ね飛ばされて海に落ちた。配下の水夫が綱を投げて助けようとしたが、舵を失った船は風に吹かれて漂流しはじめている。

「頭、舵取りの頭」

水夫たちの呼びかけに舵取りは大きく手を振って応えたが、その姿は見る間に小さくなって波の谷間に消えていった。

船は黒潮の流れと北西からの強風に翻弄され、不規則に回りながら南東に流されていく。

「船底に予備の舵があるはずだ。それを持ってきてくれ」

仲麻呂が命じたが、水夫たちは船から振り落とされまいと甲板にしゃがみ込んでいる。

「俺が行く。度胸のある奴はついて来い」

船長が真っ先に船底に向かうと、三人の水夫が後を追い、長さ二間（約三・六メートル）ほどの舵を抱え上げてきた。身木につけた羽板は小さいが、舵立てに取り付ければ何とかなりそうだった。

その前に舵立てに折れ残った舵の頭を取りはずさなければならない。舵立ては二本の柱に横木を通しているが、舵が折れた時の衝撃で横木も無残に壊れていた。

「船匠はおらぬか。舵立ての横木をはずせ」

仲麻呂の呼びかけに応じて二人の船匠が上がってきた。

回りつづける船に酔い、青ざめてげっそりした顔をしているが、腕は折り紙付きである。二人が作業を終えるのを待って、水夫たちが舵を取り付ける作業にかかった。

その間にも船は流されつづけ、遠くに黒潮の縁（へり）が見えるようになった。

滋養をたっぷりと含んだ黒い潮と、青い色をした普通の海が接している。東から流れてくる潮は黒潮と垂直にぶつかるので、境目が尾根のように盛り上がっていた。

「急げ。あそこに着くまでに舵をつけなければ、船が沈むぞ」

船長が声を張り上げるが、船が複雑な揺れ方をするので、予備の舵を外艫（そとども）の穴に差し込む作業は困難をきわめた。

「やむを得ぬ。外艫を壊して舵を差し込め」

仲麻呂は船匠に命じた。

「お待ち下さい。そんなことをすれば舵を固定できなくなります」

船長が血相を変えて反対した。

「舵立てに綱で結びつければよい。見ろ。あの壁を」

仲麻呂が指さした先には、巨大な波が壁となってそそり立ち、すべてを呑み尽くそうとするように黒潮に襲いかかっている。

船長もその現実に打ちのめされ、作業を急ぐように船匠に頼んだ。二人は振り落とされるのをさけるために命綱を付け、外艫に立って斧をふるった。

何度も交互に斧をふるって板と梁(はり)を叩き折り、舵を差し込む隙間を開けた。それを待って綱を結びつけた予備の舵を取り付け、舵立てにしっかりと結びつけた。

そうして舵をきかせると、船の回転をようやく止めることができた。

風は北西から吹いてくる。波も同じ向きから打ち寄せる。これを防ぐには舳先(へさき)を風上に向けて立ち向かうしかないが、百人以上が乗り、唐からの請来品を満載した船は、水夫たちの懸命の努力もむなしくじりじりと後退していった。

波の壁はすぐ近くに迫っている。見上げるほどの高さになって疾走し、波頭は白い飛沫となってくだけている。

「仲麻呂どの。な、何か手立てはありませぬか」

船館にこもっていた藤原清河が、このままでは人も積荷も海の藻屑(もくず)だと訴えた。

「私にも分かりませんが、叔父の教えをひとつだけ覚えています」

「き、聞かせて下さい。叔父上の教えを」

「巨大な波に襲われた時には、舳先を波に真っ直ぐに向けるということです」

「船長、聞いたか」

「そんなことをすれば、船が波頭まで持ち上げられて海に叩きつけられます」

船長は取り合おうともせずに漕ぎ手を次々にくり出したが、船は黒潮の縁へと押し流されていく。このままでは後ろから波に呑まれるのは目に見えていた。

「私が替わる。一か八かやってみるのだ」

仲麻呂は舵を取っていた水夫を押しのけ、船の舳先を東に向けた。

すると船は追い風、追い波を受けて速さを増し、波の壁に向かって一直線に進んでいった。

そうして波に吸い上げられて壁を登り始め、ほぼ垂直に突っ立った。

「うわぁぁ……」

皆が上げる絶叫が船内にこだまし、積荷が後ろに崩れ落ちるけたたましい音がした。

その間も船は凄まじい速さで持ち上げられ、波頭に達したところでふわりと宙に浮いた。

その瞬間、大海原の頂きに立ったように四方八方を見渡すことができた。荒れて波立っているのは黒潮の境目だけで、外側の青い海も内側の黒い潮もおだやかに凪いでいる。

(まるで涅槃の景色のようだ)

仲麻呂は目を奪われ、頭も心も空になった不思議な安らぎを覚えた。

次の瞬間、船は真下に落ち始めた。

十丈（約三〇メートル）ちかくの波頭から波の谷間に向かって宙を舞っていく。

「うわぁぁ……」

再び船内に絶叫が起こった。

船はこのまま海面に叩き付けられてバラバラになる。仲麻呂はそう覚悟した。自分の人生はこんな風に終わるのかと妙に冷めた頭で考えていたが、船は波の背に乗り、御仏の手に支えられたようにふわりと海面に浮いた。

仲麻呂は奇跡だと思った。そして叔父船人の教えの正しさに改めて敬服したが、助かったという喜びも束の間、船は黒潮の外側に流れている環流に乗って南に向かっている。

この流れに乗ればどこにたどり着くのか、知っている者は誰一人いなかった。

第十一章　それぞれの道

阿倍仲麻呂らが乗った遣唐使船が遭難したという噂は唐にも伝わった。船は大海に沈み、助かった者は誰もいない。そう聞いた李白は、『晁卿衡を哭す』という詩を詠んだ。

日本の晁卿　帝都を辞し
征帆一片　蓬壺を遶る
明月帰らず　碧海に沈み
白雲愁色　蒼梧に満つ

晁卿とは仲麻呂の敬称、蓬壺とは東海の果てにあるという蓬萊山（日本）、蒼梧とは湖南省にある蒼梧山のことである。

日本の友人仲麻呂は長安を辞し帰国の船に乗って祖国に向かった。

しかし明月のように澄みきったあの男は青い海に沈み、

愁いをたたえた白い雲だけが蒼梧山にたちこめている。

唐を代表する詩仙李白が、これだけ心のこもった詩を詠じていることが、仲麻呂の存在の大きさと唐における評価の高さを示している。

李白がこの詩を詠んだのは、仲麻呂の遭難の翌年、天宝十三載（七五四）の六月だと考えられている。

しかしそのことを、誰がどうやって呉郡（蘇州）に伝えたのだろうか。仲麻呂は阿児奈波島（沖縄）から奄美大島に向かう途中で座礁し、北西の突風に吹かれて東南へ漂流したのだから、誰かがそれを目撃したとは考えられない。

情報が伝わるとすれば、仲麻呂が乗った一号船が帰国していないという噂を日本の港で聞いた船乗りが、蘇州の港に伝えたのだろう。

おそらく耽羅（済州島）を拠点にして那の津（博多湾）と交易している安英秀たちが、鑑真上人や安如宝らが無事に日本に着いたことを柳城郡（営州、現遼寧省）の同胞に報告し、その時に一号船が帰国していないことも伝えたのではないだろうか。

営州と蘇州とは山東半島の港を中継地として交易しているので、噂は船によって運ばれ、黄泗浦に達したものと思われる。

ところが、仲麻呂は生きていた。

そして遣唐大使の藤原清河と二人の従者を連れて長安にもどってくるが、そのいきさつは次の通りである――。

仲麻呂らの船は黒潮の環流に乗って南東へ流され、フィリピンの東の沖あたりで東から西に流れる北太平洋亜熱帯環流に押されて、安南の日南郡（驩州（かんしゅう）、現在のベトナムのゲアン省あたり）に漂着した。

漂流は二十日以上におよんだが、驩州の海辺に流れ着いた時には百余人の乗員は全員無事だった。ところがどこに着いたかも分からないし、現地の住民とは言葉が通じない。

しかも漂着して三日もしないうちに、武装した現地の住民三百人ばかりに包囲された。

この当時、漂着した船の所有権はその地域を支配する者にあるとされている。だから船と積荷を没収され、乗員は奴隷とされても文句は言えなかった。

仲麻呂はそうした慣例を知っている。また二十年前に林邑国（りんゆうこく）（ベトナム中部沿海地方）に漂着して長安にもどって来た平群広成（へぐりのひろなり）から、つぶさに報告を受けている。

その教訓を生かして船を楯とし、防御の構えを取った上で、相手の頭領に贈り物をして地域の領主に取り次いでくれるように頼んだ。

幸い頭領は漢字が分かり、筆談で意思を通じることができた。この地が唐の驩州に属していて、安南都護府（ハノイ市）の管轄下にあることも分かった。

そこでこの地の領主が住む城に案内してもらい、援助を願うことにしたが、グエン（阮）という領主は狡猾（こうかつ）な男で、漂着した船と乗員は自分のものだと言って譲らなかった。

仲麻呂は唐朝廷の秘書監であり、玄宗皇帝の命令で日本に向かうところだと明かしたが、これはかえって逆効果だった。グエンは唐の横暴を怒り、林邑国と好(よしみ)を通じて独立をはかろうとしていたので、かえって態度を硬化させたのである。

また船には皇帝から下賜された高価な品々が積まれていることも知っていて、船と乗員を引き渡さない限り交渉には応じないと、城の一角に全員を監禁して返答を迫った。

こうなったからには、積荷を渡すのは仕方がない。だが船と乗員を渡しては帰国の道が閉ざされてしまう。それに乗員をグエンに引き渡したなら、奴隷にして売り飛ばされるか、雑兵にして使い捨てにされる恐れがある。

それだけは何としても避けたかったが、グエンが強硬姿勢を崩さないので、打開策を見せないまま月日だけが過ぎていった。

やがて夏になり、猛烈な暑さと蒸し風呂のような湿気に襲われた。狭い館に封じ込められて食事も満足に与えられないので、風土病（主にマラリア）にかかって病死する者が出るようになった。

このままでは病気が蔓延しかねない。仲麻呂は藤原清河と対応を協議し、船と乗員を引き渡すので待遇を改善してもらいたいと申し入れた。

グエンはすぐにこれに応じ、生き残った八十余人を四組に分けて収容することにした。そして取りかかっていた城の改修工事に使役したが、乗員たちの有能さと真面目な仕事ぶりを見て態度を軟化させた。

しかも日本の遣唐使が監禁されているという噂が安南都護府に伝わり、真偽を糾明するための使者がグエンの城に派遣されることになった。

仲麻呂にとって幸運だったのは、長安にいた頃の部下だった孫長信が、安南都護（都護府の長官）として在職していたことである。

長信は仲麻呂が遭難したという噂も聞いていたし、平群広成が林邑国まで漂流したことも知っていた。そこでもしやと思い当たり、グエンの城に副官を派遣して厳重に調べさせた。

そしてすべてが明らかになったが、グエンの処置は慣習に従ったもので違法ではない。しかも仲麻呂らは、すでに船と乗員を引き渡すと誓約しているので手の打ちようがなかった。

そこで都護府の副官を仲介役にして新たにグエンと交渉し、仲麻呂と清河、従者二人は、都護府が身代金を支払って解放させることで合意した。

そして仲麻呂らは長安にもどり、玄宗皇帝の援助を得て他の乗員の身代金を届けるので、それまでは全員の無事をはかるようにグエンに約束させた。

四人が安南都護府に引き取られたのが天宝十四載（七五五）の一月。漂着してから一年後のことだ。そこから長安に向かうには二つの経路があった。

ひとつは陸路をたどって広州に出て、そこから真っ直ぐ北に進んで長安に至る道。『旧唐書（くとうじょ）』の地理志は、驩州から長安までの距離を一万二千四百五十二里（約六七〇〇キロ）と記している。この当時、一日の行程は五十里が普通とされているので、およそ二百五十日かかることになる。

もうひとつは船で海路をたどり、蘇州の黄泗浦に向かう方法。これだと遠回りになるが、陸路よりきわめて安全だし、蘇州から長安までは官営の施設を使うことができる。

仲麻呂らは後者を選び、孫長信のはからいで安南から広陵郡（揚州）に向かう大食（アラビア）の商船に乗せてもらうことにした。

船が黄泗浦に着いたのは、この年六月のことだ。

仲麻呂はさっそく呉郡（蘇州）府に出頭していきさつを報告し、朝廷から上京の許可を得てもらうように頼んだ。

その使者が朝廷の許可を得て呉郡にもどってきたのが九月中頃。仲麻呂らは知らせを受けた翌日に出発し、十一月十二日に洛陽に着いた。

ところが十一月九日に安禄山が范陽郡（幽州、現北京）で叛乱を起こし、大軍をひきいて南下しているという報が伝わったばかりで、洛中は浮足だっていたのだった——。


仲麻呂らは洛陽に一泊しただけで、翌朝早く長安へ向かった。

洛陽から長安までは八百二十里（約四四〇キロ）。途中には函谷関から潼関につづく谷沿いの道がある。

まもなく朝廷は、安禄山の軍勢を迎え討つために数万の軍勢を洛陽に向かわせるはずだから、それに行き合う前にこの狭い幹道を抜けなければ、通行を止められる恐れがあった。

「車代は二倍出す。ともかく急いでくれ」

仲麻呂は洛陽で雇った二頭立ての馬車の御者を急き立てた。

混乱が拡大する前に玄宗皇帝に会い、指示をあおがなければならない。それに一号船の乗員たちを救えと命じる勅書を出してもらい、一刻も早く孫長信に保護してもらいたかった。

幸い幹道で朝廷軍と行き合うことはなく、十一月十七日には潼関を抜けて平野の道に出た。

その日は近くの宿に泊まることにしてひと息ついていると、夕方には河東郡（蒲州）で兵を集めるように命じられた金吾将軍程千里が、手勢をひきいて東に向かっていった。

「間一髪のところでした。ともかく先を急ぎましょう」

翌朝早く宿を出ようとしていると、御者が仲間から噂話を聞き込んできた。

「皇帝陛下は華清宮におられるそうです。安禄山の乱など問題にもせず、楊貴妃さまと静養しておられるとか」

「ならば途中で、そちらに馬車を向けてくれ」

その日の夕方、驪山のふもとにある華清宮に着いた。

まわりは厳重な城壁で囲まれ、正面の津陽門は高くそびえて不審者の出入りを禁じている。

仲麻呂は門番に身分を告げ、楊国忠の秘書官である王維を呼んでくれるように頼んだ。

しばらく待たされた後、冠をつけ官服を優雅に着こなした王維が急ぎ足で出てきた。

「呉郡からの知らせは受け取った。半信半疑で待っていたが、本当に晁衡君じゃないか。生きていたんだな」

王維は何のわだかまりもなく仲麻呂の手を取り、満面の笑みを浮かべて生還を喜んでくれた。

「帰国の船が遭難し、安南の孫長信君のところまで行ってきた。君は孫君は知っていたかな」

「興慶宮で何度か会ったことがある。名前を覚えている程度だが」

「陛下に状況を報告し、お願いしたいことがある。取り次いでいただけないだろうか」

「もちろんだよ。ただし入れるのは君だけだ。こういう状況なので、余人は応昭県の客館で待ってもらう」

王維は配下に命じて藤原清河らを客館に案内させ、仲麻呂だけを連れて宮殿の東側にある瑤光楼に向かった。

「今はそちらで政務をとっておられる。ちょうど重臣の方々が集まり、夕飯をとりながら叛乱鎮圧について相談しておられるところだ」

仲麻呂は王維に従って歩きながら、『魏略』のことを考えていた。

王維がすり替えたのだとすれば、屈託がなさすぎる。ここまで自然に振る舞う術を身につけているのか、もはや過去のことだと水に流してしまったのか……。

それとなく観察し、答えを求めて考えを巡らすのは、長年用間（スパイ）を務めてきた習性である。ところが今までのような懸命さを失っていることに、我ながら意外な気がした。

何か憑き物が落ちた感じがする。

漂流して生死の境をさまよい、乗員たちを助けようと懸命の努力をしているうちに、用間という頭の箍がはずれたのかもしれなかった。

瑤光楼の広間には一枚板に象嵌をほどこした大きな卓があり、玄宗と楊貴妃、楊国忠と高力士、それに仲麻呂が知らない小柄な武官が席についていた。

卓上には山海の珍味を盛り付けた豪華な器が所狭しと並べてあったが、主菜は大鍋で煮た香草入りの豚である。一匹丸ごと料理したものを、美しく着飾った侍女たちが皿に取り分けていた。

「陛下、晁衡秘書監がもどりましたので案内いたしました」

王維が報告すると、皆が食事の手を止めて仲麻呂に好奇の目を向けた。

「さようか。難に遭ったと聞いたが、よくぞ無事でいてくれた」

玄宗は食べかけの骨付き肉を皿に置き、洗指碗（せんしわん）で指の汚れを洗った。

「有り難いお言葉をいただき、かたじけのうございます」

仲麻呂は拱手（きょうしゅ）して深々と頭を下げた。

「朕（ちん）のもとを辞してから二年になる。その間どうしていたのじゃ」

「呉郡（蘇州）の港から日本に向かいましたが、途中で遭難して日南郡（驩州）に漂着いたしました。そこで安南都護府に尽力してもらい、ようやく都に帰り着くことができました」

「さようか。大儀であった」

玄宗は形だけねぎらうと、再び骨付き肉に手を伸ばした。

卓のまわりには、食べつくした骨がいくつも投げ捨てられている。安禄山の乱が起こったというのに、華清宮ではいつも通りのおだやかな時間が流れていた。

「ところで晁衡は、封常清（ほうじょうせい）どのとは面識があったかな」

楊国忠はいつものように大物ぶった鷹揚な態度で、隣に座った小柄な武官と引き合わせた。

「いえ、初めてお目にかかります」

「封常清どのは安西節度使をつとめておられるが、上京中に安禄山が謀叛を企てたと聞き、陛下に鎮圧の献策をなされた。そこで洛陽に行って義軍を募ってもらうことになり、陛下のご厚意によって壮行の宴（うたげ）がもたれているところだ」

「封常清でございます。晁衡どののご名声は聞き及んでおります。史書に精通しておられるばかりか、武術の心得もあられるとか」

　常清は小柄な上に片足が不自由なので貧相な感じがするが、知恵の回りは異常なばかりに速く、一兵卒から節度使まで立身をとげたのだった。

「武術は護身のためにたしなんでいる程度でございます。申し上げるほどのことはございません」

「封常清どのの知略は天下に鳴り響いておる。先発した将軍たちと力を合わせて事に当たれば、安禄山など手もなく鎮圧され、この豚のように煮られるだろうよ」

　楊国忠は気が利いたことを言ったつもりのようだが、玄宗はあからさまに不快な顔をした。

「宰相どの、戦のことは封常清どのに任せて、我らは陛下の思し召しを天下に伝える方策を練ることにいたしましょう」

　高力士が玄宗の意を察して話の向きを変えた。

「このような時に晁衡どのがもどって来られたのですから、しかるべき職についていただくべきと存じます。陛下、いかがでございましょうか」

「うむ、何か望みの職があれば申すがよい」

「何事であれ陛下の御心に従う所存でございますが、望みをかなえていただけるのであれば、ひとつだけお願いがございます」

「申せ、遠慮はいらぬ」

「遣唐使船の乗員八十余名が、日南郡の領主である阮文雄（グエンバンフン）の虜（とりこ）になっております。これを一日も早く安南都護府で保護するように、勅書を発していただきとうございます」

「それならそちが都護として安南におもむくが良い。しかし当面は王維とともに朕に近侍せよ」

玄宗はさっそく瑤光楼内に執務室を与えようとしたが、楊貴妃が遠慮がちに異をとなえた。

「このお方は苦難の旅からもどって来られたばかりですから、少し休ませてあげて下さいませ。それに秦国夫人がお目にかかるのを待ちわびていることでしょうから」

一刻も早く会えるようにはからってほしいと、姉の玉鈴のために執り成した。

「そうじゃ。そちの言う通りであった」

玄宗の貴妃への執着は、近年ますます深まっている。目の中に入れても痛くないと言わんばかりの寵愛ぶりだった。

仲麻呂は王維に案内されて華清宮の東にある楊氏山第に向かった。

「安禄山が叛乱を起こし、朝廷は対応に苦慮していると思っていたが、陛下は泰然としておられるね」

仲麻呂は歩きながら気になっていることを口にした。

「それは楊宰相が都合の悪いことは報告しておられないからだよ。だから今でも、陛下は叛乱は范陽や平盧（へいろ）の一部で起こっただけだと思っておられる」

「それで叛乱を鎮圧できると、楊宰相は考えておられるのだろうか」

「以前から安禄山に謀叛の企てがあると、上奏しておられたからね。ところが陛下はお取り上げにならなかった。だから自分の見通しが正しかったと、周囲に自慢しておられるほどだよ」

それに相手は雑胡（ざつこ）（各地の胡人）の寄せ集めなので、朝廷の正規軍と対峙すればたちまち逃げ去ってしまうと高をくくっているのだった。

「王君、君も同じ考えなのかい」

「辺境の防衛にあたってきた安禄山軍の強さを、私は良く知っている。だけど立場上、出すぎたことを言うわけにはいかないからね。こんな時に君がもどってくれたことは、天の配剤だと思っているよ」

「どういう意味だろう、それは」

「晁君が陛下に近侍してくれれば、本当のことを伝えることができる。君の力量と才覚がどれほどのものか、私は熟知しているからね」

王維は仲麻呂をふり向いて屈託なく笑いかけた。

楊氏山第は五つの屋敷から成っている。楊貴妃の姉である韓国夫人美帆、虢国（かくこく）夫人美雨、秦国夫人玉鈴（ぎょくれい）、そして四姉妹の従兄に当たる楊銛（ようせん）、楊錡（ようき）が、玄宗皇帝の親族の扱いを受けて門を構えていた。

玉鈴の屋敷の門前には、侍女の小鈴が出て仲麻呂を待ち受けていた。

「君が華清宮に着いたことは、先程知らせておいた。秦国夫人さまと久々の再会を歓び合ってくれたまえ」

王維は軽く背中を押して引き返していった。

仲麻呂には王維の心中が読めなくなっている。君の力量と才覚は熟知していると言ったのは、用間（スパイ）だと知っているという意味なのか。昔と同じように親切にしてくれるのは、何か思惑あってのことなのか……。

だがそれが以前ほど気にならないのは、もはや用間の役目は終わったと感じているからだった。

「仲麻呂さま、ご無事のお帰り、おめでとうございます」

小柄な小鈴が伸び上がるようにして仲麻呂の胸を両手で叩いた。まるで主人の帰りを喜んでじゃれつく小犬のようだった。

「奥さまがお待ちかねでございます。さあ、どうぞお入り下されませ」

案内されるままに家に入った。

玉鈴と体術の稽古をしていた大広間は、その頃と同じように家具類を何も置かずに広々と空けてある。その奥の居間は板張りにして、座卓と円座が置いてあった。

「これは驚いた。いったいどうしたんだ」

仲麻呂は奈良にもどったような錯覚を覚えた。

「さあ、ここに座って。奥さまをお待ち下されませ」

小鈴は仲麻呂を主人の席につかせ、奥の部屋へ飛んでいった。

やがて戸が開き、玉鈴が入ってきた。いつもは高く巻き上げている髪を垂髪(すいはつ)にし、額の上に小さな髻(もとどり)を結って金銀珠玉の髪飾りをつけている。

日本で流行している宝髻(ほうけい)という髪型で、服も緋色の大袖に白絹の領巾(ひれ)を重ね、腰には浅紫の裙(も)をつけていた。

「お帰りなされませ。こうして再びお目にかかれるとは、夢のようでございます」

玉鈴は床に膝をつき、深々と頭を下げた。

「迎えてくれてありがとう。それにしてもこの趣向はどうしたことでしょうか」

「あなたが十一月頃にこちらに着かれると、王維さんが教えてくれました。そこで小鈴と相談し、一番喜んでもらえる形でお迎えすることにしたのです」

仲麻呂は祖国に帰ろうとしてはたせなかった。その傷心をいやすには日本風のしつらえにするのがいいと考えたのである。

「それは有り難いことですが、日本の生活ぶりがよく分かりましたね」

「鴻臚寺(こうろじ)（外務省）の蔣挑捥(しょうちょうわん)どのに相談し、日本の習俗に詳しい官吏に教えてもらいました。どこかおかしいところがあるでしょうか」

「まるで我が家に帰った心地がいたします。何やら黒髪も鮮やかですね」

「お気付きになりましたか」

玉鈴が嬉しそうにほほ笑んだ。

「ええ。垂髪にしているせいでしょうか」

「日本では女の命は髪に宿ると言い、緑の黒髪という言葉もあると聞きました。そこで髪を染めてみたのです」

唐では黒大豆を酢につけた染料で髪を染める化粧法がある。それを一月も前からくり返し、濡れ羽色のしたたるような黒髪に仕上げていた。

「そればかりではありませんよ。奥さまは仲麻呂さまのお帰りを寿ぐ歌も用意されたのですから」

飲み物を運んできた小鈴が得意気に口をはさんだ。

「ほう、是非とも披露していただきたいですね」

「日本語ですから、うまく発音できないかもしれませんが」

玉鈴は懐から木簡を取り出し、涼やかな声で読み上げた。

　古に　恋ふらむ鳥は　ほととぎす
　　けだしや鳴きし　我が念へるごと

『万葉集』におさめられた額田王の歌である。

仲麻呂は玉鈴の思いの深さと声の美しさに胸を衝かれ、しばらく口をきくことができなかった。

「いかがでしょう。歌になっているでしょうか」

「なっています。発音も発声も素晴らしい。あまりの嬉しさに、胸が詰まってしまいました」

にじむ涙を袖でぬぐい、どうして『万葉集』を知っているのかとたずねた。

「鴻臚寺の官吏に教えてもらいました。日本には歌で互いの心を伝え合う風習があるそうですね」

「相聞歌（そうもんか）といいます。この歌も弓削皇子（ゆげのみこ）から贈られた歌に額田王が応えたものです」

仲麻呂は玉鈴の想いに応えるべく、その歌を諳（そら）んじた。

　古（いにしへ）に　恋（こ）ふる鳥かも　ゆづるはの
　　御井（みゐ）の上より　鳴き渡り行く

「何とやさしい風習でしょう。わたくしもいつの日か、あなたのお供をして日本に渡ってみたくなりました」

「そんな日が来たらいいですね。案内したいところがたくさんあります」

「一番はどこですか」

「不二（富士）の山です。雪をかぶった嶺が天高くそびえ、神宿る山と言われています」

「二番は？」

「鳰の海（琵琶湖）です。澄み渡った湖面にまわりの山が映る景色は、たとえようもなく美しい」

「三番目は？」

「大和三山です。畝火山、耳梨山、香具山という雅やかな山が並び、万葉集の歌人たちの心のふるさとになりました」

「四番目は？」

玉鈴は次々に場所をたずね、仲麻呂はふるさとを思いながら情景を語った。

二人でそこを訪ねる日は来ないと分かっている。だが言葉にして想像してみるだけでも、これまでとは違った親近感を覚えるのだった。

「さあさ、もうそれくらいでいいでしょう。早くしないと、奥さまの心づくしの料理が冷めてしまいますよ」

小鈴が二人を次の間の食卓にいざなった。

胃が弱い仲麻呂を案じて、野菜や豆、鶏を煮た湯を主菜にしている。それを食べながら石榴で割った酒を呑むと、この二カ月、いや、黄泗浦から出港して二年の間の疲れがどっと出て、仲麻呂は早々と床についた。

どれほど時間がたったのだろう。はっと目を覚ました時には、夜着をまとった玉鈴が仲麻呂の肩に額をつけて眠っていた。

仲麻呂は玉鈴をそっと被子（掛け布団）でおおった。すでに十一月の後半になり、夜の冷え込みが厳しくなっていた。

窓に何か透明なものを張ってあるらしく、部屋の一角だけがぼんやりと明るい。仲麻呂は興味をひかれて歩み寄った。

それは西域から伝来した高価な瑠璃で、縦一尺（約三〇センチ）、横二尺ほどの大きさがあるが、そればかりではなかった。薄い碧色の瑠璃を透かして築山が見える。その山影が奈良の若草山や三笠山にそっくりだった。

狐につままれた気がして、中庭につづく戸を開けた。

人の背丈ほどの築山の尾根は、奈良から見る若草山、その手前の三角形の山は三笠山によく似ている。それが下弦の月に照らされて影絵のように浮き上がっていた。

仲麻呂は胸を打たれ、茫然と立ち尽くした。

これも玉鈴の心尽くしにちがいない。そのことへの感謝と、ふるさとには二度ともどれないという現実がないまぜになり、喜びとも悲しみともつかない激情が喉元まで突き上げてきた。

「夜露はお体に障りますよ」

玉鈴が戸口から声をかけた。

「驚きました。これもあなたのご配慮ですね」

「ええ。食事の後で披露するつもりでしたが、寝てしまわれたので」

「ありがとう。奈良の景色も、鴻臚寺の官吏に教えてもらったのですか」

鴻臚寺では諸国の使者に国の様子を報告させたり、派遣した答礼使に帰朝報告をさせて、諸国の様子をつぶさに記録している。

中でも都や主要な要害、港の様子を詳しく記録しているのは、地理的な関心からばかりではなく、戦になった時に迅速に攻められるようにするためだった。

二人は夜半の寒さをさけて寝台にもどった。そして冷え切った体を寄せ、どちらからともなく抱き合った。

しばらく互いの肩や背中をさすり合っていたが、体が温まる頃には二人の心は分かち難く結びついていた。

「お疲れですか」

玉鈴が黒い瞳を向けて遠慮がちにたずねた。

「いいえ、もう大丈夫です」

「それなら、お願いがあります。忘れられない方の面影を抱いておられることは……」

そう言いかけた口を、仲麻呂は唇でふさいだ。玉鈴は切ない吐息とともにそれに応じ、仲麻呂の夜着の胸紐を解いて熱い乳房を押し付けてきた。

二人がこうした関係を持つのは初めてである。互いに心の傷やわだかまりを抱えているが、生涯にたった一度、何もかもふり切って結ばれたいと願っていた。

仲麻呂が唇を合わせると、玉鈴は舌をからめてそれに応じた。乳房に触れると、体をのけぞらせて切ない息をもらした。

仲麻呂はこれまでの玉鈴とは別人に接する思いで、秘めやかな所に手を伸ばした。

そこはすでに熱くうるおい、その時を待ち受けていた。

「恥ずかしい。こんな風になるなんて」

玉鈴はそう言いながらも腰を開き、仲麻呂を迎え入れた。

二人は歓びの中にありながらも、相手への愛情と慈しみに満たされ、身を捨てて尽くしたいと願った。しかも長年体術の組み手をしているので、相手の動きも癖も知り尽くしている。

そのため長年閨を共にしてきた者のように相性良く、通いなれた道を歩くように歓びの頂きに達することができた。

月はすでに中天を過ぎ、西に傾きかけている。瑠璃の窓から射し込む明かりも弱くなり、閨は深い闇に閉ざされていった。

「案外、何でもないものですね」

玉鈴があお向けになってつぶやいた。

「そうですね。不思議な気がします」

「あなたのお陰です。女に生まれて良かったと、初めて思うことができました」

玉鈴が少女のようにはにかみながら仲麻呂の腕にしがみついた。

「私も頑なでした。そのことについて詫びなければならないことがあります」

「何でしょうか」

「二十一年前に唐に残ったのは、祖国の用間となって唐の史書を探るためでした。その任務をはたすために、誰にも心を開くことなく表面をつくろってきました。あなたを妻にしていながら、夫らしいことは何もできなかった。いや、任務のためにあなたを利用することしか考えていなかったのです」

「それは私も同じです。気にすることはありません」

「同じとは、どういう意味でしょうか」

「あなたの名声は国中に鳴り響いていますし、皇帝陛下の信任も得ておられる。そんな方の妻にしていただいたお陰で、朝廷において尊重していただくことができました。あの娘（楊貴妃）の姉というだけでこれほど優遇されていたなら、奴隷のようにみじめな思いをしていたことでしょう」

「私はあなたばかりかこの国のすべての人々をあざむいてきました。そのことが申し訳なくて……」

「そうではないかと、薄々は気付いていました。打ち明けていただいたのは、用間の役目を解かれたからでしょうか」

「もう祖国にもどることは出来ないと覚悟しています。次の遣唐使が来るのは十五、六年先になりますから」

「それなら陛下のために尽くして下さい。あの博奕爺（ばくちじい）（楊国忠）の言いなりになっていては、この国は本当に亡びてしまいます」

「分かりました。持てる力を尽くして、お役に立つつもりです」

仲麻呂は約束の証（しるし）に玉鈴の手を取った。そうして闇に向かって目をこらしながら、心が長年の軛（くびき）から解き放たれるのを感じていた。

　玄宗の命令で仲麻呂には七日の休暇が与えられた。

　その間に長旅の疲れをいやすようにとの配慮だが、安禄山の乱で混乱をきわめる政局はその暇（いとま）を与えなかった。

　十一月二十一日の早朝、王維が緊張した面持ちで楊氏山第を訪ねてきた。

「休暇中だと知っているが、引き受けてもらいたいことがある」

　十一月九日に二十万の軍勢をひきいて幽州（北京）を発した安禄山は、十九日には常山郡（恒州、現河北省石家荘市）に迫っている。そのため周辺の太守は次々に安禄山の軍門に降ったと狼煙（のろし）が告げているという。

「しかも、常山郡の太守である顔杲卿（がんこうけい）どのまで禄山に従われたようだ。このままでは叛乱軍は太原（山西省太原市）に入り、長安に攻め上ってくるおそれがある。ところが楊宰相は陛下の叱責を恐れて、このことを奏上しようとなさらない」

　だから仲麻呂に奏上してもらいたいと頼みに来たのだった。

「顔杲卿どのは平原郡（徳州、現山東省徳州市）の太守である顔真卿（がんしんけい）どのの従兄だったね」

　真卿は書家としての評価が高いが、政治や軍事の才覚もそなえていた。

「そうだ。陛下はお二人を見込んでおられるが、どうやら状況は厳しいらしい」

「そんな大事なことを隠して、楊宰相はこの先どうなさるつもりだろう。何か目算があるのだろうか」

「その場しのぎだよ。あのお方は陛下に取り入ることだけで立身してこられたから、自分の落ち度になることは決して陛下のお耳に入れようとなさらない」

楊国忠がその程度の器だと、王維はとうに承知している。だが秘書官という立場上勝手なことはできないので、高力士に相談した上で仲麻呂に頼むことにしたのだった。

仲麻呂は状況を詳細に確かめた上で、高力士に案内されて瑤光楼の玄宗の執務室を訪ねた。

「陛下。ご報告申し上げたいことがあると晁衡秘書監が申しますので、案内いたしました」

「ふむ、何かな」

玄宗は机に置いた書見台に向かっていた。

「安禄山の叛乱軍が常山郡に入ったようです。このままでは太原も危うくなると存じ、急ぎお知らせに上がりました」

仲麻呂は自分だけの考えで奏上しているように装った。

「常山には顔杲卿がおる。案じることはない」

「ところが今朝は、無事を知らせる狼煙が常山から上がりません。顔太守は安禄山に降ったものと思われます」

「まことか」

玄宗が初めて仲麻呂を見やった。

「常山までは一千七百六十里（約九五〇キロ）ほどありますので、分かっているのは狼煙が上がらないことだけでございます。しかしこのような場合、太守が敵方に降ったと見るべきでございましょう」

「すぐに長安にもどる。高力士は正午までに行幸の仕度をととのえよ。晁衡は楊宰相と王維を呼んで参れ。申し渡すことがある」

玄宗は何かを察知したらしく、矢継ぎ早に指示をした。迫り来る危機が名君の本能を呼び覚ましたのか、表情や目付きが鋭くなった。

その日のうちに長安の興慶宮にもどった玄宗は、重臣たちを集めて評定を開き、

「今後は朕が陣頭に立って叛乱の鎮圧に当たる。こうした事態を招いたのは、安禄山を過信した朕の誤りだ」

率直に非を認め、全員私心を捨てて難局に当たるように申し付けた。その上で仲麻呂と王維を直属させ、各方面との連絡役に任じた。

真っ先に命じたのは、安禄山の長男の安慶宗（あんけいそう）を興慶宮に出頭させることだった。玄宗は慶宗に一門の娘である栄義郡主を嫁がせ、長安城内に屋敷を与えていた。これを手元に置き、禄山との交渉役に当てようとしたのである。

ところが父の叛乱に連座して誅殺されると思い込んだ慶宗は、手勢をひきいて城内から脱出しようとした。そのために北衙（ほくが）禁軍に捕らえられ、妻とともに殺された。

報告を受けた玄宗は、禄山の義理の従兄である安思順（あんしじゅん）を戸部尚書（こぶしょうしょ）に任じ、慶宗の代わりに交渉役を務めるように申し付けた。

朔方節度使だった安思順の後任には郭子儀を当て、北方の雑胡を中心とする軍勢をひきいて禄山勢に当たるように命じた。

翌二十二日には皇帝用の府庫の蓄えを出して兵士十一万人をつのり、天武軍と名付けて皇子琬を元帥に、右金吾大将軍である高仙芝を副元帥に任じた。十二月一日には早くも五万の軍勢が集まり、高仙芝にひきいられて洛陽に向かって出陣していった。

ところが安禄山軍の進撃は風のように疾い。

十二月二日には黄河を渡って霊昌郡（河南省滑県）を占領した。しかも三日後には通済渠を越え、水運の要地である陳留城（河南省開封市）を降伏させた。

城を守っていた太守郭納は、配下の軍勢と領民の安全を確約させた上で城門を開いたが、この時不幸が起こった。

長安で息子の安慶宗が殺されたと知った禄山は激怒し、郭納以下投降していた一万人近くの首をはねた。噴き出した血は通済渠に流れ込み、運河の面を真っ赤に染めた。

悲報を受けた玄宗は、初めて安禄山の本性と恐ろしさに気付いたのだろう。

「おのれ禄山。かくなる上は朕が自ら親征して討ち果たしてくれる」

そう言い出し、天武軍の編制を命じた。

これには楊国忠や高力士らは驚愕した。玄宗に万一のことがあったなら、唐朝廷は崩壊する。たとえ何事もなくても、玄宗が都を留守にすれば寵臣たちの立場は危うくなる。

そこで楊貴妃や三人の姉に手を回して玄宗を思いとどまらせようとしたが、そうした思惑など吹き飛ばすほど悲惨な知らせが相次いでもたらされた。

十二月八日に安禄山軍は滎陽郡（河南省鄭州市）を攻め落とし、洛陽まで二百六十里（約一四〇キロ）と迫った。范陽・平盧節度使に任じられた封常清は、六万の軍勢でこれを阻止しようとしたが、三度の戦いに敗れて西に向かって逃げ散った。

これを追った禄山軍は四方の門から洛陽に乱入した。このため数千人が犠牲になり、王侯貴族や富商などの財産はことごとく奪い尽くされた。

「おのれ、あの雑胡めが」

玄宗は歯ぎしりして悔しがったが、国の辺境を防衛するために安禄山を節度使として重用しつづけたのは自分である。

かつて禄山は、「北方の田畑がいなごの大軍に襲われた時、作物を守ってくれと天に祈ったところ、頭の赤い鳥の群が飛来していなごを喰い尽くしました」と奏上したことがある。

玄宗はこれを忠誠の証として大いに喜び、史書に書き留めるように命じたが、今や禄山がひきいる二十万の軍勢は、洛陽に乱入して命と富を喰い尽くしているのだった。

洛陽から長安まではわずか八百二十里（約四四〇キロ）。その間には潼関から函谷関に通じる狭い幹道がつづいている。

洛陽が敵の手に落ちたからには、この難路を抜けて玄宗が親征するのは不可能だった。

洛陽の惨状が長安に伝わると、荷物をまとめて西方へ逃げ出す住民が続出したが、悪い知らせばかりではなかった。

平原郡（山東省徳州市）の太守である顔真卿が禄山打倒の兵を挙げ、河北一帯の太守や県令に檄を飛ばして身方をつのっている。これに応じる者は多く、洛陽の禄山軍の退路を断つ構えを取っているという。

「でかした。真卿と対面したことはないが、上奏文を見ただけで義士であることはすぐに分かる」

馬の良し悪しは目に、人の良し悪しは書に現れると、玄宗は顔真卿の義挙をたたえ、使者を送って叛乱鎮圧の後には要職に任じると約束した。

さらに玄宗を喜ばせたのは、常山郡の顔杲卿から密書がとどいたことである。それには安禄山に降ったのは、好機を待って反撃に転じるためで、陛下への忠誠心は変わらないと記されていた。

その言葉は程なく現実となった。

安禄山は平原郡で挙兵した顔真卿らに備えるために、側近の李欽湊に三万の軍勢を授けて常山郡に向かわせた。顔杲卿は身方のふりをしてこれを迎え、酒食や妓楽でもてなして大いに酔わせた。その上で欽湊の首を取り、配下の士官たちもことごとく殺したのである。

さらに欽湊を補佐するために洛陽から派遣された何千年を途中の宿駅で出迎え、捕虜にして常山郡まで連行した。

そして従弟の顔真卿と連絡を取り、常山郡から平原郡にかけて強固な連絡網を築いて安禄山軍の退路を断った。

このため禄山は本拠地である幽州（北京）との連絡が取れなくなり、洛陽に孤立せざるを得なくなったのだった。

「これで雑胡どもは袋の鼠（ねずみ）だ。我が主力を潼関に集め、機を見て洛陽を奪回せよ」

玄宗は長安の屋敷で療養中だった哥舒翰（かじょかん）を兵馬元帥に任じ、潼関に結集した二十万の軍勢の指揮を執るように命じた。

哥舒翰の父は突厥人、母は西域の胡人で、安禄山と似た境遇である。だが、隴右（ろうゆう）節度使（主に河西回廊一帯の守備を担当）に任じられていた頃から安禄山と仲が悪く、公の場で対立することも多かった。

そこで玄宗は夷をもって夷を制する策を取ろうとしたのだが、哥舒翰は病気を理由に引き受けようとしなかった。それでもと強く迫ると、この老練な将軍はひとつの条件を出した。

「我が突厥の将軍たちは、敗北の罪は死をもって贖（あがな）います。しかるに潼関の軍勢の中に、敗軍の将がのうのうと生き延びているのはどうしたことでしょうか」

敗軍の将とは、漢人の封常清と高句麗人の高仙芝のことである。このままでは指揮権をめぐって対立すると見た哥舒翰は、あらかじめ二人を排除するように求めたのだった。

事は難しい問題をはらんでいる。この要求に応じるべきか否か迷った玄宗は、仲麻呂と王維を呼んで諮問（しもん）した。

「応じた場合、あるいは拒んだ場合、いかなる得失があるか答えよ。まず王維、応じる得を述べよ」

「このように大事な役を与えていただき、かたじけのうございます。得の第一は、哥舒翰どのの将軍としての名声と手腕を活かせることでございます。かのお方は吐蕃（チベット）軍を何度も打ち破り、西域の安全を長年保ってこられました。その功績は国中の者が知っておりますので、身方は大いに励まされ、敵は震え上がることと存じます」

得の第二は、哥舒翰の軍勢の主力は雑胡で、安禄山の軍勢との戦い方を熟知していることだ。中でも馬と弓を用いた叛乱軍の騎馬隊には漢人の軍勢では太刀打ちできないが、彼の軍勢なら互角に渡り合えるだろう。

「得の第三は、夷をもって夷を制することにあります。国内の府兵制が保てなくなったために、朝廷では安禄山や哥舒翰どのを節度使に任じて辺境の守りを担わせてきました。彼らは任地で独自の勢力を築き、あたかも独立国の王のように振る舞い、そのことが今度の叛乱の原因ともなりました。それゆえこの機会に雑胡の二大勢力を戦わせ、双方が自滅の道をたどるように仕向けて、朝廷直属の将軍に辺境防衛の指揮をとらせる体制を築くべきと存じます」

さすがに王維は進士科の試験を首席で及第した秀才である。突然の諮問にもかかわらず、分析は的確で進言は簡潔にして要を得ていた。

「それでは晁衡、失を述べよ」

「ご諮問をいただき、ありがとうございます。失の第一は封常清どのと高仙芝どのを誅殺することでございます。陛下は常清どのを范陽・平盧節度使に、仙芝どのを副元帥に任じて叛乱の鎮圧をお命じになりました。両将とも敗れたとはいえ、任務をはたすべく懸命に戦ってこられました。これを一時の敗北を理由に誅殺されては、配下の将兵の不満と動揺を招くことはさけられません。また、このような前例を作っては、新たに漢人の将軍を任命しようとしても、皆が二の足を踏むものと思われます」

　仲麻呂は玄宗と正対し、歯に衣着せずに進言した。

　たとえ諮問を受けた場合でも、皇帝の施策に誤りがあったとは言わないのが仕来りである。天命を受けて政（まつりごと）に当たる皇帝は、無謬（むびゅう）であることが建前（たてまえ）とされているからだ。

　ところが生死の境をさまよい、用間（スパイ）の任務からも解放された仲麻呂は、そうした建前とは無縁の境地にあった。

「失の第二は、二人を誅殺されれば朝令暮改のそしりをまぬかれぬことでございます。敵を知り己を知れば百戦危うからずと申しますが、戦に敗れたお二人こそ叛乱軍の強さも弱点も知っておられるはずでございます。東都洛陽を守りきれなかったとはいえ、挽回の機会を与えぬままに誅殺するのは拙速と言うべきでございましょう」

「晁衡、朝令暮改とは手厳しいではないか」

　玄宗がさすがに嫌な顔をした。

「諮問には誠をもって答えるべきと心得ておりますので、ご無礼はご容赦いただきとうございます。失の第三は、夷をもって夷を制する策が成るかどうかでございます。もし哥舒翰どのが大勝して叛乱軍を亡ぼしたなら、第二の安禄山になるかもしれません。もし戦いが膠着し、二人が雑胡の好（よしみ）から和解と同盟をはかったなら、唐の国土の西と北を奪われ、魏、呉、蜀が鼎立した三国時代のようになりかねませぬ」

「二人の進言は朕の見るところと同じじゃ。その得失を心得た上で、どう判断するかを聞かせてもらいたい」

玄宗はどんな諫言にも耳を傾ける謙虚さを取りもどしている。これこそ唐の二代皇帝李世民が、『貞観政要』の中でくり返し説いている治者の心得だった。

「私は哥舒翰どのの要求を排すべきと存じます」

王維が先に意見を述べた。

「晁卿がいわれる通り、二人の将軍を誅されては正規軍の不満と動揺をおさえることができなくなりましょう。そうなっては哥舒翰どのの軍勢を投入しても、互いの連携が取れなくなると存じます。幸い顔杲卿どのと顔真卿どのが常山郡と平原郡を勢力下にしておられますので、封常清どのと高仙芝どのには潼関を固く守るようにおおせつけられるべきでございましょう。さすれば洛陽の敵は兵糧や薪の不足をきたし、三月もしないうちに四散するものと存じます」

「晁衡、そちは」

玄宗がうながした。

「兵法の定石からすれば、王卿の意見が正しいと存じます。しかし今は洛陽が占領され、五十万の住民が人質に取られたも同然でございます。これを一刻も早く救出しなければ、多くの者たちが凍死と餓死の危機にさらされましょう」

王維は洛陽を封じれば叛乱軍は兵糧と薪に窮して四散すると言ったが、城内の義倉には五十万の住民が一カ月暮らせるほどの蓄えがある。これを二十万の叛乱軍が兵糧にすれば、三カ月くらいは耐えられる。

しかもその間、住民たちは殺戮と略奪の危険にさらされつづけるが、封常清や高仙芝には事態を打開する度胸も手腕もない。だから哥舒翰の突破力に望みを託すしかないのだった。

「よってあのお方の要求に応じられるべきと存じます」

「しかしそうした場合の懸念は、そちが先程述べたではないか」

「それゆえ一計を案じられるよう奏上申し上げます」

「聞こう。どんな計略だ」

「両将軍には宦官の辺令誠(へんれいせい)どのを監軍として同行させておられます。そこで令誠どのに両将軍といさかいを起こし、陣中で刺殺せよと命じるのでございます。その後で哥舒翰どのに指揮をとらせれば、両将軍の配下の不満や混乱をおさえることができましょう」

「王維、この意見はどうだ」

「確かに晁卿のいわれる通りでございます。兵は詭道(きどう)なりという教えを、失念いたしておりました」

「それではそのように計らう。このことを高力士に伝え、辺令誠にその役を務めさせよ」

玄宗の命令は秘密裏に実行された。封常清と高仙芝は令誠の手の者に討ち取られ、潼関に配した全軍の指揮を哥舒翰が執り、洛陽奪回の機会をうかがうことにしたのだった。

波乱のうちにその年が暮れ、天宝十五載（七五六）の年が明けた。

日本の元号では天平勝宝八年に当たる。

長安では戦乱の禍(わざわい)により正月参賀が中止されたが、安禄山はそれをあざ笑うような行動に打って出た。

一月一日を期して安禄山は大燕国を樹立し、洛陽南郊の天壇(てんだん)に立って自ら皇帝となることを宣言したのである。

年号は聖武という。

当然のことながら、玄宗は激怒した。

謀叛人の分際で自ら皇帝を名乗るとは、僭称(せんしょう)以外の何物でもない。しかも長安と目と鼻の先の東都洛陽でそんなことをされては玄宗の面目は丸潰れである。

そこで諸方の身方に檄(げき)を飛ばし、即時に洛陽に攻め入って安禄山を討ち果たすように命じた。これに応じて睢陽郡(すいようぐん)の李随(りずい)、濮陽郡(ぼくようぐん)の尚衡(しょうこう)などが数万の兵をひきいて行動を起こした。

常山郡の顔杲卿も従弟の真卿と連絡をとって反攻の構えを強めた。

ところがこれを見抜いていた安禄山は、杲卿らが進発しようとした時、幽州から南下してきた史思明(ししめい)の軍勢五万に常山城の四方から攻め込ませ、城を占領して杲卿らを捕らえたのである。

しかも戦果を誇示するために杲卿を荷車に乗せ、さらしものにしながら洛陽の安禄山のもとに連行した。

その知らせが長安に届いたのは一月十五日だった。

「常山城が落ち、顔杲卿が敵の虜に……」

玄宗は衝撃のあまり言葉を失い、救う手立てはないかと仲麻呂と王維にたずねた。

「杲卿どのは安禄山の側近の何千年を捕らえ、長安に送っておられます。この者と杲卿どのを交換するよう、禄山に申し入れたらいかがでしょうか」

王維が即座に案を出した。

「そうせよ。杲卿と真卿は国の宝である。何としてでも死なせてはならぬ」

「それでは私が洛陽に行き、交渉に当たらせていただきます」

「恐れながら、その儀はいかがかと存じます」

仲麻呂が異をとなえた。

王維は安禄山と敵対している楊国忠の秘書官なので、見せしめのように処刑されるおそれがあった。

「その点私は、安禄山とは義兄弟の間柄でございます。ソグド人はこうした縁（えにし）を大切にいたしますので、交渉役には適していると存じます」

「洛陽までの間は、敵の軍勢がひしめいておろう。それに安禄山ごときに勅命を足蹴（あしげ）にされたなら、帝位の尊厳をおとしめることになる。それを避ける手立てはあるか」

「恐れながら、貴妃さまは安禄山を養子にしておられたと存じますが」

「その通りじゃ」

玄宗がかすかに眉をひそめた。

安禄山を重用して好き放題にさせていた頃のことを思い出し、後悔の針に胸を刺されたようだった。

「ならば貴妃さまを皇后となし、臣らを皇后宮使として派遣していただきとうございます。ソグド人は母を先にして父を後にすると安禄山は申しておりましたので、母からの使者とあれば道を妨げることはないと存じます」

「王維、そちの考えは？」

「異存はございません。安禄山が皇后宮使を受け容れたなら、顔杲卿どのの助命ばかりか講和の足掛かりとなる交渉をして、洛陽の臣民の安全をはかることもできると存じます」

「有無を言わさず首をはねられることもある。それでも承知か」

「陛下のご恩に報いることができますなら、この身を捨てても本望でございます」

いつもは隠者のように淡々としている王維が、思いがけないほど強い口調で答えた。

「ならば二人に行ってもらう。貴妃にも安禄山にあてた書状を書かせよう」

「講和の下話(したばなし)になったなら、安禄山は楊国忠どのの処罰と、范陽、平盧の独立を求めてくると思われます」

これにどう対処すべきかと、仲麻呂がたずねた。

「洛陽を明け渡し范陽まで兵を引くなら、朕にも善処する用意がある。まずは顔杲卿を助け出すことが先決じゃ」

玄宗は重臣たちを集めてこのことを伝えた。

また平原太守の顔真卿には戸部侍郎を加え、変わらぬ忠誠をうながしたのだった。

皇后宮使の派遣は極秘のうちに進められたが、いきなり大きな障害にみまわれた。宿敵哥舒翰が潼関の守りについたと聞いた安禄山は、次男の慶緒に十万の軍勢をさずけて突破を命じたのである。

双方合わせて三十万の軍勢が函谷関と潼関の間にひしめき、十日間にわたって激闘をくり広げたが、最後は防御を固めていた哥舒翰の計略が勝ったのだった。

激戦で身動きができない間に、仲麻呂はひとつの手を打った。

東の市の石皓然の店に行き、皇后宮使として交渉におもむくので、安禄山に伝えてほしいと頼んだのである。

石皓然は二年前に他界し、新羅に拘束された春燕の安否も定かではない。だが皓然の養子となって店を継いだ石光慶は、二つ返事で引き受けてくれた。

いつぞや四つん這いになって皓然に鞭打たれていた男だった。

「禄山兄さんは決して陛下に歯向かうつもりはありません。楊国忠のやり方があまりにひどいので、同朋を守るために立ち上がったのです」

だから講和の役に立てるなら嬉しいと、二人一組の使者を五組も立てて洛陽に向かわせた。

途中で難にあってたどり着けなくなる組が出ることを想定してのことで、広大な地域で活動するソグド人たちが常用する連絡法だった。

二月二日、仲麻呂と王維は四頭立ての馬車に乗って長安を出発した。

潼関までは前後に十人ずつの警固をつけただけだったが、その先は激戦の余燼（よじん）がくすぶっている。

「どこに敵がひそんでいるか分かりませんし、敗残兵の中には野盗と化している者もいます」

哥舒翰の忠告に従って警固を百人ずつに増やし、勅使を表す旌節（せいせつ）と「皇后宮使」と大書した旗をかかげた。

そうして黄河沿いの道を東に進み、五日後には陝郡（せんぐん）（陝州）に着いた。

ここから函谷関までは山間部に入り、谷沿いの道を行かなければならないが、あいにく夜半から雪が降り始め、翌朝には野山を純白の雪がおおいつくした。

膝まで埋まるほどの積雪で、とても馬車で進める状況ではない。そこで陝郡の宿に六日間滞在し、雪が固まるのを待って出発した。

「この先は制圧しきれていません。敵が攻撃してくるおそれがありますので、甲冑（かっちゅう）を身につけて下さい」

背の高い突厥人の警固隊長に迫られ、仲麻呂と王維は鉄の札（さね）を張り合わせた鎧を身につけた。

「こんな物を着込んでも、大軍に襲われたらひとたまりもあるまい」

王維が苦笑して胴のあたりを叩いた。

「遠矢（とおや）を射かけられた時には役に立つさ。重くて不自由だけどね」

仲麻呂も不本意だったが、警固の兵たちのことを思えば文句は言えなかった。

幸い函谷関につづく谷沿いの道で敵に襲われることはなかった。

戦いに敗れた安禄山軍は、いったん函谷関の東まで退却している。追撃にそなえて残した兵も、大雪のために野営ができなくなり、引かざるを得なくなっていた。

関所の関門も雪におおわれていた。

洛陽方面の方が雪が多かったようで、巨大な楼門の屋根が重たげな雪におおわれている。門扉は固く閉ざされ、二十人ばかりの兵が警固に当たっていた。

「さて、鶏鳴でも真似てみるかね」

王維が緊張にあらがうように軽口を叩いた。

秦から逃れた孟嘗君(もうしょうくん)が、真夜中に鶏の鳴き声を真似させて門を開けたという故事をふまえてのことだが、今は真昼である。しかも仲麻呂らの一行が近付くのを見た敵は、あわただしく楼上や門外の身方と連絡を取り合っていた。

「仕方があるまい。貴妃さまの親書を示して、通過させてくれるように交渉してみよう」

仲麻呂が鎧を脱いで馬車を下りかけた時、門扉が開いて大柄の騎馬武者が歩み寄ってきた。ただ一騎、ためらいなく雪道を踏んで近付き、

「晁衡秘書監どの、お久しゅうございます」

馬を下り、兜の目庇(まびさし)を上げて声をかけた。

安禄山の側近の劉駱谷(りゅうらくこく)である。禄山に命じられて長安に留まり、朝廷工作や情報収集を担当していたが、叛乱が起こる直前に禄山に呼びもどされていたのだった。

「委細は石光慶の使者から聞いております。この先は私が大燕皇帝陛下のもとに案内しますの

で、警固の兵は返していただきたい」

駱谷は気心の知れた信用できる男である。仲麻呂は王維にそのことを告げ、身をゆだねることにした。

駱谷に先導されて関門をくぐると、洛陽につづく道の両側に数万の兵がひしめいていた。

洛陽まではおよそ七十五里（約四〇キロ）。その夜は洛水のほとりの宿所に泊まり、翌朝の開門を待って洛陽城内に入った。

城内は雪におおわれ、街はひっそりと静まっている。安禄山軍の乱入によって破壊や略奪が行われていたのではないかと案じていたが、そうした形跡はあまりない。意外に整然と治安が保たれていた。

「晁君、頼みがある」

皇城の端門（たんもん）をくぐる時、王維が思い詰めた様子で切り出した。

「私は楊宰相に引き立てられたから、安禄山は目の敵にしているだろう。その点君は憎まれてはいない。もし私のせいで交渉が難航しそうになったなら、役目をはたすことを優先してくれ」

「見捨てても構わないということだろうか」

「そうだよ。人には命の捨て所がある」

「分かった。私も陛下のお役に立てるなら、一命を捨てる覚悟だよ」

劉駱谷に先導され、馬車は宮城の応天門を抜けて含元殿（がんげんでん）の前で停まった。

唐朝歴代の皇帝が政務をとっていた壮麗な宮殿が安禄山に接収され、各方面からの使者を謁見するために使われていた。

　大広間の玉座に、大燕国の雄武皇帝を名乗る禄山が、黄金の冠をつけ緋色の服をまとって着座していた。

　浅黒い大きな顔に赤茶色の立派な髭をたくわえている。目は青みがかっていて、身の丈は六尺五寸（約二メートル）。肩幅が広く胸板が厚いたくましい体付きをしていた。

　玉座の前に敷いた毛氈には、重臣たちが胡坐をかいて控えている。その多くがソグド人、突厥人、契丹や奚から唐に服属した将軍たちで、遊牧民族特有の粗暴で荒々しい気配をただよわせていた。

　仲麻呂と王維は皇帝に対する礼儀をつくし、皇后宮使として親書を届けに来たことを告げた。安禄山は側近から親書を受け取り、仕方なげに目を通した。

「義母君はつつがなくお過ごしか」

「お変わりございません」

　王維が答えた。

「義父君は？」

「思わぬ叛乱に心を痛めておられます」

「この書状には唐帝陛下の望みをかなえてくれと記してある。どんな望みか、聞かせてもらおうか」

「一つは顔杲卿どののことでございます。常山城で捕らえられた杲卿どのを、長安におられる何千年どのと引き替えに釈放していただきたい」

「他には」

「天下の静謐のために、講和をはかりたいとお考えでございます。どのような条件ならそれが可能か、お聞かせいただきとうございます」

「王維は詩人としても名を知られた者であったな」

禄山がぎろりと目をむいて睨めつけた。

「いささか、心得がございます」

王維は少しも動じなかった。

「ならば朕の胸中をおしはかってみよ。何を望んでいるか」

「恐れながら、そのような力はございません」

「晁衡、そちはどうだ」

「楊国忠宰相を誅殺すると号して挙兵されたと聞いております。その目的をはたすことと、大燕国の自立を認めてもらうことではないでしょうか」

仲麻呂は臆することなく思ったままを口にした。

「自立ではない。独立だ。しかもその範囲は西域におよぶものでなければならぬ」

「それが認められれば、洛陽から兵を引かれるでしょうか」

「朕の望みは、それればかりではない。駱谷、今日は何日だ」

「二月二十日でございます」

劉駱谷が即座に答えた。

「さようか。それでは月末までにこちらの条件を示そう。二人を丁重にもてなすがよい」

安禄山は思っていたより好意的で、二人は鴻臚寺の客館に案内された。皇城の端門の近くで、二人にはなじみ深い場所だった。

「君はどう見たかね。頭の赤い大きな鳥を」

王維が低い声でたずねた。

「洛陽の治安が保たれ、住民にはそれほど被害はなかったようだ。楽観的にはなれないけど、あの様子なら講和をまとめることができるかもしれない」

「鷹揚な態度は見せかけだよ。あるいは何か思わぬ不都合が生じて、慎重になっているのかもしれない」

「思わぬ不都合とは？」

「戦で大敗したとか、身内の裏切りがあったとか。もっともそれを知る術（すべ）は今の我々にはないが」

鴻臚寺には以前からの官吏が数多く残り、安禄山に従って働いている。客館の監視は厳重で、外の情報を得ることはできない。玄宗は顔杲卿を救えと命じたが、彼が生きているかどうかさえ分からなかった。

ところが滞在四日目に思いがけないことが起こった。

王維の部屋に何者かが書状を投げ入れたのである。唐側に心を寄せる者が、ひそかに内情を伝えようとしたのだった。

「やはり思った通りだ。これを見てくれ」

王維は勇んで仲麻呂に書状を示した。

書状には端正な書体で最近の戦況が記されていた。

「安慶緒の軍勢が潼関で哥舒翰に敗れたために、安禄山に身方している者たちに動揺が広がっている。そのために唐側に寝返る者も多く、二月十五日には河東節度使に任じられた李光弼が常山城を奪い返し、禄山の腹心の安思義を捕らえた。これを知った史思明らは大軍をひきいて常山城を攻めたが、撃退されて幽州方面に敗走した」

史思明は禄山に次ぐ叛乱軍の実力者だから、これが事実なら唐側が一挙に形勢を挽回したということだ。

「しかし、これを信じていいのだろうか」

仲麻呂は慎重だった。

「この書体は顔真卿どのに通じるものだ。急を知らせてくれた方は、似た書体を用いることで真卿どのと同門だと知らせたのだろう。信じるに足ると思う」

王維は確信していたが、書体を似せることはそれほど難しくはない。敵を操るためにそうした手法が使われることを、用間（スパイ）だった仲麻呂はよく知っていた。

天宝十五載（七五六）二月は小の月で、二十九日が月末である。

この日の午後、劉駱谷が仲麻呂の部屋にやって来た。

「陛下がお呼びでございます。ご同行を願います」

玄関先の馬車まで案内したが、王維の姿はなかった。

「王君は一緒ではないのですか」

「晁衡さまを連れて来るようにとおおせでございます」

馬車は応天門の前で西に折れ、長楽門をくぐって億歳殿に着いた。

道教の始祖である老子を拝し、不老長寿を祈るために造られた御殿だが、今では建物全体に西域風の華やかな装いがほどこされ、ゾロアスター教（祆教）の祆神廟として使われていた。

「これから陛下がズルワーンさまを祀る儀式を行われます。ご参列下されませ」

駱谷に案内されて本殿に入ると、胡服を着た百人ばかりが厳粛な面持ちで儀式が始まるのを待っていた。

禄山の側近や将軍、商人などで、正面には翼を持ち光輪を背負った武人像が安置されている。祖神ズルワーンの子アフラ・マズダーである。善と悪を峻別し、正義と法をつかさどる最高神だった。

やがて本殿の奥で胡弓と琵琶の演奏が始まり、ズルワーンをたたえる歌とともに美しく着飾った巫女たちが入ってきた。そうして壇上に並べた灯明皿に火をともし、金の香炉で香をたいた。

用意がととのうと、黄金の服をまとい、赤い胡帽をかぶった安禄山が神像の前に座り、ズルワーンをたたえる詩を詠じ始めた。

ソグドの言葉なので仲麻呂にはほとんど聞き取れなかったが、旋律には聞き覚えがある。石皓然が東の市の店でとなえていた歌だった。

内容はズルワーンがアフラ・マズダーに正義と法を授け、この世を支配するように命じたいきさつ。それにこの世に住む者はアフラ・マズダーに従い、命も家族もかえりみずに戦わなければならないという教えだった。

ゾロアスター教を信じる者にとって、気持ちを高揚させずにはおかない絶対の鉄則である。集まった百人ばかりは安禄山とともに詩を詠じながら、精気に満ちた異様な表情になっていった。

彼らが命をなげうって戦うのは、安禄山と共にこの教えに従っているからである。仲麻呂は叛乱軍の結束の固さと強さの秘密を垣間見て、石皓然が安禄山や史思明にはソグド人の本当の力を示してもらいたいと言っていたことを思い出した。

あの商人が望んでいたのは、ソグド人の大唐からの独立だったのだろう。唐から雑胡とさげすまれていた彼らにとって、ズルワーンを奉じて唐の皇帝を打ち倒すことは、長年の悲願だったのかもしれなかった。

本殿の空気は次第に熱気をおびていく。その熱気に気圧されながら、仲麻呂はあたりにかすかな異臭がただよっていることに気付いた。

甘くさわやかな薄荷（はっか）のような匂いの中に、妙な青臭さが混じっている。

大麻である。大麻を乾燥させたものをお香とともに焚き、集まった者たちを通常とはちがった精神状態にみちびくことで、神との一体感を感じさせようとしているのだった。

安禄山は詩を詠じ終えると、神像の足をなでさすって降霊を受け、配下たちの方へ向き直った。下からの灯りに照らされ、胡坐をかいた姿が大きな影となって神像をおおった。

「アフラ・マズダーさまは、かく語られた。ズルワーンさまの教えに従う者だけに、この世を支配する権利がある。その前に立ちふさがる者があれば、ことごとく打ち倒せと」

安禄山の呼びかけに皆が絶叫で応えた。

禄山は両手で騒ぎを制して話をつづけた。

「行く手に山があれば山をこえ、川があれば川を渡れ。そうして敵する者を打ち破り、我らの国を築くのだ。皆の者、その覚悟はあるか」

「おう、あるとも」

全員が声をそろえて拳を突き上げた。

「ならば大燕帝国のために戦おうぞ。唐の支配を終わらせ、正義と法にもとづく新しい世界を築こうではないか」

安禄山の言葉が終わると、巫女たちが杯を配った。

上級の者は金、中級は銀、その下の者は瑠璃である。大きな杯にぶどう酒を満たし、ズルワーンをたたえて乾杯をした。

「今日は皆に引き合わせたい者がいる。朕の義兄にして唐皇帝の寵臣(ちょうしん)である晁衡秘書監だ」

仲麻呂は劉駱谷にうながされて皆の前に立った。

好奇の目がいっせいに向けられた。

「晁衡は唐皇帝に命じられて和を乞いに来た。そうだな」

「さようでございます」

仲麻呂はなりゆきに任せて柔軟に対応することにした。

「洛陽を明け渡すなら、朕の要求に応じる用意があると聞いたが」

「こちらに捕らえられた顔杲卿どのと、長安で捕虜になっている何千年どのを交換すること

も、条件のひとつでございます」

「それでは朕の要求を伝えるゆえ、唐皇帝に取り次ぐがよい。一つは楊国忠と哥舒翰を引き渡

すこと。この二人は結託し、西域との交易の利を独占しようとした。このたびの争乱の元凶と

なった者共で、決して許すことはできぬ」

安禄山は楊国忠を誅殺すると号して挙兵したが、それは個人的な恨みや朝廷内の権力争いだ

けが原因ではない。最大の争点は、誰が西域との交易を支配するかにあった。

互市牙郎（交易仲介業者）から身を起こした安禄山は、平盧、范陽の節度使に任じられる

と、ソグドや突厥の商人を支配下に組み込み、北方から西域にかけての交易を支配して莫大な

利益を上げるようになった。

この時代には、シルクロードやステップロード（草原の道）を用いて、ユーラシア大陸の東

西を結ぶ活発な交易が行われていたからである。

主な商品は絹織物、穀物、肉類、衣類、鉄、絨毯などで、安禄山が拠点としている幽州（北京）には、それぞれの商品ごとに行（同業組合）が組織されていたほどである。

節度使の軍勢の主な任務は交易路の安全を守ることで、范陽節度使配下の九万一千余の兵士には、手当として絹織物が支給されていた。

こうした独占を突き崩そうとしたのが、楊国忠と哥舒翰だった。

安禄山と同様に突厥人の血を引く哥舒翰は、隴右と河西の節度使に任じられると、西域と范陽を結ぶ交易路に割って入り、通交料や警固料を徴収するようになった。

激怒した安禄山は玄宗皇帝に不正を訴えたが、哥舒翰は楊国忠と結んで玄宗に多額の献金をし、次第に権益を拡大していった。

政治的にも経済的にも追い詰められた安禄山は、交易路を確保するために二人を討つことにしたのだった。

「要求の二つ目は、大燕国の範囲に関わることだ。平盧、范陽ばかりでなく、西は隴右まで、かつての北魏が支配した地域の北辺を版図として認めること」

これはシルクロード、ステップロードの交易を支配するために不可欠のことである。また安禄山を支持している旧突厥、奚、契丹の者たちの願いでもあった。

「要求の三つ目は、朕と唐皇帝が親子の契を結び、今後両国が平和のうちに共存するという誓約を結ぶことだ。すでに朕は皇后と親子の契を結び、皇帝とも親子同然だが、和を結ぶにあたって関係を強固なものにしたい。以上三点、唐皇帝が認めるなら、ただちに洛陽から兵を引く」

「恐れながら、范陽（幽州）まで退却されるということでしょうか」

仲麻呂はそのことを確認しようとした。

「唐皇帝が誠実な対応をするなら、朕も誠意をもって応えるであろう」

「顔杲卿どのの件も間違いないでしょうか」

「何千年は朕の股肱だ。交換に異存はない。ただし唐皇帝の返答が伝えられるまで、使者のうちどちらか一人には証人として洛陽に残ってもらう」

どちらが残るかは二人で決めるがよいと言うと、安禄山は用はすんだとばかりに追いやる仕種をした。

仲麻呂は劉駱谷に送られて客館にもどり、王維にこの申し出を伝えた。

「いずれも難しい条件ばかりだね」

中でも楊国忠と哥舒翰の引き渡しに陛下が応じられるとは思えないと、王維は否定的だった。

「私もそう思うが、交渉は己の立場の主張から始まるものだ。陛下にお伝えして、どんな条件なら歩み寄れるかをさぐるしかあるまい」

「安禄山が君だけを呼んだのは、どんな思惑からだろう。義兄弟の君なら、話がしやすいと思ったのだろうか」

「案内されたのは祆教の儀式の場だった。そこで陛下への要求を伝えることで、身内の結束をはかりたかったのだろう」

「なるほど。陛下と親子の契を結ぶことにこだわったのはそのためだな」

ソグド人たちにとって、親族の契を結ぶことほど信用できる安全の保障はない。しかも陛下との契を結ぶことは、自分の皇帝としての立場を強化することにつながる。王維は安禄山の意図をそう読み解いた。

「陛下の返答がとどくまで、どちらか一人がここに残るように言われた。私が残るから、君がこれから長安に向かってほしい。劉駱谷どのが陝郡まで送ってくれることになっている」

「それは駄目だ。私がここに残るべきだよ」

「どうして。君より私が残った方が安全なはずだ」

「君がここに残ったなら、安禄山と通じていると疑われる。陛下はそんなことをお考えにならなくても、講和に反対する者たちは必ずそう言い張るはずだ。それが講和の弊害になるだろう。それを避けるには、私が残るしかないよ」

「そうか。ならばそうしよう」

仲麻呂は同意した。確かに王維が言う通りだった。

「晁君、君とは三十五年の付き合いになる。初めて会ったのは、二人が共に科挙の進士科に及第した時だ」

「そうだね。君は状元（首席）で私は次席だった。あの頃は洋々たる前途が開けていると思ったものだ」

「あるいはこれが、今生の別れになるかもしれない。その前に解いておきたいわだかまりはないかね」

王維の深みのある目を見て、仲麻呂は腹を割ってたずねてみることにした。

「ひとつだけある。君が渡してくれた『魏略』のことだ」

「うむ、それで」

「三年前に帰国が決まった時、陛下は御披三教殿に入ることを許された。私はそこで『魏略』第三十八巻の倭国の条を読んだ。そして送別の宴の後で陛下から同書を下賜していただいたが、これは偽物だった。このことについて、何か思い当たることはないだろうか」

「思い当たることとは？」

「私が御披三教殿で閲覧した時、『魏略』はすでにすり替えられていた。そして君はその偽物を、陛下からの餞別だと言って私に渡した。つまり初めから君が仕組んだことだと思うが」

「否定はしないよ。君が用間（スパイ）として我が国に残り、秘府の史書をさぐっていたことは分かっていた。それを見逃すことはできないので、あのような手を使わざるを得なかったのだ」

「使わざるを得なかったとは、どういうことだろう」

「もし君が本物の『魏略』を見たなら、殺さざるを得なかった。あの弁正のようにね」

「あれは……、君が命じたことなのか」

「そうではないが、弁正が排除されることは知っていた。どの朝廷にも代々秘府を守護する者たちがいる。王朝が替わっても、皇帝の正統性を保証する史書は守らなければならないからね。帝位を禅譲するとはそういうことだ」

「その一員だということか。君も」

「その問いに答えられないことくらい、君なら分かるだろう。私も密命を帯びた君の辛さはよく分かっているつもりだ」

「いつ分かった。私がそのような者であることを」

「君が張九齢さまを見限り、李林甫さまに従うようになった時だよ。君は欲得ずくでそんなことをする人間ではない。だとすれば何か理由があるはずだ。そう考えて君の行動を注視していた」

「そうか。偽の『魏略』をくれたのは、友情の証だったという訳か」

「私が起草した国書とあの巻子（かんす）があれば、君は日本国の懸案を解決した功労者として迎えられる。そして帰国後に高い地位を得て、祖国の発展に尽くすという長年の夢をかなえてほしい。私は心からそう願っていたのだ」

王維はそう打ち明けて、照れたように手を差し出した。

仲麻呂はその手をしっかりと握り締め、必ずもどると約束したのだった。

しかし、約束ははたせなかった。

三月十日に長安にもどった仲麻呂は安禄山の申し出を伝えたが、玄宗は楊国忠と哥舒翰の引き渡しには頑として応じなかった。

しかもこのやり取りを盗み聞きした国忠は、顔杲卿が捕虜として送ってきた何千年をひそかに惨殺し、洛陽に伝わるように仕向けた。

これを知った安禄山は激怒し、顔杲卿を洛水にかかる天津橋の橋脚にしばり付け、手と足を切り落として肉片を食らった。それでも杲卿は安禄山をののしりつづけ、最後は舌を抜かれ血のりが喉につまって絶命したという。

仲麻呂が洛陽にもどることは許されず、王維がどうなったかも分からない。友の身を案じながらも、なす術（すべ）もなく玄宗に近侍する日がつづいたのだった。

二十万の軍勢を預かる哥舒翰は、その間も潼関に布陣して安禄山軍と対峙していた。

河北道や河南道では玄宗の檄に応じていた将兵たちが、叛乱軍と一進一退の攻防をくり返していた。

中でも常山郡を拠点とした李光弼と郭子儀の働きはめざましかった。五月二十九日に禄山の盟友史思明と嘉山（かざん）の地で戦い、敵の首四万余を得る大勝利をおさめたのである。

史思明は北の博陵（はくりょう）郡（定州）まで逃れたが、光弼らはこれを追撃して城を包囲した。

そのために安禄山の本拠地である河北道でも、禄山の属将を殺して朝廷に降る者が続出した。これを知った禄山は、洛陽を捨てて幽州（北京）に帰ると言い出したほどだった。

嘉山の戦い。そう呼ばれる大勝の報が長安に届くと、玄宗はこの機を逃さず洛陽を奪回するよう哥舒翰に命じた。

ところが潼関に布陣していた哥舒翰は、言を左右にして出陣しようとしなかった。

業を煮やした玄宗が、重臣たちを集めて対応をはかるように命じたのは六月五日のことである。集まったのは楊国忠、高力士、御史大夫に任じられた魏方進（ぎほうしん）、龍武大将軍の陳玄礼（ちんげんれい）、監門（かんもん）将軍辺令誠、それに仲麻呂の六人だった。

まず哥舒翰からの使者を呼んで状況を説明させた。

「我が軍は霊宝県と潼関の間に布陣しております。正面の敵は一万ばかりですが、霊宝の南の尾根に布陣し、何事かをたくらんでいるものと思われます」

「何を、どうたくらんでいると申すのだ」

楊国忠が鋭くたずねた。

「姿を見せているのは一万ばかりですが、これは囮（おとり）で、本隊は背後の山中に隠れているおそれがあります。函谷関に向かう道の右手には尾根がつづき、左手には黄河が流れる狭隘（きょうあい）の地ゆえ、大軍といえども奇襲を受けたなら身動きがとれず、敵の術中にはまるおそれがあります」

「ならば伏兵がいるかどうか、物見（ものみ）を出して確かめればいいではないか」

「一昨日から二十人以上を出していますが、誰一人もどりません。敵の待ち伏せにあって殺されたものと思われます」

「陛下は兵を進めて洛陽を奪回せよとお命じになった。これに逆らう権限は哥舒翰にはない」

国忠が高飛車に決めつけたが、漢人の使者は一歩も引かなかった。

「哥舒さまは雑胡ゆえ、わずかな兵を見せて敵を誘う安禄山のやり口を知っておられます。それに敵は嘉山の戦いに大敗し、我らと早く決着をつけようと焦っております。それゆえ我らは潼関を固く守り、敵の挑発に乗らないことが肝要でございます」

「言いたいことはそれだけか」

「さようでございます」

「これから御前で評定し、結果は後程申し渡す。下がっておれ」

使者が出て行くのを待って、玄宗の御前での評定になった。

「お聞きの通りだが、皆さまはどう思われましょうか」

国忠はまず高力士に意見を求めた。

「身共は近頃病気がちで、軍事向きのことから遠ざかっております。この間監軍として陝郡におもむいた辺令誠におたずね下されませ」

高力士は言質を取られまいと、同じ宦官である辺令誠に話を向けた。

「かようにおおせだが、いかがかな」

「伏兵のおそれなど、進軍をしないための口実でしょう。もし事実だとしても、尾根から平地に下りる道は限られているので、押さえの兵を置いておけば心配はないはずです」

辺令誠は玄宗の密命を受けて高仙芝と封常清を陣中で謀殺している。それは哥舒翰の要求に応じるためだが、翰が玄宗の命令に従わないなら身方をするわけにはいかなかった。

「晁衡秘書監も洛陽への道を通ったばかりだが、どのように見てきたか」

楊国忠が値踏みするような目を仲麻呂に向けた。

「使者が言った通り、霊宝県から陝郡までは七十里（約三八キロ）の隘路（あいろ）がつづきます。大軍の移動には不向きですから、伏兵の危険があるとなればなおさら慎重を期す必要があると存じます」

「それでは好機を逃すことになる。常山で大勝した今こそ、敵の動揺をつくべきであろう」

「もし敵が山中にひそんでいたとしても、兵糧の備えはないはずです。あと三、四日待てば退却せざるを得なくなりましょう。進軍はそれからでも遅くはないと存じます。その間にこの晁衡を、もう一度洛陽につかわしていただきとうございます」

仲麻呂は意を決して申し出た。

「ほう、それほど禄山に会いたいか」

「目的は三つあります。ひとつは道中の下見でございます。もし敵が伏兵をおいているなら、何らかの気配を感じ取ることができましょう。もうひとつは、この機会に敵を洛陽から退却させる交渉をすることでございます。宰相がおおせられたように敵が動揺しているのなら、先の申し出を撤回して勅命に従うかもしれません」

目的の三つ目は、王維の安否を確かめることである。そして無事に連れ帰らなければ、勅使ばかりか皇帝の威信にかかわる。仲麻呂はそう主張した。

「さようか。そちは王維を人質にしてもどったのであったな」

「安禄山からそのように求められ、二人で話し合って決めたことでございます」

「聡(さと)いそちのことだ。洛陽にいた間に、何か噂を聞かなかったかね」

楊国忠がねっとりとした口調でたずねた。

「何も聞いておりません。二人とも鴻臚寺の客館にいて、外との連絡を絶たれておりました」

「余のもとには噂が届いておる。哥舒翰は安禄山と通じ、兵を西に向けるつもりだとな。進軍の命令に従わぬのは、その計略があるからじゃ」

「宰相、まことか」

　黙って聞いていた玄宗が、驚きのあまり甲高い声を上げた。

「こうしたこともあろうかと、哥舒翰のまわりに手の者を入れております。その者からの知らせによれば、安禄山は崔乾祐（さいけんゆう）を哥舒翰のもとにつかわし、身方になるなら河西と隴右の支配を任せると申し入れたそうでございます。二人は共に雑胡の生まれで、西域との交易路を支配することで大きな利益を得ております。それゆえ利害が一致したのでございましょう。ちなみに、敵の先陣として霊宝県に布陣しているのが崔乾祐でございます」

　楊国忠は立て板に水の弁舌でまことしやかに語った。

　もともと国忠は、哥舒翰と結託して安禄山から交易路の利権を奪おうとしていた。乱を鎮圧するために哥舒翰を使うように進言したのも国忠だが、玄宗が翰を兵馬元帥に任じて二十万の大軍を預けると、二人の関係は次第に険しくなり、やがて対立するようになった。

　国忠は翰を部下として自在に操れると考えていたが、玄宗に重用された翰は国忠に従わなくなったばかりか、国忠と親しい安思順（あんしじゅん）の不正を訴えて誅殺させた。

　このままでは翰と結託していたことまで暴露され、自分の立場が危うくなる。そんな不安に駆られた国忠は、常山で李光弼らが大勝したのを好機と見て、翰を追い落とそうとしていたのだった。

た。

楊国忠を信任することの危うさに気付いているからだが、すでに方進は国忠に買収されてい

玄宗は御史大夫に取り立てた魏方進に意見を求めた。

「大夫、この件についてどう思う」

「宰相のおおせの通りと存じます。勅命に従わぬのが何よりの証拠ではないでしょうか」

「だとすれば由々しきことじゃ」

「陛下、哥舒翰が敵に内通しているか確かめるためにも、今一度進軍をお命じ下されませ。これに従い崔乾祐を攻めたなら、疑いを解くことができます。もし従わぬなら、他の将軍に命じて討ち取るしかありません」

楊国忠の再度の進言に押し切られ、玄宗は哥舒翰の使者に出陣するように厳命した。

翰はこれに従い、六月八日に洛陽へ向かって兵を進めた。

前方の右手には険しく切り立った山が連なっている。その尾根に崔乾祐の一万余が布陣して待ち受けていた。

官軍は王思礼らがひきいる前軍が五万、龐忠らの中軍十万がそれにつづき、哥舒翰は兵三万で黄河の北岸の高みに布陣し、太鼓を打ち鳴らして身方の進撃を励ました。

初めは前軍の二万を割いて尾根からの出口を封じ、残りの十六万は一気に洛陽に向かう作戦だった。ところがこれを見抜いた崔乾祐は、一万にも足りない騎兵をひきいて前軍に襲いかかり、斬り回り駆け回って攪乱した上で敗走した。

前軍は敵の少なさをあなどり、一気に討ち取ってしまおうと谷間の奥まで追撃した。ところがこれは罠だった。谷の両側の尾根には敵が伏せていて、上から大木や石を落としかけ、前後の道をふさいで雨のように矢を射かけた。

前軍がたまらず退却しようとしたところに、中軍十万が殺到したために、身方同士が入り乱れて大混乱になった。中には退路を切り開こうと同士討ちを始める者もいた。

その時、南側の尾根に布陣していた敵が山から駆け下り、中軍の側面めがけて突きかかった。中軍は隘路で密集しているために、手にした槍や矛を使えない。しかも急に徴用された者たちばかりで戦の経験もないので、なす術もなく敗走するばかりだった。

伏兵は前方の奥にもいた。騎馬の精鋭三千ばかりが幹道を猛然と突撃し、敗走する官軍に向けて次々と矢を放った。

山なりに放つ矢は一本の無駄もなく官軍に命中する。このため中軍も前軍も、平原に出るなり蜘蛛の子を散らしたように逃げ散った。

前方と側面から姿を現した敵はおよそ三万。

しかも歴戦の精兵ばかりで、山中から出るなり五組に分かれて整然と陣形を組んだ。

これを見た哥舒翰は指揮官たちが乗る氈車(せんしゃ)を前に出し、一気に敵を突き崩そうとした。すると崔乾祐は、干草(ほしくさ)を満載した数十台の車を氈車の前方に並べて火を放った。

ちょうど正午を過ぎた頃で、東からの強風が吹き始めている。氈車を引く馬は火の壁を見て立ちすくみ、兵たちは煙に巻かれて目を開けることができない。そこに矢を射かけられ、馬や氈車を捨てて敗走したのだった。

　霊宝での敗戦の報が玄宗のもとに伝わったのは六月九日だった。

興慶宮の勤政務本楼で重臣たちと対面していた玄宗は、哥舒翰からの急便が来たと聞くと、仲麻呂に取り次ぎを命じた。

「八日の戦いで大敗し、二十万の軍勢は四散したそうでございます」

　仲麻呂は他の重臣に聞こえないように、玄宗の耳に口を寄せてささやいた。

「まさか。そのような」

　玄宗は鋭く目を吊り上げて仲麻呂をにらんだ。そのような虚報を取り次ぐなと言いたげだった。

「使者は以前に来た者でございます。自身も手傷を負っておりました」

「急用がある。皆下がれ」

　玄宗は重臣たちを退出させ、剣南軍将の李福徳（りふくとく）らに兵をひきいて潼関に行き、状況を確かめてくるように命じた。

　敵は一万ばかりというので、たとえ緒戦（しょせん）に敗けたとしても二十万の軍勢が四散するはずがない。玄宗はそう考えていたが、夕暮れになっても潼関からの平安火（無事を告げる狼煙）は上がらなかった。

　長安周辺の要地からは、夕暮れに必ず狼煙を上げて平穏無事を知らせることになっている。

ところが潼関の狼煙台の守備兵が逃げ散ったために、他の狼煙台の者たちも中継することができなかった。

　これを聞いた玄宗は初めて顔色を変え、腹をえぐられたように低くうめいた。その衝撃にとどめを刺すように、翌十日には潼関が陥落したという報らせがとどいた。

　すでに夕暮れ刻だったが、玄宗は再び重臣たちを集めて対応を協議した。

　潼関が落ちたなら、長安までの間に敵の侵攻を止める防塁はない。しかも長安城に残っている守備兵は五千ばかりしかいなかった。

「都にいては敵を防ぎきれません。いったん蜀（四川省成都市）に逃れて再起をはかるべきと存じます」

　楊国忠はすでに脱出の仕度にかかっている。他の重臣たちもそれ以外に方策はないと言ったが、玄宗は決心をつけかねていた。

「すべては朕の不徳による。今さら都と住民を見捨てて逃げることはできぬ」

「ならば、どうなされると言うのです」

　楊国忠が鋭く問い詰めた。

「太子を霊武郡（霊州）に向かわせて再起をはからせる。朕は陳玄礼とともに龍武軍をひきいて親征しようと思う」

「手勢はわずか五千しかおりません。勝てる見込みはありませんぞ」

「そんなことは問題ではない。最後まで民とともにあることを示したいのだ」

「陛下のお気持ちはよく分かります。しかし雑胡らに討たれることになっては、朝廷の存続に関わります。そうしたこともご配慮下さいませ」

楊国忠は何としても玄宗を思い留まらせようと、明日百官を集めて対応を協議するので決定に従っていただきたいと申し出た。

翌朝、朝堂に集まった百官を前にして、国忠は涙を流しながら現状を報告し、もはや都を守ることはできないので玄宗を奉じて蜀に向かうと告げた。

「議論している暇はない。数日のうちには出発するので、蒙塵（もうじん）に従うか都に残るか銘々で判断するように」

有無を言わさぬ命令に、茫然自失していた百官たちが非難の声を上げ始めた。

「陛下の意を無視して蒙塵を決めるとは何事だ」

「そもそも陛下に取り入り、こうした事態を招いたのはお前ではないか」

これまで国忠を恐れ、耳も口もふさいできた官吏たちが、口々に叫んで国忠を壇上から引きずり下ろそうとした。

「やかましい」

楊国忠はならず者の本性をむき出しにして一喝した。

「俺はすでに十年も前から、安禄山が叛乱を起こすと言いつづけてきた。ところが陛下は、これを信じず何の手も打たれなかった。こんなことになったのは俺のせいじゃねえ」

そう言い放ち、平然と立ち去った。

楊国忠はその足で韓国夫人と虢国（かくこく）夫人をたずね、長安を脱出することになったが、陛下がためらっておられるので説得してほしいと頼んだ。そして二人を連れて玄宗の御前に出て、百官は皆、陛下のご動座に賛成したと奏上した。

玄宗はそれでもしばらくためらっていたが、楊貴妃の姉二人にほだされて長安を脱出することに同意したのだった。

阿倍仲麻呂は玄宗に近侍し、楊国忠のやり口をつぶさに見ている。その強引さや詐術もよく知っていたが、この期に及んで異をとなえることはできなかった。

やりきれない思いをしながら勤政務本楼を出ようとすると、高力士に呼び止められた。

「晁衡どの。祖国に帰れなかったばかりに、とんだ船に乗り合わせることになりましたね」

力士は玄宗よりひとつ上の七十三歳。宦官としてはまれにみる長寿だが、姿勢も良く足取りもしっかりしていた。

「これも運命です。陛下へのご恩を返すのはこの時だと思っています」

「そうした節操の固さは、日本の方の美徳ですね。いつかあなたに武術の腕を発揮してもらう時が来ると言いましたが、覚えておられますか」

「覚えています。もちろん」

「それが今です。蜀までの道中は何があるか分かりません。私と共に陛下に近侍し、警固の役をはたして下さい」

「陛下の御車に同乗せよということでしょうか」

「ええ。あなたほど信頼できる方は他にいませんから」

「分かりました。そのつもりで仕度をしておきます」

仲麻呂は宣陽坊の自宅にもどり、長安を脱出して蜀に向かうことになったと玉鈴に告げた。

「そうですか。潼関での戦いに負けたようだと小鈴が言ってましたが、本当だったのですね」

「私は陛下の警固に当たります。あなたは貴妃さまと行動をともにして下さい」

「あの娘の側には美雨姉さんがつくはずです。こうなればあの博奕爺の頼みの綱は、あの娘だけですから」

「ところが楊国忠どのは正妻と子供たち、虢国夫人とその子をすでに蜀に向かわせたそうです」

「まあ、どこまで抜け目がない男でしょう。結局大唐国も、私の家と同じようにあの博奕爺の喰い物にされたのですね」

玉鈴はむしろさばさばとした表情をして、小鈴を呼んで仕度にかかるように命じた。


六月十三日の未明、玄宗皇帝の一行は人目をさけ、宮城の北に広がる禁苑にある延秋門を抜けて西に向かうことにした。

玄宗に従うのは貴妃、貴妃の二人の姉、太子李亨を筆頭とする皇子たち、皇孫、楊国忠、高力士、魏方進、陳玄礼、そして仲麻呂などである。

玄宗の馬車には国忠と力士、仲麻呂が同乗し、その後ろに貴妃と姉二人が別々の輿に乗って従った。

輿の後ろには朝廷の宝物を入れた櫃を積んだ荷車が二十両ばかりつづき、行列の前後を陳玄礼がひきいる龍武軍三千余が警固している。そのうち一千ほどは騎兵だった。

延秋門の手前には穀物（こくもつ）や絹糸などをたくわえた蔵があった。

その前を通る時、国忠は蔵を焼くように玄宗に進言した。

「このままでは敵に略奪されるばかりです。それが敵の兵糧や資金にもなりますので」

「それはならぬ。このままにしておけ」

玄宗は肩を落としてつぶやいた。

「敵にくれてやるとおおせですか」

「そうではない。入城して奪うものがなければ、敵は城内の者たちから取り立てるだろう。これ以上我が赤子（せきし）を苦しめるくらいなら、敵に与えたほうがよい」

一行が渭水のほとりに出たのは、東の空が白みはじめた頃だった。

夜が明けて玄宗らが長安を抜け出したことが知れたなら、城内にどんな混乱が起こるか分からない。にわかに安禄山軍となって玄宗の首を取ろうとする者が現れても不思議ではない状況である。

その前に一刻も早く長安から遠ざかろうと、一行は渭水にかかる便橋（べんきょう）を渡って対岸の咸陽県（陝西省咸陽市）に出た。貴妃らの輿のまわりには侍女や宦官などが徒歩で従っていて、歩みはもどかしいほど遅かった。

「これでは賊に追いつかれます。橋を焼いてそれを防ぐべきでございましょう」

再び楊国忠が進言したが、玄宗はこれも許さなかった。

「朕の動座を知った者たちが、後を追ってくるかもしれぬ。どうしてその道を断つことができようか」

涙ぐむ玄宗を見て、高力士が申し出た。

「身共が正午まで橋のたもとで待ちましょう。その後で橋を焼いて、陛下の後を追いまする」

咸陽県には望賢宮（ぼうけんきゅう）という離宮がある。玄宗は宦官の王洛卿（おうらくけい）を先触れの使者とし、県令に食事の仕度をしておくように命じた。

ところが離宮に着いてみると、洛卿も県令も逃げて財物はすべて持ち去られていた。

未明に長安を出て四十里（約二二キロ）の道を移動してきた一行は、疲れはてて空腹に苦しんでいたが、食事も水も手に入れる術（すべ）がない。見かねた楊国忠が店で胡餅（こへい）（蒸し餅）を買って献じたが、玄宗は皆が食べるまではと口にしなかった。

そこで仲麻呂は近くの市場に行き、どんな食料でも買い上げるので望賢宮に運ぶように触れ回った。すると多くの者たちが、自宅で炊いた粟や高粱（コーリャン）の粥を持ち込み、何とか急場をしのぐことができた。

だが食にありつけたのは玄宗の周辺の者たちばかりで、陳玄礼がひきいる三千の兵を養うにはとても足りない。そのために将兵たちは飢えと渇きに苦しめられ、次第に不満と怒りをつのらせていった。

先を急ぐ一行は、夜になって金城県（陝西省興平市）に着いた。

まわりを城壁に囲まれた城塞だが、ここでも県令はじめ多くの住民が逃げ去り、家の戸に横木を打ちつけたり赤土を塗りつけて略奪を防いでいる。

それを引きはがして一行の宿所を確保していると、夜半になって潼関の前軍の指揮をとっていた王思礼が、敗残の兵二千ばかりをひきいて駆けつけた。

「哥舒翰どのは敵に捕らわれました。洛陽に連れて行かれたものと思われます」

それを聞いて玄宗は黙り込んだが、側に控えた楊国忠が怒鳴りつけた。

「二十万もの軍勢を擁しながら、たった一戦で壊滅（かいめつ）するとは何事だ。役立たずどもが」

「我らは潼関の守りを固くして持久戦に持ち込むべきだと奏上いたしました。それをお取り上げにならずに無謀な進軍を命じられたゆえ、かような結果を招いたのでございます」

「無礼な。勅命に誤りがあったと申すか」

国忠が威丈高に出るのが肚に据えかねたのか、警固の指揮をとっている陳玄礼が責任は国忠にあると言った。

「この男が哥舒翰どのは安禄山に内通していると讒言（ざんげん）したために、陛下は真に受けてしまわれたのだ」

この男呼ばわりされても、楊国忠は何も言い返せなかった。龍武軍の将兵が自分に対する怒りを爆発させそうになっていることを知っていたからである。

「王思礼、大儀であった。哥舒翰のかわりに河西と隴右の節度使に任じるゆえ、現地におもむいて散卒（さんそつ）を集め、東征の時に備えてくれ」

玄宗はその場で仲麻呂に勅書を書かせて思礼に与えた。

翌朝金城県を出る時には小雨が降り出し、ひどく蒸し暑かった。

この先、道は二つに分かれている。陳倉県（陝西省宝鶏市）につづく渭水にそった本道と、それより北側を通る道である。蜀に向かうには本道の方が便利だが、一行は北側の道を通ることにした。

安禄山軍の追撃をさけるためだが、幅の狭い北側の幹道では四頭立ての馬車は使えない。玄宗は二頭立てに乗り換え、楊国忠、高力士、仲麻呂は馬に乗って従うことにした。

「貴妃、そなたも同乗せよ」

何か感じることがあったのか、玄宗は楊貴妃を側におきたがった。

「皆が輿や徒歩で従っているのですから、わたくしだけ楽をするわけには参りません」

貴妃は断ろうとしたが玄宗は許さなかった。

金城県から西に二十三里（約一三キロ）進むと馬嵬駅がある。

中国では秦の始皇帝の頃に駅伝の制度が確立し、都と地方を往来する官吏の宿所や、急ぎの使者が馬を乗り継ぐ場所として利用されている。

唐になってこの制度をいっそう充実させ、長安を中心として三十里ごとに千六百カ所の駅を設置した。馬嵬駅もそのひとつで、城壁で囲まれた一里四方ほどの村の中心に、版築の土壁で囲んだ駅がある。

駅の中には中庭に面して駅館が四軒、仏堂が一つ、駅継ぎの馬を養う馬屋が二棟あり、入り口には二層造りの厳重な門があった。

駅の周辺には穀物や絹糸などを収蔵する倉庫や、私用の旅人が利用する宿屋や茶店が道沿いに並んでいた。

小雨は次第に本降りになっている。

その中を楊国忠は馬で駆け回り、玄宗や太子李亨らを駅の宿所に、韓国夫人や玉鈴、重臣の家族らを外の宿所に割りふった。

そうして駅にもどった時、陳玄礼らが対面を求めていると従者が告げた。

「この非常時に、勝手ばかり言いおって」

国忠は腹を立てながら外に駆け出して行った。

やがて外から怒号が聞こえてきた。仲麻呂は心配になって表に出た。

駅から百歩（約一四七メートル）ほど西で、馬上の楊国忠を陳玄礼と配下たちが取り巻いて言い争っていた。

国忠は龍武軍は村の土塁の外で待機するように命じた。ところが玄礼は玄宗を警固するために、駅の周辺に配置するように求めていた。

「陛下の警固は、東西の門を固めれば充分だ。これは勅命だ。従わぬとあらば大将軍とて容赦はせぬ」

国忠は宰相の威厳を見せて威嚇（いかく）し、手綱（たづな）を引いて馬を返したが、駅の西門で吐蕃（とばん）（チベット）からの使者の一行に呼び止められた。

「このたびご即位なされたチソン＝デツェン王の使者として入朝しています。ところが食べ物がなく、馬嵬駅にも入れてもらえません。ただちに善処していただきたい」

そう訴えられたが、まさか皇帝が駅にいると言うわけにはいかない。どうしたものかと国忠が思案していると、陳玄礼の配下が、

「楊国忠が吐蕃の輩と通じて謀叛を企てているぞ」

そう叫ぶなり矢を射かけた。

驚いた国忠は西門から駅の中に逃げ込もうとした。ところが先回りしていた兵に門前で捕まり、一刀のもとに首を斬り落とされた。

玄礼の配下はその首を槍に突き刺し、門外にかかげてさらしものにした。

仲麻呂が制止する間もないほどの早業である。しかも兵たちは楊国忠の縁者まで血祭に上げようと、玉鈴たちが休息している宿屋に踏み込んでいった。

「いかん、玉鈴が」

仲麻呂は護身用の懐剣を手に、二階建ての宿屋に踏み込んだ。

十数名の兵たちは、敵は二階にいると見て階段を駆け上っていく。玉鈴がそちらにいるなら、もはや救いようがない。だがこうした宿には中庭に面した所にも客室がある。

そこにいることに賭けて奥に進むと、玉鈴と小鈴が身を寄せて途方にくれていた。

「あれは龍武軍です。こちらに」

二人の手を引いて宿屋の裏口から駆け出した。

その間にも、二階からは国忠の子で戸部侍郎の楊暄や韓国夫人美帆が殺される断末魔の叫び

が聞こえてきた。

裏口にも二人の見張りがいた。仲麻呂は鎧の守りが及ばない喉首（のどくび）をねらい、ひと呼吸の間に二人を倒した。

宿屋の後ろには民家が建ち並び、幹道と平行に路地がつづいている。仲麻呂は二人を連れて駅へ向かった。

駅の通用口から中に入れば、龍武軍も皇帝の御前で非道なことをすることはできない。この状況で玉鈴を救う方法はそれしかなかった。

ところが駅は陳玄礼の配下に取り囲まれていた。

まるで玄宗を標的にしたように正門も通用口も封じられている。楊国忠を殺したのは偶発的ではなく、手筈をととのえた上でのことだった。

仲麻呂はやむなく倉庫に二人を隠すことにした。

屋根の高い巨大な倉庫は穀物や絹糸などをたくわえておくためのものだが、駅の役人や村人が逃げ出す時にすべてを持ち去っている。伽藍堂（がらんどう）になった内部には、大きな櫃を積んだままの荷車が十数両停めてあった。

いずれも宮城から持ち出した宝物を入れたもので、出発までの間雨をさけているらしい。

仲麻呂は玉鈴と小鈴に櫃に隠れているように言った。

「この狼藉は陛下が治めて下さいます。それまで見つからなければ何とかなります」

「分かりました。あなたは」

「駅田の方に出て、敵の注意を引きつけます」

民家の北側には畑が広がり、食料や馬の飼葉にするための裸麦や野菜類が植えてある。仲麻呂は二人を別々の櫃に隠すと、北側の戸を開けて外に出た。

ところが折悪く、路地を駆けてくる三人の兵と出くわした。

「いたぞ。あいつだ」

その声に応じて幹道からも五、六人が刀や矛を手に追ってきた。

仲麻呂は倉庫の横の道を走って駅田に走り出た。雨は小降りになっているが、野菜の収穫を終えた畑はぬかるんでいる。

幸い長旅にそなえてくくり袴をはいているので身軽である。

ぬかるみを踏みながら一散に駆けると、鎧を着た相手は足の速い順に一列になる。その頃合いを見て反転し、先頭の兵を倒して矛を奪い、つづく二人の足をなぎ払った。

ところが敵はいつの間にか十二人になり、丸く取り囲んで挑みかかってきた。

仲麻呂は矛の柄の中ほどを持ち、前の敵は刃で斬り、後ろの敵は石突きで突いて、五人まで倒した。敵の動きははっきり見えるし、寸の見切りもできているが、ぬかるんだ畑に足を取られて次第に動きが鈍くなった。

敵はそれを見抜いて浅く打ちかかり、安全な間合いを保って体力を消耗させようとする。小雨と汗が目に入り、視界がぼやけるが、袖でふく間も与えず矢継ぎ早に攻めかかってくる。

仲麻呂が相手の矛を受け止めた瞬間、右の二の腕に激痛が走った。肩口からひじのあたりまで縦長に斬られ、矛を持つ手に力が入らなくなった。

（もはやこれまでか）

その諦念が頭をよぎった時、視界の隅に薄桃色の何かが飛び込んできた。

櫃に隠れていた玉鈴が、薄絹の裾をひるがえして敵の背中に飛び蹴りをくらわし、仲麻呂の横に下り立った。しかもいつの間にか細身の剣まで手にしている。

「わたくしはあの娘とちがいます。大事な人が危ういのに、隠れてなどいられません」

玉鈴は髪が乱れないように額に布を巻いている。切れ長の目が吊り上がり、覚悟と決意に輝いていた。

「無茶をすると、生きていられないぞ」

「あなたと共に戦い、一緒に死ねるのなら本望です」

「深く斬ろうとするな。手傷を負わせて戦う力を奪うだけでいい」

仲麻呂と玉鈴は背中を合わせ、背後の守りは相手にゆだねながら前方の敵だけと対峙した。

これで仲麻呂の負担は半分に減る。余裕をもって相手の打ち込みをかわし、矛や槍の柄を両断したり手元からはね上げたりした。

玉鈴の戦いぶりも見事だった。敵の切っ先の動きを正確に見切り、教えられた通りに手首や太股を浅く切っている。

しかも仲麻呂の動きを全身で感じ取り、前後左右に背中をぴたりと合わせてついてくる。

「何だか楽しいですね。生きてる手応えがあります」

「そうだね。私もそうだ」

「知らなかった世界を教えていただくのは、これが二度目です」

仲麻呂は駅の方をうかがった。まわりを包囲している龍武軍は引き揚げる気配がない。

つまり玄宗の勅命にも従わないということだ。あるいは楊国忠は謀叛の罪をおかしたのだから、一門の貴妃も断罪せよと迫っているのかもしれなかった。

玄宗がそれを拒否できないのなら、貴妃の姉である玉鈴にも生きる道はない。

（ここで共に死ぬか）

仲麻呂がそれでもいいと思った時、集落の東の門から三十騎ばかりが駆け込んできた。

先頭の騎馬は黒地に金の龍を描いた龍武軍の旗を背負っている。しかも全員が四肢たくましい馬に乗り、立派な鎧兜をまとっていた。

（将官たちの一団だ）

仲麻呂はそう思い、もはやこれまでだと観念した。

「いよいよその時が来たようだ」

「ありがとう、あなた」

二人は背中を合わせたまま短い言葉を交わし、最後の一戦にそなえた。

ところが新手は敵ではなかった。

仲麻呂らを囲んだ兵を一瞬にしてなぎ倒すと、槍を手にした二人が身軽に馬から下りた。

「晁衡秘書監どの、お迎えに上がりました」

兜の目庇を上げてそう言ったのは劉駱谷である。

もう一人は東の市の石光慶だった。

「駱谷どの、どうして」

「秘書監どのを陝郡まで送った後に都に潜入し、石光慶の店にひそんで様子をうかがっておりました」

「すると晁衡義兄さんが陛下とともに蜀に向かわれたと聞いたので、万一のことがあったらと思って後を追ってきました。これは店の者たちです」

石光慶が得意気に言った。

店の者は隊商の護衛もしているので、騎兵の役目もはたすのである。

「助かりました。感謝いたします」

「礼なら私に言ってよ」

馬上から女の声が降ってきた。

太った体に鎧をまとった春燕だった。

「店主は私ですからね。あなたから目を離さないように義弟の光慶に言っといたのよ」

「春燕さん、帰国できたのですか」

「禄山兄さんが新羅の阿呆どもと掛け合ってくれたのよ。それで二年前に唐にもどることができたわ。だいぶん金を巻き上げられたけどね」

「それは良かった。真備もずいぶん心配していましたよ」

「私は吉備真備の妻ですからね。これくらいでへこたれるものですか。それより、まだ気付かないの」

春燕が隣の馬の手綱をつかんで引き寄せた。

若晴である。

死んだと思っていた妻が、龍武軍の将官の鎧をまとって馬上にいた。

「若晴か、本当に……」

仲麻呂は懐かしい顔を見上げて立ちつくした。

「ええ、遥も元気ですよ」

若晴が黒い瞳を向けてほほ笑んだ。

歳をとって表情がおだやかになり、慈愛に満ちた弥勒菩薩のようだった。

「いったい、どうして」

「もう生きていられないと思って滻水のほとりに立っていた時、劉駱谷さんに助けていただきました。その後、石皓然さんにお世話になりました」

「それならどうして、知らせてくれなかった」

その理由は仲麻呂にも分かっている。分かっているが、そう言わずにはいられなかった。

「まあ、ひどい怪我を」

若晴は仲麻呂の二の腕の傷をあらため、腰の紐をはずして上腕部をきつく縛った。

「早く傷口を洗わないと、化膿する恐れがあります。どこかに井戸はないかしら」

「井戸なら村の入り口にあったわよ。そちらが玉鈴さんね」

春燕は察しが早かった。

「ええ、お二人のことはこの人から聞いています」

仲麻呂をこの人と呼んだところに、玉鈴の妻としての矜持が込められていた。

「空馬を二頭引いてきたからそれに乗って。早くしないと敵に気付かれるわ」

「私は陛下の側に残ります。玉鈴だけ連れていって下さい」

仲麻呂が頼んだ。

「どうして。二人の奥さんと楽しく暮らせばいいじゃないの」

「陛下にはご恩があります。ましてこんな時に、お側を離れるわけにはいきません」

「それなら私も残ります。傷の手当てもしたいから」

若晴が兜を脱ぎ捨て、軽やかに馬から下りた。束ねた髪がはらりと背中に落ちた。

「若晴さん、あなたのことはいつも気になっていました。この人の心の中にあなたがいましたから」

玉鈴が歩み寄って手を取った。

「ええ。わたくしも都で何度か、あなたの行列を拝見したことがあります」

若晴も玉鈴の手をしっかりと握り返した。

「いいから早くして。敵に気付かれると言ってるでしょう」

「あら、大変。小鈴を忘れているわ」

玉鈴と仲麻呂は倉庫にとって返し、小鈴が隠れた櫃のふたを開けた。

「ああ、奥さま、旦那さま」

おびえきった小鈴は、外に飛び出そうとして荷車ごと横倒しになった。

そのため中に入っていた巻物が土間に転がり出てきた。

（こ、これは……）

秘府に保管されていた国史類を、敵から守るために持ち出したのである。その中には橡色（つるばみいろ）の巻物にした『魏略』もあった。

仲麻呂は第三十八巻を拾い上げ、左の袖を引きちぎって巻物を包んだ。

他の書物を櫃にもどさなければ散逸（さんいつ）する。そう思うと胸が痛んだが、櫃に入れ直す余裕はなかった。

「春燕さん、いつかこれを真備に渡して下さい。私は読んでいない。扱いは任せると伝えて下さい」

仲麻呂は袖で包んだ巻物を春燕に託した。

「分かったわ。蜀から都にもどったら、二人で東の市に来てちょうだい。遥ちゃんのことは心配しないでいいから」

春燕は玉鈴と小鈴が馬上におさまるのを確かめ、

「ハイハイハイ」

甲高い声を上げて馬を駆り、龍武軍の旗をかかげた一団をひきいて去っていった。

その時、駅の方から「万歳」の声が上がった。

駅を包囲した兵たちが地面を揺らして万歳を叫び、晴れやかな顔で三々五々と引き揚げていく。

仲麻呂と若晴は物陰に身をひそめてやり過ごし、通用口から駅に入った。中庭に玄宗皇帝と側近たちが集まり、力なくうなだれている。

仲麻呂が側に寄ると、地面に敷いた毛氈（もうせん）に横たわる楊貴妃が見えた。眠るような安らかな表情をしているが、すでに命は尽きていた。

玄宗の側には長身の高力士が立ち尽くし、手を口に当て声を押し殺して泣いていた。

「どうしたのです。いったい何があったのでしょうか」

そうたずねる仲麻呂を、高力士は中庭の隅にいざなった。

「陳玄礼らの仕業です。楊国忠が謀叛を企てていたからには、一門である貴妃さまにも責任がある。そう言って殿下に死を賜（たま）うように迫ったのです」

力士がくぐもった低い声でいきさつを語った。

訴えを聞いた玄宗は、「貴妃は常に深宮にいて朕に仕えていた。どうして国忠の企てを知っていようか」と言って庇ったが、玄礼は貴妃をこのままにしていては配下の将兵が納得しないと、強硬に処罰を求めた。

「そこで身共は陛下に奏上しました。貴妃さまに罪がないことは知っていますが、将兵は国忠を謀叛の罪で誅殺し、駅を取り囲んで貴妃さまを糾弾しようとしています。要求に応じなければ陛下の命に従わないばかりか、敵となって攻めかかって来るでしょう、と」

　玄宗は目を真っ赤にしてためらっていたが、国忠ばかりか御史大夫の魏方進まで殺されたと聞くと、貴妃を仏堂で絞殺するように高力士に薄絹の紐を渡した。

「身共は断腸の思いで貴妃さまにこのことを告げました。貴妃さまは陛下への恨み言など少しも口になされず、侍女に命じて化粧と着替えをなされました。そうして仕度がすむと、胸元に香袋をお入れになりました。その時の気高いお姿は、この世のものとは思えないほどでした。ほら、今もこうして馥郁と沈香の香りがただよっているではありませんか」

　高力士は貴妃の面影を追い、あごを上げて陶然と香りをかいだ。

「そうして仏堂に入ると、御仏に向かって一心に祈っておられました。身共は後ろに回り、かわせみの羽根に似た青緑色の紐を首にかけて絞めました。貴妃さまは声を上げられませんでしたが、二重回しにした紐は絞め上げるたびにキュキュと絹ずれの音をたてました。それが貴妃さまの泣き声のようで、哀れさに胸を締めつけられるようでした」

　貴妃が息絶えたことを確かめると、高力士は庭に毛氈を敷いて遺体を横たえ、陳玄礼ら龍武軍の幹部にあらためさせた。

　玄礼は玄宗が決断してくれたことに感極まり、これで配下の将兵を従わせることができる。非情の要求をした責任は死をもってあがなうと言った。

　しかし玄宗はその必要はないと言って皆の労苦をいたわり、褒美を与えて役目に励むように申し付けた。

将兵たちが万歳を叫んで皇帝をたたえ、喜びを爆発させたのはこの時だった。

仲麻呂は楊貴妃の遺体に歩み寄り、両手を合わせて冥福を祈った。

人からは贅沢三昧をして気ままに暮らしているように思われていたが、玄宗の過剰な愛と周囲からの嫉妬に苦しんでいたことを、仲麻呂はよく知っていた。

「晁衡か。朕は貴妃を守ってやることができなかった」

玄宗の声が泣いていた。

「愛する女も守れぬとは、天に見放されたのであろう。もはや朕に天子たる資格はない。ただの老いぼれに過ぎぬ」

「ご胸中はお察し申し上げますが、これで良かったのでございます。お気を強く持って下されませ」

「これで良かっただと。本当にそう思うか」

「高力士さまが進言なされた通りでございます。朝家を取るか愛する人を取るかと迫られたなら、朝家を取るのが皇帝の責任でございましょう」

「強いことを言う。もう祖国には帰らぬのか」

「帰りません。生涯、陛下に仕えさせていただきます」

「そうか。そうしてくれるか」

玄宗は急に生気を取りもどし、この先どうするべきか献策せよと命じた。

「太子李亨殿下に位をゆずられ、霊武（寧夏銀川市）に向かっていただくべきと存じます。そうして王思礼どのとともに軍勢を立て直し、西方の胡族の力を借りれば、長安を奪還することも可能でございましょう」

「その通りだ。朕は西方の諸胡を昔から手厚く遇してきた。必ず太子のもとに参じてくれるはずだ」

玄宗は何かを思い立って踵を返したが、鎧姿の若晴に気付いて足を止めた。

「この者は？」

「私の最初の妻でございます。張九齢どのの姪に当たります」

「そういえば面影がある。名は何と申す」

玄宗が若晴にたずねた。

「張若晴と申します。お悔やみを申し上げます」

「天が罰を与えたのだ。張九齢さえいてくれれば、こんなことにはならなかった」

翌日、玄宗は皇位を内々に李亨にゆずり、二千の兵と名馬を与えて霊武に向かわせた。そして土地の者に楊貴妃を手厚く葬るように命じ、隊列をととのえて蜀へ向かうことにしたのだった。

出発の直前、仲麻呂は若晴をつれて倉庫を訪ねた。

散乱した秘府の書物が気になったからだが、何者かが櫃も荷車もすべて持ち去っていた。

「やはり救えなかったか」

かけがえのない貴重な書物ばかりだと、身を切られる思いだった。

「悲しいものですね。陛下も朝廷も」

「水は舟をのせ、又舟をくつがえすという。民の支持を失えば、皇帝陛下といえども位を保つことはできないということだ」

「それでも人は、力あるものや形あるものにしがみつこうとします。儚い夢だと知っていながら」

「密命を受けて史書を捜し求めていた私も、似たようなものかもしれぬ。そのためにお前たちを犠牲にしてしまった」

「後悔していますか」

「苦しいことばかりだったが、こうしてお前も遥も生きていてくれた。翼と翔も日本で元気に暮らしているはずだ」

二人は同じ馬車に乗って玄宗の後に従った。

若晴は昔のように医師をしているというので、玄宗の侍医を務めてもらうことにした。

「こうしていると、二人で洛陽の鳳翔温泉に行った時のことを思い出しますね」

若晴が照れながら仲麻呂の腕を取った。

「そういえばあの時、白衣観音の御利益を願って大胆なことをしたものだな」

「帰り道で玉鈴さんとも会いましたよ。覚えていますか」

若晴の口調にはかすかに批難の刺がある。

仲麻呂は詫(わ)びるかわりに若晴の肩に腕を回した。二の腕の傷がずきりと痛んだが、若晴の手当てのお陰で傷口が開くことはなかった。

「無理をしなくていいですよ。こうして会えたのですから」

若晴が仲麻呂の腕を肩からはずし、いたわるようになでさすった。

夫は五十六、妻は五十四歳になっていた。

第十二章　琴弾き岩

吉備真備が那の津（博多港）を出て都へ向かったのは、天平宝字八年（七六四）三月初めのことだった。

空は晴れ海は静かに凪いで、人生最後の勝負を寿いでいるようである。遠くの山々には桜が花をつけ、薄絹の帯をかけたようだった。

船は志賀島の日渡当麻が操る大型船で、大宰大弐を務めていた間に臣従していた三十人ばかりが同行している。そのうち十五人は武官で、高橋朝臣広人、土師宿禰樽が指揮を執っていた。

後方には当麻の配下が三隻の船をつらねて従っている。船には金銀宝物や武具甲冑を満載し、十人ずつの兵士が警固に当たっていた。

「いよいよですね。天下の雑草抜きが」

中臣音麻呂はいつものように真備に付き従っている。唐から帰国して十年。真備は七十、音麻呂は五十半ばになっていた。

「朝より回りて日々春衣を典し、毎日江頭に酔を尽くして帰る、という」

「最近伝わった杜甫の『曲江』という詩ですね。その一節に、人生七十古来稀なり、とあります」

「この詩が人口に膾炙したために、唐では七十歳を古稀と呼ぶようになったそうだ。わしも稀な歳まで生かされておる。天下のため朝家のため、あの奸賊をきれいさっぱり討ち果たしてくれよう」

真備は闘志をむき出しにした。

奸賊とは真備が長年敵対してきた藤原仲麻呂のことである。光明皇后に取り入って紫微令に任じられていた仲麻呂は、長男の未亡人である粟田諸姉を大炊王の妻とし、孝謙天皇（阿倍内親王）にかえて即位させた。

後に淳仁天皇と呼ばれた方である。

こうして天皇の名目上の父となった仲麻呂は、紫微内相となって専制政治を強化していた。

そのため真備は帰国後も十年間大宰府に追いやられたままだったが、四年前、天平宝字四年（七六〇）に光明皇太后が他界したことで状況は動き出した。

権力の後ろ盾をなくした仲麻呂は、安禄山の乱で唐が弱体化している隙に新羅征伐の軍を起こすことで、朝廷での主導権を確保しようとした。

これには藤原一門の中でも反対する者が多く、上皇となられた孝謙天皇も再考を求めておられたが、仲麻呂は反対派を粛清して諸国に動員令を発した。

天平宝字五年（七六一）十一月十七日に発令された動員令の内容は次の通りである。

仲麻呂の息子朝獦（あさかつ）が節度使をつとめる東海道の十二カ国からは兵一万五千七百人、船百五十二隻、水手七千五百二十人。

百済王敬福（けいふく）が節度使の南海道の十二カ国からは兵一万二千五百人、船百二十一隻、水手四千九百二十人。

吉備真備が節度使に任じられた西海道八カ国からは兵一万二千五百人、船百二十一隻、水手四千九百二十人。

ここに至って危機感を強めた上皇は、昔の好（よしみ）を頼って真備に仲麻呂の暴走を止める手立てはないかと諮問された。

仲介役をはたしたのは、橘奈良麻呂（諸兄の嫡男）の乱に連座して大宰員外帥（いんがいのそち）に左遷された前右大臣藤原豊成（とよなり）で、仲麻呂の兄にあたる。

上皇や豊成から全面的に支援するとの誓約を得た真備は、直後に青龍、白虎と名付けた密偵を都に送り込み、仲麻呂派の動きをつぶさに調べさせた。

また上皇の命婦（みょうぶ）をつとめる娘の由利（ゆり）や、東大寺にいる息子の名養（なかい）、典薬寮に勤める阿倍仲麻呂の息子の翼（つばさ）と連絡を取り、反仲麻呂派の面々との連携（れんけい）を強めていった。

中でも鑑真上人（がんじんしょうにん）の側近として来日した安如宝（あんにょほう）は、揚州の大明寺にいた時と同じように頼もしい身方になってくれた。

真備の計略の第一歩は造東大寺司（ぞうとうだいじし）になることだった。

この職は東大寺の造営や仏像などの制作、写経事業などを担当する役所の長官で、東大寺の広大な荘園や荘園内の荘民を支配する権限を与えられている。

藤原仲麻呂が勢力圏としている近江や越前には、東大寺が開発した荘園が多いので、荘民を軍勢として編制しておけば、移動の手間を取られることなく仲麻呂軍に対抗することができるのだった。

真備は上皇に手を回し、この年正月の除目（じもく）において造東大寺司に任じられた。

そこで行動を起こすと決断し、春の訪れを待って日渡当麻に船団を出してくれるように頼んだのだった。

「ご存じかもしれませんが、仲麻呂公は恵美押勝（えみのおしかつ）という名を帝からたまわっておられます。恵みに満ちた美しい大臣が新羅に押し勝つ。そんな意味だそうです」

音麻呂は噴飯（ふんぱん）ものだと言いたげだった。

「あやつは阿倍仲麻呂にあこがれながら、ついに唐にも行けなかった。だから偽仲麻呂と陰口を叩かれ、自分の名が嫌になったのだ」

初日は赤間ヶ関を抜けて安芸の港、二日目は備後の鞆（とも）の浦に船宿りし、三日目に難波津（なにわつ）の北側の水路を抜けて河内湖に入った。

そして生駒山のふもとの草香津（くさかのつ）に船をつけると、翼が待ち受けていた。

阿倍仲麻呂が渡唐二年目にもうけた双子は、すでに四十六歳になっている。もう一人の翔は、五年前に遣唐録事として唐に渡っていた。

「どうぞ。川舟の仕度をしております。由利さんと名養君も、都で待ちわびています」

翼を見ていると、仲麻呂と若晴を思い出す。端正な容姿と優秀な頭脳は両親から受け継いだものだった。

他の者たちは港に残し、舟曳(ふなび)きに引かれて大和川をさかのぼった。

信貴山と二上山の間を抜けて大和に入り、孝謙上皇が御所としておられる法華寺に着いた。内裏の東に光明皇后が創建した広大な尼寺だった。

表門で白い尼頭巾をかぶった由利が出迎えた。

十年ぶりの再会である。もう五十歳をこえているはずだが、真備には娘の頃のようにしか見えなかった。

「どうぞ。上皇さまがお待ちでございます」

案内されたのは唐風にしつらえた院の御所で、出家して法基(ほうき)と名を改めた上皇が迎えた。

「真備、老けましたね」

いきなり厳しい言葉が飛んできた。

「人生七十、古来稀なりでございます。上皇さまは相変わらず若々しい」

「世辞(せじ)など無用です。こうして御仏に仕える身になりましたが、我が国と朝家のために、どうしてもやり遂げなければならないことがあります」

「上皇さまのために、身命をなげうって働くつもりで上京いたしました。造東大寺司に任じていただいたお陰で、万全の手を打つことができました」

「聞かせてくれませんか。奸賊を亡ぼす手立てを」

「戦は碁の勝負と同じです。こちらの考えが敵に知られたら勝ち目はありません」

「ここにはわたくしと由利しかおりません。そのような懸念は無用です」

「懸念などしておりませんが、謀は密なるを要すと兵書にも記されております。上皇さまには何があっても動揺することなく、それがしを信じていただきとうございます」

すべてを任せてくれと念を押すと、真備は法華寺を出て東大寺に向かった。

聖武天皇は東大寺を創建し、全国の国分寺の元締めとされた。

光明皇后と藤原仲麻呂は、これに対抗するために法華寺を総国分尼寺とした。両者の対立はこうしたところにも影を落としていた。

真備はまず大仏殿に参拝した。六年前に完成した二層造りの伽藍は正面の幅二十九丈（約八七メートル）、奥行き十七丈、高さは十二丈六尺という大きさである。

中には鍍金した盧舎那仏が安置されていた。大仏の顔は唐の龍門石窟の盧舎那仏とよく似ている。それは留学僧が書写して持ち帰った像を参考にしたためだった。

「お陰さまでようやくこの地になじんでいただきました」

住職の良弁上人が歩み寄ってきた。

「噂には聞いておりましたが、これほど立派だとは思いませんでした。上人さまのご尽力のたまものでございます」

「前の帝は、御仏の教えによって国の安寧を保ちたいと願っておられました。この寺がその大本になるのですから、不退転の覚悟で創建に当たりました」

二人で腰を伸ばすようにして大仏を見上げていると、息子の名養と安如宝がやって来た。名養は聖武上皇に秘書官として仕えていたが、上皇が没された後には元正天皇の旧殿を拝領して十輪院を創建した。

安如宝は昨年他界した鑑真上人の後継者となり、唐招提寺の建立を引き継いでいた。

「すみません。上京されると聞いておりましたが、所用に追われて遅くなりました」

名養は青々と頭を剃り上げ、りりしい顔立ちになっている。前の帝のもとで研鑽を積み、書においては本邦随一と呼ばれるほどになっていた。

「私が唐招提寺の壁画の見立てをお願いしたのです。飛天図をかかげたいと思っていますが、いい図柄がないものですから」

安如宝もこの国になじみ、言葉も完璧に話せるようになっているが、青みがかった目と彫りの深い顔はソグド人そのままである。

故国が同じこともあって、名養とは特に親しくしていた。

「お前たちの噂は大宰府にも聞こえておる。二人とも立派になった。良く頑張った」

名養の姿を見たなら、母親の春燕はどれほど喜ぶだろう。真備はそう思ったが、春燕とは連絡が取れないままである。新羅から解放されたとは聞いたが、安禄山の乱の影響で耽羅（済州島）との交易が途絶えているので、その後のことは分からないままだった。

造東大寺司の役所は東大寺の転害門の近くにあった。

政所、木工所、造瓦所、造仏所、写経所など多くの作業所を持ち、一町四方をこえる広さがある。真備は転害門の近くにある宿坊に腰をすえ、恵美押勝打倒の司令所にすることにした。

三月中頃、真備は宿坊に同志を集め、今後の計略を申し合わせた。

参集したのは草香津（くさかのつ）に残していた日渡当麻、高橋朝臣広人、土師宿禰樽らと、中衛府（ちゅうえふ）の武官である淡海真人三船（おうみのまひとみふね）、佐伯宿禰三野（さえきのすくねみの）、それに藤原一門の中納言真楯（またて）や道鏡の弟弓削連浄人（むらじきよひと）など十五人ほどだった。

中臣音麻呂と安如宝、翼も同席している。朝廷の要人とは音麻呂が、寺社とは如宝が連絡に当たっていた。

「ご参集いただき感謝申し上げる。方々もご存じの通り、恵美押勝は専制の度を強め、国家を危うくしております。上皇さまはこれを奸賊と見なし、討伐するようにお申し付けになりました」

真備は皆を見回し、決意にゆるぎがないことを伝えた。

「そこでわしは、あの奸賊を徐々に追い込み、苦しまぎれに挙兵せざるを得なくする策を立てました。上皇さまの勅諚（ちょくじょう）によって権限を奪い、官位を奪い、不利な立場に追い込めば、奴は必ず近江や越前の勢力を頼んで兵を挙げることでしょう」

真備がこうした計略を立てたのは、上皇が二年前の五月に今上（きんじょう）や押勝と対立し、「国家の大事と賞罰の二つの大本は朕（ちん）が行う」という詔（みことのり）を発しておられるからだ。この賞罰の権利を行使すれば、押勝の官位を奪うことも左遷することもできるのだった。

「奴が挙兵するまでに我らは万全の仕度をととのえ、一撃で打ちくだきます。大宰府から潤沢（じゅんたく）

な資金と武具を持参したゆえ、必要があれば申し出ていただきたい」

資金は真備が大宰大弐をつとめていた間にひそかに蓄えたり、日渡当麻に交易をさせて生み出したもの。武具は朝廷からの命令で大宰府で作った甲冑二万二百五十具のうち、優良な千五百具を持参していた。

「まずは中衛府で必要な数を申し出てもらいたい。残りは近江の荘園に回し、荘民を組織して押勝勢に当たらせることにいたします」

「ひとつ懸念がございます」

真楯が身を乗り出し、中衛府は淡海や佐伯が掌握しているようだが、授刀衛はどうするのだとたずねた。藤原房前の三男で仲麻呂の従弟にあたるが、仲麻呂の専横を嫌って真備の計略に加わっていた。

「授刀督は身共の弟の御楯がつとめておりますが、ご存じのように奸賊に従い、近国から兵をつのって禁中の警固を厳重にしております。これを除かなければ、奸賊の動きを封じることはできません」

中衛府も授刀衛も武装して禁中の警固にあたっている。中でも授刀衛は今上の御所である中宮院を警固しているので、ここを突き崩せなければ恵美押勝から政権を奪い取ることはできなかった。

「私もその件については危惧しています。何か手を打たなければと考えていますが、真楯どのはどのようにお考えでしょうか」

真備は自分の意見は伏せて先をうながした。

「我が兄弟の中では、御楯だけが奸賊に従って栄華を極めております。こたびの義挙は大化の改新に倣ったものゆえ、非常の手段を用いるのもやむを得ぬと存じます」

「お覚悟をうけたまわって安堵しました。それではこの件については、それがしに差配を任せていただきたい」

真楯の了解を得た上で、真備は青龍と白虎を呼んで藤原御楯を圏外に置く（殺害する）ように命じた。

二人は真備が大宰大弐の職務をはたすために育て上げた密偵で、いかめしい呼び名は中国の四神から取ったものだった。

「自ら命を断ったように見せかけよ。決して真相を悟られてはならぬ」

すでに戦は始まっている。御楯一人を圏外に置くことで戦乱の拡大を防げるなら、良しとしなければならなかった。

青龍と白虎はじっくりと標的の動きを調べ、御楯が愛妾の屋敷に泊まった夜に毒殺した。

相手の女との関係は外聞をはばかる類のものなので、御楯の遺族は急病で死んだと公表した。

真備はすかさず真楯を授刀督、弓削浄人を授刀少志に任じてもらい、授刀衛の武官を支配下におくことに成功した。

次にやるべきは押勝らが挙兵しても、近国の兵を都に動員できないようにすることである。

そのために真備が行ったのは、畿内近国に造池使を派遣することだった。

この件について『続日本紀』は次のように伝えている。

〈八月十四日　朝廷は使者を遣わして、池を大和・河内・山背・近江・丹波・播磨・讃岐などの国に築かせた〉

造池使を派遣したのは、池を造らせるためではない。造池使の従者として武官をつかわし、現地の武力を掌握するという隠された目的があった。

中でも重要なのは押勝が本拠地とする近江で、淡海三船や佐伯三野ら十人の造池使に五百人もの武官をつけて送り込んだ。


この動きを察した恵美押勝は、今上のお力を頼んで反撃に出た。

畿内近国の軍事権を一手に掌握（しょうあく）するために、軍政を統轄（とうかつ）する都督（ととく）の官位と、四畿内（しきない）（畿内四カ国）三関（さんげん）（鈴鹿・不破・愛発（あらち）の関）・近江・丹波・播磨などを管轄（かんかつ）する兵事使（ひょうじし）という役職を新設し、自ら就任した。

これで恵美押勝は太政大臣と都督、兵事使を兼ね、政治と軍事の最高位に立ったわけだが、これは真備の思う壺だった。

真備はさっそく法華寺を訪ね、上皇にいきさつを報告した。

「あの奸賊はいよいよ本性を現しました。これは上皇さまの詔（みことのり）にそむく反逆でございます」

「計略通りに事が進んだということですね。あの奸賊はこれからどうするつもりでしょうか」

上皇が冷えた目をしておたずねになった。

「新設した役職に就任したことを告げる勅書を作成し、内印（天皇の御璽（ぎょじ））を押して朝廷の各省や諸国の国府に配布するつもりでございましょう。そうして一気に大勢を決し、こちらの動きを封じ込めようとしているのでございます」

「その企てに、どう対処しますか」

「上皇さまの詔にそむいたのですから、謀叛の罪で押勝を捕らえます。その手筈もすでにととのえておりますので、ご安心下さい」

「しかし向こうには今上がおられます。こちらから兵を向けたように取られては、皇祖皇宗に対して申し訳が立ちません。今上とあの奸賊を切り分ける策はありませんか」

上皇は真備にではなく、簾（すだれ）の外に向かって呼びかけられた。

すると腰をかがめて簾をくぐり、紫紺の衣をまとった大柄の僧が現れた。

上皇の信任厚い道鏡で、六十五という歳よりずっと若く見えた。

「恐れながら申し上げます」

道鏡が低く響く美しい声で進言した。

「近頃宮中の陰陽寮（おんみょうりょう）のあたりから、上皇さまに向けて邪悪（じゃあく）な気が発せられているのを感じます。呪詛（じゅそ）など行っている疑いもありますので、一度お調べになってはいかがでしょうか」

「真備、この件はどうですか」

「承知しました。さっそく手の者に調べさせましょう」

真備は半信半疑で青龍と白虎に調査を命じた。

すると陰陽師の大津大浦（おおつのおおうら）が、押勝に頼まれて上皇を呪詛していることが分かった。

「呪詛の証拠はあるか」

「陰陽寮を追われた者から聞き出したことです。証拠はありません」

「人形（ひとがた）でも鉄輪（かなわ）でも何でもいい。陰陽師が呪詛している場所を突き止め、証拠の品を押収せよ」

真備はそう命じたが、九月十一日になって当の大津大浦が法華寺に出頭し、押勝に命じられて上皇を呪詛していたと白状した。

陰陽寮に壇を築き、藁（わら）で作った人形に釘（くぎ）を打って命を縮めようとしたという。

「道鏡禅師がおおせられた通りじゃ。厭魅（えんみ）呪詛の罪で奸賊を捕らえよ」

上皇の命が下り、少納言山村王を詔使（しょうし）として中宮院につかわし、押勝を法華寺に連行することにした。

真備は中宮院が見下ろせる望楼に上がって指揮をとった。取り逃がすことがないように周囲に兵を配した上で山村王を向かわせたが、押勝は追捕の手が伸びるのを察していち早く身を隠していた。

「ならば内印と駅鈴を押収せよ。中宮院の御座所にあるはずじゃ」

真備は容赦なく命じた。

駅鈴とは三関に命令を下す時に、使者が身分を証明するために持参する鈴である。これがなければ関所を開閉することも、配置されている兵を動かすこともできなかった。

山村王の手勢は即座にこれを押収したが、中宮院にひそんでいた押勝は息子の訓儒麻呂に追撃させて内印と駅鈴を奪い返した。

「あれは謀叛の輩じゃ。一人残らず討ち果たせ」

真備は配下にしていた授刀衛の武人たちに命じた。

授刀少尉の坂上苅田麻呂を頭とする一団が賊を包囲し、激戦の末に訓儒麻呂らを討ち取って内印と駅鈴を奪い返した。

真備は内印と駅鈴を受け取り、県犬養門を出て法華寺に向かった。その時、押勝勢五十人ばかりが朝堂院の脇から走り出て、殿軍をつとめる苅田麻呂らに襲いかかった。

こちらは甲冑を身につけ長槍を持ち、戦仕度をしている。すでに双方三十人以上が凶刃に倒れ、中宮院の中庭を血に染めて息絶えていた。

「申し上げます。東宮の北の庭でお身方が敵勢に襲われました。その数およそ百二十」

苅田麻呂の従者が告げるのを聞くと、真備は授刀舎人の紀船守の兵二百を県犬養門から突入させ、押勝勢をひきいる矢田部老を射殺して配下の兵を追い払った。

追い詰められた押勝は、手勢をひきいて中宮院から脱出し、根拠地である近江に逃れて態勢を立て直そうとした。

これも真備が想定していたことである。ただちに三関に急使をつかわして門を閉ざし、造池使として派遣していた者たちに挙兵を命じた。

この日、上皇は詔を発して恵美押勝の一族の官位を剝奪し、所領のすべてを没収した。また恵美ばかりか藤原という姓を名乗ることも禁じた。

つづいて臨時の除目をおこない、吉備真備を従三位の参議に、藤原真楯を正三位、弓削宿禰浄人や坂上苅田麻呂を従四位下、紀船守を従五位下に任じるなど、押勝追放に功のあった者たちを賞した。

中でも人の目を引いたのは道鏡を大臣禅師に任じ、押勝に代えて朝廷の中枢においたことだ。それと同時に、呪詛の密告をした大津大浦を正七位上から従四位上に十段階も引き上げ、大津宿禰の姓を与えた。

(なるほど。そういうことか)

真備の口に苦いものがこみ上げてきた。

奸賊追討の指揮を任せると約束しておきながら、上皇の本意は押勝を追って道鏡を取り立てることにあった。道鏡はその計略に呼応しようと大津大浦を手駒にしておき、土壇場で密告させたのである。

このままでは朝廷が危うい。真備は今のうちに釘を刺しておく必要があると決意し、由利に頼んで上皇と二人きりで対面した。

「上京して半年、どうやらご下命をはたすことができたようでございます」

「まだ油断はできませんよ。近江や越前には奸賊に与する者がたくさんいますから」

上皇は真備が何のために来たか察しておられるようだった。

「すでに手は打っております。十日もしないうちに叛乱鎮圧の吉報がとどくでしょう。それを機に致仕（ちし）させていただきとうございます」

「なぜです。これからという時に」

「もう七十になりました。奸賊の討伐を最後のご奉公として、ふるさとの吉備に隠棲したいのでございます」

「分かりました。それなら朝議にはかることにいたします」

「ついてはふたつ、お聞きとどけいただきたいことがございます」

「何でしょう」

「ひとつは今度の叛乱の処分を軽くすることです。中でも今上はお若いうちに即位され、事情も分からないまま奸賊の言いなりになっておられたのですから、寛大なご処分をお願い申し上げます」

今上は舎人（とねり）親王の子で、天武天皇の孫に当たる。厳しい処分をすれば天武派の反発を招きかねなかった。

「大炊王（おおい）はもう三十二です。決して分別のない歳ではありません」

上皇が今上を名前で呼ばれたのは、皇位から降ろすという意志の表れだった。

「それでもご慈悲をもって、朝廷の融和（ゆうわ）をはかっていただきとうございます」

「もうひとつは何ですか」

「大臣禅師のことでございます。良弁上人の弟子として修行をつまれた立派な方だとはうけたまわっていますが、仏法と政（まつりごと）は分けてお考えになったほうがよろしいと存じます。藤原豊成卿を右大臣に再任し、朝議の厳正をはかっていただきとうございます」

「進言はうけたまわりました。しかしわたくしは政を御仏の教えに近付けたいと願っています。そのために鑑真和上をお招きし、戒律をさずけていただいたのですから」

上皇の返答は素っ気なかった。

真備が見込んだ通り、叛乱は十日もしないうちに鎮圧された。

恵美押勝らは宇治を経て近江国に入ろうとしたが、山背（山城）にいた日下部子麻呂らが先回りして勢多の橋を焼き落とした。

押勝らはやむなく琵琶湖西岸の道を北上して高嶋郡に入った。そして愛発の関をこえて息子の恵美辛加知が国守をつとめる越前国に入ろうとした。

ところが子麻呂らの軍勢は越前に先回りして辛加知を斬り、愛発の関に兵をこめて押勝らに攻めかかった。思わぬ待ち伏せに算を乱した押勝らは、舟に乗って琵琶湖を渡り、浅井郡に上陸して越前に向かおうとした。

しかし突然吹き出した伊吹山からの強風に押しもどされ、高嶋郡に引き返さざるを得なくなった。

その時には造池使として派遣されていた淡海真人三船や佐伯宿禰三野らが高嶋郡の押勝派を一掃し、一網打尽の陣形をとって待ち構えていた。

押勝らは三尾の崎に上陸し、五倍以上もの官軍と午の刻から申の刻（正午から午後四時）まで戦ったが、ついに力尽きて軍勢は総崩れになり、押勝ばかりか妻子と従者三十四人が首を斬られた。

これが九月十八日のことである。

押勝らの首はその日のうちに都に運ばれ、真備らの実検に供された。行年五十九。若い頃から秀才の名をほしいままにし、光明皇后の後押しを得て権勢をふるった男のあえない最期だった。


乱の直後に上皇は再び皇位につき、女帝（称徳天皇と号す）として君臨されることになったが、致仕したいという真備の願いはかなえてもらえなかった。

恵美押勝の乱の翌年、女帝は道鏡を太政大臣禅師にしてご自身の信念を貫かれ、二年後には真備を右大臣、藤原永手（真楯の兄）を左大臣に任じて朝政を任せることにされた。

真備は七十二歳。おそらく藤原一門以外では日本史上最高齢での抜擢だろう。

それほど真備を信頼しておられた訳だが、道鏡への傾倒はやみがたく、同じ年には法王という特別の地位を与えられた。

このために増長した道鏡は、それから三年後に史上に名高い宇佐八幡宮神託事件を引き起こす。神護景雲三年（七六九）五月、大宰帥に任じられていた道鏡の弟弓削浄人が、宇佐の八幡大菩薩から道鏡を皇位につけよという託宣があったと奏上したのである。

女帝は大いに心を動かされたが、道鏡はすでに七十歳になっている。それに和気清麻呂が宇佐に下向し、託宣そのものが虚偽であると上申したために、女帝も十月になって道鏡即位の噂を完全に否定された。

こうした心労がたたったのだろう。女帝は翌年の夏から重い病をわずらい、明日をも知れぬ容体となった。

真備らは存命中に後継天皇を決めていただくために面会を求めたが、上皇はかたくなにこれを拒み、由利以外には誰も寝所に入れようとなさらなかった。

真備は当惑し、上皇と会えるように計らってくれと由利に頼んだが、

「誰にも会いたくないとおおせでございます。近頃はいっそう気難しくなられて、御仏に召されることだけを望んでおられます」

「それでは困る。もしこのまま薨(こう)じられれば、後継者をめぐって壬申の乱の時のような争いが起こりかねぬ」

「ご懸念はもっともですが、私にはどうすることもできません。主上のお気に染まぬことを申し上げれば、寝所に入れてもらうことさえ出来なくなるでしょう」

そうなれば事態はいっそう深刻になる。由利はそれが分かっているので、腫(は)れ物に触るように気を遣いながら上皇に仕えているのだった。

「いったい何が原因なのだ。責任あるお立場にありながら、どうして何もかも投げ出すようなことをなされる」

「分かりません。ただ気鬱(きうつ)とだけおおせられて、寝所で横になっておられます」

「まるで天照大神(あまてらすおおみかみ)の天の岩戸ごもりだな。どこかに手力男(たぢからお)の命(みこと)がおればいいのだが」

「恐れ多いことですが、お血筋かもしれません。祖母の宮子皇太夫人も長年寝所にこもっておられましたから」

「そうかもしれぬな。しかし、ご存命のうちに何とかしなければ……」

真備は焦燥にかられて数日の間思いあぐねたが、ふと宮子皇太夫人の病を玄昉(げんぼう)が治したことを思い出した。

あれは密教の孔雀経法を用いたと、玄昉は得意気に語った。呪文をとなえながら皇太夫人の体をなでさすっただけらしいが、それが彼女の生きる力を呼び覚ましたのは、異性と触れ合う心の安らぎがあったからだろう。

だとすれば同じ方法が女帝にも通じるのではないか。それができるのは上皇が重用しておられた道鏡をおいて他にはない。

真備はそう決意して大津大浦を呼び、道鏡を捜し出して来るように命じた。道鏡は宇佐八幡宮神託事件で失脚した後、いずこへともなく姿をくらましていたのだった。

大津大浦が道鏡を連れてきたのは七月中頃のことである。すでに秋の初めだが、盆地にある奈良の都はうだるような蒸し暑さにつつまれていた。

道鏡は汚れきった僧衣をまとい、やせて面(おも)やつれしていた。

「貴僧に頼みがある。娘の由利とともに帝に近侍し、病を治してもらいたい」

「拙僧は世を捨てました。もはやそのような力はありません」

道鏡は丁重に辞退した。

「帝は今も貴僧のことを御仏のように大切に思っておられる。お側にいて話し相手になってくれるだけでいいのだ」

もし帝が快癒したなら、造下野薬師寺の別当に任じよう。真備はそう申し出た。

「薬師寺の別当ですか」

道鏡は今さらそんなものをと言いたげな冷笑を浮かべたが、断ろうとはしなかった。

「もはやこの世に何の未練もありませんが、帝のお役に立てるのであればお引き受けいたしましょう」

「かたじけない。これには朝家とわが国の行く末がかかっておるのだ」

真備は道鏡の決断を大いにたたえ、由利とともに女帝の側に送り込んだ。

これが功を奏し、女帝のかたくなな心は徐々にほどけていった。そうして真備や左大臣の藤原永手と会うようになられたのである。

その間にも、真備は次期天皇の人選に心を砕いていた。残念ながら聖武天皇の血を引く皇子はいない。もっとも妥当なのは、天智天皇の孫である白壁王だった。

真備は永手に仲介を頼み、白壁王に会ってご即位いただくように要請した。

「これは異なことをうけたまわる。わしはこの通り隠居の身じゃ」

白壁王は六十二歳になり、髪は抜け落ちて腰も曲がりかけていた。

「身共は七十六になりますが、帝のおおせに従って右大臣をつとめております。身共の歳まであと十四年、この国のためにご尽力下されませ」

「お前はそう言うが、このような年寄りでは反対する者も多かろう」

「このまま帝が薨じられたなら、皇統の断絶につながりかねません。そうなればこの国は四分五裂し、地方の豪族が覇を競う時代に逆もどりいたしましょう。それを救えるのは、白壁王さましかおられないのです」

「しかし、のう。このような有り様で、皇位の激務に耐えられるかどうか」

「もし皇位に長くとどまることが難しいなら、嫡男の山部王さまにご譲位なされればいいのです」

真備は思い切った申し出をした。

山部王（後の桓武天皇）は三十四歳で、英明の資質をそなえておられるが、臣下の身で口にしていいことではなかった。

「それはつまり、わしの子孫が皇統を受け継ぐということか」

白壁王の双眼がにわかに輝きをおびてきた。

「さようでございます。朝廷では長年天智派と天武派の争いがつづいて参りましたが、そろそろこうした旧弊を断ち切るべきと存じます」

「ならば受けよう。しかし、ひとつ条件がある」

「何でございましょうか」

「わしが即位した後も、そちには右大臣として朝廷を支えてもらいたい。そうでなければ、誰がいつ陰謀を企てるか分からぬのでな」

神護景雲四年（七七〇）八月四日、称徳天皇は五十三歳を一期として崩御された。その直前に真備らは女帝の勅諚を得て、白壁王を後継にすることを公にした。

八月二十一日には道鏡を造下野薬師寺別当に任じて労に報い、十月一日には白壁王が即位した。後に光仁天皇の諡号が与えられたお方である。

真備は約束通り右大臣の位にとどまり、新帝の御世を健やかならしめるために、老骨に鞭打って朝廷の体制作りに励んだのだった。


翌年の三月、右大臣の官舎に日渡当麻が訪ねてきた。

志賀島の阿曇一族の棟梁は、相変わらず潮焼けした精悍な顔をしていた。

「大唐から珍しい客人が参られました。こちらに案内するのははばかられますので、佐保川ぞいの船宿でお待ちいただいております」

移動中に人目につかないように、牛車の用意までしていた。

牛車は佐保川ぞいを下っていく。道の両側には多くの店が建ち並び、川には荷舟や客舟が行き交っている。沿道に植えた桜並木は満開で、花を愛でながら歩く者たちも多かった。

真備は右大臣になって以来、佐保川と大和川、河内湖を結ぶ舟運の整備に力を尽くしてきた。唐の通済渠や永済渠には遠くおよばないが、川幅を拡張し、川底をさらい、要所に湊を設置して、川舟往来の便をはかった。

その結果、平城京と河内湖、難波津は太い水路で結ばれ、平城京を陸の都、難波宮を海の都とする体制ができあがった。

両都に集められた産物が活発に交易されるようになり、畿内ばかりか西日本の各地から多くの人々が平城京を訪れるようになった。

そのお目当ては、美しく整備された都と東大寺の盧舎那仏である。人が集まれば物が売れるし店も繁盛する。そうして都ばかりか佐保川、大和川の流域までもが、かつてないほど栄えているのだった。

船宿は佐保川が大和川と合流するあたりにあった。

日渡当麻に案内されて二階の部屋に上がると、三人の女が椅子に座っていた。窓側にいるひときわ体格のいい女は春燕である。二十年前に志賀島で会って以来だが、顔立ちはまったく変わっていなかった。

「春燕か。久しいな」

真備は唐の言葉で語りかけた。

「お気遣いは無用よ。私も日本語が話せるようになったから」

「たいしたものだ。わしに会うために勉強してくれたか」

「そうだと言いたいけど、本当は商売のため。当麻のおかげで長門国から硫黄を買い付けることができるようになったの」

それは十年前からで、油谷湾の久津という港を拠点にして耽羅（済州島）や営州と往来しているという。

「あの国に硫黄がとれる所があったかな」

「それは商売上の秘密。右大臣さまにも教えられないわ。それより楊玉鈴（ようぎょくれい）さんを紹介するわね。阿倍仲麻呂卿の第二夫人で、かの有名な楊貴妃の姉上よ」

紹介された玉鈴の美しさに、真備は息を呑んだ。

楊貴妃とは長安の王宮で一度会ったことがある。玉鈴は貴妃よりも細身で、思慮深く芯の強い性格が表情に現れていた。

「楊玉鈴と申します。真備さまは生涯の友だと、夫がいつも話してくれました」

「日本語がお上手ですが、仲麻呂から学ばれたのですか」

「いいえ。わたくしも日本に移り住み、侍女の小鈴（しょうれい）とともに春燕さんの仕事を手伝っています。楊国忠（ようこくちゅう）が謀叛人とされたために、大唐国には住めなくなりましたから」

安禄山（あんろくざん）の乱の後、玉鈴は春燕の世話で営州に逃れたが、春燕が長門国との交易を始めたのを機に久津に渡ってきた。

そして仲麻呂が日本にもどったなら一緒に真備を訪ねようと考えていたという。

「ところが昨年一月に夫が他界したという知らせがありましたので、こうして春燕さんに連れて来ていただいたのです」

「仲麻呂は死んだのですか」

真備は不意打ちを喰らったように動揺した。

歳を考えれば無理もないが、なぜかずっと若いままでいる気がしていた。

「帰国の途中に遭難（そうなん）して、安南（あんなん）（ベトナム）まで流されたことはご存じでしょうか」

「ええ、那の津には唐の情報も伝わってきますので」

「その後夫は長安にもどり、安禄山の乱の時には玄宗皇帝とともに蜀に逃れました。わたくしは馬嵬駅で夫と別れ、蜀には第一夫人の若晴さんが同行したのです」

「それは知りませんでした。若晴さんが生きていたとは……」

仲麻呂はさぞ喜び、長い苦悩から解放されたことだろう。真備はそう思ったが、玉鈴の前で口にするのははばかられた。

「安禄山の乱は発生から八年後に、唐軍の反撃によって鎮圧されました。陛下はその前に位を皇太子の李亨さまにゆずられ、蜀から都にもどった後に逝去されました。そこで夫は新帝にお仕えし、かねて希望していた通り、安南都護として赴任したのでございます」

「どうして安南に行くことを希望したのでしょうか」

「先に安南に漂着した時、船も乗員も土地の領主に没収されてしまいました。奴隷として拘束された八十数名の乗員を残したまま、夫は長安にもどってきたのです。その方々を何としてでも救わなければならないと、常々申しておりました」

「それを実行するとは、いかにも仲麻呂らしい。ところで息子の翔が遣唐使として十二年前に唐に渡ったのですが、何かご存じではありませんか」

「さあ、わたくしは営州にいましたので」

「翔君なら長安に来て、仲麻呂義兄さんに会ったわよ」

春燕は新羅から解放された後にしばらく東の市の店にいたので、長安の事情に通じていた。

翔は天平宝字三年（七五九）に遣唐録事となり、藤原清河や仲麻呂を迎えに行ったが、安禄山の乱で帰路の安全が保てないので帰国を断念せざるを得なかったのである。

「それでは若晴さんは、翔と会うことが出来たんだな」

「会えたわよ。義兄さんが亡くなるまで、翔君と遥ちゃんの四人で暮らしていたはずよ。そんなことより玉鈴さん、この預かり物を渡して下さいな」

春燕が木箱を玉鈴に押し付けた。

「これは春燕さんが渡して下さい。頼まれたのはあなたですから」

「何を言ってるのよ。これを手に入れることができたのは、玉鈴さんと小鈴のお陰でしょう」

春燕に迫られ、玉鈴が木箱を真備に渡した。

「これを真備さまに渡すように、夫から頼まれました。私は読んでいない。扱いは任せると伝えてほしい。そう申しました」

木箱の中には紫色の布（きれ）に包まれた巻物が入っていた。

橡（つるばみいろ）色の表紙には『魏略第三十八巻』と記されていた。

「なんと、これは」

真備の動悸（どうき）が早くなった。

これこそ仲麻呂が捜し求めていたものにちがいなかった。

「馬嵬駅で妹が殺された時、わたくしも龍武軍に襲われました。その時夫が助けに来て、倉庫に置かれていた櫃（ひつ）にかくまってくれました。朝廷の宝物を入れたものでしたが、その中に秘府に保管されていた書物があったのです」

「私が隠れていた櫃がそうでした。その中にこの巻物が入っていたのです」

小鈴が得意気に言い添えた。

「そこで夫は服の袖をちぎって巻物を包み、真備さまに渡してくれと言ったのです」

「そうですか。この布が」

真備は袖を手に取った。

すでに十五年がたつのに、高貴な紫色は少しも色あせていなかった。

「私が店の者たちを引き連れて馬嵬駅に行ったから、危うい所を助けることができたのよ。褒美はちゃんといただきますからね」

春燕は歳をとってますます商魂たくましくなっていた。

「何が欲しい。できるだけのことはさせてもらう」

「ひとつは我々に日本との交易と居住の自由を与えること。右大臣なんだから、それくらいは出来るでしょう」

「分かった。ただしその範囲は筑前と長門の二カ国に限らせてもらう」

「それでいいわ。もうひとつは奈良の都に滞在する場所を確保すること。久しぶりに名養に会ってゆっくりと話をしたいもの」

「それなら唐招提寺がいいだろう。安如宝が住職になっているので、面倒を見てくれるはずだ」

明日にも案内すると約束し、真備は牛車に乗って内裏にもどった。膝の上においた木箱が、ずしりと重く感じられた。

官舎にもどり『魏略第三十八巻』を文机の上に置いた。径が四寸（約一二センチ）ばかりもある巻物は、安易に近付くことを許さない威厳を保っていた。

この史書のせいで井真成や弁正は殺され、阿倍仲麻呂は帰国を取りやめて唐に残るように命じられた。これには天皇家の来歴が記され、それを知らなければ『古事記』や『日本書紀』を唐側の要求に沿った形で編纂することができないからである。

仲麻呂は命令をはたすために懸命に立身出世をめざし、ついに秘書監の地位まで登り詰めて御披三教殿に入ることを許された。

だがそこに置かれていた『魏略』は偽物だった。

それを知った仲麻呂は、わざと船を南に向けて唐にもどったのではないか。真備は長い間そう疑い、何ともやりきれない思いをしたものだ。

言わばこの史書は、真備から親友を奪った仇である。それを開き、読んでいいものかどうか。真備は決心をつけかねていた。

臣下の身で天皇家の来歴を知るのは恐れ多い。それに、知っても国家のためにはならないという思いもあった。

日本は今、天皇と朝廷を中心とした律令体制を築きつつあり、天皇には国民を統合する精神的な象徴になっていただかなくてはならない。そのために必要なのは天皇に対する信仰であり、歴史的な真実ではないのである。

（私は見ていないと仲麻呂が伝えたのは、そこまで考えてのことだろう）

だとすれば自分が読むわけにはいかない。それに国書をめぐる日本と唐の対立は、仲麻呂の尽力によって解決しているし、何より唐側が論拠としていた史書が自分の手元にあるのだから、この先何の懸念もないのである。

かといって破棄（はき）するわけにはいかなかった。

そんなことをすれば来世で井真成や仲麻呂に合わす顔がない。それに学者である真備の良心が、歴史の真実を闇に葬ることを許さなかった。

（では、どうする）

思い悩んだ末に、今上にお渡しするべきだという結論に達した。

翌日、真備は朝のご進講に『魏略第三十八巻』を持参し、今上に献上した。

「これは三国時代に魏の魚豢（ぎょかん）がまとめた史書でございます。全部で三十八巻ありますが、わが国のことが記されているのはこの巻だけでございます」

「三国時代といえば、今から五百年も前だな」

帝は巻物を手に取られたが、開こうとはなさらなかった。

「この書の倭国の条には、当時の我が国の様子と天皇家の来歴が記されています」

「読んだのか。その来歴を」

「臣下の身で拝するのは恐れ多く、読まずに帝にお渡しすることにいたしました。ただ、この書を手に入れるために、多くの遣唐使が命を賭けて働いたことだけは、知っておいていただきたいと存じます」

真備は『魏略』を捜さなければならなかったいきさつと、遣唐使の弁正や井真成、そして阿倍仲麻呂がどんな思いで任務をはたしたかについて語った。

「そのことなら朕も聞いたことがある。『古事記』や『日本書紀』の記述が唐の史書とちがうので、両国の関係をきずく上で大きな障害になっていると」

「その違いがどこにあるかを確かめるには、『魏略』にたどり着く必要がありました。そのために阿倍仲麻呂は辛苦を重ね、唐朝廷の秘書監にまで立身したのです」

真備も長安に行った時、仲麻呂のお陰で御披三教殿に入れてもらい、『魏略』を見ることができた。しかしこの時には何者かが偽物とすり替えていて、仲麻呂の努力は水泡に帰したかと思われた。

ところが安禄山の乱の混乱の中で、仲麻呂は偶然にも『魏略』と出会い、第三十八巻だけを抜き取って日本に送り届けてくれたのである。

「その混乱の中で、他の三十七巻はすべて持ち去られました。所在が明らかなのは、この巻だけでございます」

「わが国でも同じことがあった。朝家にも数多くの史書が保存されていたが、大化の改新や壬申の乱の戦乱によって失われ、新たに作り直さねばならなくなったのだ」

帝は巻物を両手で支えて何事かを思い巡らしておられたが、急に鋭い目をして本当に読んでいないかとおたずねになった。

「天地神明に誓って、読んでおりません」

「なぜ読まなかった」

「理由は二つあります。ひとつはこれを届けてくれた仲麻呂が、自分は読んでいないと伝えたこと。もうひとつは唐との争いが解決して、内容を確かめる必要がなくなったことでございます」

「思わぬか。読んでみたいと」

「先程も申しましたが、臣下の身で拝するのは恐れ多いことでございます。代々の帝だけがご叡覧あって、末永く秘府に保管なされるべきと存じます」

「良き計らいをしてくれた。朝家と日本国のために身命を賭して働いた者たち。中でも吉備右大臣と阿倍仲麻呂には感謝と敬意を表する。史書に書き留めて国民の手本にしなければなるまい」

「有り難きお言葉、皆と共に深く感謝申し上げます。お言葉に甘えて、ひとつお願いがございます」

「申すがよい」

「わが国との交易を望んでいる唐の商人がおりますので、長門と筑前での交易と居住をお許しいただきとうございます」

「右大臣が見込んだ者なら間違いあるまい。そのように計らうがよい」

今上の許しを得て、真備はさっそく担当の役所に手続きを命じた。これで春燕の父石皓然にも恩返しができたと、肩の荷が下りた気がした。

この仕事を最後に真備は右大臣を辞し、故郷の吉備で隠棲することにした。

生まれ在所の箭田（岡山県倉敷市真備町）で老齢の身を養う静かな生活で、気が向いた時には小田川ぞいの大きな岩に座って琴を弾いた。

三笠の山に似たふるさとの山と眼下を流れる清流をながめながら、琴の音に誘われて波乱の一生に思いを馳せていたのである。

他界したのはそれから四年後。宝亀六年（七七五）十月で、行年八十一だった。


余談だが、真備町ではこの故事にちなんで毎年中秋の名月の頃に「吉備真備公弾琴祭」がもよおされている。真備が琴を弾いていた岩は琴弾き岩と名付けられ、祭の日には郷土の偉人を偲んで琴の演奏がおこなわれる。

また、山口県長門市の油谷湾に面した久津には龍伏山二尊院があり、楊貴妃が渡来したと伝えられている。彼女の墓だという五輪塔もある。

この墓が本人のものだとは、にわかには信じ難いが、貴妃の関係者が渡来していた可能性は高い。なぜなら二尊院の北方にある唐渡口という日本海に面した入江には、古くから大陸と交易していたという伝承があるからだ。

真備が光仁天皇に献上した『魏略第三十八巻』が、その後どうなったのか分からない。ただ朝家には楊貴妃に対する信仰が長く受け継がれたようで、皇室の菩提寺である京都の泉涌寺には今も楊貴妃観音がまつられている。
その理由が奈辺（なへん）にあるか、史書はつまびらかにしていない。

（完）

初出　日本経済新聞朝刊（二〇二一年七月二十三日～二〇二三年二月二十八日）

本作品中、『続日本紀』については『続日本紀　全現代語訳』（上・中・下、宇治谷孟、講談社学術文庫）を、「井真成墓誌」については『遣唐使の見た中国と日本』（専修大学・西北大学共同プロジェクト編、朝日選書）を、参照しました。

参考資料（監修・氣賀澤保規）

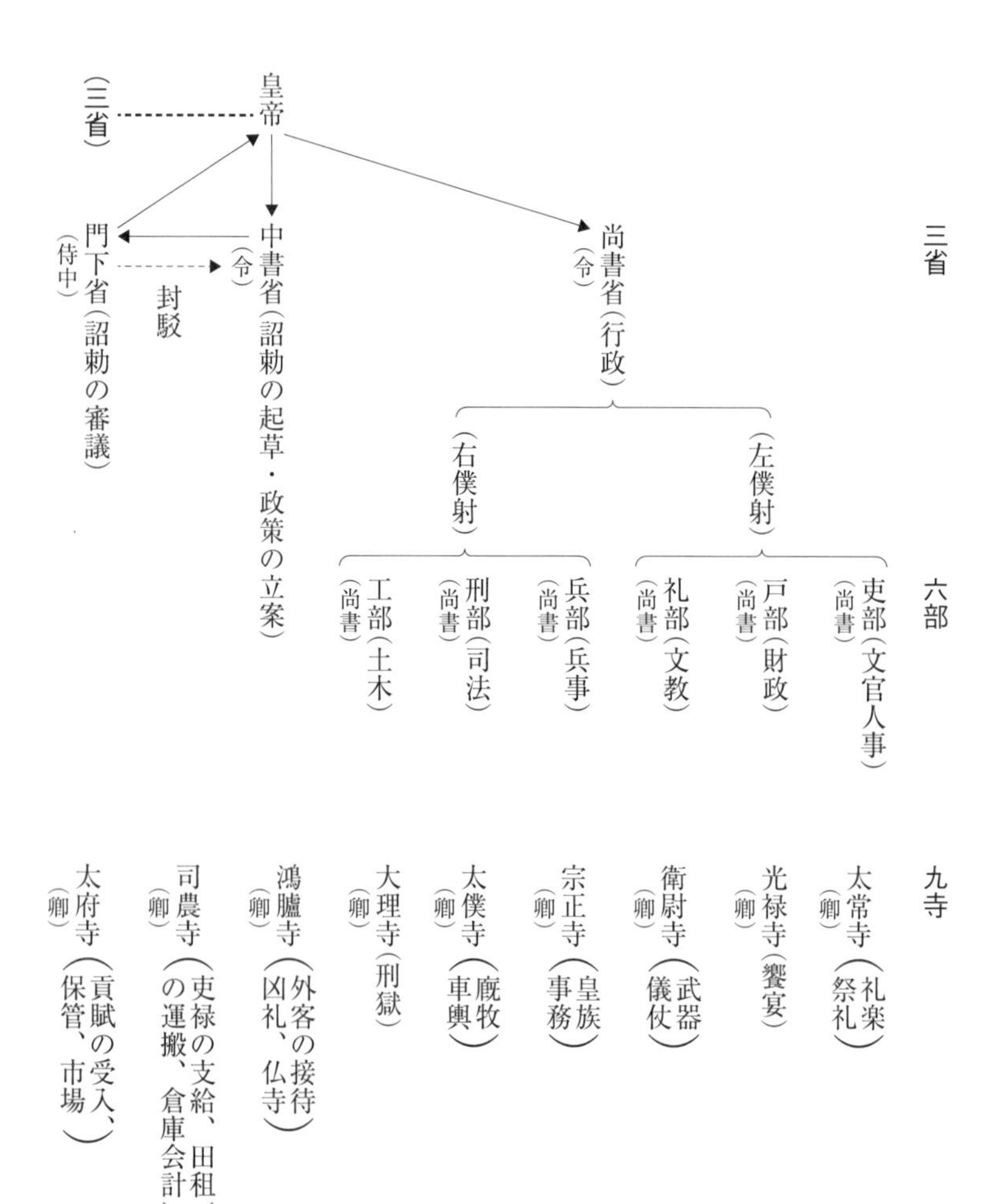
三省
皇帝
(三省)
尚書省(令)(行政)
中書省(令)(詔勅の起草・政策の立案)
門下省(侍中)(詔勅の審議)
封駁
(左僕射)
(右僕射)
六部
吏部(尚書)(文官人事)
戸部(尚書)(財政)
礼部(尚書)(文教)
兵部(尚書)(兵事)
刑部(尚書)(司法)
工部(尚書)(土木)
九寺
太常寺(卿)(礼楽 祭礼)
光禄寺(卿)(饗宴)
衛尉寺(卿)(武器 儀仗)
宗正寺(卿)(皇族 事務)
太僕寺(卿)(廏牧 車輿)
大理寺(卿)(刑獄)
鴻臚寺(卿)(外客の接待 凶礼、仏寺)
司農寺(卿)(吏禄の支給、田租の運搬、倉庫会計)
太府寺(卿)(貢賦の受入、保管、市場)

唐三省六部・中央官制表

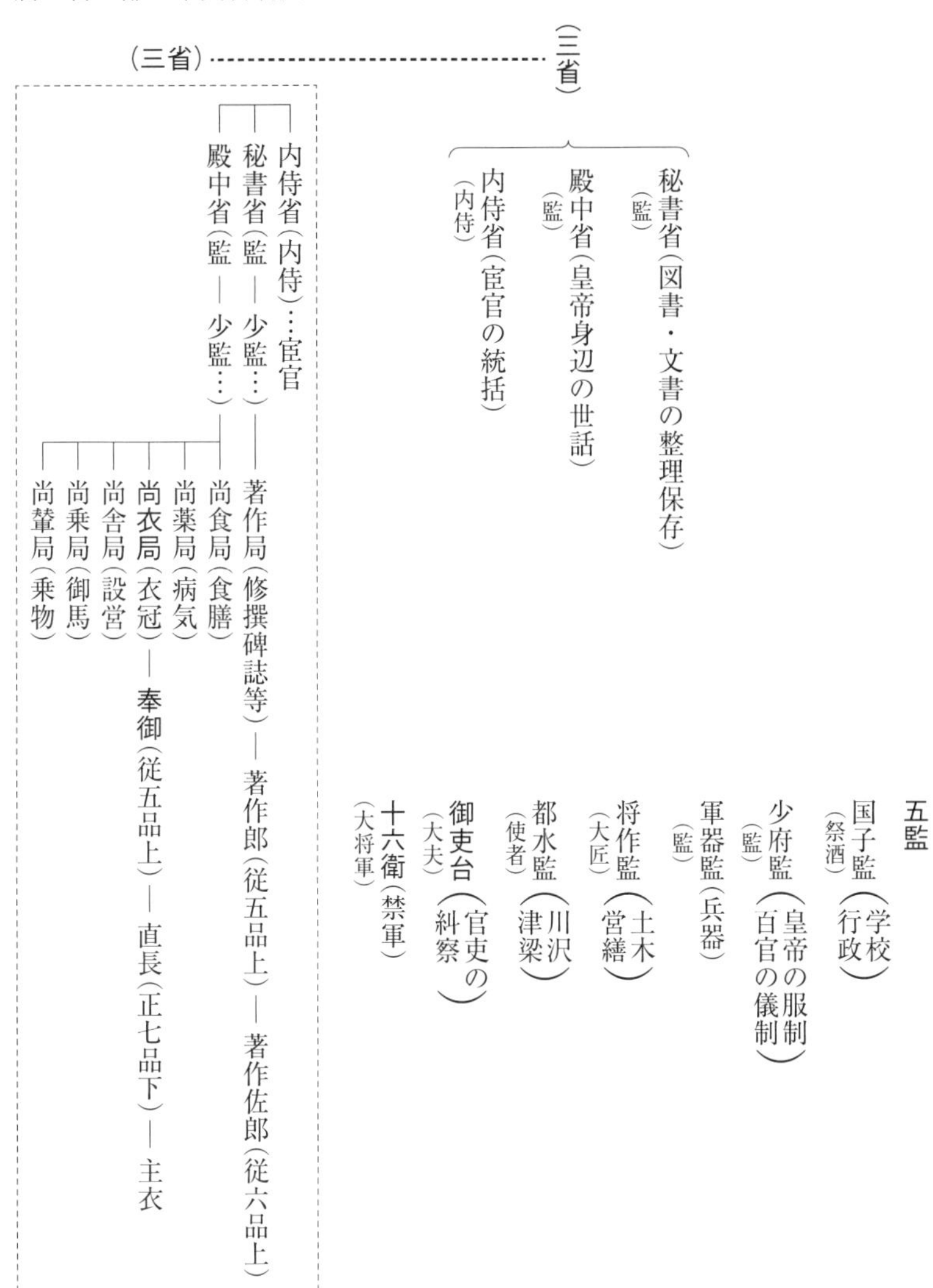

（三省）
秘書省（監）（図書・文書の整理保存）
殿中省（監）（皇帝身辺の世話）
内侍省（内侍）（宦官の統括）
五監
国子監（祭酒）（学校行政）
少府監（監）（皇帝の服制 百官の儀制）
軍器監（監）（兵器）
将作監（大匠）（土木営繕）
都水監（使者）（川沢津梁）
御吏台（大夫）（官吏の糾察）
十六衛（大将軍）（禁軍）
（三省）
内侍省（内侍）…宦官
秘書省（監―少監…）―著作局（修撰碑誌等）―著作郎（従五品上）―著作佐郎（従六品上）
殿中省（監―少監…）
尚食局（食膳）
尚薬局（病気）
尚衣局（衣冠）―奉御（従五品上）―直長（正七品下）―主衣
尚舎局（設営）
尚乗局（御馬）
尚輦局（乗物）

唐朝官制表
（職事官の太字官名は仲麻呂が就任した可能性を持つポスト）

品階	散官（位階・序列・俸給）		勲官（功労表彰）	封爵（上級官身分）	職事官（実職官名）
	文散官	武散官			
正一品				王	三師、三公
従一品	開府儀同三司	驃騎大将軍		郡王、国公	太子三師
正二品	特進	輔国大将軍	上柱国	（開国）郡公	尚書令
従二品	光禄大夫	鎮軍大将軍	柱国	（開国）県公	尚書左右僕射、**都護**
正三品	金紫光禄大夫	冠軍大将軍	上護軍		侍中、中書令、尚書、**左散騎常侍**、内侍監
従三品	銀青光禄大夫	雲麾将軍	護軍	（開国）県侯	御史大夫、**秘書監**、**殿中監**、**衛尉卿**、上州刺史、京兆・河南尹
正四品上	正議大夫	忠武将軍	上軽軍都尉	（開国）県伯	尚書左丞、吏部侍郎、中州刺史
正四品下	通議大夫	壮武将軍			尚書右丞、下州刺史
従四品上	太中大夫	宣威将軍	軽軍都尉		内侍（宦官）、**衛尉少卿**
従四品下	中大夫	明威将軍			
正五品上	中散大夫	定遠将軍	上騎都尉	（開国）県子	国子博士、万年長安洛陽等県令
正五品下	朝議大夫	寧遠将軍			
従五品上	朝請大夫	游騎将軍	騎都尉	（開国）県男	
従五品下	朝散大夫	游撃将軍			**親王友**
正六品上	朝議郎	昭武校尉	驍騎尉		太学博士
正六品下	承議郎	昭武副尉			
従六品上	奉議郎	振威校尉	飛騎尉		起居郎、起居舎人、上県県令
従六品下	通直郎	振威副尉			侍御史
正七品上	朝請郎	致果校尉	雲騎尉		
正七品下	宣徳郎	致果副尉			
従七品上	朝散郎	翊麾校尉	武騎尉		殿中侍御史、**左補闕**、太常博士
従七品下	宣議郎	翊麾副尉			中下県令
正八品上	給事郎	宣節校尉			監察御史
正八品下	徴事郎	宣節副尉			
従八品上	承奉郎	禦侮校尉			**左拾遺**
従八品下	承務郎	禦侮副尉			
正九品上	儒林郎	仁勇校尉			
正九品下	登仕郎	仁勇副尉			**校書**
従九品上	文林郎	陪戎校尉			
従九品下	将仕郎	陪戎副尉			

唐における朝衡（阿倍仲麻呂698～770）の仕官経歴

任官年代（西暦）	職事官（所属）	品階	年齢
玄宗·開元9～15年間（721－727）	校書（左春坊司経局）	正九品下	24～30歳
玄宗·開元15～19年間（727－731）	［左］拾遺（門下省）	従八品上	30～34歳
玄宗·開元19年（731）	左補闕（門下省）	従七品上	34歳
玄宗·開元22～天宝10載（734－751）	儀王友（親王府）	従五品下	37～54歳
玄宗·天宝11～12載頃（752－753）	衞尉少卿（衞尉寺）	従四品上	55～56歳
玄宗·天宝12載（753）	秘書監（秘書省）	従三品	56歳
玄宗·天宝12載（753）	衞尉卿（衞尉寺）	従三品	56歳
粛宗·上元中（760－761）～	左散騎常侍（門下省）	従三品	63·64歳～
粛宗·上元中（760－761）～	鎮南都護※	正三品	63·64歳
代宗·広徳2年（764）	左散騎常侍	正三品	67歳
～代宗·大暦元年（766）	安南節度使（都護?）	正三品	～69歳
代宗·大暦5年（770）死去	贈潞州大都督	従二品	73歳

※（参考：杉本直次郎著『阿倍仲麻呂伝研究―朝衡伝考―』勉誠出版）

唐代の服飾の色一覧（公式・正規）

<table>
<tr><td>皇帝</td><td>赭（あか）（あかつち色）</td><td>（飾り）</td></tr>
<tr><td>三品以上</td><td>紫</td><td>玉</td></tr>
<tr><td>四品</td><td>深緋
（ふかひ。茜と紫紺で染めた濃い赤色）</td><td rowspan="2">金</td></tr>
<tr><td>五品</td><td>浅緋（あさひ、茜で染めた浅い赤色）</td></tr>
<tr><td>六品</td><td>深緑</td><td rowspan="2">銀</td></tr>
<tr><td>七品</td><td>浅緑</td></tr>
<tr><td>八品</td><td>深青</td><td rowspan="2">鍮石
（チュウセキ。黄銅）</td></tr>
<tr><td>九品</td><td>浅青</td></tr>
</table>

※流外・庶民：黄・緑・黒色（飾り：銅・鉄）
婦人：夫の服色にしたがう。
平素：必ずしも厳守せず。

「井真成墓誌」（開元二十二年二月四日）

1 　贈尚衣奉御井公墓誌文并序
2 公、姓井、字真成、國号日本、才稱天縱、故能
3 (銜)命遠邦、馳騁上國、蹈禮樂、襲衣冠、束帶
4 (升)朝、難与儔矣。豈圖強學不倦、問道未終、
5 (壑)遇移舟、隟逢奔駟、以開元廿二年正月
6 (十)日、乃終于官第、春秋卅六.　　　皇上
7 (悼)傷、追崇有典、　詔贈尚衣奉御、葬令官
8 (給)。即以其年二月四日、窆于萬年縣滻水
9 (東)原、禮也。嗚呼、素車曉引、丹旐行哀、嗟遠
10 (路)兮頽暮日、指窮郊兮悲夜臺。其辭曰、
11 (慽)乃天常、哀兹遠方、形既埋於異土、魂庶
12 歸於故鄕。
13
14
15
16

【墓誌蓋】「贈尚衣／奉御井／府君墓／誌之銘」

「李訓墓誌」（開元二十二年六月二十二日）

⑴ 大唐故鴻臚寺丞李君墓誌銘并序
⑵ 公諱訓、字恒。出自隴西、為天下著姓。曾祖亮、随太
⑶ 子洗馬、祖知順、為右千牛、事
⑷ 文皇帝。父元恭、大理少卿兼吏部侍郎。君少有異
⑸ 操、長而介立好學。所以觀古能文、不以曜世。故士
⑹ 友重之、而時人不測也。弱冠以輦脚調補陳留尉、
⑺ 未赴陳留、而吏部君亡。君至性自天、柴毀骨立。禮
⑻ 非玉帛、情豈苴麻。惟是哀心、感傷行路。服闋、歴左
⑼ 率府録事參軍・太子通事舎人・衛尉主簿・鴻臚寺
⑽ 丞。以有道之時、當用人之代、驥足方騁、龍泉在割。
⑾ 豈不偉歟。而天与其才、不与其壽、梁在厦而始構、
⑿ 舟中流而遽覆。嗚呼子罕言命、盖知之矣。享年五
⒀ 十有二。開元廿二年六月廿日、以疾終於河南聖
⒁ 善寺之別院。即以其月廿五日、權殯于洛陽感徳
⒂ 郷之原。夫旌以書名、誌以誄行。乃勒石作銘云。
⒃ 洪惟夫子、灼灼其芳。道足經世、言而有章。亦既來
⒄ 仕、休聞烈光。如何不淑、弃代云亡。其引也盖殯也、
⒅ 用紀乎山崗。
⒆ 秘書丞褚思光文　　日本國朝臣備書

【墓誌蓋】大唐故／李府君／墓誌銘

書体は吉備真備の筆跡とされる（中国・深圳望野博物館蔵の拓本）

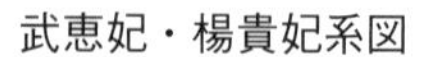

武恵妃・楊貴妃系図

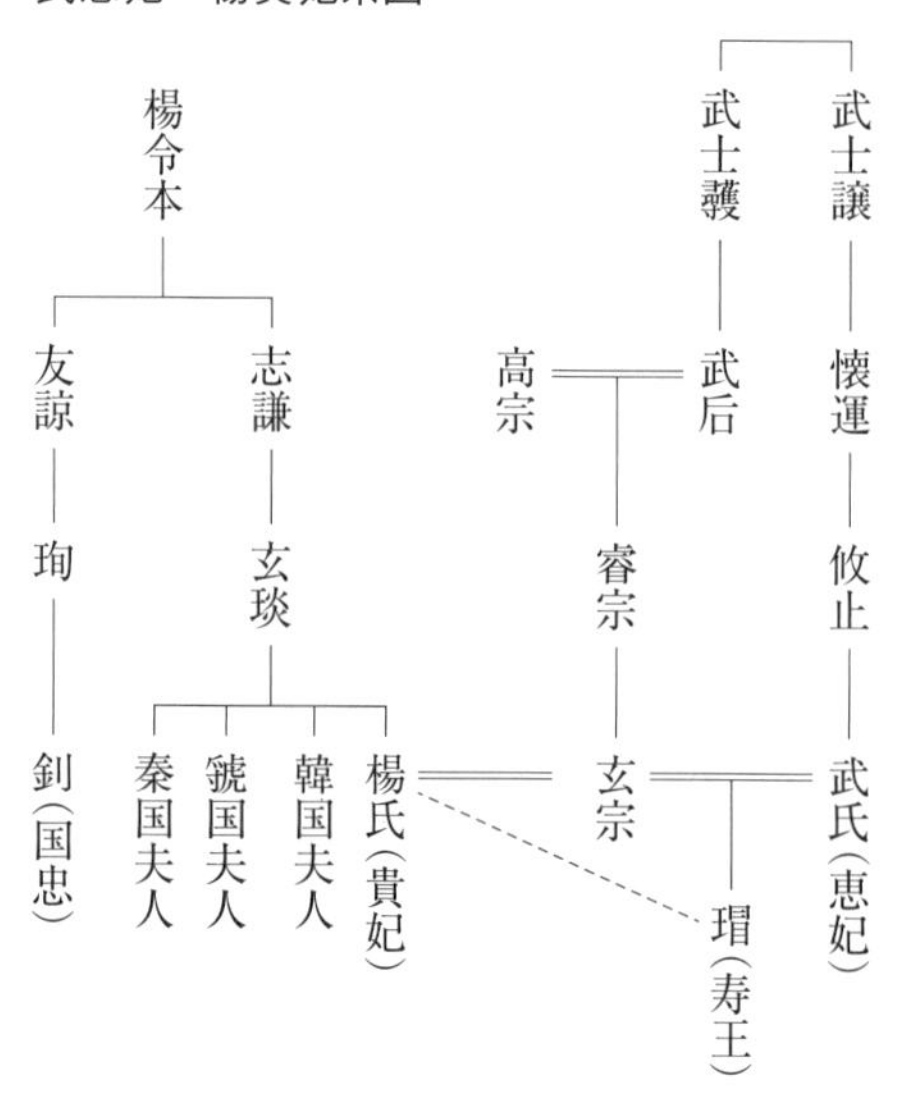

武士讓
武士彠
懐運
武后
高宗
攸止
睿宗
武氏（恵妃）
玄宗
瑁（寿王）
楊令本
志謙
友諒
玄琰
珣
楊氏（貴妃）
韓国夫人
虢国夫人
秦国夫人
釗（国忠）

安史の乱反乱軍進攻図・唐側退路図

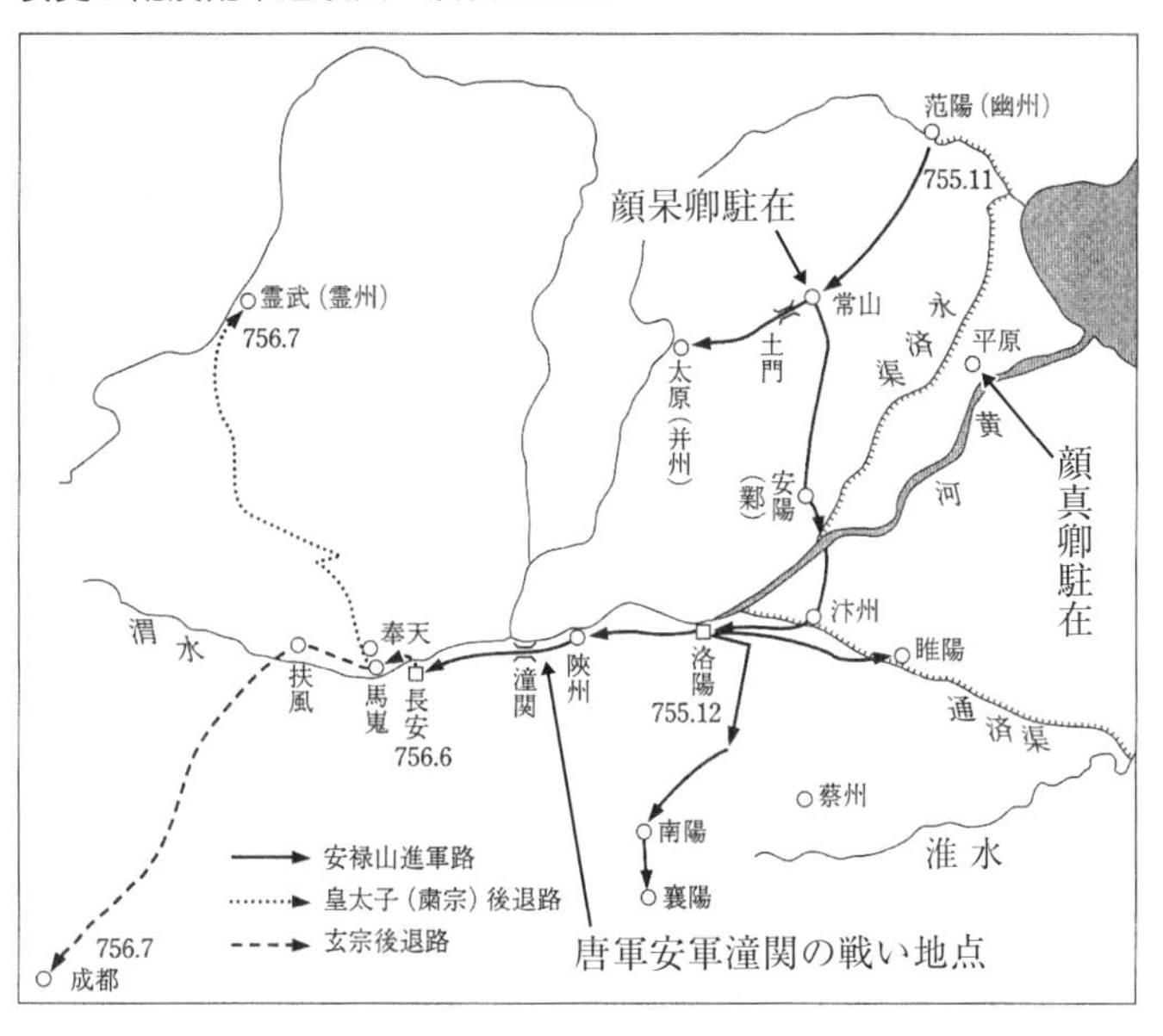

740 楊貴妃登場（745から貴妃）。貴妃22歳・玄宗55歳	740 *9*藤原広嗣の乱。 741 *2*国分寺建立の詔。
744 安禄山、范陽（幽州）節度使となる。	746 *10*真備、下道朝臣から吉備朝臣に改姓。
	749 *7*聖武譲位、阿倍内親王即位（孝謙天皇〜758）。
751 唐、タラス河畔で大食（アラビア）軍に大敗。製紙法が西伝。	
752 李林甫死去し、楊国忠、宰相となる。	752（天平勝宝4）*4*大仏開眼供養。第11次遣唐使（大使・藤原清河、副使・吉備真備）。753、*11*帰国の途に。
753 仲麻呂、秘書監に任命。遣唐使船で帰国の途につくも、遭難し安南（ベトナム）に漂着。755、苦難の末に唐中央に復帰。	
	754 *1*鑑真、遣唐使船で来日、*4*東大寺に戒壇建立。
755 *11*安禄山、范陽で挙兵、安史の乱開始（〜763）。	
756 *1*安禄山、洛陽で大燕皇帝と称す。*6*安禄山、潼関を破り長安占領。玄宗、四川に逃れ退位（上皇に）。途中の馬嵬駅で楊貴妃殺さる（6月14日）。	
757 *1*安禄山、息子に殺さる。唐、ウイグル（回紇）兵を借りて、*9*長安、*10*洛陽を回復。	757 養老律令の施行。
759 *4*史思明、洛陽に入り大燕皇帝と称す。	759 唐招提寺建立。
760〜766頃 仲麻呂、鎮南都護・安南都護（ハノイ）に就任。	
761 *3*史思明、息子史朝義に殺さる。	
762 *4*玄宗（上皇）死去、高力士も。*4*唐、洛陽回復。	
763 *1*史朝義殺され、安史の乱終わる。	
	764 *9*藤原仲麻呂（恵美押勝）の乱。*10*孝謙（上皇）の重祚（称徳天皇。〜770）。
	766 *10*道鏡を法王、吉備真備を右大臣に任命。
	769 この頃『万葉集』成る。
770 仲麻呂、唐で死去。潞州大都督（従2品）を贈らる。	775 *10*真備死去（前右大臣正二位勲二等）。

阿倍仲麻呂が生きた時代の唐と日本

唐　朝（在唐の阿倍仲麻呂）	日　本
690 則天武后、国号を周と改む（武周革命）。	690 持統天皇即位（称制686～）。庚寅年籍。 694 藤原京に遷都。 695 吉備真備生まれる。 698 阿倍仲麻呂生まれる。 699 井真成生まれる。 701「大宝律令」成る。 702（大宝2年）第8次遣唐使（執節使・粟田真人）。僧弁正、随行し留唐。
705 則天武后、クーデタで倒され、唐朝回復。	
710 韋后・安楽公主、中宗を毒殺。李隆基、韋后らを殺し、睿宗復位。李隆基、皇太子となる。	710 平城京に遷都。
712 睿宗譲位し、李隆基、即位す（玄宗）。	712『古事記』の撰上。
713 玄宗、太平公主を倒す。「武韋の禍」時代終わり、玄宗の親政、「開元の治」始まる。	
	717（養老元年）第9次遣唐使（押使・多治比縣守）。阿倍仲麻呂、吉備真備ら随行、*10*長安に。
720後 阿倍仲麻呂、科挙合格（校書・左拾遺に任官）。	720『日本書紀』完成。
721 宇文融の括戸政策始まる。	
724 恩蔭派と科挙派の対立（党争）始まる。	724 聖武天皇、即位（～749在位）。
726 この頃、開元の治の盛時。	
730 この頃から宦官高力士が玄宗の寵任を受ける。	
731 在唐の阿倍仲麻呂（仲満･朝衡･晁衡）、左補闕に任官。	
733 この年長安一帯が長雨で不作。	733（天平5年）第10次遣唐使（大使・多治比広成）。僧栄叡･普照ら随行。*4*出発、*8*蘇州着。
734 *1*玄宗、洛陽に移動（～736）。同月井真成、長安にて死去、*2*埋葬（36歳）。*5*張九齢、中書令（宰相）に。 *6*吉備真備（朝臣備）、洛陽で「李訓墓誌」を書く。	734 *4*洛陽にて玄宗に謁見、*11*蘇州発、吉備真備、僧玄昉ら帰国。阿倍仲麻呂は唐に留まる。
	735 天然痘（疱瘡）が大流行。
736 李林甫、中書令となり、張九齢左遷さる。	
737 *10*玄宗の寵妃武恵妃死去。『開元釈教録』完成。	

安部龍太郎　あべ・りゅうたろう
一九五五年福岡県生れ。久留米高専卒。
九〇年『血の日本史』でデビュー。
二〇〇五年『天馬、翔ける』で中山義秀文学賞。
一三年、日本経済新聞連載の『等伯』で直木賞。
著作は『信長燃ゆ』『平城京』『迷宮の月』など多数。
全十六巻予定の大河小説『家康』は第八巻まで刊行。
ほかに佐藤優氏との対談シリーズ『対決！日本史』など。

ふりさけ見れば　下

二〇二三年七月十九日　第一刷

著者――――安部龍太郎

発行者――――國分正哉

発行――――株式会社日経ＢＰ
日本経済新聞出版

発売――――株式会社日経ＢＰマーケティング
〒一〇五―八三〇八　東京都港区虎ノ門四―三―一二

印刷・錦明印刷／製本・大口製本
ＤＴＰ・マーリンクレイン
表紙写真・イメージマート

ISBN978-4-296-11749-9　Printed in Japan